大秦宣太后

芈月传

北冥有鱼

陆

蒋胜男 著

作家出版社

蒋胜男

知名作家、编剧，温州大学网络文创研究院院长，第十三届全国人大代表，中国作协第九、十届全委会委员，浙江省网络作协副主席，温州市文联副主席。代表作《芈月传》《燕云台》《天圣令》《历史的模样》等。

陆 · 北冥有鱼

北冥有鱼，其名为鲲。鲲之大，不知其几千里也。化而为鸟，其名为鹏。鹏之背，不知其几千里也。

——《庄子·逍遥游》

◆ 前 言 ◆

　　新华网西安6月13日电：2009年6月13日，秦兵马俑一号坑第三次考古发掘如期进行。这是其沉寂20多年后迎来的考古发掘。秦兵马俑一号坑是一个东西向的长方形坑，长230米、宽62米，坑东西两端有长廊，南北两侧各有一边廊，中间为九条东西向过洞，过洞之间以夯土墙间隔，估计一号坑内埋有约6000个真人真马大小的陶俑。

　　此前，陕西省考古研究所秦俑考古队在1978年到1984年间，对兵马俑一号坑进行了正式发掘，出土陶俑1087件。其后，考古队1985年对一号坑展开了第二次考古发掘，但是限于当时技术设备不完善等原因，发掘工作只进行了一年。

　　据资料显示，1974年兵马俑出土不久，因其军阵庞大，考古专家推断"秦俑坑当为秦始皇陵建筑的一部分"。此后，各家就以此为定论。

　　但是不久之后，学界就有人提出异议，认为这种先入为主的印象并不准确，而秦俑真正的主人，更有可能是秦始皇的高祖母，史称宣太后的芈氏，芈氏是秦惠文王的姬妾，当时封号为"八子"，所以又称为"芈八子"。

　　后来，在出土的秦俑中发现了一个奇异的字，刚开始学界认为是个粗体的"脾"字，后来的研究证明，另外半边实为"芈"字古写，所以这个字实则为两个字，即"芈月"。据学界猜测，这很可能是芈八子的名字。

目 录

第一章

群狼伺

公元前328年，秦王嬴荡举鼎而亡，诸弟争位，最后由其异母弟嬴稷继位，由其母芈八子摄政，称太后。

大朝之后，太后芈月疲惫地走入内殿，便有薛荔带着两名侍女为她脱下翟衣，换上常服，坐在妆台前卸下钗笄。

芈月扭了扭酸痛的脖子，叹道："好累。"

薛荔一边给她按摩，一边笑道："正朝的翟衣和钗笄都是极重的，太后身上压了这么重的东西一整天，实是辛苦。"

芈月闭目享受着薛荔的服侍，一边笑道："是啊，子稷的冕冠更重，我真怕他小孩子撑不下来，幸好都撑过去了。幸好除了节庆与大朝之日，平时不用穿这么累赘。"

薛荔笑叹："太后嫌重，可是这世上有多少人为了争这一身衣冠，血流成河呢。"

两人正说笑着，就有侍女来报："卫良人求见。"

芈月一怔："哦?"微微一笑："请她进来。"

秦惠文王的妃嫔们，在这几场宫变中，已经是所剩寥寥。除嬴夫人在西郊行宫被杀外，唐夫人亦因为掩护芈月离开，而被芈姝所杀，其子 丸此时已封庶长之职，得芈月重用。

魏氏诸姬中，夫人魏琰被囚，其子华如今潜逃在外，引兵谋逆。虢 美人在秦惠文王死后，因无子嗣，昔年又多次得罪芈姝，被寻了个罪名 囚禁起来，没过几个月就死了。樊长使本与魏夫人不合，芈姝初时欲拉 拢于她，但因秦王荡死后诸子作乱，其幼子蜀侯恽因得罪芈姝，被芈姝 以罪名毒杀，其长子封与樊长使也受牵连而被迫自杀；如今唯有卫良人 因其子蜀侯通早亡，所以倒在后宫不太显眼，依旧活着。

楚国诸芈中，惠后芈姝被囚，孟昭氏、季昭氏早亡，景氏依附芈姝， 被魏琰所杀，如今其子雍也潜逃在外。屈氏胆小低调，其子池尚未就封， 听到秦王稷继位，就来投奔，亦受重用。

如今这宫中，还剩下的旧妃嫔，也只有屈氏和卫氏了，卫氏素来善 于机变，如今来见芈月，要么就是受人指使，要么就是前来投效。

细思量之下，倒是前来投效的可能性更大。

芈月想到这里，不禁微微一笑，见薜荔低声问自己是否要重新梳妆， 便摇摇头说不必，就这么身着休闲的便服，松松地散着头发，身子半倚 着凭几，便见了卫良人。

但见卫良人身后带着一个内侍，袅袅走进，朝着芈月行礼道："妾卫 氏参见太后。"

芈月点点头："卫良人免礼。"

卫良人并未就起，她身边的内侍却抢上前一步，跪下磕头道："奴才 缪辛，参见太后。"话语哽咽，不胜激动。

芈月大为震惊，还未说话，身边的薜荔已经脱口叫了出来："缪辛， 你还活着！"

那人抬起头来，眼中带泪，一边抹着泪一边笑道："奴才当真想不 到，有生之年，还能再见着主人。"这人虽然与过去相比显得苍老了些， 精瘦了些，但却明明白白，确是缪辛。

芈月也不禁扶着薛荔的手站了起来，忘形地上前一步："缪辛，你当真还活着。"

身边侍女见状，忙上前扶起卫良人和缪辛。却见缪辛站起来的时候，微有踉跄，脚步也似有不稳。

芈月问："缪辛，你的腿怎么了?"

缪辛苦笑道："奴才的腿伤了，没什么，只是走路有些瘸而已。能够死里逃生，已经算是命大了。"对卫良人看了一眼，再转向芈月道："多亏卫良人把奴才从死人堆里救回来，又让人为奴才延医治伤，奴才方能够活着再见到太后的面。"

芈月看了看站在旁边微笑的卫良人，微笑点头："卫良人，快快请坐。"

卫良人已退到一边，见芈月坐下，方在芈月下首坐下。

侍女捧来一厄蜜水，薛荔亲手捧过奉给卫良人，满怀感激地道："卫良人请用茶。"

卫良人见她语出真挚，热情忘形，也不禁有些触动，接过谢道："多谢。"转头看向芈月："也唯有太后身边服侍过的人，方能够都这样重情重义。所以太后方能众望所归，成就大业。"

薛荔知道自己忘形了，脸一红，看向芈月，有些不好意思。

芈月挥挥手，笑道："好了，你们先下去慢慢叙旧吧。"

薛荔和缪辛退下后，芈月便屏退左右，只留了两名侍女在旁边侍候，方笑道："卫姊姊，多谢你救了缪辛。"

卫良人听得这样的称呼，倒惶恐起来，忙站起逊谢道："臣妾不敢当太后如此称呼。"

芈月随意地摆了摆手，道："不必如此，当日在宫中真正的明白人能有几个，你我也算得惺惺相惜。如今宫中诸人，皆自有去处，那也是她们自择的人生。能够留下来的人，如今也是寥寥，都是故交，何必生分了。向我称臣的人何其多，能够姊妹相交的，又能有几个?"

卫良人抿嘴一笑，道："太后如何，太后自便，太后若许妾身自在些，那妾身就还依旧做原来温驯退守的卫良人。不想教自己忘形了。"

芈月笑了笑："由你。"她沉吟一下："你为何要救缪辛？难道你当日，就能对今日有所预料吗？"

卫良人收了笑容，垂首低声道："妾身哪有这样的本事？这只是……妾身在宫中的一点自处之道罢了。太后当知，我是东周公所赐，无有国势家世为倚仗，先是无宠，后又失子。虽不得已时要奉承着贵人，却从不曾在得意时踩低过别人。虽不敢明着相助于人，但暗地里做些小事，透个消息行个方便，悄悄对人卖个好，总还是方便。"她幽幽一叹，"我也不晓得做这些事以后有没有用，但心中却希望，若是我失势落魄的时候，别人能够瞧在我素日善心待人的分上，不要作践我罢了！"

芈月点头："在深宫中能有此素心，却是难得。卫姊姊，你不负人，人必不负你。"

卫良人苦笑一下，叹道："缪辛之事，却是稍冒了些风险。如缪辛这般的忠义之士，虽属奴隶之辈，但做人的骨气，却是不论尊卑的。所以我动了不忍之念，给行刑的内侍一些好处，总算能够救下他来。当日并不曾想到今日，只是今日带他来见太后，却是存了奉迎之念，未免落了市恩之行。"

芈月笑了："卫姊姊自省太过了。当日救人，心存侠气，便是卫姊姊的人品了。如今你自承奉迎也罢，市恩也罢，都是人之常情，不存恶心，做了善事，难道不应该有善报吗？缪辛之事，我总是承卫姊姊的情。宫中之事，颇为繁杂，卫姊姊可愿助我打理后宫诸事？"

卫良人不想她如此爽利，倒是一怔，她昔年奉迎魏夫人，两人之间却总是打半天圆场，一点点地试探来去，不料芈月却是眼也不眨，将人人希冀的后宫管理之权交给了她，她心中一惊，忙试探着笑道："太后不考虑一下屈妹妹？"

芈月笑道："她不爱出这个头的，且子池还小，你就让她安安静静地养孩子，于她倒是更好。"

卫良人心中石头落了地，忙退后一步，恭敬行礼道："愿为太后效命。"

芈月没让人去扶她，也没有客气，直接问她："卫氏，你是东周公所赐，想来周天子那边的情况，你当是很清楚了。"

卫良人忙道："妾身的母亲是东周公夫人的族姐，若论军事之事，妾当比不得外头的谋臣策士，但若论周天子的为人与周室内部的恩怨，却没有比妾身更清楚的人了。"

芈月点了点头，便问她周室与东周公、西周公之事，再及赵魏韩三国之内，亦有两公所推荐的妃子，卫良人虽离国甚久，但书信仆从往来，有些消息倒还知道一些。

说了一会儿，卫良人便辞去，缪辛方进来行礼，芈月便以他为大监，将宫中具体工作事务交给了他。缪辛的脚当年受刑，略有些瘸，却还不碍行走，芈月赐了根拐杖给他，叫他收几个养子以供驱使，便也罢了。

又问薛荔："我见魏王后今日摔了一跤，肚子里的孩子应该没事吧。"

薛荔脸色却变得很古怪："太后……内小臣当时就请了太医去看魏王后，没想到，王后根本没有怀孕……"

芈月怔了一怔，惊诧万分："你说什么？没有怀孕？"

薛荔忙将内情说出。原来秦王荡死后，消息传回国内，却是王后魏颐先得了消息，大惊之下，便去找魏琰商议。魏琰知道若是消息一传到惠后芈姝耳中，她必是要立次子壮为王，则魏氏一系，将一败涂地。于是将心一横，索性瞒下消息，先是满宫宣传，魏颐已经身怀有孕，及至秦王荡伤重身死的消息传回来之后，芈姝欲立公子壮，魏颐便以自己怀有遗腹子为名，与芈姝争位。

芈姝不信，便叫太医令李醯再去诊断，不料太医令李醯去了，也说魏颐已经怀孕四个月，只是因她素日身体健壮，所以并未察觉。他这话一出，众人方信，这边魏琰又恐阻止不住芈姝要立公子壮之心，索性煽动诸公子一起闹事，这才导致秦国诸公子争位的"季君之乱"。

但李醯本是芈姝得用之人，又为何会为魏颐作假证？这也是薛荔方才审问了魏颐身边之人，才得知的真相。

原来，当日秦王荡举鼎而伤，急送回营，召来太医令李醯诊治。此时周王室虽然一力怂恿秦王举鼎，但也只是存着教训之心，不敢当真教秦王死在洛阳，怕惹来秦人仇恨之心，忙四处搜寻名医。恰好此时传说中近乎神化的名医扁鹊正在洛阳，周王室喜不自胜，忙将扁鹊送去。

此时李醯身为太医令，颇得宠信，秦王荡受伤第一时间便是他为秦王荡包扎治疗。扁鹊来为秦王荡诊疗之时，他亦在一边侍奉，不想扁鹊看了秦王荡的伤势，一张口就将原来的处置方法说了个一无是处，顺带还讥讽了秦王荡举鼎的愚蠢。秦王荡本就性子急，此刻又痛得死去活来，见扁鹊出言无礼，李醯又在旁边进谗，便当场大怒，将扁鹊赶了出去。及至半夜痛醒，又悔悟过来，忙叫人去请扁鹊。李醯本是个名利心重、心胸狭窄的小人，深恐扁鹊得秦王荡重用，便无他的容身之地，忙叫人去向扁鹊讨教了医治之法之后，便秘密将扁鹊杀害，毁尸灭迹，只回报说扁鹊已经找不到了。

他又按扁鹊之法，将秦王荡诊治一回，一时见好，不想次日夜里，伤情再度反复，此时却没有扁鹊可问了，秦王荡伤情转沉，挨不过一日，便就此仙逝。

李醯只道此事神不知鬼不觉，不想他身边便有人已为魏琰所收买，等到了李醯为魏颐诊脉之时，便被魏琰以此事要挟，吓得李醯魂飞魄散，他杀死扁鹊事小，可因此害秦王荡伤重不治，却是灭族之罪。因此顿时伏地，唯命是听。不但亲自作证魏颐确是怀孕，更助魏琰将公子壮诱骗出来抓走。

芈月听毕，长叹一声："若非他母子皆是一般的刚愎自用，何至于有今日之下场。"想了想又问："我想起来了，医挚当年似乎也师从于扁鹊过吧。"

薜荔想了想，忙回道："是。"

芈月便道："问问李醯当日将扁鹊埋在哪里，能找到他的遗体，便好生厚葬吧。"

薛荔忙又应了，又问道："太后可要去看一看那……魏王后？"

芈月点点头，当下便备了辇车，去了椒房殿魏颐的居处。

此时魏颐自然不再住于正殿，而是移往孟昭氏当年所居的小院，此刻她脸色苍白，盘坐在榻上，她的腹部平坦，旁边还放着一个小布包。

薛荔呈上那小包，芈月拈了拈，感觉确是柔软又有弹性，也不打开，只问魏颐："这里面是什么？"

魏颐冷笑："反过来的狐皮。"

芈月放下布包，讽刺道："是你那好姑母的主意吧，真是够大胆也够疯狂的！"

魏颐看着那个布包，神情有些复杂难言，忽然道："开始我并不愿意……可是装久了，我竟然有时候会有些恍惚，觉得我真的有个孩子似的……"她说到这里，忽然有些神经质地笑了起来，"可有时候又觉得是一种折磨，每天都恨不得撕碎了它……"她笑着笑着，忽然间落下泪来，"哼哼，现在好了，总算是解脱了。"

芈月看着魏颐那张还很年轻的脸上，却已经显出与她年纪不符的憔悴和沧桑来，忽然问道："你今年多大？"

魏颐一怔，不解其意，但还是回答道："二十岁。"

芈月轻叹一声："可怜的孩子……你这一生，是毁在你姑母的手中啊！"

魏颐抬头看她，平静地说："好了，你现在可以杀死我了？"

芈月诧异道："我为什么要杀你？"

不想魏颐却比她更吃惊："我犯下假孕的大罪，你有什么理由饶过我？"

芈月笑了："你怀没怀荡的孩子，与我有什么关系？你骗的又不是我，不开心的可能是荡的母亲吧，不过我又有什么理由，代她来惩治你。"

魏颐跌坐在地，一直以为必死无疑，而为了尊严佯装出来的镇定顿时崩塌了，她颤抖着嘴唇确认："你不杀我？"

芈月看着魏颐，此刻的她才像她这年纪的小姑娘应有的模样，摇了摇头："我不会为你是荡的妻子而杀你，也不会为你假装怀孕而杀你。除非又出现你真正该死的证据，否则的话，我不会杀你。"

说罢，她转身而出，侍女们也跟着一拥而出。

魏颐失神地跌坐在地，看着屋子里变得空荡荡一片，嘴唇颤动了两下，想说什么，最终什么话也没说出来，失声痛哭。

侍女清涟抱住她，哽咽道："王后，王后，我们终于没事了，没事了。可怜的王后，您哭吧，哭吧……"

惠后芈姝很快也得到了王后假孕的消息，随之而来的，还有一杯毒酒、三尺白绫。

当夜，一灯如豆，一条白绫抛上房梁，打了一个结，惠后芈姝自缢而死。

十六年的公主，十四年的王后，五年的母后，她是天之骄女，倚着身份尊贵而受尽庇佑和宠爱，诸事顺遂。生命中最大的烦恼，不过是衣服不够漂亮，夫婿不够全心全意地爱她，旁人不够听她的话而已。她生命最大的转折，不过是她儿子在洛阳面对九鼎一时心血来潮的行为，自此她的生命失去控制——或者说，她的生命，从来不曾由她自己去努力把控过，所以当一切失控的时候，她无能为力。

次日，芈月召诸重臣于宣室殿议事，道："王荡谥号未议，还请各位相商。"

庸芮上前一步道："臣以为，拟'刺'或'幽'为好。"

樗里疾听了此言，大怒："庸大夫，你这话过了。"

庸芮冷笑道："如何过了？谥法曰'愎很遂过曰刺''动祭乱常曰幽'，若不是先王刚愎自用，不肯纳谏，何来今日秦国之乱？他将重兵带去洛阳，结果自己身死兵败，导致诸公子内乱，外敌压境，宗庙不宁，说他一个动祭乱常，难道错了吗？"

樗里疾叹了一口气，他自然是知道庸芮因庸夫人之死，深恨惠后芈姝，将秦王荡也一并恨上，只得劝道："庸大夫，我知道你的心情，可是隐君之过，不可非君，也是我们为人臣子者当遵守的本分。"

庸芮反问："那依王叔之见，当拟何谥？"

樗里疾朝着芈月拱手道："以臣之见，当拟'明'或者'桓'。"

庸芮冷冰冰地道："王叔，'照临四方曰明''辟土兼国曰桓'，这是只见好处，不论缺失了？谥者，行之迹也，行出于己，名生于人。以大行受大名，细行受细名，所得什么谥，端的看他自己生前如何行事。彰善扬恶，为后世戒，议谥的时候，论的是千秋之心，若论君臣相对，这世上就只有美谥，那还要议谥号做什么？"

樗里疾不与庸芮继续争辩，却转头看着芈月道："不知太后有何拟？"

芈月沉吟片刻，提笔在竹简上写了一个"武"字，转过来给樗里疾看道："朕以为，当拟'武'字为谥？"

樗里疾脸色沉重，轻叹一声："'武'？"这武字的解释，却是太多了。

芈月笑问："怎么？"

樗里疾知其意，叹道："先惠文王乃取谥法中'经天纬地曰文，爱民好与曰惠'之意。今取王荡谥号为'武'，谥法云'武'字有'刚强直理曰武，威强敌德曰武，克定祸乱曰武，刑民克服曰武，夸志多穷曰武'。但不知，太后拟这个'武'字，应在何意？"

芈月道："依你说，王荡毕生功业，应在何意？"

樗里疾长叹一声，秦王荡在位四年多，未及建立功业，所谓威强敌德、克定祸乱，自然也是没有了。刚强有之直理难当，以他洛阳举鼎身死、兵马陷没三晋，以至于诸侯围境、邦国之乱，竟是直指"夸志多穷"四字了。支吾半晌，还是无奈地道："太后，王荡也曾开疆拓土，谥以'夸志多穷曰武'，千秋盖棺论定，实是、实是过了……"

芈月却道："樗里疾知识渊博，当知何谓天子剑、诸侯剑、庶人剑？"

樗里疾长叹一声，已明其意，不再说话。

芈月便道："天子之剑，以燕谿、石城为锋，齐岱为锷，晋魏为脊；周宋为镡，韩魏为夹；包以四夷，裹以四时，绕以渤海，带以常山；制以五行，论以刑德；开以阴阳，持以春秋，行以秋冬。此剑，直之无前，举之无上，案之无下，运之无旁，上决浮云，下绝地纪。此剑一用，匡诸侯，天下服矣。此天子之剑也。"

此论原出自庄子，魏冉亦是听过此节，当下接口道："诸侯之剑，以知勇士为锋，以清廉士为锷，以贤良士为脊，以忠圣士为镡，以豪杰士为夹。此剑，直之亦无前，举之亦无上，案之亦无下，运之亦无旁；上法圆天以顺三光，下法方地以顺四时，中和民意以安四乡。此剑一用，如雷霆之震也，四封之内，无不宾服而听从君命者矣。此诸侯之剑也。"

白起亦接口道："庶人之剑，蓬头突鬓垂冠，曼胡之缨，短后之衣，瞋目而语难。相击于前，上斩颈领，下决肝肺，此庶人之剑，无异于斗鸡，一旦命已绝矣，无所用于国事。"

芈月轻叹一声："王荡有天子之图，却好庶人之剑，樗里子，你说他当以何谥？"

提起旧事，魏冉心中犹恨，冷笑一声道："王荡自继位以来，任用任鄙、乌获、孟说等徒有牛马之力的鄙夫为大将，使得将士离心，更令得秦国上下风气沦落，市井之徒恃仗气力，当街杀人，豪门私斗成风，商君之法因此而荡然无存。甚至将这等下贱鄙徒与你樗里子并论，说什么'力则任鄙，智则樗里'，这样的并列，樗里子难道很喜欢吗？"

樗里疾终于道："谥号乃总结君王之善恶，不为死者而讳，但为后者之戒。今以王荡谥号昭示天下，就是表示太后要整振商君之法，一涤愚勇误国之恶习了吗？"

芈月站起而拜道："国之要政，就要拜托樗里子了。"

樗里疾道："不敢。"

芈月道："昔者天子有诤臣七人，虽无道，不失其天下。诸侯有诤臣五人，虽无道，不失其国。樗里子，这话，你我共勉之。"

樗里疾看着芈月的神情，心中千言万语，竟是无法说出。他当日错过一次，自以为站在秦惠文王死后政权的平稳过渡上，硬生生力保秦王荡继位，可是不合适的君王，祸乱竟是胜过权力交错的动荡，短短四年多，武将受辱，文臣求去，最终秦王荡还落得个举鼎身死。他想避免的动荡，不但避不开，反而更加一溃不可收拾。他纵然一怒之下，将孟贲等三人均处死，甚至株连其家族，但终究秦王荡这条命，又岂是这些市井力士能够抵得上的。

此时在芈月面前，他一向在惠文王、秦王荡面前的自负和坚持，竟也撑不下去了，只得长叹一声，恭敬拱手道："是。"

芈月看着樗里疾，此人在秦国秉政数十年，已历四朝，新王稷要坐稳江山，还需要他的扶持和帮助。幸而此人虽然自负，但毕竟私心不重，反而对大秦江山忠心耿耿，一旦臣服，便忠诚可靠。当下推心置腹地道："樗里子，朕坐于王座，高高在上，心中并非得意，而是惶恐。纵目而望，大秦内忧外患，国势崩溃，武王荡在位时驱逐各国人才；诸公子之乱又让商君当年所立的秦法名存实亡；军队因此亦分成无数派系，连年外征内战让国家人丁减少，田园荒废；而如今大秦又四面临敌，西北有戎狄，而东南则有魏楚赵韩四国军队驻在边境，只等瓜分秦国；当年惠文王征服的巴蜀等国也再起叛乱。如今是强敌环伺，百废待兴，而新王弱小，势单力孤……"

樗里疾之前支持嬴稷登基，实则出于大势所趋，既是为了秦惠文王的遗训，亦是为秦国安定，心中却未必不曾怀着唯恐芈月母子亦如芈姝母子般糊涂的恐惧，然则见芈月见识明白，态度恳切，心中疑惑亦渐渐退去，当下道："太后，如今新王继位，四国使者明面上要求入咸阳朝驾，实则心怀恶意。这函谷关的大门，是开亦不行，闭亦不行。"

芈月道："列国本来是打算让我们秦人一直自相残杀下去，然后不费吹灰之力，便能够瓜分秦国。如今新王登基，他们的如意算盘落空，自然要赤膊上阵，亲自动手。"

樗里疾愤色道："臣弟但凡有三寸气在，绝对不会让列强瓜分秦国，太后但有所命，臣弟不惜万死。"

芈月摇头："不，我不要你万死，甚至不想让你有所损伤，如今的大秦千疮百孔，重伤垂危，我不能让它再经受风雨和战争。如今，我们要做的就是休养生息。"

樗里疾道："只怕列国不会让我们有休养生息的机会。"

庸芮上前一步道："正是，列国驻军函谷关外，听说大秦新王已立，要求入咸阳朝贺。"

樗里疾脸色一变，冷笑："这是赤裸裸的趁火打劫来了。"

芈月饮了一口蜜水，叹道："不但列国不怀好意，朕还知道许多卿大夫亦在袖手旁观，看朕这一介妇人，如何面对当世强国的联手夹攻。甚至有些人，还暗怀鬼胎，里外勾结……"

樗里疾心中暗叹，左右一看，今日所立，皆为芈月所信任之臣，而右相甘茂等人便不在场，知道芈月意有所指，但也是无可奈何，只道："先王之臣，亦是太后之臣，望太后信之勿疑。"

正说着，小内侍手捧着尺牍高叫着道："紧急军情。"飞奔而入。

芈月问："什么军情？"

樗里疾接过尺牍拆开看了，让小内侍呈上给芈月，道："公子华纠合公子雍、公子池、公子封和公子少官等十四位公子，以奉惠后之命为由，勾结各国兵马，欲进逼咸阳，讨伐大王和太后。"

白起不屑冷笑："就算他们联合起来，又能怎么样。无非是兵来将挡，水来土掩！"

魏冉却道："可我们手头的兵马，如何能够抵挡列国联兵？更何况，这宫中不知道有没有秘道，宫中之人还不知道有没有其他人的奸细在……"

义渠王却道："由我义渠人马把守宫殿，担保太后安枕无忧。"

樗里疾大怒："岂有此理，我大秦后宫，怎么可能让你们戎狄之人把守？"

义渠王轻蔑地看了他一眼，冷笑道："你当然不同意，对你来说，面子比别人的死活重要，反正你又没有损失。太后要是出了事情，不管换哪个公子上位，甚至秦国打烂了，还得把你这个王叔国相供起来。"

樗里疾气极，欲上前与其理论："你——"

芈月喝道："好了。樗里子，义渠在先惠文王时就已经是我大秦的一部分了，你这个时候还张口戎狄闭口大秦的，岂不是自我分化吗？"转向义渠王劝道："义渠勇士的长处在于沙场征战，把守后宫岂不是可惜，我希望你们能为我守好前线，后方自然无忧。"

樗里疾和义渠王只得各自退后一步应"是"。

白起道："那诸公子勾结各国联军的事，怎么办呢？"

芈月道："天下熙熙，皆为利来，天下攘攘，皆为利往。各国的兵马，无非为了利益而来，诸公子能够给他们的，和我能够给他们的，又有什么不同？"

樗里疾道："太后的意思是……"

芈月道："代我请各国使臣，入咸阳议政。"

议事已毕，群臣散出。

樗里疾走在廊下，叹了口气。

此时魏冉等太后亲信，已从另一边走了，在他身边的只有大夫庸芮，见状问："樗里子何以叹息？"

樗里疾叹道："内忧外患，何以不叹。"

庸芮低头一笑，道："我还以为，樗里子是为太后而叹。"

樗里疾看了庸芮一眼："不错，我也是为太后而叹，太后权力过大，刚愎自用，只怕不能听进臣下之言。当年先王还只是在一些小事上过于任性，就闯下大祸，若是太后她……"

庸芮道："那樗里子以为商君如何？"

樗里疾不以为然地道："天下如商君这样的人，能有几个？"

13

庸芮道："商君初行令时，如樗里子一样看不上他的人，只怕更多。"

樗里疾"哼"了一声，想说什么，最终还是什么也没有说，只是默默地走了。

芈月召五国使臣入咸阳，信使到了函谷关外，赵国使臣平原君赵胜、魏国使臣信陵君魏无忌、楚国使臣大夫靳尚、燕国使臣上将乐毅、韩国使臣大夫张翠等各自在有着国号的旗帜下上马，率领手下向函谷关进发。

樗里疾接到消息，入宫禀道："五国使臣已到，敢问太后是一齐召见，还是先召哪国使臣？"

芈月道："自然是各个击破，先易后难了。唉，可惜张仪死了，秦国再也没有张仪这样的人才。"

樗里疾惭道："是臣等无用了。"

芈月道："逐一宣各国使臣入宣室殿见朕吧。"

樗里疾一怔："不是咸阳殿。"

芈月哂笑："咸阳大殿，群口汹汹，于政事上，又有何用。"

樗里疾方悟，是芈月欲以一人之力，与五国使臣交涉，不禁担心："可是太后您……"

芈月秀目一瞥他："如何……"

樗里疾支吾，欲言又止，不言又不能甘心。列国使者，皆代表一国之君，这些人不是上将，便是谋臣，于列国纵横之间，早已经练得周身是刀，善能蛊惑君王，煽动人心，顷刻间言语胜过千军万马。数百年来多少国家的胜败之势，不在沙场角逐，反而在这些谋臣使者的言语之间逆转倾覆。

非是极智慧刚毅之君王，不能抵谋臣之蛊惑，便如楚王槐、齐王地、燕王哙，甚至是魏惠王这样的积年君王，都难免为谋臣所鼓惑，轻则丧权，重则辱国。而太后一介妇人，又如何能够面对这五国使臣的算计摆布？

芈月见他神情，已明其意，笑了笑道："樗里子，朕且问你，如今天下善言之士，有过于张仪者否？"

樗里疾怔了一怔，他与张仪共事多年，张仪之能，他焉能不知，当下坦言："无。"

芈月又问："今天下善谋之士，有过于苏秦者否？"

樗里疾怔了一怔，苏秦当年的策论，他读过；苏秦当年为孟嬴归国所献的计谋，他亦知道；芈月归来，将苏秦为孟嬴在燕国的策划说之，而此时苏秦已经取得齐国信任，正在列国为齐国推行合纵之策，于列国之中，获得不小的名气。如今的名声，竟是已经不下于当年的公孙衍，甚至因公孙衍过于孤傲，而苏秦为人谦和，诸侯对他竟是比对公孙衍还多信了三分。此时芈月提起此人，樗里疾细思之下，竟也只能摇头，道："无。"

芈月微微一笑，不再说了，只是笑容之中，充满了自信。

樗里疾见她如此，不知为何，心中忧虑竟是去了七分，当下长揖为礼，退了出去。

第二章 退五国

五国使臣候于侧殿之中，见秦太后先宣了燕国使臣乐毅。过了片刻，又宣了楚国使臣靳尚。

靳尚沿着走廊走着的时候，便看到燕国使臣乐毅手持着一封信函迎面走来，忙迎上前去拱手道："乐毅将军。"

乐毅抬头，见了靳尚，忙也拱手还礼道："靳大夫。"

靳尚眼珠子直溜溜地看着乐毅手中的书信，笑道："这是……"

乐毅笑着拱拱手："这是秦国太后写与我国易后的信。"

靳尚拖长了声音："哦……那乐毅将军，是要撤兵了吗?"

乐毅笑道："乐毅奉命护送芈夫人、公子稷回秦登基，如今公子稷已经成了秦王，芈夫人成了太后，乐毅自当回朝复命。"

靳尚听其意，这就是燕国已经应允撤军的意思了，心中忖不晓得秦国与燕国达成了什么交易，如今五国环伺，一国先撤，这便容易形成带动效应，这秦太后果然有些门道。

只是，这燕易后本就是秦国公主，且主弱臣强，寡母孤儿，国家又是新历劫难，自顾不暇，此番不过也是打着"帮忙"的口气跟着列国捞个便宜，也是最容易打发的。可是，楚国却是不一样，兵强马壮，实力雄厚，他靳尚更不是易与之辈，想要让他松口，可不是这么容易。

他心中轻视，面上却不显露出来，只嘿嘿一笑，拱手道："不送，不送。"

见乐毅远去，靳尚便随着内侍引道，走进宣室殿，向芈月行礼道："外臣靳尚，参见太后。"

却见这秦太后穿着一身楚服，见了靳尚进来，便热情地招呼："靳尚大夫何须多礼，赐座。"

靳尚见了楚服，也觉亲切，亦知太后姓芈，应是楚女，顿时也显出努力要拉近距离的样子，热情万分地谄笑道："臣得知新王继位，太后摄政，真是喜出望外啊，喜出望外！"说着竟是有些热泪盈眶，当下慷慨示好道："太后但有所命，我楚国当全力以赴，相助太后。"

靳尚不知芈月为何人，芈月却早知其为人，口蜜腹剑，善于奉迎，这个人口中说得再好听，却是一个字也信不得的。然而此人的弱点，却早已经教张仪利用得透彻，此人素来利欲熏心，只要有足够的利益，摆布他却是易如反掌的，当下也只假意说了些故国之情的话，拭泪道："我虽登大位，但内忧外患，日夜不宁。如今见到了娘家人的面，得到了娘家人的承诺，这颗心终于是放下来了。"

靳尚眼神闪烁，想说些什么，又转了话头道："但不知……嗯，没什么！太后您请尽管说。"

芈月敏锐地看向靳尚："靳大夫可是想问惠后情况？"

靳尚干笑道："没有没有，太后也一样是我楚国公主，没有区别……"

芈月却长叹一声，道："这原是家丑，不便与外人说。但，靳大夫原是自己人，我便与你实说了。"两句话说出来，便将靳尚的脸色由笑容变尴尬，又由尴尬变欢喜，才缓缓道："那日宫变之时，事起仓促，情势混乱。武王荡伤重不治，阿姊秉先惠文王遗诏，接我儿子稷回宫继位，不想魏夫人勾结魏王后，假充有孕，发动宫变。混乱之中，阿姊受伤垂危，子壮下落不明。我无奈之下，只得代掌政务，如今唯愿阿姊能够安全无恙，子壮早日归来……"

此时嬴荡谥号已发，靳尚也明其意，当下目光闪烁，干笑道："臣倒听说，公子华在雍城放出风声，说与庶长壮共襄义师……"

芈月锐利地看了靳尚一眼，断然道："胡扯，阿姊与魏氏之间的仇怨，旁人不知，我楚国人焉能不知？阿姊与魏氏母子之仇，不共戴天，庶长壮如何能与子华混在一起共行事，子壮若能够自己做主，他母亲病重，如何能不回来？那是假的。"

靳尚才不管真假呢，他与郑袖交好，郑袖与楚威后有怨，对芈姝自然也没有特别好感。他到秦国，只认谁能做主，谁能够与他做交易，谁能够与楚国做交易罢了。这个人是芈姝也好，是芈月也好，是嬴壮也好，是嬴稷也好，他是统统不管的。他说这样的话，无非是用来敲打这位秦太后，而让自己这一方多些得利罢了，当下便顺着芈月的话风赔笑道："正是、正是，太后说假，那必然不是真的。这秦国之事，自然是太后说了算。"见芈月满意点头，暗忖果然是妇人，说几句好话便够了，当下又道："臣今日来此，乃奉我王之命共商国是。须知秦楚乃是至亲，我们两国的利益，原也是共同的。"

芈月点头："这话说得正是。"又转问道："大夫自楚来，但不知母后她老人家身体可好？"

靳尚知其意，顿时会意地奸笑两声道："威后这些年身体衰弱，不太管事，宫中事务都是由郑袖夫人管着。再说，威后年事已高，若听了外头那些不实的消息，岂不有伤她老人家的健康。所以郑袖夫人是十分小心的，连王荡的噩耗都没敢告诉她老人家呢，更勿论宫变之事了。"

芈月点头："嗯，母后最爱阿姊，若是知道噩耗，令她老人家太过伤心，岂不是让王兄为难烦恼。靳大夫果然是最忠心不过的臣子。"

靳尚善解人意地道："是啊，从来外嫁之女，都是报喜不报忧的。"

芈月笑道："说起郑袖夫人，我们也是多年未见了，她素来是个极聪明的人，记得所生的公子兰也跟大王格外相像……说到这里，我倒有一个想法，不知靳大夫以为如何？"

靳尚道："太后有何想法，可与微臣说说？"

芈月笑道："我是楚国之女，虽在秦国多年，却一直心念故国。当年在楚宫之时，得母后、王兄谆谆教诲，念彼慈颜，至今不忘。我幸蒙先王遗诏，少司命庇佑，方得使我儿登上王位。怎奈我儿年幼，我不得不为了他强撑局面。靳大夫也当知道，我一介女流之辈，不懂得国政庶务，而秦国的文武大臣，都各怀鬼胎，我是一个也不敢相信。所以我身边无人相助，可是……我只肯相信我们楚国的自己人啊！"说着，悠悠地叹了口气。

靳尚听得眼睛越睁越大，听到最后，早已经欣喜若狂，语声难掩激动："太后放心，靳尚回朝，必将请大王多派楚国宗族入秦，辅佐太后。"

芈月亦欣喜道："那太好了。"

靳尚想了想，又问道："不知道太后有何心目中的人选？"

芈月叹道："唉，我一个后宫之女，知道什么人选。"说着看了看靳尚，假意道："靳大夫你如此能干精明，我若有你辅助，那是最好不过了。不如你就留下来，做我秦国的上大夫如何？"

靳尚吓了一跳，这秦国如今还内忧外患，一团乱麻，他在楚国如今内得郑袖相助，外得昭阳支持，过得如鱼得水，哪里肯在秦国惹这浑水，忙推辞道："这……臣能力欠佳，能力欠佳。"

芈月故作无知地道："我不在乎能力，我要的是绝对靠得住的娘家人，我才放心。"见靳尚吓得满头大汗，这才假装忽然想起道："哦，我想起来了，我弟弟子戎、母舅向寿，如今都还在楚国，不如让他们过来帮我吧。"

靳尚松了口气，喜道："哦，太后已经有了人选，那是再好不过了……"

芈月拍手笑道："靳大夫果然是能臣，这么一会儿就帮我解决了难题。来人……"

薜荔捧着一个木匣上来，放到靳尚面前打开。

靳尚眼前顿时一片珠光宝气，乐得他眉开眼笑，连连谢道："这这这，外臣无功，哪里敢受太后赏赐，十分惶恐，十分惶恐。"

芈月却笑道："别客气，我这里还有送给王兄和郑袖夫人的礼物，要托靳大夫转交呢。"

靳尚感动地拭泪道："太后当真亲情深厚，下官真是太感动了，太感动了……"

芈月见他做戏认真，也只得陪着举袖掩了掩。

靳尚抹了一把眼睛，又赔笑道："太后如此情深义重，令下臣想到一个建议，不知道太后意下如何？"

芈月此刻扮演这个"骤得高位，不知所措"的无知妇人模样也已经显得十分到位，听了此言，便点头道："靳大夫有何建议啊？"脸上神情已经是一副"你说什么我都听"的样子了。

靳尚见状，十分得意，抚了抚须，做出一副高深莫测的谋士样子，缓缓道："自古两国联盟，最好莫过于联姻。"

芈月见状点头，问："如何联姻？"

靳尚身子前倾，低声道："我大王有一位最年幼的公主，乃是赵美人所生，长得国色天香，正宜与秦王配为夫妻啊。"

芈月却显出有些犹豫的神情来，只缓缓地说道："哦……"

靳尚见状有些心急，忙道："太后有何为难？"

芈月一脸为难的样子："我方才还在想，先惠文王遗下一位小公主，我意欲嫁与楚国太子……"

靳尚顿时欢喜击掌，笑道："如此甚好，两件亲事一起办，这正是亲上加亲啊！只是……"他犹豫着看了看芈月。

芈月竖起了眼睛，不悦道："怎么，先王之女，嫁不得楚国太子吗？"

"非也，非也，"靳尚慌忙解释，"太后的设想，原本极是的……"一边神秘地压低了声音道："臣这么说，是为太后着想啊。太后离国日久，不知如今楚国之事。太子多年来已不得大王喜欢，郑袖夫人正有心让公子兰成为储君。若是太后将公主嫁与太子，岂不是太冒险了。"

"哦，"芈月一脸犹豫，"这倒也是。"

靳尚便显出一副推心置腹的样子："如今郑袖夫人得宠，公子兰多半就是将来的太子。太后若能将秦国公主许配公子兰，此时于公子兰来说，正是雪中送炭的最好时机。郑袖夫人是最懂得投桃报李的人，必当对太后有所回报。"

芈月脸上是一副六神无主，你说什么便是什么的样子，闻言忙点头道："多谢靳大夫指点，如此，一切都拜托靳大夫了。"

靳尚心中大喜，当下脸色上却露出犹豫之色，这些私底下的交易谈成了，在明面上他自然也要捞些政绩，此时便是到了关键时刻了。

芈月见状问道："怎么，靳大夫有为难之处吗？"

靳尚赔笑道："太后，楚国劳师远征，虽然两国结为姻亲，但是对于将士们也要有个交代啊。临来之前，老令尹曾有言在先，不得上庸之地，不许班师。太后，您看这是不是……"

芈月一脸茫然："上庸之地，上庸之地在何处？"

靳尚心中轻视，这边忙铺开地图，指给芈月看。

芈月想了想，抚着头："我似乎听说过呢……"

一旁侍立的内侍南箕忙赔笑道："这好像是庸芮大夫的旧地。"

芈月立刻道："那可不成，庸芮大夫乃我倚重之臣。"

靳尚来时却已经打听得明白，知道庸芮是她宠信之人，当下赔笑比画道："上庸之地甚大，庸芮大夫占地也并不甚多，令尹也只是要个名目而已。这名义上还了上庸之地，但实际情况，还可商榷。"

芈月不耐烦地挥挥手："那你便与庸芮大夫商榷去吧，只要他同意便是了，这上庸之地剩下来的，我便作为公主的嫁妆，陪送于楚国，如何？"

靳尚大喜，连忙拱手："太后当真是体谅臣下，太后英明，太后但请放心，您交代的事，下官一定能够办到。"

看着靳尚走出殿外，芈月脸上那种六神无主懵懂无知的神情立刻消失了，只冷笑一声。

魏冉从她身后的屏风走出来，不耐烦地道："阿姊何必应付这种小人？处处迁就，甚至还听由他指手画脚？"

芈月看着魏冉，笑着摇摇头："你还记不记得《老子》上的一句话：'将欲夺之，必固予之。将欲灭之，必先学之。'"

魏冉有所悟，问道："阿姊的意思是……"

芈月叹道："如今群狼环伺，只能把篮子里的肉扔给他们。等到他们散去了，我们再一个个地收拾。"

魏冉扬了扬眉毛，按剑道："阿姊放心，有我在，一定为阿姊把今日舍出去的肉一块块叫他们连本带利割回来。"

芈月欣慰地点头："此人虽蠢，却于我们有用，我之所以与这个蠢货耐着性子去说话，不过是为着能够早日接了子戎和舅舅归来。"

听她提到自己从未见过面的兄长，魏冉脸上闪过一丝犹豫，问道："阿兄他……可知道我的事？"

芈月看着魏冉，笑道："不管他是什么时候知道的，你们都是同胞兄弟，一见面，就晓得什么是骨肉至亲。你放心，你阿兄必是与我一般疼爱于你的。"

魏冉虽然已经是沙场百战之将，闻此言仍然是脸微一红，道："阿姊，这我自然是明白的。"

南箕见姊弟两人说话已毕，才上前问道："太后，下一个召哪国使臣？"

芈月笑道："魏国，信陵君无忌！"

魏国使臣魏无忌走进来，向芈月行礼之后，抬起头来，见了芈月，竟是有些微微发怔。

芈月已知其意，当年在楚国时，芈茵曾冒充自己前去馆舍找魏无忌，欲诱使他去勾引芈姝，却险些被当时的齐太子，如今的齐王田地射杀，幸得黄歇出手相救，魏无忌出言相助，才得脱身。

信陵君养门客甚多，消息灵通，当知自己是楚国公主，想来他的记性亦不会太差，当年的事虽然有些年头了，但终究还是会让人印象深刻，此时见他神情，想来是以为自己便是当日的芈茵，所以才会这样吧。

芈月笑问："信陵君见过朕？"

魏无忌回过神来，忙拱手："不敢，外臣只是……只是为太后威仪所慑。"

芈月笑了笑，知他借此含糊过去，索性说破："信陵君当日在馆舍所见之人，乃是七公主茵，她后来嫁去燕国，如今已经不在人世了。"

魏无忌脸一红："外臣无状，倒教太后见笑了。"

芈月颔首："哪里的话，朕知信陵君是君子也。"

魏无忌毕竟年轻，听了这话，也有些不好意思，当下便表白立场道："秦魏两国，世代联姻，魏国兵马陈兵函谷关，原也是为了帮助秦国平定内乱。镇于函谷关外，也是为了帮助秦国克制其他国家蠢蠢欲动的野心。臣想，太后应该不会误会我魏国吧！"

芈月点头道："我怎不知信陵君高风亮节，一向是列国中有名的君子。若是别人领兵，我还要担心。但魏国派出信陵君前来，足见魏国的诚意。未亡人在此多谢魏王了，请信陵君在魏王面前，代我致意。"说着，便于席上一礼。

魏无忌连忙侧身让过，见此情景，松了一口气："太后能够明白就再好不过。"

芈月点头道："魏国如此诚意，秦国深表感激，愿将蒲坂城还给魏国，而且当年公子卬仙逝于咸阳时留下遗愿，想归骨大梁。此番信陵君也可奉还他的遗骸。"列强环伺，重兵既动，没有利益便不可能轻易撤回。秦国此时内忧外患，只能先退强敌，再徐徐图之。上庸、蒲坂等城，皆是当年为秦国所夺之地，既然坐下来谈判，要回这些城池，便一定是他们的首要目标。所以，她衡量一二，索性先给出筹码，再争取先机和有利情况。

魏无忌不想芈月答应得如此爽快，这头一个目标被对方如此主动提出，一想到自己后面的条件，顿时也自觉苛刻，欲言又止，终于还是叹了口气："太后仁德，无忌实感惭愧。"

芈月知道信陵君是重义气之人，当下不待他继续开口，便笑道："有一桩事，信陵君勿要失望。"

魏无忌一怔："什么事？"

芈月道："宫中本传，武王后身怀六甲，不想前日武王后亲口承认，乃是误传。"

魏无忌一惊，长身立起："这、我妹妹怎么样了，怎么会是误传？"魏颐乃是他的亲妹妹，兄妹感情甚好，他这一惊之下，自然先想到的便是芈月可能猜忌魏颐怀着武王荡的孩子，或是硬将魏颐落胎。

芈月却意味深长地道："其中之事，我亦不明，据说是武王荡伤重不治之事传到咸阳，惠文王之夫人魏氏，便让太医诊出了王后有孕之事。此后，武王后却亲口对我说，她未曾怀孕。"

魏无忌细想之下，已明白其中缘由，吓了一身冷汗，忙伏地道："我妹妹她、她年幼无知……还请太后容她一命。"

芈月叹息："信陵君兄妹情深，实令人感动。只是……武王荡终究已经不在，王后年纪轻轻，无有子嗣，若是就此郁郁一生，实为不仁。"

魏无忌听得芈月话风，眼睛一亮，连忙问："那、太后之意……"

芈月看向魏无忌："这就要看魏国之意了。"

魏无忌向后退了两步，郑重伏下："外臣无忌，请求太后允准，我魏国能够接武王后回国。"

芈月定定地看着魏无忌半晌，才叹道："我亦是守寡之人，岂有不知这其中苦楚的。若是有子嗣，还能够有个期盼，况王后如此年轻……罢罢罢，君子有成人之美，信陵君兄妹情深，既魏国有心奉迎武王后归国，我自当成全。"

魏无忌惊喜交加地站起来，作了一揖："多谢太后。"

芈月又问："不知信陵君还有其他的要求否，愿为公子圆满。"

魏无忌欲言又止，最终还是摇了摇头："罢了。太后既然如此坦荡，无忌何须多言。伐丧者不祥，魏国最想要得到的结果已经没有了，此时再乘人之危落井下石，纵然再多得一二城池，但却收获秦人的仇恨，又是何苦呢？如今赵国崛起、楚国扩张、齐国野心勃勃，魏秦争斗多年，也应该转过头去防备一下他人了。"

芈月点头："都说信陵君是列国年轻一代中最出色的人物，果然如此。薛荔，你带信陵君去见武王后，信陵君可当面把这件事情告诉武王后。她自武王去后，一直郁郁寡欢，望你们兄妹团聚，也能够让她开阔心胸。"

魏无忌向芈月深施一礼，快步随着薛荔离开。

芈月看着魏无忌离开，刚才提着的精气神顿时消融，她疲惫地揉了揉眉头，问身边的南箕："下一个是谁？"

南箕恭敬地道："是韩国使臣张翠。"

芈月轻哼一声，叹道："武王荡为了打通去洛阳的路，刚刚攻占了韩国的宜阳涉河城武遂邑，斩首六万，这与韩国的仇，可是新鲜火烫。这韩国可真是不容易打发……把武遂的地图给我吧……"

这边芈月接见着一个个诸国使臣，另一边，一个个小内侍飞跑着，将最新的结果报到咸阳殿侧殿中。

这间朝臣们平时处理公务的侧殿里，这时候如同最繁忙的军事前线，接着一个个的指示，并且细化，再将所需要的资料迅速整理出来，由具体负责的臣子与列国使臣将芈月谈好的条件细化，准备签发。

众人看着一个个命令下来，彼此对望一眼，表情皆是有些沉重。

右相甘茂看着诸大夫将整理好的资料呈到他面前，只阴沉着脸一一签过，脸色越来越阴沉，最终将笔一掷，冷冷地道："国之大政，如今我们做朝臣、做国相的，一点也不得知道，不能插手，这、这还要我们大臣们何用啊！"

樗里疾闭目袖手坐在榻上，像是要睡着了。

甘茂回头看了樗里疾一眼，终究气不过，推了推他："樗里子，你倒说话啊。你是左相，我是右相，这事情，你我得有个态度啊！"

樗里疾半睁开眼道："这件事交给你，你能办得了？"

甘茂语塞，半晌才说道："可……总得我们大臣们商量个章程啊！太后可以划定一个能谈的范围，然后派大臣们去跟列国使臣谈判。"

樗里疾道："既然如此，你在朝上何不自告奋勇，去接下这件差事？"

甘茂道："这……"他苦笑道："与列国使臣交涉，这少一句是软弱，丧权辱国；多一句就是惹祸，挑起事端兵连祸结……这责任，甘茂承担不起啊！"

樗里疾冷冷地道："你既承担不起，又何必多言？"

甘茂被他这一句话噎住，好半天没转过气来，想了想终究还是道："可是割让上庸、蒲坂、武遂，这些城池都是我们秦国多少健儿搏命打下的啊，还要给燕国和赵国金帛财物相谢……我秦国多少年，没签过这样的约定了啊！"他看向司马错，见司马错沉着脸坐在那儿没有说话，便将那卷文书塞到司马错手中，道："司马将军，你是上将军，你倒看看这个，说句话啊！"

司马错阴沉着脸道："孝公的时候，我们割让城池给别人；到惠文王的时候，是别人割让城池给我们。列国之间，强弱易位，城池转来倒去，甘相你如此渊博之人，是没见过，还是没听过？"

甘茂怒道："你身为武将，说出这样的话来，羞也不羞？"

司马错冷冷地道："好，甘相，你给我兵，给我武器，给我军粮，我这就去函谷关外，与敌人决一死战！"

甘茂顿时语塞："这……

司马错冷笑道："武王任用莽夫羞辱大将的时候，甘相在哪里？武王把全国重兵带到洛阳去扬威的时候，甘相又在哪里？大秦的精兵被魏韩伏击损失惨重的时候，甘相扪心自问过吗？五国兵困函谷关下，咸阳血流成河的时候，甘相你又在做什么？”

甘茂心中暗悔，秦武王东进洛阳，倚他为重臣，一起商议国政的是他、打前锋的是他，甚至陪同秦武王进入洛阳，眼睁睁看着秦武王举鼎而不及阻止的人也是他。

樗里疾将孟贲等三人处死，是迁怒，却也令得他开始深感自危。秦武王一死，他这个右相之位，甚至是他在秦国能否继续为政，都是岌岌可危的事了。

他知道自己当年站队芈姝母子，已经失了芈月信任，如今芈月自称太后而越过秦王执政，若不能趁她羽翼未丰而将她的权力限制在一定的范围内，那么等她威望树立，则自己就要成为她的开刀对象了。

虽然他们几个中枢秉政的人，知道此时秦国情势危急，五国兵马虎视眈眈，若是能够让五国退兵，作为执政之人，便是付出任何的代价，也是必须的。总好过五国兴兵，诸公子内乱，内忧外患将秦国变成一盘散沙为好。

芈月此时与五国谈判下来的条件，已经算得是秦国损失最少的一种情况。可是为政者，攻击政敌，又何论是非，只消将对方扼制住，便是己方的胜利了，当下向着旁边使了一个眼色。

蒙骜会意，上前道：“不管怎么说，大秦江山，是一寸河山一寸血，都是由秦人浴血沙场而得，若是割地赔款，如何对得起死在战场上的秦国好男儿。”

甘茂颔首：“蒙将军说得是，一寸河山一寸血，岂可让人。大秦只有战死的勇士，没有屈膝的懦夫。”

庸芮冷冷地道：“那就让内战再起，大秦的好男儿，自己在国内自相残杀，然后让列国兵马砍菜切瓜一下杀死，这样就都成了战死的勇士，再没有活着的勇士了。”

蒙骜性子甚急，听了此言太不入耳，上前一步，怒视庸芮："你、你这是什么意思……"

司马错站了起来，道："好了！"他是蒙骜的上官，蒙骜见他出声，只得躬身退后一步。司马错拍拍蒙骜的肩膀，叹道："你如今手头还能调动多少兵？你确定你的兵马一动，公子池、公子雍、公子蕬这些人的兵马不会跟着动？还有那个公子华，眼睛里瞄着的可是大秦王位呢！魏韩兵马不赶紧送走，难道还让他们在秦国大杀四方吗？"

樗里疾终于站了起来，缓缓地道："诸位，若有更好的办法退兵，那就去，若没有，还是消停一些吧。"

甘茂看了樗里疾一眼，问道："这么说樗里子您也同意太后的做法了？"

樗里疾冷冷地道："这几个城池也不过是还给了韩、楚、魏三国而已。如今的情况，已经是最好的结果了。列国的兵马难道不是要送得越快越好？难道你希望诸公子争位之时，列国还在继续趁火打劫？"

甘茂的话，何尝不是打在他的心上，蒙骜的态度，又何尝不是他的想法。只是这件事若有错，错在秦武王，而太后出面收拾这个残局，不管结果如何，他都只能接受。

甘茂看了看周围的情况，不再说话了。

魏国的和议谈成，武王后回归魏国，这个消息，自然也是传到了魏琰耳中。

她怔怔地坐了半晌，忽然痴痴地笑了起来："你看，多可笑，阿颐能回去，她们要阿颐回去，却没有人提我，没有人提我？"

采苹侍立在她的身边，看着她忽然间似一夜变老，头发竟是白了一大片。在这禁宫中，没有华服美饰，没有胭脂粉黛，她彻底成为一个老妇人了。

消息是宫里有意传给她们的，武王后要回魏国去，她原来的陪嫁之人，秦国自然也无意留难，都放他们随魏颐回国。魏琰虽然被囚禁，身边倒还有几个旧婢照顾生活，官中自然是问她们愿不愿意随武王后一并回魏国的。

魏琰看着采苹，凄然一笑："你看，多好，你们都可以回去了，只有我，只有我……"她忽然失声痛哭起来，"被他们抛下了，他们连提都不提我，提都不提我。"

采苹是亲眼看见过她昔年最得意、最风光时候的，见此情景，忽然想起自己旧主魏媵人当年赴死时的场景来，心中百味杂陈。当年魏媵人死时，她固然是无枝可依，只有依附魏琰，然则却也不是不为魏媵人鸣不平，对魏琰是有些微辞的。此时见魏琰如此，似与当年场景重叠，不由得心酸，抱住魏琰哽咽道："夫人，奴婢不走，奴婢陪着夫人。"

魏琰跌坐在地，嘿嘿冷笑："好个季芈、好个季芈，谈笑间五国兵退。先王、先王，你的眼光不错，我的确不如她！"

采苹长叹一声："早知当日让她早早出宫，便不会有今日之事了。"

魏琰叹息："是，若不是我当年多事，拿那个小子来逼迫她，甚至早早让她出宫，便不会有今日之事。想那孟芈愚蠢不堪，又如何能是我的对手，想不到啊想不到，我与孟芈争了大半辈子，最终，却都为他人做了嫁衣……"

她自怨自艾了半晌，忽然跳了起来，叫："我不信，我不信，采苹，你赶紧传信出去。我王兄不会这么对我，我这一生为了魏国付出了多少！我为了魏国失去了先王的宠爱，我为魏国争取了一位新秦后，甚至因此让我的子华怨我。如今他居然不肯救我，连说句话也不肯……"

她越说越是兴奋，越说越是神经质起来："对，我还有子华，还有子华，就算是为了子华，他们也要让我出去啊。"

采苹不忍地叹了一口气："夫人，就是因为有公子华，所以秦国必不会放夫人出去，而魏国……也必不会向秦国提出这个要求啊！"

魏琰忽然怔住了，好半晌，才神经质地大笑起来："是，你说得对，他们自然不会再来接我。我都是个老太婆了，接回去有什么用？阿颐还年轻漂亮，再接回去，还能为魏国再嫁一次。我早应该想到了，不是吗？我年纪大了，有儿子，有自己的心思，不好拿捏。他们宁可支持阿颐那个未出生的孩子，也不愿意支持我的子华……男人靠不住，娘家靠不住……他们哪管你做出了多少牺牲，多少贡献。女人哪，真是愚蠢，愚蠢啊……"

她跌坐在地，喃喃地道："阿颐，不要相信你的父王，不要重复我的命运……子华、子华，母亲再也不能为你做什么了，你要自己撑住啊！"

当夜，内侍来报：魏夫人自尽。

此时芈月身着寝衣，倚在榻上看着竹简，她的手僵持了片刻，才缓缓放下竹简道："拟诏，惠文王遗妾魏琰谋害惠文后致其伤重不治，赐魏氏自尽。惠文后依礼附葬于武王荡陵寝。"

魏琰死去的消息，飞快地传到了嬴华的大帐之中。

此时嬴华也因之前受了芈姝之毒，正卧病在床，闻言惨叫一声："母亲……"顿时一口黑血吐出。

杜锦垂首道："公子，请节哀。"

嬴华咆哮道："为什么，为什么？是芈八子杀了我母亲吗？杀母之仇，不共戴天！"

杜锦面露不忍，低声道："听说，魏夫人乃是自杀。"

嬴华不信，怒问："我母亲为什么要自杀？"

杜锦叹息："魏人与芈八子议和，要接回魏王后，却……"

嬴华问："却什么？"

杜锦低头："却不曾提及魏夫人。"

嬴华跌坐在席，喃喃道："我不信，我不信，还有我在啊，还有我在，我母亲为何要自尽？"

杜锦扭头，不忍道："魏夫人是不忍将来自己成为公子的软肋……"

嬴华忽然明白了："你的意思是说，若是我将来兵临城下，母亲是怕、是怕……怕被芈八子当成人质要挟于我吗？"

杜锦不语。

赢华捂住了脸，呜咽出声。

跟在赢华身后的采薇，也捂住了脸，呜咽出声。

或许，只有她这个跟了魏琰一生的侍女，才能真正明白魏琰赴死的心情吧。

魏琰的死，不仅仅只是对于魏国的绝望，不只是畏于成为人质，她或许更怕的是，若有一天赢华兵临城下，若是赢华为她而降，她固然是恨不早死；可若是赢华不愿意为她而降，她又情何以堪；甚至可能，她在等待中见不到赢华兵临城下，而是赢华战败身死，恐怕对于她来说，更是生不如死吧。

她一直是有决断的人，在她想清楚了所有可能的结局之后，她为自己选择了一个眼不见为净的结局。

或许她曾经盼过，也许她唯一的生机是魏国能够念在她这一生，为魏国付尽心血的分上，接她回魏。这样，不管赢华是成是败，她都有了退路。赢华胜了，接她回去，她就是母后；赢华败了，她在魏国，还能够为他留最后一条退路。

可惜，魏国没有给她这个机会，魏国抛弃了她。

所以，她只有选择死亡。

赢华镇定了一下心神："魏人与芈八子议和了？那么，其他几国呢？"

杜锦不敢看他，低下了头："五国，都议和了。"

赢华站了起来，惊道："这么说，列国的兵马真的退了？"

杜锦道："是。"

赢华失落地坐下，喃喃地道："她竟然能够让列国的兵马退了，我的胜算又少了许多啊！"

杜锦劝道："公子，成败尚在两可之间，公子不必太失望。"

赢华摇了摇头："不是两可，只怕我连两成的希望也快没有了。"

杜锦劝道："公子不必灰心，甘相有意相助公子，已经在朝堂造势，借此机会，以芈八子与五国签约丧权辱国为名，逼芈八子还政，退居宫内。到时候王稷年轻无知，公子机会就更大了。"

嬴华问："她签了什么？"

杜锦道："她与楚国联姻，把上庸还给了楚国，又将武遂还给了韩国，把蒲坂和武王后还给魏国，谢燕赵两国以重金。"

嬴华击案叫道："好、好一个芈八子！"转而诧异道："甘茂真老糊涂了吗，芈八子此举，并非不利秦国啊。"

杜锦上前一步，低声道："这只是一个理由而已！"

嬴华诧异地问："理由？什么理由？"

杜锦道："甘茂已经游说了一半朝臣同意他的建言。"

嬴华不解道："甘茂竟有这本事？"

杜锦摇头道："非也，当时朝臣们只是厌了武王荡的荒唐，厌了诸公子的争斗，有惠文王的遗诏出现，又有樗里子的支持，他们希望早日结束咸阳的流血杀戮，谁坐在这个王位并不重要。可是，要他们每日对着一个女人跪拜臣服，俯首听命，许多人觉得受不了……"

嬴华冷笑道："哦，不错，不错，女人当政就是不行，就是应该退居内宫……芈八子啊芈八子，你可知道你坐在朝堂上，面对的敌人就不止是后宫那几个女人了，甚至不是与你儿子争位的我们这些兄弟。你面对的是这个天下所有的男人，他们都不会容忍你继续坐在朝堂，你的敌人，是整个天下的男人，哈哈哈……"

嬴华的笑声回荡在大营中。

营帐外，嬴壮阴沉着脸，听着营帐内的笑声，心中盘算着。

第三章

训三军

甘茂既存离心，便联结一些素日交好的臣子，以及与诸公子交好的臣子，以太后与五国签约过于让步为名，于咸阳殿上发难："臣以为，太后如此行事，误国误民，臣等不敢奉诏。臣请太后退居内宫，还政于大王。"

群臣亦是喧喧："臣请太后退居内宫，还政于大王。"

芈月冷笑一声，扔下一堆竹简到甘茂面前，斥道："甘相自己看看，这是什么东西？"

甘茂低头瞄了一眼竹简上的内容，脸色大变。

芈月冷笑道："怎么不说话了？朕丧权辱国？朕误国误民？甘相自己私底下拟就的条约，可是几乎把秦国卖得只剩下个咸阳了？当日列国兵马在函谷关的时候，甘相又在何方，出了何力？常言道：'主忧臣劳，主辱臣死。'武王荡任用无知鄙夫，效蛮力举鼎身亡，你身为右相，罪当如何？"

甘茂本被芈月一连串的话说得一时张不开嘴，横下心来反驳道："甘茂虽为右相，但无法劝阻君王，何止我一人？所以到了今日，目睹朝堂混乱，我才不得不进谏。太后，牝鸡司晨，乃国之乱象也，太后若继续贪恋权力，秦国必将大乱。臣请太后还政大王，有何过错？"

芈月斥骂："秦国内忧外患，你不能御外敌、平内乱，如今诸侯兵马退去，你倒会上下串联，要挟君王。如此无德无才无耻无能之人，你还敢立于朝堂吗？殿前武士，把他给朕逐出朝堂！"

甘茂听到要逐他出殿，脸色一变，终于下定决心，徐徐作揖道："太后指臣无能，臣亦不敢再居相位，就此请辞。至于驱逐，哼哼，我自己自会离开，不劳武士驱逐。但太后这样轻客慢士，羞辱臣工，今日我甘茂离开，不知来日，这咸阳殿上，还有什么人能继续立在这儿！"

说罢，便大步离开，底下臣子们见此情景，立刻炸了营似的闹了起来："甘相不能走，不能走。臣等请太后三思。"

芈月冷笑一声，拂袖站起："朕立于此地，对天地诸神起誓，有朕站在这儿一日，能保内乱平息，能保失地重回，能保大秦扬威。谁能够自认为做得到的，可以让朕退后，若是做不到的，诸君公卿大夫堂堂男儿，不要学长舌妇之行径。"说罢，拉起嬴稷拂袖而去，"退朝。"

朝臣们不想芈月如此强势，顿时怔住，转向樗里疾叫道："樗里子，此事你不能不管啊！"

樗里疾一咬牙一跺脚，道："各位卿大夫还请先回去吧，我必会向太后陈情。"

此言亦很快传入内宫，芈月沉吟半晌，道："你们备好车驾，夕食过后，我要去樗里子府上。"

缪辛忙道："太后，您若有事，可以直接召樗里子进宫，何必亲自去他府上呢？"

芈月轻叹："樗里子不比甘茂啊。我初执政，朝堂上还有武王荡的旧臣，甚至是诸公子的势力要压制于我，阳奉阴违。所以，我必须要给他们一个态度，让他们知道，如今这朝堂上是谁说了算。所以甘茂是不能再留了，可是樗里子却是王叔身份，执掌国政多年，我需要他来稳定朝政，要把他和甘茂划分开来。我礼遇他，也是要让朝臣们看到，只要是忠心耿耿的臣子，我同样会厚待于他们。"

正说着，忽然秦王稷身边的小内侍竖漆跑过来禀道："太后，不好了。"

芈月眉毛一扬："怎么？"

竖漆结结巴巴地道："大王、大王他……"

芈月问："大王怎么样了？"

竖漆道："大王听说义渠王来了，拿起剑就跑出去了。"

芈月一惊站起："赶紧过去。"

此刻，秦宫宫门外，嬴稷手执宝剑挡于门外，眼睛瞪着义渠王道："你来做什么？"

两人身后，各有武士侍立，见此情况，亦是不由得一齐拔剑，顿时剑拔弩张，气氛十分不好。

义渠王高大的身形站在嬴稷面前，却是格外有压迫力，他看着嬴稷，似看着不懂事的孩子一样，耐着性子同他说："听说朝堂上出了点事，我来看看你母亲。"

嬴稷见他的神情，对自己充满了轻视之意，不由得心头火起，怒道："义渠君，寡人乃是秦王，你见了寡人，竟敢不跪拜行礼？"

义渠王见着少年一脸气呼呼的样子，仿佛一只小黄鸡想要去撩拨老鹰的架势，不由得笑了笑，他伸手摸摸嬴稷的脑袋以示友好，嬴稷偏过头去，明白他的意思，更是气得不行，一瞪眼，举剑就要向他伸过来的手挥去，义渠王无奈地缩回了手，劝道："这剑利得很，不是你能玩的，小心伤着了自己。别闹小孩子脾气了，去跟你母亲说，我来了。"

嬴稷努力要维持自己的威仪，却发现在义渠王的眼中自己仍然只是一个被他轻视的孩子，脸涨得通红，拿剑指着义渠王道："你听着，这里是咸阳，不是你们义渠。既然来到咸阳，就要遵守大秦的国法。外臣要入朝，就要奏请，得到批准才能够进来。"

义渠王已经没耐心再去哄这个孩子了："我若现在就要进去呢！"

嬴稷叫道："那我就要杀了你。"

义渠王摇摇头，只觉得好笑："就凭你？"

嬴稷已经气得发抖了，但见义渠王轻轻一拨，就把嬴稷拨到一边去，自己昂首走进了宫门。

嬴稷气冲上头，不假思索地一剑刺去。

以义渠王的身手，岂能被他刺到，此时他正过了宫门走下台阶，听到风声正准备斜身一让，顺手一牵，嬴稷就要摔倒在地，哪知正在这时候，听到芈月的声音道："子稷，住手……"

这一声让嬴稷刺斜了方向，也让义渠王怔了一怔，结果嬴稷一剑就刺在了义渠王的手臂上。义渠王刚要发作，看到芈月脸色苍白地跑过来，他眼睛一转，捂着手臂闷哼一声，鲜血顺着他的手臂流了下来。

芈月大惊，冲上前去扶住义渠王，叫道："你怎么样？"

义渠王眉头一皱，哼了一声问芈月："你想杀我？"

芈月顿足："这是哪里的话？"

义渠王冷笑一声，推开芈月，走出宫门骑上马就走，义渠兵马待要跟上，却被他断喝一声："不许跟来。"便怔在那儿了。

芈月一急，也冲了上去，拉过一匹马追上去。

嬴稷刚从闯祸的惊惶中回过神来，看到芈月骑上马，急得追上去大叫一声："母后——"

芈月回头看了看嬴稷，厉声喝道："去承明殿关禁闭，我回来之前，不许出去。"说完一挥鞭子，追了出去。

义渠骑兵一怔神间，不知道要不要也跟着追上去，见芈月身后的宫卫却各寻马匹追了上去，不由得也跟着追了上去。

一时间，宫门口走了个精光，只余嬴稷一人傻傻地拿着剑站在那儿，后面呆立着几个随从。

竖漆战兢兢地探头出来，叫了一声："大王，您、要不要回去！"

嬴稷本是听了宫中一些内侍的煽动，自以为已经是秦王，又如何能够坐视义渠王公然出入王宫，与芈月毫不避嫌地亲热，甚至当着他这个秦王的面，以一副"父亲"的模样自居。因此上听着义渠王到来，便亲自提了剑，想将他阻在宫门外。

不料这个蛮夷之辈，竟然如此狡猾，明明可以避得开他的剑，却故意在他母亲面前使这苦肉计，让他招了母亲的斥责，甚至还招得他母亲亲自去追他。母亲这般睿智的人，竟然上了这野人的当。

这一场相斗，他竟是输得彻底，当下恨恨地把剑扔到地上，怒道："回承明殿。"

义渠王上了马，一路疾驰，手臂上的伤也不遮掩，就这么一路滴着血过去了。

芈月自后面追去，越看越是心疼，越看越是着恼，这么大的人了，和孩子置什么气，受了伤还要耍性子，这脾气简直比初见之时还要孩子气。

她一路追去，若论往日，以义渠王之身手，以大黑马的速度，她自然是追不上的。可是追了一段路程，便见前面的马越走越慢，却是义渠王捂着手臂，手臂上还一滴滴往下滴血，没有用力控马，那马自然就慢了下来。

芈月急忙追上，问道："义渠王，你没事吧。"

义渠王嘿嘿一笑，忽然伸臂将芈月从马上揽到自己的马上来，一挥鞭，马又急驰。芈月惊叫一声，也没有反抗，与义渠王共乘一骑时，便已经看到义渠王手臂仍然在流血，急道："喂，你停下，你手臂还在流血呢。"

义渠王笑得又是得意又是赌气，说："原来你也关心我嘛，我以为你早已经把我忘记了。"

芈月气道："你、你啊！子稷是个孩子，你也是个孩子吗？你跟他怄气做什么？"

义渠王却道："我不是跟孩子怄气哦，我是跟你怄气哦。"

芈月看着他一脸赌气的样子，无奈道："好了，好了，算我错了，你赶紧停下，我给你包扎手臂。"

义渠王却扭过了头去，道："如果你不承认我们在长生天面前立下的誓言，那就让我一直流血到死好了。"

芈月白他一眼："你又胡说什么，既然是在长生天面前立下的誓言，我怎么会反悔。"

义渠王一勒马："那你什么时候宣布我们的婚期呢？"

芈月叹道："你先停下来，让我给你包扎好不好？"

义渠王这才答应，勒马停下。

两人下马，走到路边坐到石头上，芈月从义渠王的革囊里取出伤药，又撕下自己的披风为义渠王包扎。

义渠王看着芈月认真地为他包扎着伤口，眼神全神贯注，目不斜视，心中又是委屈又是得意，忽然按住芈月的手，道："我叫翟骊。"

芈月一怔，看了义渠王一眼，一时不明其意："什么？"

义渠王看着芈月的眼睛，认认真真地道："我的名字，用你们周语念，便叫翟骊。翟——骊——"说着，他便用雅言认认真真地念了两遍，看着芈月。

芈月为他专注的神情所动，当下亦是认认真真地跟着念了一遍，只是义渠王说起周语来，总不免带着一些义渠之腔，一时之间，倒是不能辨认是哪两个字。

义渠王咧开大嘴一笑，露出两排白花花的牙齿来："这是一个周人给我起的名字，他说我们是翟戎中的一支，所以以翟为姓。我的义渠名字叫……"他说了一个古怪的读音，芈月一时竟是不能学舌，义渠王哈哈一笑："这个音你读不来，不过翻译成你们的话就是黑马驹子的意思，那个周人说黑马就叫骊。所以我的名字，就叫翟骊。"

芈月此时方明白刚才那二字的意思，不过她的注意力倒在另一个方面："你的名字……是黑马驹子，为什么？"

义渠王轻抚着那匹大黑马，轻叹道："嗯，我出生的时候，刚好马厩里也生了一匹黑马驹子，所以我母亲就给我起了这个名字。"

芈月见他看着那大黑马的眼神，问道："可是这匹马？"

义渠王哈哈大笑："怎么可能啊，那马不是要成精了吗？"他拍着那大黑马笑道："是这小子的爹。"对芈月笑道："不过你以前倒是见过的，还偷骑过它。"

芈月忽然想起当年她初被义渠王掳去时，的确是偷了他的大黑马逃走，她看这匹马与那匹马甚像，以为就是同一匹马，此时恍悟，若是当年的那匹马，只怕早就已经老了，哪里还能如此飞驰呢，当下就问："原来那匹大黑马呢？"

义渠王脸上掠过一道阴影："一次跟我上战场的时候，中了流矢……"

芈月啊了一声，叹道："可惜，可惜。"

义渠王却笑了："有什么可惜的，战马就应当死于战场，便如战士死于战场一样，这才叫死得其所。难道等老了，不能动了，在马槽边苟延残喘，才叫可惜呢。"

芈月低声问："那些不曾死于沙场，老了的战马呢？"

义渠王道："爱它们的主人，会帮助它们解脱，送它们一程的。"

芈月"嗯"了一声，忽然间只觉得百味杂陈，欲说什么，却又觉得无话可说，只胸口一种钝钝的闷闷的感觉，叫人难受。

义渠王忽然"哼"了一声，芈月赶紧看去，见他手臂上又渗出血来，急道："你又干什么了！"

义渠王道："骑马回去啊。"

芈月横了他一眼，道："你受了伤，这只手不好再用力，否则伤口又要迸开。"一面为他重新包扎，一面想起他伤的原因来，只觉得又可叹又可气："你现在还是个黑马驹子的脾气。一点点小事，犯得着拿自己的手臂来开玩笑吗？"

义渠王看着她为自己包扎伤口，却道："别你啊我啊的，叫我的名字。"

芈月抬起头看到他执拗的眼神，无奈地道："好，我叫你的名字——

翟骊！"

义渠王伸手将芈月搂入怀中，笑道："再叫一次！"

芈月又叫了一声。

义渠王笑得见牙不见眼，又道："再叫一次。"

芈月叫道："阿骊！"便听得义渠王又要求再叫，索性一连串地叫道："阿骊！阿骊！阿骊！够了吗?"

义渠王眉开眼笑，道："不够，不够，你要叫我一辈子呢，现在哪里够！"

芈月白他一眼："走了！要不然待会儿侍卫们就要追来了。"

义渠王点头："好，走吧。"他扶着芈月刚要上马，忽然神情一变，用力一拉芈月，俩人顿时倒地，他抱住芈月，迅速滚到一边的树后。

却见不知何处一串乱箭如雨般落下，那大黑马屁股中了两箭，绳索又不曾被拉住，便长嘶一声，飞也似的疾驰而去，不知跑向哪里了。

义渠王在一连串翻滚躲避之时，已经拔出剑来，此时在树后厉声喝问："你们是什么人?"

却见不知何时从道旁的树林里出现了十余名黑衣人，一轮弓箭射出后，便冲出来，更不答话，挥剑向着芈月刺来。

义渠王左挡右格，顿时已经打倒了两人，又将一柄长剑向着芈月方向飞踢过去。芈月接过剑来，与义渠王背靠背站在一起，抵挡黑衣人的袭击。

只是两人虽然也算武艺不错，但是终究不敌对方人多势众，且一意以刺杀为目标。一会儿工夫便有些招架不住，但见一名刺客一剑向芈月刺去时，芈月正与另一名刺客交战，无法格挡，义渠王却是一边拼杀，一边用余光注意芈月，见状不顾自己正与几名刺客交锋，飞身挡在芈月面前，这边替芈月挡下一剑，自己同时因失了防护，又被与他交战的几名刺客砍了几刀。

只是他素来悍勇，虽然身中数刀，浑身浴血，却仍然越拼越勇，仿

佛不怕痛、不怕死，甚至伤势都不影响他一样，依旧拼命如故，一时之间，竟是让他硬生生多拖了好一会儿，

就这么多拖了一会儿，便有义渠骑兵和秦国宫卫赶到，那帮黑衣人见势不妙，领头的就带人向小树林撤退。义渠兵与秦兵亦分别赶了上去。

此时义渠王才松了剑，仰天而倒，衣袍已经尽染鲜血。

芈月扶住义渠王，急叫道："阿骊，阿骊，你怎么样？"

义渠王脸色苍白，勉强笑了笑道："我没事！"就晕了过去。

诸人忙砍了树枝做担架，将义渠王抬了回去。此时芈月仍住在常宁殿，便将义渠王安置于殿中，慌忙召来了数名太医，为义渠王诊治之后，只说义渠王受伤虽重，但因他身强体健，所以性命无忧，只要好好养上一段时间，便可痊愈。

次日，缪辛亦已经查清回报，说刺客背后的主使之人，乃是公子华。因芈月入宫以来，内外隔绝，已经清理了好几次，宫中就算是有他们的人，也传不出消息去。但禁军中仍有他们的人马，在宫外把守的禁军看到太后孤身去追义渠王，于是通知了他们赶去伏击。

芈月冷笑道："把相关的人都给我抓起来，缪辛，我要你一定要彻查此事。"

缪辛道："是。"

东侧间里义渠王刚好醒来，闻声问道："怎么了，你的禁宫不可靠？"

芈月忙站起来，疾步走进来，扶着他躺好，察看了他伤口未裂开，忙道："没事，你只管养伤。"

义渠王却道："我都听到了。你的禁宫中有奸细？那你岂不是很危险？"

芈月沉默。

义渠王忽道："要不要让我的人马去把守宫门？"

芈月诧异："你的人马？"她没想到义渠王会说出这样的话来，毕竟她初掌大权，而禁军之中，却是武王荡和芈姝经营多年，中间必有他们的亲信之人，一时之间，倒也难防。

义渠王却道："怎么，你不放心我？"

芈月忙笑："不是，我怎么会不放心你。"

义渠王问："那你在犹豫什么？"

芈月犹豫道："只恐大臣们会……"

义渠王诧异地道："你是我的女人，我保护你天经地义，难道你的部属们宁可希望你有生命危险也不接受我的保护？"

芈月脑子里正将朝中派系、旧戚新贵、诸公子关系慢慢清理着，闻言倒怔了一下。自己把事情想得如何复杂，倒不如义渠王简单直接，想了想，点头嫣然一笑："你说得对。是了，这件事，他们就算反对又如何，难道身为一国之主，还要处处迁就他们吗？"

她与义渠王又说了几句话，见他困倦，便扶了他睡下，自己走了出来。

缪辛仍在外头候着，见芈月出来，冲他摆摆手，又指了指外面，当下会意，随着芈月走了出去。

外头雪花飘飞，廊下也有几片飞入，芈月看着天气叹道："我最不喜欢冬天，不喜欢下雪。这雪一下，街市上走动的人都没有了。"

缪辛亦知芈月母子在燕国的时候冬日难熬，只唯唯而已。

芈月问道："我把义渠王留在宫中，又让义渠人把守禁宫，是不是不合规矩啊？"

缪辛道："义渠王为太后受伤，这守禁宫的人又靠不住，义渠王能够为太后分忧，便是大幸。"

芈月轻笑："就怕樗里疾听到了，必会嘀咕。"

缪辛赔笑道："奴才说句不中听的话，樗里子要是真有心，把这些内乱刺客都解决了，太后还会让义渠人把守禁宫吗？"

芈月长长地叹了一口气："你虽然是个内宦，倒比满朝文武懂道理。"

缪辛道："他们未必不懂，只是忠诚不够罢了。"

芈月看着自己的纤纤素手，伸手接了几片雪花，又吹掉："忠诚这个东西，也是有价码的。现在他们觉得，我未必能够付得出这个价码，所以忠诚也就打了折扣。"

缪辛看了看天色："他们一定会后悔的。"

芈月轻叹："或许，因为我是个女人？"

缪辛笑道："奴才虽然不懂什么大道理，不过以前听张子闲聊，他说连最会假装正经的儒家也说'沽之待贾'。奴才当日入宫，为的是吃一碗饱饭，张子当年投秦，也不过是大王给的价码更高而已。"

芈月笑了笑："不错，天下熙熙，皆为利来；天下攘攘，皆为利往。天底下本就没有规矩，有权力的人制订规矩，得到利益的人维护规矩，害怕受罚的人遵守规矩。若是人人守规矩，那这天下就不是诸侯争霸，而还是由周天子说了算呢。"

缪辛奉承着道："如今，太后说了算。"

芈月哈哈一笑。

缪辛转头看到拐角边一个人影一闪，眼神一动，便给了身后小内侍一个眼色，想让他过去把事情解决了，不想那人影又是一闪，便被芈月看到了，喝道："外头是什么人鬼鬼祟祟的？"

却见嬴稷身边的小内侍竖漆哭丧着脸从拐角后进来，跪下道："太后，是奴才。"

芈月见了是他，问道："大王何在，怎么现在还不过来？你来这里做什么？"

竖漆吞吞吐吐道："太后昨日要大王在承明殿禁闭，如今还未下旨解除，大王如今还关着呢，而且昨天的晚膳，今天的早膳都未进，奴才来请示太后……"

芈月点头："我知道了，让他出来吧，我这会儿没工夫理他，让他自己用膳。"见竖漆迟疑着想说什么，便一瞪眼喝道："还有什么呢？"

竖漆吓得什么也不敢说了："没、没什么，奴才去服侍大王了。"

芈月淡淡地补了一句话："不许他进常宁殿。"

竖漆苦着脸应了一声："是。"

芈月便失了兴致，回了主殿，进了西配间去批阅奏章。过了一会儿，魏冉进来，道："臣见过太后。"

芈月问："查得如何？"

魏冉道："臣查办刺杀案，发现乃是杜锦暗中指使。"

芈月恨恨地道："又是他，抓到他了吗？"

魏冉道："可惜被他逃了。但是，查到禁宫中与他勾结的几名军官名册。"说罢便呈上名册。

芈月接过，将竹简徐徐展开，见上面一栏栏写着那些涉案军官的籍贯、出身、履历、功劳等。她慢慢地看着，魏冉捧了一杯热姜汤慢慢喝着，室中只余竹简碰撞翻动的声音。

看完，芈月将竹简一放，叹道："人数不少啊，明面上便有这些人了，暗地里，还不知道会如何……"

魏冉放下杯子，昂然道："有臣等在，太后尽可放心。"

芈月问他："这些人你如何处置？"

魏冉道："自当杀一儆百，以儆效尤。"

芈月看着竹简，轻叹一声："这些人都是有战功的啊，杀这一批人容易，若下次再出来一批人呢……"

魏冉掷地有声："再来，便再杀，叛逆之人，杀之亦不足惜，太后若是妇人之仁，只恐助长逆贼气焰，反而更生变乱，于国于民无利。"

芈月抬头看向魏冉："这些人也皆是我秦国有功之臣，为何今日成了叛逆？"

魏冉一怔，立刻道："皆因太后和大王初执政，这些人多年受惠后、武王、魏氏等人驱使，故而不能听命新主。"

芈月继续问魏冉："既然他们能受他人驱使，为何不能受我驱使？"

魏冉忙道："太后执政日浅，恩泽未深……"

芈月举手打断他的话，摇头道："执政日浅，就恩泽不深了吗？未必见得。"她站起来，将竹简交于魏冉，道："召集咸阳的禁军将士到宫前集合。我有话要同他们说。"

魏冉大惊，忙跪下道："太后不可！"

芈月道："为何不可？"

魏冉惶恐道："您前日刚刚遇刺，而今禁军里头，只怕还有奸细。"

芈月不在意地摆摆手，道："禁宫中是还有勾结诸公子之人，可是不会是整个禁宫都靠不住。鼠辈只敢暗中下手，可是整个禁军军士列阵，五人为一伍，五伍为一两，四两为一卒，五卒为一旅，五旅为一师，五师为一军。每个人周围都是四个人看着，任何人有一点异动都逃不过别人的眼睛，想在禁宫当中行刺，他除非是疯了，或者是急着自寻死路了。"

魏冉只得道："是。"

一声令下，三军齐聚。

芈月与嬴稷骑马而至时，但见秦军将士一排排地站立在咸阳宫前的广场上，如同一杆杆标枪一样直立。前排却有十余名军官被捆绑跪着，都是一脸的戾气，显然这些便是被查出来与公子华有勾结之人了。

芈月也不理会他们，下马与嬴稷登上台阶，魏冉、白起等紧随其后，手按宝剑，警惕无比。

司马错见芈月到来，忙率众向芈月行礼："参见太后。"

下面三军亦一齐行礼："参见太后。"

芈月道："诸位将士请起。"

众人皆站起来，又恢复了标枪似的队形。

芈月看着跪在下面的几名军官，挥挥手道："把他们解开。"

司马错表情微有些变化，却什么也没有说，挥手上来两排兵士，将这些军官的绳子解开，但却站在那些人身后，以防他们冲动行事。

芈月转身，扫视一眼，忽道："诸位将士，我问你们，你们为何从军？"

众将士一时无言。

司马错连忙上前道："保家卫国，效忠君王。"

众将士也齐声答："保家卫国，效忠君王。"

芈月看了司马错一眼，笑道："你不必代他们回答，这样空洞的回答，答不到他们的心底去。"

芈月往前走了两步，离那几名军官距离更近，司马错紧张地以眼光暗示那几人身后的兵士小心，兵士上前一步，将这些人夹在了当中。却见为首的军官一脸的桀骜不驯，冷笑连声。

芈月问他："你叫什么名字？"

那军官昂然道："臣名蒙骜。臣一人做事一人当，太后只管问罪于臣，不必牵连他人。"

芈月又问："你为何谋逆？"

那蒙骜道："臣受公子华深恩，效忠公子，在所不辞。"

芈月再问："你口口声声称臣，你是谁的臣？你也是一介壮士，身上穿着的是大秦戎装，受的是大秦官职，却只会口口声声效忠公子，你是大秦之臣，还是公子之奴？"

蒙骜一张脸涨得通红，大声道："臣也立过战功，臣这身官职，乃军功所得。可是臣入秦以来穷途潦倒，若非公子华之恩，臣早已……"

芈月不再理他，却扫视众人一眼，徐徐问道："朕且问你们，你们从军，为了什么？"她不待众人回答，已经将手一挥，大声道："你们沙场浴血，卧冰尝雪，千里奔波，赴汤蹈火，为的不仅仅是保家卫国，效忠君王，更是为了让自己活得更好，让自己在沙场上挣来的功劳，能够荫及家人；为了让自己能够建功立业，人前显贵，是也不是？"

此言一出，众人顿时就开始有些骚乱，却在司马错严厉的目光下，渐渐又平息了下来。

芈月直视众将，问道："今天站在这里的，都是军中的佼佼者，你们身负大秦的荣光，是大秦的倚仗。是也不是？"

众将士齐声应道："是。"

芈月站在高台上疾呼："我大秦曾经被称为虎狼之师，令列国闻风丧胆。可是就在前不久，五国列兵函谷关下，可我们却毫无办法，只能任由别人勒索，任由别人猖狂，这是为了什么？我们的虎狼之师呢，我们的三军将士呢，都去哪儿了？"

那为首的军官表情有些触动，本是高昂的头，不觉低下了。

芈月大声问道："大秦的将士，曾经是大秦的荣光，如今却变成了大秦的耻辱，为什么？因为当敌人兵临城下的时候，我们的将士，不曾迎敌为国而战，却在自相残杀。这是为什么？"

广场中虽然有数千人，此时却鸦雀无声，只有芈月的声音在空荡荡的广场回响："我们的将士，在沙场上是英雄，可是为什么在自己的国家中，却成了权贵的奴才，受着秦王的诰封，却为某封臣、某公子效忠？你们当然会说，因为他们对你们有恩。他们有何恩于你们，出生入死的是你们，可封赏之权却掌握在他们的手中。所以你们就算有通天的本事，却只能依附于权贵，出生入死而得不到自己浴血沙场挣来的功劳和赏赐，只能向他们效忠，等他们赏赐。为什么？因为权贵们在上挟制君王的权力，在下啃吃你们的血肉。他们为什么这么嚣张，就是因为你们自愿成为他们的鹰犬，为他们助威，才使得他们的权势强大，逼迫君王，甚至于敢谋逆为乱。所以才使得奖励军功的商君之法不能推行，使得私斗成风，使得国战难行！"

众人都骚动起来，交头接耳，此时司马错已经顾不得弹压，他心中也有一股郁气沉积多年，在芈月的话语下，竟也似热血沸腾，只差一声"好"字就要叫出口去。

芈月一步步走下台阶，一直走到将士们当中去，每一个人看到她都不由得低下头去。芈月看着他们，一字字道："商君之法曾经约定只有军功才可授爵，无军功者不得授爵，有功者显荣，无功者虽富无所荣华。可如今呢，这些实现了没有？为什么？就是因为你们站在了权贵的这边，那些权贵自己已经失去了对君王的忠诚，却要求你们的忠诚，这不可笑吗？你们的忠诚不献给能够为你们提供法制的公平、军功的荣耀之君王，却向着那些对你们随心所欲、只能赏给你们残渣的权贵，这不可笑吗？"

她在军中一排排走过，翻身上马疾驰至最高处，拔剑疾呼："将士们，我承诺你们，从今以后，你们所付出的一切血汗能够得到酬劳，任何人触犯秦法都将受到惩处。将士们，这将是你们的时代，不再是权贵的时代。今天，我在秦国推行这样的法律，他日，我会让天下都去推行这样的法律。你付出多少努力，就能够收获多少荣耀。"

芈月举剑指着站台下的一个个将士，道："你们可以为公士、为上造，为簪袅，为不更，为大夫，为官大夫，为公大夫，为公乘，为五大夫，为左庶长，为右庶长，为左更，为中更，为右更，为少上造，为大上造，为驷车庶长，为大庶长，为关内侯，甚至为彻侯，食邑万户！你敢不敢去争取，你想不想做到，你能不能站得起来？"

众将士高呼道："我们敢！我们能！我们做得到！"

嬴稷亦已经兴奋得满脸通红，也举着拳头大声疾呼："我们敢，我们能，我们做得到！"

司马错虽然没有跟着高呼，但神情激动，眼眶中都隐隐有了泪花。

整个广场响起高呼之声："太后！太后！太后！"

那一排有罪的军官，本已经低下了头，此刻听着芈月的话只觉得血脉偾张，眼睛随着芈月一步步走过，禁不住也跟着叫了起来："太后！太后！"

蒙骜的脸色变幻不定，忽然间回想起自己在军中拼杀的岁月，想起多少次的不公不平，想到自己被公子华所赏识时的感恩和无奈，而今日，芈月的话，却似句句打在他的心上，他大吼一声，伏地重重磕头，叫道："太后，臣蒙骜有罪，请治臣的罪。"

那些犯案的众军官也被他所动，亦争着叫道："臣有罪，请太后治罪。"

芈月转向蒙骜等人，点头道："你有罪，但你是个勇士，我现在不治你的罪，我要你去平定内乱，去沙场上将功折罪。做得到吗？"

蒙骜大叫一声："臣做得到。"

四周仍然在高呼："太后！太后！太后！"

樗里疾等臣子们匆匆赶来的时候，就只听到满场的欢呼之声了。

众人怔在当地，目瞪口呆。

第四章　季—君—乱

这一场三军之呼，不仅是群臣听到了，咸阳城许多人亦是听到了。

甘茂虽然在朝堂上一怒而去，但他却比任何人都关注着朝政的变化，下午的这一场三军之呼，他不仅知道了，甚至他也在远远地看着。

夜已经深了，甘茂怔怔地呆坐在书房中，耳边似隐隐还传来下午咸阳殿前军士的高呼声。

"唉，强者无敌，强者无畏。我、我输了吗？不，我不甘心、不甘心啊。"可是不甘心，又能如何？大势已去，他如今在咸阳，已经无用武之地了。他低估了这个女人，低估了她的强势，也低估了她的决心，甚至是低估了她的气量心胸、手段计谋。

早知道……早知道，或许自己应该向她称臣？

不，这不是甘茂的为人。

他周游列国、困顿咸阳、投效芈姝母子，为的就是有朝一日，自己立于朝堂，以天下为棋盘，与诸侯决高下，建不世功业，留百世英名。

他差一点就触碰到这一切了，如果、如果不是武王荡忽发奇想，要亲自举鼎，他就可以触碰到这一切了。辅助秦王、兵发三晋、策马洛阳、震慑周王、夺九鼎以号令诸侯，这一切都在以他的意图在运转了，可是就这么一朝之间、一朝之间化为泡影。

他悔，悔自己应该早回咸阳安排一切，他太自信，以为后宫女人翻不出花样，他回去再扶立公子壮，一切还依旧如武王荡在世时一样，新王继续倚重他，用他的国策。结果在他一路扶灵回咸阳之后，却发现咸阳出现了两个王位继承人，而另一个还在娘肚子里。他回咸阳当日，还未入宫见惠后，魏夫人便派人堵上了他，以惠后心痛武王荡之死要迁怒于他的假消息，令得他犹豫反复之间，错过最好时机，结果诸公子作乱，整个秦国顿时成一盘散沙。他便是有回天之力，也是扶不起来了。

可是他没有想到，他无力回天的事，让一个女人一步步完成了。他是不得不与芈月作对，因为在这个女人的手底下，将不会再有他甘茂掌控国事的余地了。

樗里疾这个人，是可以甘为副贰的，当初他跟着秦惠文王时，便是如此，他是王室宗亲，他所有的出发点都是以秦国利益为先。可他甘茂不是，甘茂，是一个要当国士的人，如果没有这个舞台，他就要创造这个舞台，如果这个舞台不让他上来，他就会拆了这个舞台。

太阳渐渐西斜，门外斜照进来的日影越来越长，甘茂焦灼不安地在室内走来走去，终于下定了决心，坐下来开始整理案头的文件，一些收拾起来，但更多的竹简帛书则被他扔到青铜鼎中烧掉。

甘茂收拾完这一切，天色已经暗下来很久了，他走出房门，叫道："备车。"

侍从忙上前问道："国相欲去何处？"

甘茂手中拳头紧握，下了决定，道："去樗里子府上。"

侍从一怔："如今这个时候……"

甘茂闭了闭眼："我料定这时候，樗里疾一定还没睡。"

果然樗里疾还未休息，他今日亲眼见到芈月训话三军，心神震荡，一时竟有些恍惚，直到夕食之后，才定下心来处理案卷上的政务，这时候公文未完，自然还在书房，却听说甘茂此时求见，倒有些诧异，沉吟片刻道："请。"

甘茂匆匆下车，在老仆的引导下走进樗里疾府后院，他之前与樗里疾往来，只在前厅，如今进了后院，倒有些诧异。

他举目看去，后院十分简陋，只有土墙边种着野花，一条石径通向后面三间木屋，连回廊玄关也没有。甘茂有些出神，他竟不知道这位秦国王叔、当朝权臣，私底下却过得这么简朴清静。

见着老仆进去回报之后，便请他入见，他顿了顿，随老仆走进樗里疾的书房，却见樗里疾伏案看着竹简，几案上和席上堆的竹简如山一样高。

那老仆禀道："公子，甘相来了。"他跟着樗里疾久了，多年来都是照着旧时称呼。

樗里疾抬起头，见了甘茂，忙放下竹简，走出来道："甘相，请坐。"他的神情一如往昔，似乎并不奇怪甘茂的到来，虽然此刻已经是深夜了。

甘茂向樗里疾一揖道："不敢，樗里子，甘某早已经辞官不做国相了，不敢当这一声甘相之称。"

樗里疾只得道："好好好，就依甘先生。"这边两人入席对坐，方问道："不知甘先生今日来有何事？"

甘茂慨然道："我甘茂本是边鄙无知之人，蒙惠文王、武王两位君王的恩宠，拜以国相之位，以国事相托。虽然不能够完全胜任，却也是兢兢业业，不敢有丝毫懈怠。今芈太后摄政，不用我这朽木般无用之人，我原该只身离去，不敢多言。然蒙恩深重，临行前有些话不吐不快。"

樗里疾道："甘先生请说。"

甘茂一脸诚恳："秦国接下来恐怕要经历一场比商君变法更可怕的洗劫，甘茂受先王恩惠，不忍见此劫难落到诸位卿大夫的头上，如今群臣以您为首，还请您早做决断。"

樗里疾一惊，挥手令老仆退下，拱手问道："甘相意欲何为？"

甘茂道："罢内乱，停国战，休养生息。"

樗里疾沉吟片刻，方道："罢内乱，停国战，休养生息。此亦是太后与我的期望，可是，诸公子不肯归降，如之奈何？"

甘茂道："若能用吾所请，诸公子自当归降。"

樗里疾眼神一凛，看了甘茂一眼，道："哦，甘先生有把握说服诸公子归降。"

甘茂道："有。"

樗里疾拱手："愿请教之！"

甘茂道："停新政，恢复旧法，只要大王承认诸公子目前所占据的各封地都归他们所有，不设郡县，实行周天子之法，我愿意奔波各地，说服诸公子上表称臣。"

樗里疾一怔，喃喃地道："如此，就把秦国分割成了大大小小的碎块，太后对军方的承诺，岂不落空。"

甘茂趋前一步，对樗里疾推心置腹地道："君行令，臣行意。我们身为臣子，为君王效命，受君王封赏，乃是公平交易。君王只有一个，而臣子们却要为自己的家族和自己这个群体的利益所考虑。所以阻止君王的权力过度扩张，本就是身为臣子的职责。"

樗里疾却摇了摇头："我不同意，秦国为了实行商君新政，已经牺牲良多，如果废除新法，又恢复旧政，那么原来的牺牲就白白浪费了。那么秦国对列国的优势，就将失去。"

甘茂冷笑："难道你真认为秦国对列国，有优势可言吗？列国争战数百年，却齐心协力三番两次联兵函谷关下，除了秦国之外，还有哪个国家会让其他国家这样排除宿怨而进行围剿？因为秦国是异类，因为它扰乱了列国这数百年虽有征战但实力保持在一个均衡之势的现状，没有人能够容忍异类的强大，所以必须要除之而后快。"

他这话，算是挑破了诸侯对秦国隐藏的心思，这也是在秦国无人敢于挑破的事实，因为挑破之后，要承受的压力太大，秦国再强，也不能真的同时面对六国的敌意。

樗里疾一惊站起，不禁退后一步，他发觉自己失态，又顿了一顿，缓缓坐下，脸上显出沉思之色。

甘茂再上前一步继续劝说道："自孝公任用商鞅以来，秦国国内又发生了多少次内乱，这是远超其他国家啊。秦国能够度过一次两次三次四次，可还能经得起多少次？承认诸公子的割据，恢复贵族们在封地上的全部权力，秦国的确看上去是失去了对列国的优势，可是正是这样，才能够摆脱被列国视为异类的围剿行为，得到卿士们的归顺，这才是秦国的长治久安之策啊。"

樗里疾沉默片刻，忽然问："你今天来，背后得到多少人的支持？"

甘茂正滔滔说着，被他一问猝不及防，倒显得有些狼狈，但他旋即镇定下来，笑道："如果我说，比站在咸阳殿上对太后臣服的人更多，你相信吗？"

樗里疾沉默片刻，才肃然回答道："我相信。"

甘茂叹道："商君不是秦人，秦人流多少血他根本不在乎，他要的是自己的万世留名。太后也不是秦人，她同样不在乎秦人流多少血，她要的是唯我独尊。可是支持我的人，却是世世代代生活在这片土地上的秦人，曾经祖祖辈辈为了这片土地抛头洒血的秦人，他们才是能够决定这片土地应该何去何从的人。"

他说到这里，停顿下来，便见樗里疾闭目不语，面现挣扎之色。

甘茂看着樗里疾，心中忐忑不安，但表情上却仍然很镇定。

樗里疾沉默良久，忽然睁开眼睛，看着甘茂，眼底的挣扎已去，眼神一片清明，缓缓地道："你走吧。"

甘茂只道已经说动樗里疾，谁知他忽然有此一言，当下一惊，站了起来："你说什么？"

樗里疾面沉似水，像是想了很久，他说得很慢，像每一个字说出来都十分困难一般："七国之中，只有我们秦国建国的历史最短，当其他列国的国君，不是早已经立国，就是早已经是据有封地的领主，那时候我们的祖先还在牧马。直到周室东迁，我们才得以在戎狄人的手中，一分一毫地血战争夺过来这片土地。你知道秦国为什么强大？如果仅仅只靠着那些流血牺牲的老秦人，那我们到现在恐怕还不能立足于诸侯之间。"

甘茂心头一震，退后一步，看着樗里疾。

樗里疾每一个字，都说得十分艰难，他身为秦国宗族之长，甘茂的话，的确打动过他。可甘茂看到的，是大秦的过去，但今日芈月让他看到的，却是大秦的将来，这份选择，他如割肉剔骨，是血淋淋的至痛："是穆公任用了百里奚与蹇叔，才让我们秦国成为站在列强中的一员；是我的君父任用了商鞅，才让我秦国让列强胆寒；是我的王兄任用了张仪，才能够让秦国在列强的围剿下更加壮大；如今，是我的王侄以他母亲芈太后为摄政，才让秦国在内乱外患中挣扎得一线生机。秦国的路怎么走，是明君和贤臣决定，而不是躺在功劳簿上享用着先人余荫的一小部分秦人旧族所决定。嬴疾无能，辜负了王兄的嘱托，没能够好好辅佐武王，又没能够有决断选定新王，致使秦国内忧外患，我罪莫大焉。之所以还立于朝堂，就是想为秦国多贡献一份心力，但是，我所做的一切，绝不是为了满足少数宗族封臣的利益，不是为了臣服于列强，守着他们派压给我秦国的弱势定位。"

甘茂心一沉，知道最后的机会已经失去，心中遗憾不已，口中却叹道："看来是道不同，不相为谋。樗里子啊樗里子，你今天拒我，总有一天你会为你今天的决定而痛哭的。"他说完，朝着樗里疾长揖，转身而去。

樗里疾看着甘茂远去的背影，充满了忧虑之色，叫道："来人。"

老仆上前恭候，樗里疾吩咐道："明日一早，为我备车，我要入宫见太后。"

然而，等樗里疾入宫与芈月见面，提及甘茂一事之后，却传来消息，甘茂已经离开咸阳，去往雍城了。

数日后，雍城行宫。

此时的雍城，刚经过一场变乱。

公子嬴华曾经在宫中受过芈姝一杯毒酒，虽然他及时吐出，并且逃离宫中，但终究还是余毒未清，三番两次毒发，弄得人心惶惶之际，被他掠到营中的公子壮借机暗中收买了一些将领，忽然发难，将公子华杀死。

诸将群龙无首之际，公子嬴壮便以芈姝所封大庶长之名，收罗人心，许以重诺，最终把局面镇压下来了。

此时，新的主帐中，公子嬴壮正与甘茂对饮。

嬴壮笑道："我在子华营中受难，苦盼甘相，如盼甘霖，如今终得甘相前来相助，实在不胜欢欣。若非甘相到来，运筹帷幄，我亦无今日。从今以后，我当以甘相为师，事事听从甘相指引。"

甘茂长叹一声："这是公子自己威望所致，甘茂不过是略尽绵薄之力，不敢居功。"他一怒之下离了咸阳，潜入雍城，亦是想不到嬴华竟是中毒已深，他见了嬴华，为他一诊脉，便果断放弃此人，转助嬴壮。

一来嬴壮毕竟是惠后芈姝所出嫡子，是武王荡亲弟弟，也是惠后亲封的大庶长，在名分上，更加有利。二来嬴华为人不易受操纵，不及嬴壮更信任于他。三来嬴华身中剧毒，自然不及嬴壮更有利。

虽然雍城表面上看来控制在嬴华手中，但他还是转身就选择了嬴壮，发起一场小小的政变，推嬴壮上位控制了大局。虽然中间亦有几名嬴华的死忠之人逃走，但终究不算什么大事，这些将领跟着嬴华对抗芈月母子，不过也是为了权势富贵而已。

想到此处，见嬴壮依旧殷勤劝酒，甘茂却将酒盏一放，长叹道："芈八子要将秦国带上灭亡之路，我蒙两代先王恩惠，不能不站起来啊。"

嬴壮得意地道："这是一场名分之战，也是一场正统之战。我们必赢。"

甘茂看着眼前这个志得意满的生嫩小子，欲言又止，毅然击案道："是，我们必须赢。"

嬴壮叫道："来人，把地图呈上。"

四个内侍便捧着地图上来，缓缓展开在甘茂面前。

嬴壮站起来，走到地图前指点着："甘相请看，雍城乃是宗庙所在，这里的旧族对我们是最支持的，如今再有甘相相助，我认为，不可以让那芈八子的儿子矫诏登基，误导天下，因此若是我们也在雍城登基，就可传诏天下……"

甘茂却是摇头道："不妥，不妥。如今我们能够与芈八子抗衡的就是各公子的势力加起来，要比芈八子手头的兵马更多。诸公子人人皆有争位之心，这样才会以芈八子为目标，若是公子您登基为王，只怕就要变成诸公子的敌人了。以臣之见，暂缓称王，只要有芈八子在，诸公子为了对付芈八子，就会以公子您为首，争相听从我们从雍城发出来的号令……"

嬴壮脸色一变，勉强笑着道："甘相说得有理，我只是不忿那芈八子以伪诏发号施令……"

甘茂却道："只要公子停新政，恢复旧法，承认诸公子目前所占据的各封地都归他们所有，不设郡县，实行周天子之法，必得旧族拥戴。如今芈八子为讨好军方，而不顾旧臣尊荣，公子正可借此树立威望，并可与诸侯相倚成势……"他滔滔不绝地说着，看着嬴壮不断点头，心中当真是一吐在咸阳时的憋屈无奈，最终还是对自己弃咸阳到雍城的决定而感到正确无比。

雍城的消息，自然也传回了咸阳。

魏冉忙向芈月请罪："是臣没有注意到，倒让甘茂逃走，此人颇有谋略，他到了雍城，必当兴风作浪。"

芈月却摇头笑道："他去了也好。"

魏冉不解："阿姊此言何意？"

芈月道："甘茂此人，抱残守缺，自命不凡。而诸公子之间，本来就钩心斗角。如今加了个甘茂，并不会形成合力，反而会因为争权斗势而更加激烈起来。我们先不打雍城，而将其他公子的地盘一个个收拾过来。他们彼此争权夺利，恨不得少一个人就少一个对手，不会守望相助，等到我一一平定，到时候一个小小的雍城，就指日可下。"

魏冉道："是。"

芈月看着眼前的弟弟，叹了一口气道："我现在只是忧心，楚国那边的事情办得怎么样了！子戎、舅父，能不能早日与我们团聚。"

魏冉忙劝道："靳尚此人虽然贪财，但在楚王槐与郑袖面前却颇说得上话，他应该能够把舅父和阿兄安全带回来的。"

芈月轻叹一声："但愿如此。"

靳尚果然不负芈月所望，已经将芈月的礼物和秦国的"好意"一一转给了郑袖，郑袖大喜，这边就缠着楚王槐撒娇吹枕边风去了。

郑袖举起一只玉璧映着日光看着道："都说美玉出蓝田，大王，这蓝田美玉，果然晶莹光润，名不虚传啊。"

楚王槐将郑袖揽进怀中，笑道："纵使再好的美玉，与夫人在一起都相形见绌。"

郑袖献媚道："纵然再好的玉璧，又怎么比得上大王的江山万里。大王英明神武，王图霸业就在眼前，不但是四夷镇服，灭了越人余党，如今秦国也要仰仗我们楚国的庇佑，不但将王后之位虚席以待我们的公主，更得收回上庸旧地，这样的功业，就算与先王相比也不逊色呢。"

楚王槐被奉承得满身舒坦，却呵呵笑道："寡人如何能与先王相比？"

郑袖娇声软语："在妾身眼中，大王就是古往今来最出色的英君明主。"

楚王槐大笑道："此番还多亏了靳尚的功劳呢。"

靳尚连忙奉承："秦国太后与大王乃兄妹至亲，若不是她需要倚仗大王英明而镇住诸侯，哪里会如此谦卑呢。臣只不过是狐假虎威，哪里来的功劳。"

楚王槐点头道："嗯，想不到列国相争，倒叫一个小小媵女得了便宜。不过……"他有些迷惘地按按太阳穴，已经有些想不起来了，"她应该是陪妹妹出嫁的，倒不知是哪个来着?"

郑袖想了想，赔笑道:"妾身也不记得了，回头查查吧，不过是哪个姬人所生罢了。若她母亲还活着就抬个位分，若她母亲不在了就给她母族一点封赏罢了。"

楚王槐想了想，又问:"她性情如何，才能如何?"

靳尚有些得意地道:"唉，后宫女子哪能……"他正要胡吹贬低，一眼看到郑袖，连忙改口恭维:"如夫人这般聪明能干的有几人，那不过是个见识浅陋、胆小无知的妇人罢了。什么主意都要臣帮着拿，臣一说两国联姻，就同意亲上加亲，臣一说上庸城，她眼也不眨地就当成公主的嫁妆。臣估计，她根本不晓得这代表着什么意思。"

楚王槐听得高兴，叹息道:"想当年秦惠文王也算得英雄人物，不想早亡，便是武王也算得强横，只可惜啊……唉，孤儿寡母擅主国政，秦国无人矣! 可惜，可惜!"

郑袖知他心意，抚着他的胸口恭维道:"秦国可惜，这才是天教好处落于我们楚国，这便是上天对大王的垂爱!"

楚王槐想了想，惋惜道:"是啊，是啊! 寡人当年真是白嫁了个妹妹，妹妹做了王后，却让秦王坑了寡人损兵折将、丧土失地，在列国面前丢尽了脸。哪怕是当了母后，依旧对我们秦国没有半点帮助，还真不如这个庶出媵女对我们秦国更有好处。对了，妹妹如何了? 母后前些日子还说自己做梦梦到妹妹呢，她老人家可关心此事了……"

靳尚犹豫一下，迟疑着道:"老臣听说，那日宫变，那武王后和魏夫人勾结，竟暗算惠后，惠后她……"

楚王槐一惊:"她怎么了?"

靳尚见楚王槐关心，犹豫一下，还是不敢将芈姝已死的消息老实说出，却又不好解释，只偷眼看向郑袖。

郑袖却是已经得知情况，当下忙笑着打圆场道:"妾身听说了，那日宫变，惠后受了惊吓，病了一场，所以才将宫务都托给了这位太后妹妹。

如今秦太后已经将魏夫人处死，为惠后出气了。"

楚王槐听了郑袖这解释，便不以为意，"哦"了一声点点头就罢了。

靳尚心中暗暗佩服，郑袖夫人擅宠二十年，果然不是普通人，她这句话轻轻将此事点了一点便揭过了，过段时间只说惠后"病重"，再"不治"，这一档子事，便轻轻揭过了。

郑袖眼珠子再一转，便握着楚王槐的手臂摇啊摇地撒着娇："说起这事妾身倒想到了，大王啊，从来公主出嫁，一嫁不回，纵在夫家有什么事，这隔着千山万水的，娘家也只徒自担忧，也帮不上什么忙，所以都是报喜不报忧。如今母后上了年纪，身体也不好，万一知道妹妹的事伤心伤身，有个差池，岂不是我们的不孝。"

楚王槐听着有理，不禁点头："这话说得也是，那依你之言……"

郑袖笑道："咱们凭着孝心，也报喜不报忧嘛。就说秦国内乱已平，还是咱们的妹妹做母后，还是咱们的外甥做秦王，更兼亲上加亲，秦国要嫁一个公主给咱们家，咱们也嫁一个公主到秦国做王后。如此一来，老人家岂不欢喜。"

靳尚连忙奉承："夫人对威后真是有孝心啊！"

楚王槐叹息一声，倒也同意："母后还能再活几年？总叫她高高兴兴的也罢了。"近年来楚威后年纪大了，渐有些糊涂起来，许多事同她解释不清，她又爱闹腾，楚王槐几桩事下来，便有些躲着她了，许多事由着郑袖做主将她瞒住，只送了几个乐人伶人哄她开心罢了。

郑袖得意地一笑，靳尚递个眼神，郑袖会意，拉着楚王槐撒娇道："大王，咱们先说好了，你可不许自己纳那秦国公主为妃啊！"

楚王槐摆摆手，笑道："哎，又胡说了，寡人都一把年纪了，这秦国公主自然是要留给太子。"

郑袖一惊，越发撒娇起来："大王你好无理，太子早已经娶妇了，太子妇又没过错，这孩子可怜见的，教她受欺负我可不依。"

近年来郑袖自知在宫中名声坏了，为了夺嫡也要装模作样，便在楚王槐面前使劲装贤妇模样，一会儿说要放多余宫女出宫了，一会儿又赐衣帛给宫中失宠多年的老妃嫔了。宫中诸人自然知道是怎么回事，只有楚王槐信之不疑，越发觉得郑袖为人贤惠，见她为太子妇说话，反觉她心地慈善，笑道："好好，依你，依你。"

这时候郑袖才撒娇道："你这个当父亲的，好厚此薄彼，太子都娶妇了，你还为他操这个心。可怜我子兰还尚未婚配呢，你这做父王的怎么就半点没想到他啊……"

她这一撒娇，楚王槐便有些撑不住，连声答应道："好好好，就许给子兰，许给子兰……"

郑袖得意地笑了，给靳尚递了个眼神。

靳尚会意地道："大王，臣认为，秦楚联盟之后，可先取三晋，再下齐国，如此一来，霸业可成。"

楚王槐一边从郑袖手中抽出手臂来，一边漫不经心地应着。

靳尚又道："两国联姻，不管是公子娶妇，还是公主出嫁，都不是朝夕可得。但兵贵神速，要秦国割上庸城，要秦国出兵，咱们都需要先有诚意。"

楚王槐道："怎么个先有诚意法？"

靳尚道："不如让太子出秦为质，如此就可以督促秦国尽快交接上庸城，联兵攻韩。"

郑袖喜得击掌道："靳大夫真是老成谋国啊，大王，机不可失，时不再来。"

楚王槐正要犹豫，郑袖便又摇着他道："太子素日寸功未立，游手好闲，常被师保说他懒惰愚顽，你这当父亲的既然爱他，当为他考虑。不趁这时候让他为国立点功，将来怎么坐稳这太子位啊。"

楚王槐被摇得受不了，举手阻止道："好了好了别摇了，让寡人想想，让寡人想想……"

郑袖与靳尚两人一起，直哄得楚王槐乐不可支，稀里糊涂便允了许多事。

见楚王槐喝得甚醉，郑袖走出殿中，整一整衣服，叫来了奉方。

奉方连忙趋前侍奉着，他也已经是极老了，如今大部分事情皆已不管，但许多重要的事仍然要他去做。

郑袖淡淡地道："我们要与秦国联姻，此事我不想有任何不好的消息传到威后的耳中。"

奉方忙应道："这是自然，威后如今年纪大了，自然让她静养为上，我们与秦国，还是联姻，这自然是再好不过的事了。"

郑袖满意地笑笑，还是嘱咐道："你亲自去探望一下威后，也看看她老人家精神如何，若有什么不好的人或事，帮她理清也好。"

她虽然此时独宠楚宫，教楚王槐对她言听计从，可偏就是数年前南后刚死之时，她为一件小事触怒了楚威后，这老虔婆便召了宗正入宫，言道妾妇不得为正，并直接说，楚宫断乎不可立郑袖为后。令得她到了今日，再怎么威风赫赫，却终究还只是郑袖夫人，而不是王后。也令得她欲以儿子子兰为太子的意愿，变得更难达成。

只是老天有眼，再厉害的女人，如今已经年老眼花，耳背神昏，又能够有什么作用呢？她就算是母后，就算高不可攀，但是，此刻的后宫，已经是她郑袖说了算了。一个老太婆想怎么欺哄利用，便怎么欺哄利用。

奉方会意，忙退了出去，次日便亲自去了豫章台。

这豫章台中，虽然陈设依旧，仆从依旧，庭院中花木繁盛也是依旧，但从花草乱长的情况和檐角的蛛丝可以略看出这里的管理已经有些不经心了。

奉方走过庭院，走到殿前，小宫女连忙打起帘子，迎奉方走了进去。

此时楚威后已经满头白发，扶着拐杖，行动也有些迟缓了，她走出来坐下，寺人析连忙为楚威后捶着腿，见奉方进来，楚威后忙问道："我听说秦国有了变故，我前些日子也梦到了姝，她怎么样了？"

她前些日子，确是有段时间经常做梦，醒来便说自己梦到了芈姮和芈姝，众人皆知芈姮已死，因此都有些胆战心惊。楚威后自己也心惊胆战，一边叫了巫师作法驱鬼，为芈姝祈福，一边频频催问楚王槐，去打听芈姝的下落。

楚王槐被她追得紧了，索性全交给郑袖去处理此事，郑袖便随意叫了人去，胡编了一套话来敷衍了事。

此时奉方见楚威后动问，想起郑袖的交代，忙靠近楚威后的耳边，大声地道："回威后的话，咱们公主还是秦王的母后，秦国新王还是咱们公主生的儿子……"

楚威后眯着眼睛，侧着耳朵听了，有些奇怪地问："姝儿不是已经当上母后了吗，怎么又当一回啊？"

奉方转头翻翻白眼，又转回来大声解释一回："是啊，威后您英明，咱们公主又当了一回母后。"

楚威后数了数手指道："对啊，姝儿生了好几个儿子呢……"

奉方道："咱们公主还给您送了礼物呢！威后您要不要看看啊？"

楚威后摆摆手道："上回不是送过了吗？唉，可怜啊，秦国那么穷，能有什么东西拿得出手呢，我们楚国什么好东西没有呢。我跟你们说啊……"

见楚威后又开始念念叨叨不止，奉方和寺人析一脸无奈地看着她点头连连称是。

好半日，奉方才得以脱身，只觉得累出一身臭汗来，见寺人析一路殷勤送他出来，眼中尽是讨好期盼之色，知道这个跟了楚威后大半辈子的老宦，也想逃离这个疯老妇人，挪个好地方养老。只是他亦是为自己养老之事考虑，哪里顾得了他，只随便宽慰两句便去了。

此时南薰殿中，太子横已经一把抓住黄歇，紧张地道："子歇，你看这件事如何是好？"

黄歇从燕国回来，便已经寻到了屈原下落，却是果然有人打算对付屈原，当下不能放心，一路护着屈原回京。此时太子横正是处于危急关头，听说黄歇回来，忙召他进宫，视为心腹，事事都欲与他商议。

黄歇此时已经明白事情经过，安抚道："太子是指入秦为质这件事？"

太子横恨恨地道："郑袖她——让子兰娶秦国公主，却让我入秦为质，分明是打算夺嫡。"

黄歇叹了一口气，问他："太子想怎么样呢？"

太子横顿足："子歇，你可有办法能让父王打消这个主意？"

黄歇摇头叹息："只怕很难，如今大王对郑袖言听计从……"

太子横急道："那，我应该怎么办呢？"

黄歇沉吟："如今老令尹身体不好，许多时候都不管事了。大王又爱听靳尚之言，他与郑袖勾结，只怕这件事很难改变。不过，太子如若入秦，倒也未必不好。"

太子横道："怎么？"

黄歇道："秦国太后，与臣本是旧识。太子可还记得九公主吗？"

太子横皱眉想了想，终于从记忆中挖出那件事来，想当日黄歇还托他向楚王槐请求娶她呢，可惜楚威后横插一手，硬是把七公主塞给黄歇，这边却令九公主随八公主出嫁为媵。一转头，看黄歇一直滞留在外不归，居然又将已经进了黄家门的七公主再捞回来送到燕国给那子之为妻，结果人还没到蓟都，子之之乱便已经结束，这七公主也就一去不复返，毫无下落了。

想到当年之事，那个黄歇想娶的女人，如今已经成了秦太后，顿时同情地看着黄歇："子歇，你至今未婚，可她却……"

黄歇摆手阻止了他再说下去："太子，此事不必再说，臣会陪太子一起入秦，必保太子安然无恙。"

太子横想到郑袖，却有些犹豫："可是……"

黄歇道："郑袖想倚仗娶秦国公主而得到助力，可太子别忘记了，真正能做秦国之主的，还是秦国太后啊！"

太子横终于放心地笑了，道："我有子歇，真是不知如何是好啊！"

黄歇便长揖道："臣现在要去云梦泽一趟。"

太子横问："去那里做什么?"

黄歇道："去接她的弟弟和舅父。"

太子横一怔："她的弟弟和舅父?"

黄歇点头道："是，他们如今正在云梦泽作战。"他回来之后才晓得芈戎和向寿这些年来一直陷于云梦泽中，和那些野人作战，竟是屡次身陷险境。虽然此番芈月买通靳尚，得了郑袖允诺、楚王旨意，可召他们回京赴秦，可是他怕这其中万一有什么变故，当是终身之憾，当下便准备亲自去一趟云梦之泽，替芈月将她的舅舅和弟弟安全接回，也算了却自己对她的一番心意。

第五章　骨—肉—逢

义渠王力敌刺客，受了重伤，养伤数十日，终于得御医允准，可以出门了。

他是个野性十足的人，素日在草原上受了伤，让老巫拿草药一敷，便又上马作战。偏生此时在芈月面前受了伤，芈月听了御医之言，硬生生按着他在宫里养伤数十日，只熬得他满心不耐，一听说可以出门，便要去骑马作战。

芈月无奈，只得同意他带兵与魏冉、白起等一起平定诸公子之乱。

义渠王坐在榻上，他身上的白色细麻巾一层层解下，露出了七八道带着肉红色的新伤疤，还有十几道老伤疤，纵横交错，看着叫人心惊。

芈月轻抚着他身上的伤痕叹道："你啊，你这一身都是伤啊！"

义渠王却毫不在意："男人身上哪能没有伤痕。"

芈月轻抚伤处，轻轻将脸贴近，叹道："可这几道伤，却是因我而留的。"

义渠王却笑道："你是我的女人，我自当护住你的。"

芈月看着义渠王爽直野气的脸，伏在他的胸口，听着他的心跳，扑通、扑通的，格外有一种能够安定人心的感觉。她的嘴角不禁升起一丝微笑："是啊，你是我的男人，我是你的女人。"

她忽然想起一事，推开他问道："鹿女呢，还有你曾经娶过的那些女人呢，怎么样了？"

义渠王哈哈大笑起来："你终于问到她们了，我还道你会一直忍住不问呢？"

芈月气得往他胸口捶去，及至捶到时，看到他身上的伤痕，不禁手软，只轻轻捶了一下，想想气不过，又拧了一下，扭头不再理他。

义渠王握住她的手，在自己胸口重重捶了一下，直捶得咚咚作响，哈哈大笑道："你用这点力气，给我挠痒都不够呢。"见芈月真恼了，方道："我既要娶你，自然是将她们都安置好了。鹿女原是我与东胡联盟，此番率旧部回去，与她兄弟争那族长之位了……"

芈月看着义渠王："你相助她了？"

义渠王点点头："东胡内乱，于我有好处。若是鹿女当了族长，我倒还可以与她一起合作对付其他部族，互惠互利。"

芈月轻叹："她倒也算女中豪杰了。"

义渠王却问道："我帮你把那些作乱的人平定了，你可愿与我一起回草原去？"

芈月顿了一顿，无奈地道："我当然想，可我走不开啊……"见义渠王不悦，只得温言劝道："你在前方打仗，我在后方为你准备粮草，照顾家里，等待你早日凯旋。"

义渠王听得出她"照顾家里"的意思，叹道："那孩子还是这么别扭。"

芈月知道他说的是嬴稷，柔声劝道："你别急，这年纪的孩子拗得很，我会慢慢教的。"

义渠王却笑道："没关系，男孩子不怕有性子，有性子的才是小狼，没性子的就只能是被狼吃的羊，难道我还跟一个孩子置气不成！"

芈月道："你去，要注意安全，我不想再看到你身上多一条伤痕。"

义渠王哈哈一笑：“要我不多一条伤痕，这可比登天还难。你放心，这世上能够在战场上杀死我的人，还没出世呢。”

他说得豪迈，芈月却不能放心，便叫薛荔取来一件黑色铁甲，叮嘱道：“这是我让唐姑梁特别为你做的铁甲，比你那皮甲强，不许再穿那件了，只许穿我这件。穿上这件战甲，一般的刀箭就不容易伤到你。”

说着，便亲手为他穿上里衣、外衣，再穿上战甲，披挂完毕，义渠王回过头，威风凛凛地站在芈月面前，笑道：“如何？”

芈月看着义渠王，轻赞了一声：“如天神下凡。”

义渠王亲了亲芈月的鬓边，低声道：“等我回来。”说着，便走了出去。

芈月看着义渠王走出去，复杂的眼神一直尾随着他，久久不动。

薛荔叫了一声：“太后。”

芈月回神，问道：“怎么？”

薛荔笑道：“太后必是舍不得义渠王离开。”

芈月有些复杂地喃喃道：“是吗，我舍不得他离开吗？”

薛荔掩口笑道：“太后这样情致缠绵，以前只有看公子歇和先王的时候，才会有这样的眼光呢。太后，您对义渠王的感情，是真心的！”

芈月有些迷惘地道：“是吗？”

她拿起义渠王留下的衣服，抱在怀中怔怔出神。

室外，一叶锵然。

义渠王终于领兵出征了。

芈月站在咸阳城墙上，看着义渠王带着义渠骑兵，举着旄尾向西而去，那是雍城的方向。

她站在那儿，一直到所有人都走远直至消失，才喃喃道：“阿骊，早去早回，一定要平安无事啊！”抬眼看去，见夕阳如血，映照山河。

她缓缓走下城墙，就见到魏冉迎面而来，芈月诧异，还未来得及问，魏冉已经兴奋地叫道："阿姊，楚国使者来了。"

芈月意识到了他话中的内容，惊喜万分："这么说……是舅舅和子戎他们来了。"

魏冉点头："正是舅舅和……子戎哥哥他们都来了，他们刚到驿馆，阿姊什么时候召见他们？"

芈月白了他一眼，直接上了马车："召什么见，我现在就去见他们。去驿馆！"

魏冉一拍额头，连忙上了马跟上去，叫道："等等我。"

太后车驾浩浩荡荡直至驿馆门前，驿丞率着驿卒们站在驿馆外，已经跪了一地。

芈月不等内侍放好下马车的凳子，就径直跳了下去，还一时站立不稳向后微倾，不等魏冉伸手去扶，她自己已经站稳了，急问道："人在哪儿？"

驿丞结结巴巴地还在说："参见太后……"

芈月看也不看他，急匆匆走了进去，魏冉也紧跟着进去。一行人穿过中堂匆匆往内走，就见里面一座小院中有两个男人也是急忙走出，前面一个年二十七八，精明能干；后面一个四十余岁，已经是两鬓微霜。

两边见了对方，都站住了，彼此惊疑不定地看着对方，像是在猜测，又像不敢开口。

四十多岁的中年人试着上前一步，欲问又止："可是月……月公主……太后……"

芈月眼泪已经夺眶而出，疾步上前来叫道："舅舅……子戎……"

虽然分别十九年，但向寿毕竟相貌已经定型，纵有改变，也是相差不多，不过是被生活打磨得苍老了些、粗糙了些罢了。但芈戎当初却是个未定型的少年，此刻已经娶妻生子，唇上蓄起了须，芈月骤见之下，简直不敢相认。

芈戎眼眶也红了，哽咽着叫了一声道："阿姊……"

芈月张开手扑向芈戎，哭声道："戎弟……"

芈戎扑到芈月面前，跪下，放声大哭，芈月也跪下，姐弟俩抱头痛哭。

向寿亦是觉得眼角一热，他努力昂首，想克制住自己的眼泪，他毕竟是长辈，如何能与他们抱头痛哭。可是在他的心中，却是万般情绪翻腾，一时竟不知如何开口。

他想到自己当年在楚国西市找到向氏时的情景，那时候他的姐姐是何等的凄惨；他想到那日他闻讯赶到草棚，看到向氏发簪刺喉、浑身浴血的尸体，又是何等不甘。自芈月离楚入秦，他初时以为是与黄歇私奔，及至消息传来，黄歇身死，芈月入了秦宫，他当真是如被雷劈中，只恨不得插翅飞到秦宫，将芈月从宫中拉出来，教她绝对不能再走母亲的老路。

他日日压着这样的心事，又要想办法帮助芈戎，处理步步惊心的危机，处理战场上瞬息万变的情势。可是他与芈戎仍然想尽了办法去打听芈月的消息，他听到她获宠于秦王，听到她生下儿子，这些消息不但不能解了他的忧虑，反而更让他一步步将姐姐向氏的命运和芈月的人生相对照起来。

他一日比一日忧虑，却无法脱身。就算他去了秦国，又能怎么办，难道还能够冲进秦王的王宫把芈月连同秦王的孩子带走吗？君王之威，他一介草民，又能如何？

再说，他更不放心芈戎，这孩子毕竟年纪还轻，他若是不在身边，让芈戎因为他的离开而受到伤害，他又如何对得起他死去的姐姐，他只能选择留在芈戎身边。不知为何，他心中总有一种奇异的感觉，或许是他从小所见到的芈月所表现出来的无畏与勇气，让他不由自主地相信芈月比芈戎更有能力处理危机。

当秦惠文王的死讯传来时，他也得到了芈月母子被流放燕国的消息。这时候他和芈戎正在战场上，纵然再着急，也无法脱离战场。那一战打得极是凶险，他和芈戎拼尽全力，才得险胜。但这一战牵制了秦人注意力，让楚国的细作趁机在蜀国煽起内乱，收买煽动蜀相陈庄杀死蜀侯嬴通自立为王，让楚国又在已经失去了的巴蜀之地上插进一只脚来。

也因这一战，芈戎立下战功，得到莒姬梦寐以求的封地，并要求接莒姬出宫。谁承想，满心的期盼，换来的是惊天噩耗，莒姬竟被楚威后无理毒杀，芈戎大闹朝堂，被恼羞成怒的楚王槐下旨定罪，幸得众公子求情，方得准其戴罪立功，当场勒令往极南之地，剿灭野人部族。

当时他想的却是，芈月怎么办。他害怕了十几年的事终于发生了，他的外甥女终于走上了和她生母一样的道路。而他，难道要眼睁睁地看着悲剧再一次发生吗？

他心急如焚，可他身在军籍，又放不下芈戎，竟不能抽身而去，只得想方设法，在得知黄歇未死之后，终得联络上黄歇，才知道黄歇与他一样为芈月着急，再托了黄歇去找芈月。

在他的心中，只当芈月最好的命运，也不过是得黄歇相救，能够与黄歇在一起。可是谁承想到，当年那个在陋巷抱住她如同草芥般的母亲痛哭的女孩子，不但没有如她母亲那样沦落毁灭，反而成为了秦国之主。

眼前的女子，抱住她久别重逢的弟弟痛哭，似乎一如当年在楚国西市，向氏抱住他痛哭的模样。可是，命运已经被扭转，她那纤细的手掌，拨转了命运之轮，不但改变了她自己的命运，甚至还将他向寿和芈戎的命运，也拉到了她的命运之舟上来。

他欲开口，已经哽咽，伸出手缓缓地放在抱头痛哭的两人肩上，叹道："活着就好，活着就好。我们一家人，总算能够再见面了。"

此时薛荔等侍女内监也忙上来，将两人扶起，拿水递帕，收拾妆容。

芈月看着向寿年纪才过四十，竟比寻常同年纪的人都苍老得多，叹道："这些年来，辛苦舅舅了。"

芈戎叹道："舅舅是给煎熬的，是我拖累了他，也是他挂记着你，又无法救你，日夜悬心不安……"

芈月了然，拉着向寿的手，叹道："如今我们一家团聚，从此以后，舅舅只管安心，再不会有任何人、任何事，能够伤到我们一家。"

向寿哽咽："是舅舅无能，让你们姊弟受苦。"

芈戎亦叹道："我一直以为，可以挣得封爵，救阿姊回楚。没想到，终究还是阿姊救我们离楚。"

向寿叹道："这次多亏了子歇，若不是他及时赶到，我们险些不能再见面了。"

芈月一惊："怎么？"

芈戎道："昭雎奉威后之命，一直在难为我们，每次把我们派入死地，既无粮草又无援兵，舅舅为救我几次差点送命，还代我受了许多军棍。这次我们又陷身于沼泽，若不是子歇哥哥率兵及时赶到，我们只怕就……"

芈月听得惊心动魄，不禁拉住了芈戎和向寿的手，咬牙道："你们受苦了，那个老妇的恶行，我自会一一回报于她。"转而又道："我们一家人能够团聚，就是万幸了。"

这时候就听到外面一个声音道："母后说得是——"

芈月转头看去，就见身着王袍的嬴稷也刚刚走进来，诧异地道："子稷，你怎么来了？"

嬴稷上前几步，乖巧地道："儿臣听说母后的亲人到了，所以想母后一定会急着先来与亲人相会，所以也跟着过来了。"

芈月欣慰地笑着招手："过来。这是你舅舅，这是……你叫舅公。"

芈戎和向寿意识到秦王来了，连忙跪下行礼："臣等参见大王。"

嬴稷连忙跑上前去，一手扶着一个人就要拉起来："舅舅、舅公，不必如此，今天是亲人相逢，又不是朝堂，我们只讲家礼，不讲国礼。"

芈月也点头道："你们起来吧，子稷说得对，今日是亲人相逢，又不是君臣奏对。你们也只管叫他子稷，他叫你们舅舅、舅公便是，这样也自在些。"

芈戎和向寿只得顺势站起，向着嬴稷长揖为礼道："既然如此，臣等恭敬不如从命。"

芈月又回头向站在入口处的魏冉招了招手："小冉，你来见过你兄长和舅舅。"

魏冉大步走向前，一抱拳，叫道："兄长，舅舅！"

芈戎神情复杂地看了魏冉一会儿，才握住了魏冉的手，沉重地道："你我虽是兄弟，可我们却……直到此时，才第一次见面。"他百感交集地道，"你比我有福气，幼年时可以和母亲在一起……又能够这么多年和阿姊在一起……"

他没有说出来的话是，虽然我知道，你一定受了很多的苦，可是毕竟你和她们在一起的时间，比我多得多。

他虽然身为楚国公子，不如魏冉颠沛流离，可是多年来内心的孤独寂寞、惶恐，从来都是无人可诉，无处可哭。这一刻看到魏冉，一想到这么多年来，一直和姐姐相依为命的却不是自己，而是这个陌生的"弟弟"。

他与芈月本是同母同父的亲姐弟，不论什么事，都应该是他们更亲密一些的。可是这么多年以来，芈月最亲密的人，却不是他。

曾经在睡梦里，他多少次回想着姐弟重逢的时候，然而重逢之时，他竟是有些情怯，竟是有些不敢上前相认。这个气派极大的贵妇，真的就是那个从小就爱捉弄他、和他一起滚过泥沙、打过水仗的阿姊吗？

姐弟相见，抱头痛哭，那是一种本能，他不知不觉中就已经悲伤不可自抑，可是哭过之后，扶起来之后，坐在廊下，他依旧有一种恍惚的感觉，仿佛一切似真又似幻，难道当真可以从此以后，再无分离、再无恐惧、再无伤悲了吗？

他看着魏冉，这个人如此陌生，却在他和他的阿姊之间，如此融洽又如此隔阂地插进来，教他想了十几年、盼了十几年、攒了十几年要和阿姊说的话，此时此刻，竟是再也说不出来了。

不知不觉，便一齐上了马车，一齐入了宫，一起在承明殿中设宴庆祝。虽然向寿与芈戎在楚国俱已娶妻生子，但此刻芈月却尚沉浸于骨肉血亲的久别重逢之中，只拉着向寿和芈戎的手，径直走出驿馆。其余人等，便由缪辛请了公子池出面，引着一起入宫，由屈氏与公子池接待，在侧殿另开宴席。

正殿之中，便只有芈月、嬴稷、魏冉、芈戎与向寿五人，共述离情。

芈戎冷眼看着，但见魏冉在芈月和向寿甚至是嬴稷之间，都是转换自如，亲密有加，引得众人或唏嘘，或含笑，竟是成了宴席的中心。他正沉吟着，便见魏冉又捧了酒盏呈到他面前，笑道："兄长，我跟着阿姊这些年来，知道她实是无时无刻不在想着你，还有舅父。今日我们兄弟重逢，当一起敬阿姊、舅父一杯才是。"

芈戎今日一直神思不属，看着魏冉潇洒自如的样子，心中既酸且愧，自己身为兄长反而似被他比了下去，只是这种情绪，不但不可以说出来，便是在自己心中多想一想，也不免既惊且愧，当下只得站起，勉强一笑，道："冉弟，这些年你跟着阿姊，风雨同舟，我还要多谢于你呢。"

向寿却是看不出这兄弟之间暗藏的心事，见两人和睦，心中欣慰。他接了两人敬的酒，再看魏冉身材雄壮，威风凛凛的样子，与芈戎站在一起，兄弟两人相貌倒有五六分相似，只是芈戎温文、魏冉英气，不由点头："好、好，小冉也长这么大了，我记得当初你还只有这么高……"他看了一眼嬴稷，一比划道："比大王还小呢。"

魏冉也不禁唏嘘道："是啊，一别这么多年，我们总算在一起了。"

芈月走上前去，一手拉着一个弟弟道："是啊，我们总算在一起了，从此再也不分开了。"她举杯肃然道："来，我们一起敬少司命，得神灵的庇佑，我们一家人，终于能够重聚了。"

其他诸人也一起郑重举杯道："敬少司命。"便一饮而尽。

芈月顿了一顿，又道："这第二杯酒，敬我们的娘亲，我们姐弟三人终于重逢，从此再也不惧离乱生死。娘，你于泉下有知，能看到这一幕吗？"

芈戎、魏冉一齐哽咽，向寿转头轻拭去眼泪，三人亦是肃然举杯，一饮而尽。

薛荔忙又率侍女们倒上酒来，芈月沉吟片刻，道："这第三杯酒，贺我们自己，一别十几年了，少年已经白发，相见竟似陌路，人生最好的岁月，我们都在求生和思念中煎熬。如今终于苦尽甘来，从此有仇报仇，有恩还恩，快意人生，再无阴霾。"

其余三人亦是举杯一饮而尽。

魏冉将酒杯一掷，叫道："好，阿姊，为了娘亲于九泉之下能够瞑目，为了快意恩仇。阿姊，我问你，我们何时去杀了楚王母子？"

芈月看向芈戎，问道："子戎，娘亲的事，你可知道？"

芈戎点了点头："原本不知道，直到这次入秦，舅舅才告诉我……"说到这里，不禁哽咽，"阿姊，你们瞒得我好……"忽然之间，满腹委屈愤懑一涌而上，扭头拭泪。

芈月心中一酸，这个弟弟，是她亲眼看着他从襁褓中长大，亲手抱着牵着，一起长大。两姐弟曾经是相依为命，亲密无间，可这一去十几年，她离开楚国的时候，他还是个总角少年，如今却已经为人夫、为人父了，想到这些年来，他独自一人不知何等孤独无依，想到他在楚国，置身虎狼之中，又不知道受了多少的委屈和阴谋，不禁上前抱住芈戎，哽咽道："对不起，对不起，小戎，阿姊最对不起的人，就是你……"

芈戎伏在芈月肩头，痛哭一场，心情渐渐平息下来，这一场痛哭，似将他心中所有郁结都哭了出来，转而扶住芈月惭道："阿姊，我知道，你也是为了我好，你所做的一切，都是为了我而考虑，甚至你还让舅舅来保护我、帮助我。本来应该是我在楚国搏杀出一片天地来，把你和小冉接过来的，可我没有能力，一直到现在，还要你来接我……"他说到这里，声音亦是转为低沉，"你当初去秦国的时候，才十五岁，还带着那么小的弟弟。可是如今你却成了一国之主，小冉也能够率领这么多的兵马保护阿姊，比起你们来，我真惭愧啊。"

芈月含笑一边握住芈戎的手，另一只手握住魏冉："不，小戎，你不必惭愧，我是长姊，是我没有照顾好你们，我才应该惭愧才是。可是我今日很高兴，因为我们都还活着，我们还能够再重聚，从此我们姐弟一心，再也没有什么可以阻挡我们的路。"

她两手合拢，将魏冉和芈戎的手也握在一起。

三姐弟的手紧紧握在一起，再不分开。

芈月得向寿、芈戎归来，便分派兵马，令他们与魏冉、白起等一起率兵，征伐诸公子之乱。又令樗里疾、公子奂、公子池等人分头劝说诸公子向咸阳投降。

而她在三军之前的训诫之言，亦是飞速传至诸公子属下，更令得人心浮动。蒙骜等人又分别向自己原来的旧友部属进行游说，如此里外攻击，再加上诸公子本就是谁也不服谁，都欲自立为主，皆是各自为政，因此各城池在芈月的蚕食之中，便慢慢地被平定。

战争到了第二年，诸公子的势力便灭了一半，剩下来的人便慌了，终于在甘茂游说之下，一齐向庶长嬴壮投效，重结势力，再抗咸阳。

而咸阳城中，各方面的势力又在暗暗角逐，潜流暗潮也在涌动。

清晨，常宁殿庭院中。

芈月与缪辛身着劲装，在院子里对练，一如当初的嬴驷与缪监一样。不知不觉，芈月似乎保留了许多嬴驷当日的旧习惯，如每日清晨起来的练剑等事。

一场剑罢，两人收手，将剑与盾扔给旁边的小内侍，走到廊下，喝了杯水，便说起宫中的事来。

缪辛回道："大军节节胜利，恐怕有些人是坐不住了，近来宫内有些不稳。"

芈月点点头："这是必然的，你说这话，想是心中有了成算。"

缪辛低声道："奴才想演一出戏给大家看看，想请太后允准。"

芈月挑眉看了看他，缪辛低声说了一段话来，芈月点头："那便由你和卫良人去处理此事吧。"

缪辛轻笑:"如此请太后静候佳音。"

果然数日之后,便有宫女告发宫中奸细之事,卫良人亲临暴室,召了宫中内侍宫女,一起前来观审。

暴室庭院中,卫良人坐在廊下正中,旁边缪辛侍立,前面正中地上跪着两个宫女,一个委顿在地,另一个却是跪得笔直,两边许多宫女内侍均被召来,重重叠叠围在一边观审。

卫良人便问那宫女:"你叫什么名字?"

跪得笔直的宫女道:"奴婢是寅癸,同寅丙是住一个房的。"说着,她指了指跪趴下的那个宫女。

这种低阶宫人的名字,通常也没有什么讲究,都是管事之人胡乱以天干地支或者数字排名,或有些运气好的分配到主子身边,有些主子心情好的时候,也会给她们起个名字。

卫良人问道:"你是怎么发现寅丙心怀不轨?"

寅癸道:"寅丙和奴婢同时入宫,日常衣食在宫中都是有定例的,就算是得了赏赐也是有数的,可奴婢发现寅丙给其他宫人施小恩小惠,她的东西来路不明,十分可疑。奴婢早就疑惑了不止一日,只是往日宫中各有主子,纵然心中有疑惑,也不敢告诉人,怕是不小心得罪了哪路主子,死个不明不白的。可如今宫中只有太后一人为尊,旁人再怎么样,也不能越过太后去。奴婢只要忠心太后,就不惧任何后果。所以奴婢发现寅丙鬼祟,就敢大着胆子举发。"说完就磕了一个头,再跪得笔直。

卫良人见这宫女目光清朗,言辞流利,胆气不似低阶宫人,不由得看了缪辛一眼,微笑点头道:"说得不错,如今宫中只有太后一人为尊,忠于太后者有功,不忠者有罪。你真是个聪明的孩子……"她说到这里,顿了一顿,肃然道:"太后有旨,寅癸立了大功,升为女御,赐名文狸,入常宁殿服侍。寅丙私藏禁物,勾结外敌,当场杖毙。"

她这一声令下,便见几个粗壮内侍上前来,当着众人的面,按倒寅丙，便开始行刑。

寅丙只叫得一声："奴婢冤枉——"便发出极凄惨的叫声，她初时还咬牙硬撑，但受了十几杖以后，痛得忍不住惨呼求饶，一边将自己所知高叫着说出，只望能够减少痛苦。那几名内侍，却是早得了吩咐，只一板板，不疾不缓地打下去，打得寅丙不住惨呼，却是不往致命处打，只教她行刑的时间延长，好教众人看了心生畏惧。

这寅丙声声惨呼，被迫围观的宫女内侍们只吓得瑟瑟发抖。

卫良人看了一会儿，便起身带着那已经改名文狸的新女御走了，只有缪辛仍然端坐在那儿，观看行刑。

最终，板子打在肉体上，听到的不是惨呼呻吟，而是"扑扑"的死肉之声，缪辛这才站起来，道："宫中每一个人，都带到这里，仔仔细细看一看这不忠奴婢的下场。"

缪辛走回自己所居的耳房，便见新改名文狸的宫女早已经候在那儿，见了他进来，忙跪下磕头道："文狸多谢大监提拔。"

缪辛坐下来，接了她奉上的蜜水饮了，放下水杯看了看她，点头道："这也是你自己够聪明，口齿伶俐，一番话记得牢，说得好。"

文狸恭敬地道："大监说的都是教人活命的道理，奴婢就算是个糊涂的，听了这些话也会想清楚应该何去何从。我们这些奴婢要么世代为奴要么战败被俘，父母家人不是都在奴籍就是失败无踪，能够被人拿捏的不是钱财就是性命。过去宫中主子太多，谁也得罪不起，谁都无所适从。但如今大监教我把话说明了，这也是救了其他宫中姊妹，免得受人操纵，坏了性命。这是大监救我，亦是救我们这些奴婢。"

缪辛点头道："我知道宫中一直有些人没清理完，只是若是一个个盘查，未免人心惶惶。如今借你做个幌子，让大家自己相互查看，岂不更好。"说到这里，也不禁叹了一声，"我也是奴婢出身，宫中奴婢们阴私之事最是清楚不过。宫女内侍若是大家都私底下有勾当，那是麦子中杂着稗子，不容易挑出来。可若是人人都想立功上位，那有点鬼祟的人，就如同一碗粟米饭中放一株生稗子，是瞧得再明显也不过了。"

文狸恭敬道："大监英明。"

缪辛点了点头，挥手令她出去了。

这些年来，他在宫中虽然藏影匿形，但终究是受了缪监调教之人，又岂会一事无成。不但渐渐聚合了那些缪乙执掌大权时失势不满之人，在芈月回宫前后，借机行事，控制住宫中局面，方令得芈姝、魏琰、魏颐等行动消息及时通报。这边也在留心在那些小宫女小内侍中培养人手，这文狸就是他挑中之人，安插到他早就观察到的可能有问题的宫女中间，此时借机出来"揭发"。

果然文狸这一跳出来说明宫中局面，又受赏高升，那些内侍宫女等顿时也生了心思，数月之内，自首告密、互相揭发十数起，都是以前各宫妃嫔所留下的余党，接受诸公子的指示，其中便有数起得嬴壮密令，欲在饮食香料衣物中对芈月母子进行下毒行刺等的事情。

芈月听了卫良人回报，只轻笑一声："公子壮？想对我下毒？呵呵，他以为这样就能够改变局势。我看，他是走投无路，无计可施了。"

卫良人却是听了所有案情经过的，想来也不禁心悸，道："却也不可不防啊，想当年专诸置匕首于鱼腹中，刺杀吴王僚成功，吴国局势甚至是天下局势，便因这一道菜肴而改变。"

芈月却讽刺地笑道："可惜，他找不到这样的'专诸'啊！"

卫良人也笑了："是啊，他们这样的贵人只把别人当虫蚁，认为别人理所应当对他们奉上忠诚，却不晓得，连虫蚁也有为自己打算的权利。"

芈月抬眼望去，院中银杏叶子纷落，笑道："秋虫只鸣叫一季，而日月与天地同辉……大秦的内乱，就要结束了；大秦的征伐，却刚刚开始。"

第六章

乱
局
平

第三年，魏冉攻入雍城，生擒公子壮，甘茂逃走。

至此，在秦武王嬴荡死后，史称为"季君之乱"的三年内乱，彻底平定。

捷报传来，众臣一齐恭贺道："臣等恭贺大王，恭贺太后。"

众人的山呼之声，直传到宫外，响于天际。

季君之乱平定之后，如何处理在平乱中擒获的十余名割据作乱的公子，就成了摆到秦国君臣案上的一件大事。

咸阳殿中，群臣齐聚，便议此事。

庸芮道："十余位参与叛乱的公子如今都已经被囚禁，臣请太后、大王处置？"

嬴稷张了张嘴，欲开口，最终还是扭过头去，看向芈月。

芈月看了樗里疾一眼，问众臣："秦法上规定叛乱之罪，当如何处置？"

唐姑梁朗声道："当斩。"

樗里疾一震，急道："不可。"

魏冉反问："有何不可？"

樗里疾沉重地道："他们都是先王之子，纵有罪名，岂可与庶民同罪。"

芈月忽然笑了起来，讥讽地道："是啊，都是公子王孙，纵然是造个反，成者为王，败者只是不痛不痒轻罚几下，隔三岔五高兴了再造个反，反正不需要付出代价，何乐而不为呢。如此，公子们玩一次造反，死几万兵士、数十万庶民，亦如大风吹过，片叶不沾。如此国不成国，法不成法，一旦外敌到来，江山覆亡，呜呼哀哉，灰飞烟灭。"

樗里疾听得脸上火辣辣的，平心而论，他知道芈月说的是正确的，可是从感情出发，甚至是从他的血统出发，他却不能够坐视这些先王的亲生骨肉，他的子侄辈们，就这么如庶民一般，被绑到市井去行刑。无奈之下，他站起来走到正中，伏地求情道："臣愿监督他们，绝不会让他们再生事端。"

芈月按住几案，俯身问他："樗里子，你多大他们多大？你能活多久他们能活多久？朕今天把这件事，放到朝会上来讲，就是希望给天下人一个警示，乱我大秦者，当如何下场？"

樗里疾厉声叫道："太后！"

芈月却已经站了起来，径直向内走去："召廷尉，以国法论，全部处斩。"

樗里疾在芈月身后站起来，厉声道："太后若将诸公子处斩，老臣不敢再立于朝堂。"

芈月转身看着樗里疾，目光冰冷："我不受任何人要挟。"

言毕，芈月拂袖而去。

嬴稷站了起来，看看樗里疾，再看看芈月身影，竟有些不知所措。

樗里疾看着嬴稷，眼中放出希望的光芒，颤声道："大王……"

嬴稷看着芈月的身影已经转入屏风后，她走得又疾又劲，衣袖袍角都透着凌厉之风。他转头看向樗里疾，嘴唇颤动，似想说什么，最终还是一顿足，追着芈月也跟着转入屏风后面去了。

樗里疾整个人像老了十余岁，他颤抖着将朝冠解下，放到台阶上，朝空空的座位磕了三个头，蹒跚着走了出去，走到门口，脚下一拐，差点摔了出去。

默默跟在樗里疾身后的庸芮连忙伸出手来扶住他，樗里疾拍了拍庸芮的手，慢慢地、疲惫地走了出去。

嬴稷急急追着芈月进了常宁殿中，见芈月若无其事坐到梳妆台前，薛荔已经进来准备为她卸妆了，他疾步上前，急道："母后，您当真要将诸公子统统处死？"

芈月冷然道："这不是明摆着的事吗？你是大王，当知道秦法是做什么用的。"

嬴稷垂头坐到芈月身后，支吾道："可是，可是他们……他们都是先王的儿子，也是我的兄弟！"

芈月一怔，不想他到此时此刻，还有这样的想法，当即挥手令侍女退下，正色道："你错了。"

嬴稷愕然。

芈月冷冷道："跟你同一个母亲生的，才是你的兄弟。他们从来都不是你的兄弟。"

嬴稷欲解释："可……"

芈月已经截断了他，直视他的眼睛，一字字地告诉他："你父亲有很多女人，这些女人生了许多儿子，可他们，与你唯一的关系，只是天敌。"

嬴稷愕然："天敌？"

芈月肃然："不错，天敌，天生的敌人。一个国家只有一个国君，能够继承国君之位的只有一个人。围绕着这个位子搏杀的，都是天敌。"

嬴稷只觉得内心矛盾交织，这三年来，他也从一个天真少年，成为一个初知政治的君王，他将芈月这话，在心里沉淀了许久，才痛苦道："可是像父王和樗里子那样，不也是很好吗？"

芈月看着嬴稷，对他说："那是君臣。首先要为臣者安于为臣，这样的兄弟，我已经给你留好了。唐夫人之子公子奂，屈滕人之子公子池，他们已经臣服于你，并为你在征伐季君之乱中立下过功劳。你能够有这样几个臣下兄弟，足够了。我不是没有给过他们机会，三年了，三年之中我无数次派人去劝说他们放下武器，入朝来归，可他们拒绝了。这三年里他们为了自己的私欲，穷兵黩武，令得我大秦内乱不止、法度废弛、农田荒芜，将士们没有倒在抗拒外敌的国战中，却倒在权贵们操纵下的私斗中，这是他们的罪！"她的声音陡然尖厉起来，"一个人必须要为他们的决定付出代价，如果只要出身高贵就可以免罪，那还要秦法何用？"

嬴稷看着芈月，犹豫片刻，心中天平还是倒向了母亲，犹豫道："可是母后这样杀了他们，只怕天下人会议论纷纷，说母后不仁。"

芈月冷笑："天下人要围攻秦国，还欠理由吗？任何事、任何人都可以成为理由，我要为避免成为他们的借口而畏首畏尾，自废手脚，我还敢执政秦国吗？"

嬴稷垂下头，试图作最后的努力："难道真的不能饶了他们吗？"

芈月的手握住嬴稷的手，毅然道："子稷，我希望你记得，在你每天上朝的这个位置上，我曾经冒死闯进来，为的就是能够和你一起去燕国，否则的话，你我都活不到这一天；在那个位置上，惠后曾经把你的人头递给我要我打开，若不是母亲早早安排了替身，你今天就不能站在这里为那些想杀你的人求情。还有，你可记得当日在承明殿，武王荡闯宫要杀你，逼得你父王早死；就在那宫门外，我亦险些死于公子华的暗杀之下。王位之争，你死我活，并无情面可留。"

嬴稷的手微微颤抖，终于道："是。"

芈月冷冷地道："其实，他们何尝不知道，这些人谋逆，必死无疑。可是他们通常的做法，却一定要显得很虚伪，很矫情，说什么'千金之子，不死于市'。所以表面上装仁慈，暗中不是让他们死于乱军之中，就是下毒装成病故，甚至是无声无息地消失。你真以为，他们还能活？"

嬴稷犹豫一下，还是道："可是……总比现在这样好，这样会让母后招致不必要的骂名和恶声啊。"

芈月冷冷道："我不在乎。我要让天下人看到，我用国法杀他们，名正言顺，以儆效尤。我也要让天下人看到，我素来直道而行，言出法随，一切都摊开到光天化日之下，不必矫情伪饰。"

嬴稷却脱口而出："那义渠王呢?"

此时大军得胜归来，义渠王亦已经回到了咸阳，昨日已经入宫与芈月团聚，见芈月下朝，正欲进来，却听说大王亦在，便准备离开，却在此时听到了嬴稷的话，脚步一顿，停在那儿倾听。

芈月下意识地瞄了一眼室外屏，对嬴稷长叹道："你果然问出来了。"

嬴稷道："儿臣想问，这件事，母后也会摊开来说吗?"

芈月定了定心，冷硬着脸："没有什么不好说的，我们都是成年人了，俗话说，食色，性也。当年你父王原配的魏王后死了，他照样再娶。你的阿姊在燕国，也有她自己喜欢的男人。他鳏我寡，年貌相当，情投意合，天伦礼法都不禁我们这样的人在一起啊，有什么好奇怪的。"

嬴稷看到母亲这样坦然的样子，一肚子质问的话，倒噎得无言以对，只是终究意气难平："可、可父王呢?"

芈月看着嬴稷，道："你父王的墓中，葬着魏王后，葬着庸夫人，葬着许多死去的妃子，他就算死了也并不孤独。可我还活着，活着，就断不了食色人欲。"

嬴稷嗫嚅："可你有没有想过我，那些人指指点点……"

芈月脸色已经转为愠怒："你是一国之君，谁敢指指点点，就把他的手指砍了。"

嬴稷道："可、可我难道能把天下人的手指都砍了吗?"

芈月冷冷地道："天下人为生存衣食在挣扎，谁会吃饱了撑着，管别家谁有饭吃，晚上跟谁睡觉?"

嬴稷被挡回来两次，只觉得心头堵住，不由得扭过头去，站起来想离开，芈月却拉住他，道："子稷，过来，到母亲身边坐下来。"

嬴稷气鼓鼓地走过来，想了想，还是坐下来了。

芈月端详着嬴稷的脸道："我的子稷长大了。"

见她的眼光灼灼，嬴稷觉得有些别扭，转过头去。

芈月倒笑了，拉起嬴稷的手："下次我带你去草原，看看世间万物生长的情况，你就会明白了。"

嬴稷有些疑惑："明白什么？"

芈月笑道："母兽生下小兽，在孩子还未能够自己捕食之前，带着小兽形影不离，等到小兽长大了，就要把它赶开，让它自己去觅食，让它自己去求偶。这是天下万物生生不息的道理。子稷，你小的时候，母亲不放心你，对你寸步不离。为了你我顶撞了你父王，为了你我要带着你离开秦宫，为了你我随你千里迢迢到燕国去，那都是母亲对自己孩子的爱，可那是在你没长大以前。阴阳相配乃是天地之间的道理，子稷长大了，应该是时候为你娶妻了。"不动声色中，她已经转换了话题。

嬴稷闻言涨红了脸，叫道："母亲——"

芈月道："我为你许下的王后，是楚国的公主，接下来我与楚国黄棘会盟之时，就为你们成亲。在此之前，我会再为你纳一名妃子，就是墨家巨子唐姑梁的女儿唐棣，那是你父王在世时，与巨子订的约定。"

嬴稷脸一红："阿棣……"他想起幼年时见过那个颇有英气的小姑娘，又想到三年前的王位之争，芈月用替身代他去了军营，把他交到墨门，唐姑梁为了保密，再加上婚姻之约，便让女儿唐棣与他住在一起贴身服侍保护。那时候，两人还不知婚约之事，唐棣一身男装，与他同行同宿，叫他"公子"，见他因离了母亲而惶恐孤独，便同他说起自己如何执行巨子之令，率领同门去行走列国止杀戮、扶弱小之事，再加上各国风光、世情传闻等等。这让生于深宫，从未离开母亲的嬴稷只觉得又新鲜又兴奋，两人在一起竟有说不完的话。

一想到那个带着男儿气，甚至有些粗犷和不解风情的少女，嬴稷的脸上顿时开始烧红，他有些不好意思地站起来想离开："母后，我还有些事，先走了。"

芈月笑了笑："好，那你就去先准备一下，一月之后，便迎唐棣入宫。等到明年春暖花开的时候，楚国的公主也要到了。"

嬴稷狼狈而逃，此时哪里还有同母亲理论诸公子该不该杀或者义渠王该不该在宫中之事了，走到门边忽然想起另一桩事来，担心地回头："母后，樗里子辞官的事，你打算怎么处理？"

芈月笑道："我自有办法。"就见嬴稷逃也似的去了，不禁笑着摇了摇头，做母亲逗自己日渐长大的儿子，当真是有一种很开心的快乐感。

他这样招人喜爱的青春羞涩时光，又是多么地短暂啊，转眼间，要为他娶后纳妃，他也将为人夫，甚至为人父，那个只会偎依在母亲膝下撒娇不舍的小儿，就渐渐地远去了吧。眼看儿子已经大了，竟会让她这个做母亲的，有一种失落之感。

回想自己和嬴稷母子之间，虽然一直相依为命，从未远离，但终究当年在秦宫自己步步维艰、在燕国苦苦挣扎，想到的都是求生和权谋，母子之间撒娇亲密的情境，竟是太少太少。

想到这里，她心中不禁一动，蓦然间升起一个念头来，若是再来一次，让她和嬴稷的母子情再来一次，她一定不会再这么不知所措，这么身心两疲。她不禁将手放到自己的肚子上，若是如今，她能够再有一个孩子的话……

她摇摇头，打断了自己的胡思乱想，凝视于政务之事。想到今日自己在朝堂断然下令，樗里疾愤而解冠，此事她固然主意已定，但却也不想付出与樗里疾翻脸的代价，至少在目前来说，杀死十余名公子，嬴姓宗族必然动荡，秦国的旧族老臣必然动荡，她需要樗里疾在朝堂，去安定这一部分人；国内安定之后，她就要实现对群臣的允诺，收回失地，对国外进行征伐，此时她也需要樗里疾在政事上的娴熟能力为她分忧。

想到这里，她不再坐着，叫来侍女为她重新梳妆更衣，走出殿外。

此时庭院中居然开始飘落起雪花来，芈月一怔："下雪了？"

薛荔见状忙道："快晚上了，这种时候下雪是最冷的，太后，您就别出去了。"

芈月摇头："不行，你把我那件貂裘拿出来。"

薛荔微一犹豫，文狸甚是机灵，便忙进去将她素日最常披的一件貂裘拿了出来。

义渠王见嬴稷已经离开，便正欲过来，走到门口看到文狸手中的貂裘，倒是一怔，拿起来问芈月道："这件貂裘，你居然还留着?"

芈月回头一看，笑了："是啊，这还是当年我们离开咸阳的时候，你送的那批毛皮之一啊。"

义渠王皱眉，嫌弃地道："穿了很多年了，这外面的锦缎也没有光泽了，边上的毛锋也有些掉了，应该换件新的了。"

薛荔忙道："是啊，奴婢都说换一件新的了，可太后还是喜欢这件。"

芈月却已经令文狸将貂裘送上，轻抚着边缘的毛锋道："没有它，我在蓟城的那些寒冬，就过不了啦。你那时候亲手打了这么多毛皮，在蓟城丢的丢，烧的烧，只留下这件了，我舍不得换掉呢，有时候披上它，心里就暖了。"

义渠王听了这话，心头似被什么猛地撞了一下，五味杂陈，上前抱住芈月柔声道："我会给你打更多的毛皮，让你天天换新的，好不好?"

芈月嫣然一笑："好，我等着你给我打天天换不重样的毛皮呢。"说着，从他怀中挣脱出来，披上貂裘就要出去。

义渠王亦劝道："下雪了，你还是别去了吧。犯不着这么急。"

芈月看了看天色，笑道："我倒觉得这场雪下得正好，真是天助我也，有时候要收服一个人，天气不好，反而更有用。"见义渠王还要说话，柔声安抚道："放心，你就在屋里等着我回来吧。"说着走了出去。

义渠王看着芈月的背影远去，怀里心里似空了一大块，只觉得就想追出去，但还是硬生生止住了步。内侍南箕见他出神，忙讨好地劝道："义渠王，外头冷，您还是回屋吧。"

义渠王却摇摇头，径直向外走去："我要出去。"

南箕诧异道："你要去哪儿？"

义渠王道："去打猎。"他朗声一笑："雪天正是打猎的好时候。"

见他背影远去，南箕不禁惊愕，转头问身边的小内侍："啊，雪天是打猎的好时候吗？"

小内侍连忙摇头，表示自己也不知道。南箕只得道："咱们准备好屋子，等着主子们随时回来吧。"

此时芈月的车驾，已经到了樗里疾府门口了。

天色昏暗，雪花纷飞，路上行人已经渐稀少了。

樗里疾府前亦是已经闭门无人。

白起率人护送芈月来到门前，令侍卫敲响了门。

门开了半扇，一队家将踏雪走出，当前一人举着牛皮蒙成的灯笼，厚厚的牛皮透着微弱的灯光，走出来问："是何人敲门？"

白起朗声道："太后前来拜访樗里子。"

家将一惊，连忙将大门敞开，排成两行俯身行礼："参见太后。"

白起一点头，众侍卫进来，将家将们屏蔽在两边，一直排到正厅门前，自己方去请了芈月下车。

芈月披着貂裘在白起护卫下进来，此时樗里疾府中家将已经迅速去禀报了，待芈月走入前厅，便有老仆跑出来相迎太后。

白起问："樗里子何在？"

老仆支支吾吾，道："太后恕罪，公子说衣冠未整，不敢拜见太后。他说、他说……"

芈月笑问："说什么？"

老仆鼓起勇气，道："公子说，天色已晚，请太后回宫去吧。"

白起上前一步，欲要张口，芈月已经摆手制止他，再问那老仆："樗里疾如今何在？"

老仆支吾半晌，还是顶不住这威势压力，说道："在后院书房。"

芈月点了点头，对白起道："让他们都留在外面，你随我进去吧。"

白起躬身应是，但却没有就这么跟着芈月进去，反而令侍卫们先进去察看一番，只余樗里疾紧闭着的书房不曾打扰，然后再退出来，方引着芈月走进后院。

后院甚是简朴，没有回廊可避风雪，只有几间平房，院中种着几株梅树，白雪红梅，在月光下显得很雅致。

芈月缓步走过梅树，走到书房前，敲了敲门。

白起跟着芈月进来以后，警惕地看了看周围，就留在后院入口处，一动不动。

芈月站在书房外，听得里面无人回应，于是再敲了敲门。

里面的人终于忍不住了，应道："是何人敲门？"

芈月听出果然是樗里疾的声音，当下应道："是我。"

樗里疾自然知道是她来了，不过是明知故问罢了，见她一副耗定自己的样子，无奈道："天色已晚，老臣衣冠不整，无法拜见，太后还是请回吧。"

芈月道："内忧外患，刻不容缓，我不想耽误时间。"

樗里疾道："老臣已经递上辞呈了。"

芈月道："我还未批准，也永远不会批准。"

樗里疾心中郁闷，恼道："老臣于太后还有何用？"

芈月道："你可以于我无用，但你不能于大秦无用，于嬴氏家族无用。我要你做嬴氏家族的定海神针，为嬴氏家族做一个大长老。"

樗里疾的声音更加郁闷了："我若不愿意呢？"

芈月提高了声音："作乱的诸公子，我是必要杀的……"就听得室内忽然"咣"的一声，似乎什么东西摔到地上了，芈月微微一笑，继续说道："商君之法，我要推行。你应该明白，从今以后，纵然是王孙公子，无军功者依然不能封爵，而且原有的利益也要代代削弱。嬴氏家族的君王固然代代传继，那些作乱的人却将会被处死，但嬴氏家族剩下来的子弟们，仍需要有一个有威望的长老去指引他们。大秦内乱我会平定，外交和战争交给我，内政，我交给你，如何守好惠文王的江山，和他留下的文治之政，就由你把握。"

室内，樗里疾听着芈月的话，脸色急剧变化，半晌长叹："臣已经老了，看不懂这世上的事，把握不了太后之政。太后，外面风雪已起，天寒地冻，为免伤了凤体，还请太后回宫吧。"

芈月站在室外，看着雪越来越大，她伸出手，接着外面飘落的雪花，微微一笑："不要紧，我在燕国见过比这更大的雪，更冷的寒夜。我会等你出来，与我一起议政。你一刻不出来，我等一刻；你一时不出来，我等一时；你一夜不出来，我等一夜；你一月不出来，我就等一月。我就不相信你一辈子也不出来。"

樗里疾不想她如此强势，一时噎住，赌气道："太后既然自己愿意等，那老臣也不勉强。"说着，他径直走到榻边躺下，还吹灭了油灯。

夜更深，风呜呜地吹着，雪下得更大了。

庭院中无遮无挡，芈月虽然披着厚厚的貂裘，但也不能站立不动，只能在庭院中走来走去，呵着双手取暖。

樗里疾虽然躺到了榻上去，但他又如何能够真的睡着，当下翻来覆去数次，终于还是悄悄站起来，踮着脚尖走到门缝处向外看。

夜色虽深，却是月圆之夜，月色映在雪地上，倒有几分明亮，但见芈月拍拍头上的雪花，抖抖貂裘上的雪花，跺跺鞋面上的雪花，继续来回走着。

樗里疾走回榻上，将火盆移到榻边，用厚厚的被子拥坐着，轻声嘟哝："我在这里火烤着，你在外头雪下着，看谁熬得过谁？"

不料却听得外头响起了呜嘟之声，却是芈月等得无聊，竟是拿出了随身携带的呜嘟吹奏起来。

这下樗里疾更是无法安然了，但听得呜嘟之声如魔音绕耳，他干脆拿两团绢帕塞住耳朵，坐到火盆边打着瞌睡。

或者是耳朵塞住以后，竟是什么声音也听不到了，而火盆又太暖，他坐在榻上，微一走神，便打了个瞌睡。

也不知道过了多久，樗里疾坐着的姿势一个失衡，向前倾去，头磕在铜鼎上，骤然醒来。

他怔了一怔，忽然想起芈月还在室外，耳边却无声息，抬眼一看，却见窗外大亮。

他细一想，顿时惊出一身冷汗来，慌乱地伸出双手，将塞在耳朵里的绢帕拉出来，跳了起来就猛地向外冲去，不小心一脚还踢到了火炉边，他独足跳了两下，就扑到门边，推开了门。

冻得满脸通红的芈月冲着樗里疾笑道："早安。"

樗里疾跪了下去，伏地颤声道："太后，老臣有罪！"

芈月笑问："我可以进来了吗？"

樗里疾忙让开门边，让芈月进入室内。

此时其实天尚未大亮，他打个盹儿也不过是半个多时辰工夫，只不过是雪光映窗，方令得他以为天亮了，吓了一大跳，只是此刻却是不能不让芈月进来了。

芈月走进樗里疾府书房，饶有兴致地看着室内的一切，她看到了榻上扔着的被子和踢倒的火炉，还伸手扶了一把。又走到几案前，看到摊着的地图和散落的竹简，又拿起一卷竹简翻了翻。

樗里疾跟在她的后面，看着她的动作，有些无奈又有些佩服。自己过去端了火炉，开了炭盒又加了新炭，才端到芈月面前，沉声道："太后，请烤烤火吧。"

芈月伸手在火炉前烤着火，笑道："这一夜在你门外站着，还是挺冷的，还好我在燕国的时候练出来了。"又解释道："我们在燕国的时候，最冷的天气里都买不起炭火，差点就冻死了。"

樗里疾知道芈月母子在燕国的遭遇，倒有一半是自己袖手旁观之过，脸上有些动容，他嘴角抽了抽，想说些什么，最终还是没说出来。

芈月反客为主，伸手让道："樗里子，坐吧！"

樗里疾没有坐下，却走到门口冲着外面叫了一声："白起将军，你也去取取暖吧，再叫我的侍从送上热姜汤和早膳给太后。"

芈月笑了笑："还是你想得周到。"

樗里疾沉着脸，坐到芈月的对面："臣可不敢做让太后生病的罪魁祸首。"

芈月烤着手，笑道："我知道你对我有很多怨气，可又拿我没办法，知道这是为什么吗？"

樗里疾拉着脸："老臣不及太后。"

芈月笑问："你不及我什么呢？"

樗里疾道："老臣聪明不及太后。"

芈月摇头："错了，若论聪明，秦国人人赞美你的聪明都说是'智如樗里'，你不聪明，谁敢说自己聪明，更何况我。"

樗里疾嘴角一抽："太后是在取笑老臣？"

芈月摆手，看着樗里疾，轻笑："我的确不如你聪明，但你却拿我没办法。因为我能豁得出性命、下得了面子、割得了肉、吃得了亏、记得住恨、匿得了怨、能一笑泯恩仇，也能一掷决生死。这些，你都不如我！"

樗里疾长长地吁了一口气，看着面前的芈月，无言可对，想要说一些讽刺的话，但芈月自己就把脸皮踩下了，让他觉得再说也是一拳打在空气中，毫无用处。可是心底却有一种恐惧，他侍奉过三代秦国君王，他的父亲、他的兄长、他的侄儿，可是这样肆无忌惮的话，这三代君王，都不敢说出来。

芈月见他的神情，便知道他心里已经认输了，她接了老仆送上来的姜汤，饮尽，放下，挥手令老仆退出，徐徐道："樗里子，你很聪明，但你太过聪明了，太爱惜自己了，做任何事都未虑胜，先虑败，未虑得，先虑失。你做任何的事，都得失心太重，只想守住你眼前的一切，不想有任何损失……"

樗里疾此时已经被她弄得没有脾气了，他微微转头，冷笑一声，脸上是无奈又不屑于争辩的神情。

芈月道："当然，你这么想没错。周天子分封了三千诸侯，许多人生来就拥有一切，想要做的就是保有一切，这些人衣食无忧，用的都是脑子，他们尽比天下人都要聪明得多。可是最终，这些聪明人都随着他们的国家一起灭亡了。"

樗里疾表情有些震动，想要说什么，但看着芈月意气风发的脸，还是叹了一口气，这时候他却已经从不屑一争，到争也无用的心态了。

芈月道："我不是聪明人，先惠文王跟我说，他也不是聪明人。先孝公，商君，更不是聪明人。斗转星移，世事变化，都不是聪明人推动的，因为聪明人不会浪费力气，不会让自己去做看上去劳而无功的事，不会去逆天行事。可是这个世界，每天都在变化，聪明人不屑浪费自己的力气，脏了自己的手，最终等到乱局到来，被迫卷入的时候，才会发现自己缺少改天换日的勇气和积累。"

樗里疾听到这里，却激动起来："可你这样做，是要乱我大秦，乱我军心，我岂能坐视不顾。"

芈月冷冷地道："我杀死诸公子，不跟旧族们妥协和承认他们乘乱占据的封地，你自然怕内乱又起！我要改革军制，你怕军心不稳。你觉得四处已经着火，我还要火上浇油，所以你怕了，你要躲开。"

樗里疾勃然大怒："谁怕了，这江山是我嬴家江山，生死我都跟它绑在一起，老臣说一句诛心的话，这真要遇上乱局，太后能躲得掉，老臣和大王为着身上流的血统，却是躲不掉的。"

芈月断然道："躲不掉，就接着，跟我一起站在朝堂上，去迎接这天底下的风风雨雨吧。内政，我交给你，征伐，你交给我！"

樗里疾有些触动，嘴唇颤抖："太后……"

芈月却不继续说下去，反而转了个话题，道："进入函谷关前，我曾经特意带着大王去看殽山①……你还记得殽山吗？"

樗里疾听到"殽山"二字，便已经是老泪纵横："身为秦人，如何敢忘殽山之战，那是国耻啊。殽山上面的累累白骨，是我秦国历代为了东进中原，而付出的代价啊。"

芈月轻叹："是啊，秦人一代代埋骨于东进之路，为什么还是一代代人继续东进。因为不东进，秦人就永远被边缘化，被视为蛮夷。列国不是不知道变法的好处，可是却没有勇气去承担变法的痛楚，而只有秦国挺过这种痛楚而真正强盛起来。六国是敌视秦国，因为他们不安，他们胆寒。我们能够为了这些过时之人而停下改变的脚步，自废武功再退回到落后的秦国吗？"

樗里疾激动地道："可他们是我大秦王族，嬴家子孙，那些跟随他们的是我们老秦旧族，他们才是我们秦国的根本。"

芈月断然道："不，如果你这么想，秦国将会越来越弱小。樗里子，我告诉你，没有什么老秦人、新权贵，将来所有俯首我王旗之下的都是秦人，就如同过去所有的人都奉周天子号令一样。"

樗里疾听到这里，不禁大惊失色，立时站了起来："太后，你……"

芈月端坐，肃然道："将来的秦法，会取代今天的周礼。将来不会再有六国，不会再有诸侯之间无穷无尽的战争，如同七百年前天下奉周，四海归一，将来，会是天下奉秦。樗里疾，你可敢与我共同携手创造这一天？"

樗里疾被她这一声断喝，忽然只觉得一股热血冲上头顶，只欲跪地就要一口应下，人已站起，话到口边，最终还是强力克制住，缓缓地道："远有齐国，近有赵魏，在南有楚，在西有戎，在外有敌，在内有乱，太后如何敢夸这样的海口。赵侯雍、魏王嗣、齐国辟疆、楚王槐，都是当世英雄，立下过开疆拓土的功业，他们还不敢有此决心，太后能与他们相比？"

芈月道："齐王已逝、魏王平庸、楚王易受摆布，当世唯有赵侯，或

---

① 殽山，今崤山。

可与我一争高下。魏国衰，韩国弱，齐国有燕国牵制，赵国东有齐，西有秦，扩张困难。但对于我来说，西戎南楚，迟早是我囊中物，得西戎南楚之后，赵国焉能与我争锋？"

樗里疾冷笑道："天下英雄，并不如太后预想的这么容易摆布。"

芈月道："不试一试，怎么知道？有时候，你们都是自己吓住了自己。"

樗里疾双手握拳："好，老臣就与太后打个赌，不敢说什么天下奉秦，老臣什么时候能看到太后将秦国恢复先惠文王的盛况，便当向太后称臣效忠。"

芈月道："天下奉秦，是秦国必将成就的道路。在我有生之年做不到，我也能够让世人看到并承认大秦即将实现这个目标。自我子、我孙、及至三世四世，终能至此。"

樗里疾看着芈月，久久不语，他已经完全怔住了。他想到当年，在父亲座前，听到他说起如何推行商君之法的宏图；在兄长座前，听他说如何平定四方图谋深远的构想；甚至在侄子荡面前，听他说如何夺雍鼎以称霸诸侯的可笑计划。可是这三代君王，没有一个人敢说出"天下奉秦"这四个字来，不，自周天子东迁之后，数百年间，天底下无数明君英主，都不敢说出这样的话来。他心头战栗，他觉得恐惧，他觉得眼前似有一座泰山压顶，让他无法呼吸、无法说话。

也不知过了多久，樗里疾只觉得五脏六腑才似归了原位，他本能地想避开这样的话题，这不是他能消受的，可是，却又这么吸引着他，让他忍不住跟随着她，去投入这样的狂想。不，他不敢再想下去，强抑心潮转开话题："太后不必说此远景，老臣只愿秦国在此大乱之后，还能看到太后恢复先惠文王的基业。"

芈月淡淡一笑："若说恢复先惠文王的基业，我与你十年为期，如何？"

樗里疾看着芈月，怔住了："十年？"若是十年就能够恢复先惠文王的基业，那么十年之后呢，她真的能够继续扩张，真的能够去向着"天下奉秦"的宏图奔去？想到这里，他摇了摇头，长揖到底："若如此，老臣甘为太后鞠躬尽瘁，事太后如先孝公、惠文王。太后若不能实现，那就请太后退居内宫，不能再行干政。"

芈月道："好。"

樗里疾伸出手来，与芈月击掌三声。

这场大雪纷纷扬扬地下了七八日，到雪停住的时候，咸阳内外，已经是一片银装素裹的天地。

这一日，正是吉日，杀人的吉日。

咸阳西市，人头攒动，季君之乱中所有被判处死刑的十余名公子，皆被押到西市，当众行刑。

公子壮脸色惨白，扭头看着左右被绑的几名兄弟，恨声道："皆是因为你们各怀私心，所以才教我们落到今日之下场。"

公子雍长叹一声："你暗杀公子华，教兄弟们如何能够信你。事到如今，说这般话，又有何用呢？"

公子壮抬头看着天际，但见晴空万里，一片冰雪世界。

三通鼓响，大刀挥过，冰雪世界，便染就一片血红之色。

就在西市行刑之时，芈月披着崭新的银缎面白狐裘，走进了秦国先祖的明堂之中。

她走过一间间龛位，走到了秦惠文王嬴驷的灵前。

两名侍灵的内侍上前行礼，芈月却挥手令他们退下。

大殿内，只剩下芈月一人。

芈月走到灵案前，伸出手去想抚摸灵位，但手指在最后一厘米的时候停住了，她轻叹一声道："大王，我看你来了……"

阳光斜照进灵殿，也斜照进灵位。

芈月倒了三杯酒，举起第一杯酒下，低声道："记得你第一次带我出去，是拜谒商君之墓。当时我不明白，你既然恨他，为什么要思念他，你既然思念他，为什么不为他平反，而要让他这么埋在荒山里。可是现在，我有些明白你当时的想法了，这个世界并不是非黑即白的，有些人，你怨恨他，又佩服他。再佩服也不能化解这种怨恨，再怨恨也无法不产生敬佩。商君之于你，就像你之于我一样。这个世界上，人一旦站到最高处，俯临天下的时候，总有一些话想找人说说。可是偏那个时候，会觉得再没有人能够听懂自己的话，除了那个曾经令自己寝食不安、流亡天涯的人，那个曾经如此轻易地左右了自己的命运，让你恐惧又不得不敬佩的人吧！"

芈月又举起第二杯酒洒下："你是我生命中第一个男人，我曾经深爱过你，我爱过你，唯其爱过，所以对你有期望、有痴情、有过心痛，可最后才明白，女人的情爱，恐怕是最不放在你心中的东西吧。这个宫里的每个女人，都以为你爱的是自己，至少是爱过。事实上，你不爱魏氏，也不爱王后，也没有爱过我，也许在当年，你可能喜欢过庸夫人，至少你对她的信任到死也不变。但在我见到你的时候，你已经不爱任何女人了，女人之于你，是江山权谋的一部分，是消烦解闷、生儿育女的工具而已。我爱过你，更恨过你，可是这一刻我站在这里，我却明白了，帝王是没有办法随心所欲地去爱。我爱着黄歇，可是我们中间隔了一个楚国，在我复仇之前，我不能跟他在一起，因为我明白，在他的心底，他可能爱我，可不会为了爱我就会帮着我对付楚国。翟骊他爱我，愿意为我做一切事，在这一点上，黄歇不如他，你更不如他。这一生中，能够这么毫无保留地爱我、信我之人，唯有他。我曾经以为，一生一世，得一知心人足矣。可是到了面临割舍的时候，却犹豫反复，割舍不下。直到踏进这里的那一刻，我忽然想通了，既然割舍不下，又何必割舍。我记得对你的爱和怨恨，我记得对黄歇的不舍和不能言说，也同样记得翟骊的真诚和热情。大王，我敬你第二杯酒，你如镜子一般照见我，让我知道应该怎么做。"

芈月停了一下，看着眼前的牌位，举起第三杯酒洒下："这第三杯酒，我要告诉你，我做了一件让你恨的事情。大王，你是一个帝王，对你而言这世间应该没有什么事比王图霸业更重要吧！如果今天换了你站在这儿，你会怎么想，你愿意拿你这十来个儿子，来换取变乱的结束吗，来换取商君之政可以重新推行吗？我想你是不会在乎的，你曾经想过赌一下江山，可最终你放弃了，因为你懦弱，你害怕变成齐桓公，害怕你尸骨未寒诸子相争。可你逃避过了五年前，却逃避不过五年后。内战没有在你活着的时候爆发，却在你儿子死后爆发，甚至到了不可控制的地步，到了险些毁掉秦国的地步，你后不后悔啊？我今天来这里，是想告诉你，你没做到的，我替你来做到。甚至你的列祖列宗都梦想的王图霸业，我也会替你们做到。有朝一日于地下相逢，我可以站在你面前，对你说，我无愧于你，也无愧于你们嬴氏，亦无愧于你们大秦。"

芈月迈出灵殿，冬日的阳光映着雪色，十分刺眼。

芈月微眯了一下眼睛，转头看了看殿内，拢紧身上的白狐裘，大步向前走去。

第七章

唐八子

自平定季君之乱，芈月颁下了一系列的法令，整顿内政外交：

"重修商君之法，凡违法者皆依律处置。由樗里疾主持清理井田，开阡陌封疆；由魏冉主持清查兵籍，确认军功勋位；由庸芮主持清查户籍，编订户口，重定赋税；由唐姑梁主持颁布标准衡器，统一度量衡；由司马错主持蜀中事务，由白起主持练兵与戎狄等族易俗等事，芈戎、向寿主持与楚国黄棘会盟之事。"

黄棘，秦楚会盟台。

芈月站在高台上，看着下面的军队。

魏冉和芈戎率领秦军站在会盟台下，甲胄如同黑色的海浪。

远处缓缓而来的楚国军队是一片红色海浪，但见黄歇和楚太子横骑马走在前头，楚王槐由兵马护卫，坐在广车之中。

黄歇抬头，看到芈月独立高台，两人四目相交，不由微微走神。

太子横本与他并缰而行，见他落后，不由得勒马问道："子歇，怎么了？"

黄歇敛住心神，道："没什么。"

棘门到了，黄歇与太子横下马，楚军两边分开，楚王槐走下马车，走向高台。

此时秦王嬴稷从左边登台，楚王槐则从右边登台。两国国君互相行礼，交换玉圭、国书。

鼓乐大作。两国国君高举酒爵，祭拜天地。

礼成之后，两国国君于黄棘行宫饮宴，同时举行秦楚之间的联姻。

楚王槐与芈月高坐上首，秦楚之臣坐于两边。鼓乐声起，众宫女拥着嬴稷和楚公主瑶身穿大礼服上来，举行婚礼。一切器具行止，皆如周礼。

芈瑶手执羽扇，遮住了大半张脸，只露出怯生生的眼睛，在祝人唱辞中，嬴稷与芈瑶行礼如仪。

然后是新人先向楚王槐行礼，此时楚王槐已经喝得有些醉意，高兴地站起来祝吉道："好好好，愿你们夫妻和睦，秦楚两国，永为姻亲。"

嬴稷和芈瑶站起，又走到芈月面前行礼，芈月亦点头赞道："往迎尔相，承我宗事。佳儿佳妇，繁我子孙。"

芈瑶脸一红，低声道："诺。"

行礼毕，嬴稷和芈瑶被拥下去，于后殿入帐。

前殿却是依旧行宴，芈月举杯向着楚王槐道："这杯酒，我敬王兄，将这么好的女儿，许我儿为妇。"

楚王槐道："我也要谢谢王妹，将大秦公主许我儿为妇，秦楚亲上加亲。"说着一击掌，一群楚国舞姬上来挥着长袖跳起楚舞，奏的亦是一曲少司命之乐。

芈月感慨道："楚音楚乐，我久已不闻矣，此时再闻乡音，当真令人怆然涕下。"

楚王槐道："王妹不必伤感，这群乐姬，当随公主的嫁妆一起入秦，陪嫁的还有膳夫庖人。王妹以后若是想到故乡，尽管欣赏乡音，重温旧味。"

芈月道："王兄想得当真周到。"

黄歇沉默地看着这王族兄妹之间相互表示亲近，却深深地自内心升起一股不安之意。

此时嬴稷与芈瑶已被送入洞房，就在楚乐声中，芈瑶手中的羽扇一寸寸地拉下，含羞带怯地看了嬴稷一眼，又迅速转开，脸却羞红了。

嬴稷坐在芈瑶对面，看着芈瑶，表情复杂。

女御与媵女们铺好枕席，皆施礼退下，众媵女依例在板壁之外静候召唤。

两支灯树映得室内如同白昼，嬴稷坐在芈瑶对面，却是神不守舍，不知道在想些什么。

外面的乐声渐渐变得细弱，芈瑶独坐了半晌，只觉得身子都要僵了，忍不住想开口，声音却细若蚊蝇："大王……"

嬴稷猛地回头，看着芈瑶，他的表情很奇怪，芈瑶被吓住了，不敢再开口。

嬴稷回过神来，看到了芈瑶的眼神，似有所悟，当下扯了扯嘴角，努力展现出笑意来，他站起来走了两步，坐到芈瑶身边，握住了芈瑶的手，道："王后。"

芈瑶涨红了脸，想说什么，最终只是说了两个字就害羞了："大王!"

嬴稷知道她在害怕，轻声道："你别害怕。"

芈瑶低声道："原来，原来有些害怕的，不过看到您以后，就不怕了。"

嬴稷只觉得词穷，搜索枯肠努力找话："你父王……喜欢你吗?"

芈瑶不由得摇摇头，回过神来又连忙点点头。

嬴稷又问："嫁这么远，会不会想家?"

芈瑶道："想是想的，可是，从前姑母们也嫁过来了，想想也就不怕了。"

嬴稷听到她提到"姑母们"，脸色微变了一变："你，可听说过惠文后……"他说到一半忽然住嘴，叹道："算了，你还是不必听了。"

芈瑶却迟疑地问道："太后她……和气吗?"

嬴稷一怔："我母后吗？"见芈瑶点点头，期望地看着他，他苦笑一声："放心，母后不会难为你的。"

芈瑶低声问："你平时喜欢做什么事，爱吃什么东西？"

嬴稷诧异："怎么问起这个来？"

芈瑶脸更红了："如果你爱吃什么，我给你做。"

嬴稷一怔，反问："你会自己做菜？"

芈瑶点头，低声道："以前我母亲病着的时候，想吃家乡的菜，可膳房又叫不动，我就自己跟傅姆学着做……"

嬴稷怔了一下，问道："你不是郑袖所出？你生母不得宠？"

芈瑶点点头，有些难堪地说："郑袖夫人不喜欢我母亲……"

嬴稷有些动容，这件婚姻原非他所愿，只是一场政治交易，他毕竟还年轻，这毕竟是他的嫡妻，没有男人不对此郑重以待的，他也曾经充满憧憬，到如今变成完全的政治安排，不免一开始也有些抵触。及至入了洞房，见芈瑶单纯美貌，不由也略动了怜惜之心，见她说到往事，更觉同病相怜："原来，你也吃过这样的苦啊……"

芈瑶羞涩地道："我不怕吃苦，只要能够让我母亲过上好日子……"

嬴稷叹道："是啊，你也是为了母亲……"他握着她的手，忽然觉得有些不对，翻过来摊开她的手掌，却见掌心有一道极深的伤口，诧异地问："这是怎么伤的？"

芈瑶已经是羞得想缩回手去，自惭形秽地低下头，含泪道："是有一次不小心被木刺扎中，不敢叫太医，后来就……"她怯生生地抬头，"大王，您不要看了，很丑的！"

嬴稷将芈瑶拥入怀中，心中只觉得抽痛，叹道："不丑，不丑，寡人十分怜惜，阿瑶，你也是个可怜的人啊……"

芈瑶被他拥入怀中，只觉得心跳得都要跳出腔了，她微哽咽，道："阿瑶不可怜，阿瑶能够遇上大王，便不可怜了……"

灯影摇动，两颗少年男女的心，初初接近。

此时的宴殿里，楚乐变得缠绵婉转。

芈月和其他臣子们都已经离开了，此时宴殿里只有樗里疾陪着楚王槐看着歌舞。

楚王槐看着歌舞，纵声大笑，他的笑声透过夜空，传到走廊。

魏冉面含杀机，手按剑柄，在走廊上来回踱步。

黄歇这时候已经从宴殿出来，其他人皆已经休息去了，他却只觉得心头不安，也在廊下慢慢踱步，却看到拐角处魏冉转来，正要上前打招呼，却看到缪辛匆匆而来，他脚步一停，退在阴影里。

魏冉疾走两步，缪辛却忽然挡在了他的面前，道："魏将军，太后有请。"

魏冉哼了一声，没有动。

缪辛再催道："魏将军。"

魏冉有些犹豫，顿了顿足，道："你回太后，就说我有要事要办。"

缪辛不动，道："太后已经知道魏将军要做什么，所以特地来叫奴才请魏将军回去，有什么事，太后会当面跟您讲清楚。"

魏冉不甘心地向墙内看了一眼，终于还是跟缪辛一起离开了。

黄歇走出，看着魏冉的背影，再听到隔墙传来的丝竹之声和远远传来的楚王槐的笑声，陷入了思索。

魏冉随着缪辛进了芈月所居之处，在外便已经听得秦筝之声，入内一看，但见芈月坐在席上，手中抚着一具秦筝，秦筝高亢而充满着杀机。

看到魏冉进来，芈月停下秦筝的弹奏，沉声问："你想干什么？"

魏冉气恼地坐下："你说我想干什么？"

芈月冷笑："我说你想干糊涂事，幸而我叫缪辛关注你，免得你真的冲动起来……"

魏冉截断了芈月的话："他就在这里，就只隔一道墙，这是我们最好的机会，只要杀了他，只要杀了……"

芈月道："你若杀了他，我们就会跟他一起完蛋。"

魏冉怒道："我不怕。"

芈月冷冷道："你不怕我怕！"

魏冉大怒，质问她："难道你真的忘记了杀母之仇吗？"

芈月冷冷地道："我没忘，到死都不会忘。所以你更要记住，杀死母亲的，不只是他，还有他的母亲。你放心，他们一个都跑不掉，总有一天，我会让每一个仇人都无法逃脱。可现在不行，我们历经了这么多波折，才能够一家重逢，我们要报仇，更要活得好好的以后再报仇，这才能让母亲含笑九泉。"

魏冉听着她的话，慢慢地坐下，问："那要到什么时候？"

芈月道："三年，再给我三年的时间，等我把所有的内忧外患都解决了，我们的兵马实力足够强盛的时候，到那时候，我们就可以偿了夙愿。"

魏冉跪在芈月面前，哽咽道："阿姊，我真是忍不下啊，仇人近在咫尺却不能杀了他，我实在是……"

芈月轻抚着魏冉的头，叹道："忍字心头一把刀。要想比别人强，要想别人不对你残忍，你就要先对自己残忍。忍人所不能忍，成就别人所不能成就的功业，到那时候，你想怎么快意恩仇都成。"

魏冉深吸一口气，忽然站起来拔剑道："阿姊，你为我弹奏一曲吧。"

芈月再度弹起秦筝，魏冉随着杀气腾腾的乐声而作剑舞，将一腔杀气，一腔怒火，尽数泄于其中。

行宫走廊上，此时外面的楚乐已经停止，夜深人散，黄歇遥遥听着秦筝铮然之声，只觉得心惊胆寒，便循声想往前走去。不料在半道上，却遇上了楚太子横。

"子歇。"太子横见了他，倒是一怔。

黄歇也是一怔："太子，您还没有休息？"

太子横点头："我睡不着。子歇，我听到秦筝之声，这么晚了，是谁在弹奏？"

黄歇道："好像是秦人那边，不知道是谁在弹奏。"

太子横驻足听着秦筝，叹道："这秦筝杀气甚重啊！子歇，这次黄棘会盟以后，我就要正式去秦国为人质了……我，很是忧虑。"

黄歇劝道："太子放心，我会陪太子一起去的。"

太子横脸色郁郁："如果没有你的话，我简直不知道有没有勇气前往秦国。接下来，就是子兰要娶秦国的公主了吧。"

黄歇知道他的忧虑，劝道："太子，王位不是靠鬼蜮伎俩能够得到的，没有实力掌握这一切的人，纵然得到，也会失去。就像……秦国的王位之争一样。"

太子横道："我不知道这位秦国太后，她在我和子兰之间，会选择支持谁？与子兰相比，我能够倚仗的，只有你，子歇。"

黄歇摇头道："不，你唯一倚仗的应该是你自己，因为你是楚国的太子。而我……"他看着远方，"我只希望这次去咸阳，能够完成毕生所愿。"

一夜歌舞，所有的人都在沉醉中，皆未起身。

天蒙蒙亮的时候，草上的露珠泛着微光，芈月独自走在后院，踩着晨露，天地间似乎只剩下她一个人。

她从一头走到另一头，又转回头继续走，黄歇从另一头走出来，看到了芈月。芈月似乎也有什么感应，她转头，看到了黄歇。

芈月道："子歇——"

黄歇脱口道："皎皎——"旋即他苦笑一声："我现在该称你为太后了吗？"

芈月摇了摇头："你在我面前，任何时候，都可以称我为皎皎。"

两人沉默片刻，芈月又道："听说，你这次会和太子横一起入秦，对吗？"

黄歇道："是。"

天色渐亮，远处的喧闹声渐渐传来。

芈月看着黄歇道："好，我在咸阳等你。"

黄棘会盟已毕，楚国人马各自归国，秦国人马也向咸阳进发。

唯有楚国公主芈瑶，没有随着楚人回去，如今她已经是秦王后，要随着秦人回到咸阳城。她坐在马车上，走过了山山水水，终于进了咸阳城。

芈瑶走下马车，看着巍峨的秦宫，忍不住顿住脚步，不敢迈出。

嬴稷走过来，伸出手道："走吧。"

芈瑶慌乱的心，顿时定了下来，她怯生生地伸出手去，握住嬴稷的手。

嬴稷拉着芈瑶，走进重重秦宫，一直走到为新婚所备的清凉殿，便见一个十几岁少妇打扮的女子率一群宫女迎上来，笑道："妾身参见大王，参见王后。"

芈瑶有些不知所措地看了看嬴稷，嬴稷介绍道："这是唐八子。"

芈瑶一怔，勉强露出微笑："唐妹妹好，快请起。"

唐八子，即唐姑梁之女唐棣，已经在数月前进宫了，亦封为八子，这些日子在秦宫早已经执掌宫中事务，于行事上十分熟练。

与芈瑶的羞怯相比，她显得十分干练爽利，甚至在芈瑶的眼中，有一些干练过头到让她感觉有些压力，但见唐棣站起来笑道："天气快热起来了，这清凉殿就是先王娶楚国公主成亲的地方。妾身听说王后要来，早两个月就开始收拾，王后看着哪里还有什么缺失，只管跟我说。"

芈瑶苍白着脸，不知所措，但听得嬴稷对唐棣用一种十分熟悉和亲昵的口气说道："知道你能干，王后这里就交给你了。母后那边准备得如何了？"

唐棣笑道："母后那里哪里敢疏失呢，大王尽管放心好了。"

看着唐棣和嬴稷相处得默契和熟悉，芈瑶的心只觉得更加慌乱无措了，但见唐棣极为干练地布置了清凉殿中的一切，对着嬴稷微微一笑道："大王与王后新婚燕尔，妾身就不打扰了，就此告退。"

嬴稷看着唐棣的背影，心中怅然若失。

他很小的时候，便已经认识唐棣，甚至在周围的人半开玩笑的话语中，亦听说过唐棣将来是要嫁给他的。只是后来他为质燕国，自然不再想起此事来了。

后来他自燕国回秦，争夺王位，危机四伏时，躲在唐棣家中，是唐棣的父亲唐姑梁一力相助，他才躲过暗杀，躲过追捕，直至登上大位。

他自出生以来，便与母亲形影不离，只有那段时间，是母亲要引开那些追杀之人，不得已与他分手。那时候他心中充满了凄惶和害怕，如果没有唐棣在他的身边相伴，他真不知道该如何度过那些惊涛骇浪的日日月月。

他只道自己登基之后，便可与唐棣一生一世在一起，只可惜，他是秦王，婚姻之事不能由己。为了退五国之兵，他的母亲给他安排了去迎娶楚国公主，而唐棣，只能是他后宫的一名妃子。

唐棣依旧如过去那样，无怨无悔，依旧笑得那样热情，她接受了这样的命运，甚至为了怕自己为难，不肯接受高位分的夫人之位，而宁愿屈居八子之阶。甚至在他迎娶楚国公主的婚礼上，宫中事务，依旧是唐棣操办着，用心一点一滴做到尽善尽美，要让新王后无一点不适。

看着唐棣退出，他的眼睛失神地看着她的背影，好一会儿，才收回来。

芈瑶看着他的眼神，心碎失神，却只能依旧露出笑脸来。在楚宫的日子，让她懂得了，如果你让要别人喜欢你，就一定要一直保持着快乐和感恩。没有人会喜欢一个充满抱怨之气的人、委委屈屈的人。

唐棣走出清凉殿，她一直保持在脸上的笑容就消失了。

她身后的傅姆看着她的神情不由心疼，为她抱不平道："夫人，这王后来了，怕是以后又不得安宁了。唉，您和大王青梅竹马，现在忽然插进这么一个人来压到您头上，真是！夫人也太过谦让，以巨子的功劳，您完全可以有更高的位分，您自己为什么挑中这么一个低阶的八子。"

唐棣冷哼一声道："闭嘴。"

傅姆吓了一跳，忙俯首道："奴婢该死。"

唐棣冷冷一笑："鲲鹏之志，燕雀安知。"她拂袖往前走去，见侍女们都要跟上，制止道："罢了，我一个人走走，你们不必跟从。"

傅姆有些不安，唐棣冷笑："便当真有什么事情发生，就凭你们，也护不住我。"

傅姆知她性子，讷讷不敢言，只得率人退下。

唐棣独自一人在曲廊上走着，看着天边飞云，浩然长空，心潮起伏。

她本是墨家之女，自记事起，她的父亲便是巨子了。她从小如墨家所有的弟子一样，受墨家学术之教，习文才武艺，受严苛的训练，她懂得搏击、暗器、机关、制械等事，甚至是诸般潜伏暗杀、藏影匿形之术。她自十三岁起，便束发与同门行走列国，锄强扶弱。

墨家本就崇尚简朴，胼手胝足不以为苦，她自幼便着粗衣，吃粝食，每天坚持六个时辰以上的训练。她一直认为，自己和墨家的弟子没有什么不同，她或许不能像她的父亲一样成为巨子，可她自信一定能够成为墨家重要的长老。在遇到嬴稷之前，她从来未曾想过，她的生命可能会有另一个转折。

第一次见到嬴稷的时候，她很好奇，在她的生命里从来没看过如此白白嫩嫩、柔软富贵的小孩子，他像她吃过的最香甜最柔软的糕点，让人见了他就不禁感觉软软的、甜甜的。父亲让她来陪他，让她换上女孩子的衣服，可她的衣服还是不及他的衣服那样柔软丝滑，她的手掌远不如他的手掌那样柔嫩光滑。她喜欢和他玩，因为只有和他玩的时候，她才会如跌进甜糕堆中一样，感觉到尽是柔软和香甜。

然后她进宫了，见到她的姑母唐夫人了，见到大王了，见到芈八子了。这种如同放假般悠闲的时光，过了一段日子以后，她又出了宫，又恢复到墨家弟子如往常的艰苦训练之中了。

有时候她在艰苦的训练之余，会想到他；在奔走列国执行任务的时候，会想到他。听说他在大王去世之后，被送到燕国为人质，她心里是惋惜不平的，他那样白嫩柔软的孩子，本来就应该是一生供在锦绣堆中的，可是竟也沦落到去吃这样的苦头。只可惜，她没有办法去燕国救他，去帮他，她就算能离开咸阳，也是每次率着墨家弟子去执行任务，来去匆匆。墨家弟子以身许义，是最忌以私害公的，如果她敢私自去燕国，那么她就不配做墨家弟子了。所以这样的念头，只在她脑海中偶尔闪过，毕竟，他对于她来说，感情是远不及她对于墨家的。

后来，他回来了，父亲让她跟着他，贴身保护他。她与他同行同宿，同饮同食，几番在危难中，以身相护。她曾经为他受过伤，看到他抚着她的伤口泪水涟涟的时候，她并没有觉得自己的伤痛有什么了不起，倒是觉得他依旧如往日一样，还是她的柔软甜糕。

每次和他在一起的时光，都像是跌在甜糕堆中一样，她身许墨家，不认为艰苦的训练和粗粝的生活有什么不好，可是人性毕竟是贪图享乐的，她每次就当自己和他在一起，是一种生命中的偷闲，偷来的放松和快乐。

可是有一天，父亲严肃地告诉她，她要成为嬴稷的妃子，从此以后，这一生一世，都只能做一件事，就是陪伴着他。她如五雷轰顶，一时失去了所有的知觉和反应。

她知道自己是女儿身，但她从来没有想过，这会让她的生命和其他的同门有所不同，可是这一天，天地完全倾覆了。她是悲愤的，既然注定不能飞翔，为什么要让她从小到大，以为自己能够飞翔，她已经养成了鹰的心，如何能够让她归于雀巢？

可是她的父亲，从来不曾将她看成一个女儿，甚至如今也不是以一个父亲的身份与她对谈。他说，此刻的他，是以巨子的身份，与墨家最出色、甚至是最能够改变墨家命运的弟子对谈。

从出生时，神灵选择她是一个女人，而就在她成长的岁月里，命运选择墨家与秦王结盟，而她成为这个结盟最有力的支柱，或许也是命运的决定。

墨家承墨子先师之训，多少年来奔走列国，求解众生之苦，但战却越打越多，一时的相助，不能够让众生解脱，区区墨家弟子的努力，改变不了天下大势。大国并吞小国，大国互相攻伐，众人皆苦。唐姑梁一直努力想引导秦惠文王奉墨家之学，并不惜倾力相助，而自秦惠文王死后，武王继位，墨家与之并不能相和。及至芈月回秦，与唐姑梁一番长谈，让唐姑梁坚定，芈月是能够继承秦惠文王遗志之人。

可是新一任的国君呢，他会不会坚定墨家之学，会不会完成墨家辅助王者，一统天下，解民倒悬的心愿？芈月已经付出了诚意，除了一个政治交换的王后之位已经许与楚国之外，新王的后宫，便交与墨家。

所以，墨家的弟子，必须入宫，成为新王的妃子，甚至是成为影响下一任君王、甚至是下下任君王的人。

从折翼之痛，到浴火重生，唐棣用了一个多月的时间，成了嬴稷的妃子。

她身边的傅姆，是唐姑梁特地找来的人，深通宫廷礼仪和事务。她以前虽然受过这方面的训练，但终究只是学了执行任务时临时隐藏身份不出错所用。她毕竟是极聪明的人，紧急学习一下，粗粗应付并不在话下，真正到宫廷之内的时候，还是要倚重那个傅姆的。

而这个傅姆，本拟一腔雄心壮志，想要调教辅佐出一个后宫的决胜者，可是直到到了唐棣身边之后，她才明白，任何人都影响不了她。

唐棣抬头望着天空，远处有鸟儿的轨迹划过，对于心灵飞翔过的人，四方天，是永远关不住她的。

常宁殿廊下，芈月穿着薄纱的常服，摇着扇子慢慢踱着，卫良人跟在她的身后温声禀报着宫中事务。

芈月缓缓道："王后住进了清凉殿？"

卫良人道："是。"

芈月笑了，看向卫良人道："还记得我们在椒房殿初相见的情形吗？"

卫良人会意："如今，又是新的后妃相见，时间过得真快啊。"

芈月轻叹："是啊，我们都老了。如今是她们争风斗艳的时代了。"

卫良人道："太后还正当盛年呢，她们站在太后跟前，还差得太远呢。"

芈月微微一笑，薛荔从廊下另一头拐进来，行礼道："太后，义渠王来了。"

卫良人微微一笑，知机退开："太后，妾身先告退了。"

芈月没有说话，转身走回屋子。过得不久，便见义渠王全身披挂大步走进内室，道："我要走了。"

芈月见他满头是汗，便叫来侍从为他解甲，一边举手为他拭汗，闻听此言诧异道："走，去哪儿，你不是在城外军营中练兵吗？"

义渠王道："老巫派人传讯，猃狁部落偷袭我的城池，这一次我非要把他们铲除干净不可。"

芈月停住了手，问道："你要去多久？"

义渠王道："不知道，打完仗我就回来。"

芈月轻叹道："你是天生不能离开战场的人啊！"

义渠王道："如果你舍不得，跟我一起走好了。"

芈月道："你明明知道，秦国离不得我。"

义渠王沉默了一下："我总觉得，你的心，没有在我身上。"

芈月道："别说傻话了，我们毕竟不是十来岁的孩子，还天天在一起情情爱爱的吗？"

义渠王忽然摸了一下芈月的肚子，芈月嗔道："你干什么？"

义渠王遗憾地道："真可惜，这次你又没怀上。"

芈月啼笑皆非："你说什么啊！"

义渠王道："老人们都说，女人只有怀上娃娃，心才会被真正拴住。"

芈月叹气，挥手赶他："走吧走吧。"

义渠王道："你如果生一个儿子，这孩子有你的聪明和我的勇力，一定会天下无敌的。"

芈月无奈地笑了："这种事，怎么能由着人想来就来呢，这是少司命的安排啊。"

义渠王哈哈一笑，忽然抱起芈月道："那么，我们就多努力几次，让少司命看到我们的努力，也多赐我们一些机会吧。"

芈月惊呼一声，捶着他骂道："你放我下来，你这一身臭汗的……阿骊，你这混蛋……"

第八章

故 人 意

且不提两人如何努力，另一边，却是故人重来。

黄棘会盟之后，拖延了三年的楚太子为质之事，终于成为定局。

楚太子横和黄歇千里迢迢，进入咸阳。

太子横看着车水马龙的咸阳大街，不禁感叹："真是没想到，咸阳这么快就恢复了繁华。"

黄歇轻叹："天地万物，生生不息，不以时存，不以人废。"

一个路人走过，插了一句嘴道："可不是，你们现在站的地方，半年前十几位秦国的公子就在这儿被砍了头。砍完不到三天，这里的集市就摆开了。"

太子横倒吸一口凉气，问道："十几位公子在这里，被砍了头?"

路人点头："是啊。"

太子横道："是秦国的太后下的旨意?"

路人道："是。"

太子横的脸色变得煞白，紧紧握住了黄歇的手。

黄歇见状，忙安慰他："太子不必惊恐，臣能保太子入秦，必也能保太子平安回楚。"

当下两人投了驿馆，便向宫中呈了文书，过了几日，便得了旨意，召楚太子及随从入宫相见。

黄歇和太子横在缪辛的引导下，走在长长的宫巷中，太子横有些迷惘地看着长长的宫巷："这就是秦国的王宫。"

黄歇见他走神，提醒道："太子小心，秦宫中不可分神。"

太子横回过神来，汗颜一笑道："没什么，子歇，孤只是想到当初……"当初，楚宫之中，黄歇曾为了娶芈月而向他求援，可是十几年过去了，当初一个孤弱无力的女子已经成为大秦太后，而自己呢，十几年前已经是太子了，可十几年过去他依旧还是太子，十余年来陷入困局，竟无一点办法。与之相比，实在汗颜。

黄歇知道他的心事，劝道："太子何必妄自菲薄，秦国经历这样的大变故，才成就……她的一番奇遇。天下事有早有迟，如晋文公、秦孝公等，莫不是大器晚成，只要等得到，又何必心焦呢。"

太子横有些不好意思道："子歇说得是，是孤偏执了。"他看向远处叹道："只要等得到，又何必心焦呢。子歇，孤与你共勉吧。"

黄歇听得出太子横的意思，却摇头道："臣这一生，只怕是等不到了。"

太子横道："子歇何出此言？"

黄歇苦笑一声，没有说话。

在宫人引导下，走过一个又一个甬道，两人进了一间宫殿，黄歇看着庭院中的银杏树黄叶飘落，忽然想起在燕国山中时，芈月说过："我住的地方，有一株很大的银杏树，秋天到的时候，黄叶飘落……"心中一动，想到，莫非此处竟不是接见外臣的前殿，而是她素日所居的屋子不成。

两人候在门外，便听着侍女禀道："太后，楚国太子到了。"

便听得里面有个女声，想是女御发话，道："请进。"

两人便依宫人所引，迈步入殿，走到正中，端端正正地朝上行了礼，便听得上面一个女声道："太子不必多礼。请坐。"两人方依言在茵席上就座，太子横居上，黄歇在他下首。

此时黄歇方能抬起头来，看着上首的秦国太后。

但见芈月端坐正中，严正大妆，表情严肃，两边侍从林立，威仪无比。他只看了一眼，便低下头去。

却不知芈月在他进来之前，已经对着妆台看了无数次自己的妆容，更了无数套衣服，换了无数套首饰。颜色淡的怕显得寡淡，颜色艳的又怕显得太过着意，颜色浅的怕显得轻浮，颜色重的又怕显得人老相。

直到黄歇进来的前一刻，她还对着镜子照着，甚至在听到侍女传唤的时候，那一刻都有些紧张到不敢开口传召，好不容易见了黄歇进来，但见黄歇恭敬行礼，心中极是想扑下去，扶起他，阻止他的行礼。好不容易硬生生地忍住了，这才如坐针毡地看着太子横与黄歇按次就座。

她心中越是慌乱，脸上却越是严肃，双目灼灼，只看得太子横低下头去，心乱如麻，便想努力化解这份可怕的气氛，干巴巴地笑了一声道："姑母——"

芈月这时候方觉得房内居然还有此一个碍事之人，当下沉了脸，冷冷地道："太子，你今到秦国为质，你我虽有亲谊，也只能先述国事。望你在秦国安分度日，不要出什么差错，免得坏了两国情谊。"

太子横有些僵住了，他没有想到芈月的态度竟然会是如此，却也强自镇定下来道："多谢太后提点，横当恭谨自处，安分守己。"

芈月点了点头道："这样就好。"

太子横动了动嘴，又不敢说什么，却下意识地想打开这个僵局，不由得看了看黄歇。

芈月想说什么，看了太子横一眼，又忍住了，转头吩咐道："缪辛。"

缪辛连忙应声："奴才在。"

芈月道："带楚太子去见大王吧。"

缪辛应了一声是，太子横见状亦站起来赔笑道："如此，横告辞了。"

他待要举步前行，又有些不安，本能地看了黄歇一眼，眼中透露出求援之意，只道黄歇必会与自己同行。

黄歇欠了欠身，待要站起，芈月已经开口道："子歇留下，我还有一些关于夫子的事，要问子歇。"

太子横恍悟，只差没有给自己一耳光，慌忙应声道："应该的，应该的，如此外臣先出去了。"

但见太子横慌忙出去了，薛荔一个眼神，带着众侍女悄然退出，殿中只剩下芈月和黄歇两人。

两人四目相交，芈月看着黄歇的目光充满贪婪和爱恋。

黄歇低声唤道："皎皎。"

芈月想笑，却忽然落泪，黄歇这才发觉，此处显然不是日常正殿，她的座位与自己相距虽然有一段距离，但都平铺着茵席，并无高低之分。

此时侍女皆已经退了下去，黄歇横了横心，站起来迈步走到芈月身边，递上手帕，轻声道："皎皎，别哭！"

芈月接过手帕蒙在脸上，瓮声瓮气地道："我没哭，我只是喜极而泣。"她将帕子一摔，抱住黄歇的腰，哽咽道："我终于盼到你来了。"

黄歇叹一声，挣开芈月的双手，坐了下来，将芈月抱入怀中，轻轻抚慰。

他只觉得胸口一片温热，似是她的泪水渗入了他的衣服，渗入了他的肌肤，便如那一年南薰殿中，他们正少年。

过了许久，芈月轻轻地说："你不走了，对吗？"

黄歇沉默片刻，看着芈月充满希望的神情，欲言又止，只是"嗯"了一声。

房间内的气氛一时十分奇异，良久，芈月咳嗽一声，道："这个院落，我住了十余年了，你要不要四处看看？"

黄歇点头："好。"

两人携手，出了房间，在廊下慢慢走着，黄歇仔细看去，方知自己刚才入的乃是西侧之殿。

银杏叶子落了满院，飞落到他们的衣襟，黄歇抬头看着庭院中的银杏树，问道："这就是你住的地方？"

芈月牵着黄歇的手，目光温柔："是。"

黄歇拉着芈月的手慢慢走到树下，此时树下已经设了茵席，并几案器皿饮食，黄歇拉着芈月一起坐下，抬头看去，这一株银杏树几乎笼罩了整个院子，不禁叹道："这银杏树长得真好。"

芈月伏在黄歇的膝上，"嗯"了一声。

黄歇道："还记得屈子家里有一棵橘树，那时候，你我就这么坐在树下，你就喜欢缠着要我吹洞箫给你听。"

芈月一声轻笑："我又想到过去了，子歇，你给我再吹一曲行吗？"

黄歇问："你要听什么？"

芈月低声道："《摽有梅》。"

黄歇心中一痛，这一曲《摽有梅》，似乎代表着他的爱情、他的幸福，每一次都似在眼前，却又转眼逝去。这一次，他能够再抓住他的爱情吗？

他没有再说话，只取下挂在腰间的玉箫，低声吹起。

秋风拂过树梢，天地间充满了温柔的旋律。

芈月伏在黄歇的膝上，听着听着，竟不知不觉地睡着了。

箫声仍然在继续。

也不知道过了多久，芈月悠悠醒来，发现自己睡在榻上，身上还盖了被子。她脑子一片空白，茫然怔了半晌，方想起睡着前的事，慌乱地坐起，左右一看，看到黄歇坐在一边，这才松了一口气。

黄歇柔声道："你醒了？"

芈月问他："我睡着了？"

黄歇道："嗯，睡得很香。"

芈月低头想了想："我睡了多久了。"

黄歇看了看铜壶道："嗯，两个多时辰了。"他入宫的时候，是刚刚隔中，如今却是快接近哺时了。他甚至在看着芈月睡觉的时候，还由薛荔服侍着用了一顿点心。

芈月一怔："这么久。"这时候，她才发觉，自己竟有些腹中饥饿，她看着黄歇，怔怔出神。

黄歇见状，不解地问："怎么了？"

芈月沉默了片刻，才道："我从回秦国开始，每次都睡不足一个时辰。"每天都这样，睡到半夜，就会醒过来，然后睁着眼睛，无眠到天亮，吃多少药，用多少安息香，都无济于事。

黄歇手持玉箫，脸上有心痛和怜惜，他伸出手去，紧紧抱住了芈月。

也不知过了多久，却听得门外文狸的声音叫道："大王！"

芈月一怔，却听得薛荔的声音大声叫道："大王驾到！"

黄歇不由得松开手去，后退两步，便只见嬴稷闯了进来，叫道："母后！"

芈月脸一沉，喝道："子稷，来此何事？"

嬴稷看到芈月躺在榻上，脸色一沉，立刻警惕地看向黄歇，发现黄歇只是衣冠整齐坐在旁边，脸上的表情才松了一口气。

芈月也看到了嬴稷的表情，眉头一皱。

嬴稷见了母亲神情，连忙赔笑道："母后，楚太子已经在宫门外等了多时，询问说黄子何时能够出宫，所以寡人过来替他看看。"

芈月知道他这话不实，一个楚质子还能够支使得动堂堂秦王亲自为他跑腿不成，当下眉头一皱，就要说话。

黄歇却阻止地按了一下芈月的手，他看了嬴稷一眼，知道他为何会此时到来，却宽容地站起来向嬴稷行了一礼："既如此，臣也该告退。"

嬴稷一直看着黄歇走出门去，脸上不禁露出胜利的微笑。

芈月喝道："子稷。"

嬴稷转向芈月，咧嘴一笑，一脸无辜的模样："母后。"

芈月沉下脸来，问道："你满意了？"

嬴稷连忙装出一副天真撒娇的样子，赔笑道："儿臣不明白母亲在说什么？"

芈月指了指外面："不明白，就出去跪着。跪到你明白了再起来。"

嬴稷耍赖着道："母亲。"

芈月沉着脸："别让我说第二回。"

嬴稷气哼哼地一跺脚："跪就跪。"他站起来，鼓着气拖了一只锦垫出来，扔到常宁殿外的石路正中，自己跪了下来，却还梗着脖子，一脸不服气的样子。

此时天近黄昏，但见夕阳西下，天色迅速暗了下去。

薛荔服侍着芈月吃夕食，却一直不安地看着外面。

芈月道："你在看什么？"

薛荔道："太后，大王他还小……"

芈月道："他不小了。"

薛荔不敢再说，芈月放下筷子，叹道："如果还在燕国，他这样撒娇耍赖我会心疼他，迁就他。可他现在是秦王了，周围都是虎狼包围，他不能再指望会有人还继续心疼他、迁就他。"

薛荔劝道："可太后永远都是他的母亲。"

芈月摇头："你不明白，戴上这顶王冠，就会拥有一颗帝王的心，然后无限膨胀，无人能够限制。孩子只想以示弱留住母亲，可帝王会想着唯我独尊，他不仅不会示弱，还会用心术去掌控别人、用暴力去碾杀别人。薛荔，曾经我输了一切，而孟芈拥有一切，可她为什么最后输得这么惨，就因为她失去了为母的本分，没有笼头勒住王位上的野马，最终葬送了自己的一切，也差点葬送了秦国。我不能让子稷的心也跟着膨胀，让他变成另一个武王荡。"

薛荔心头一惊，忙俯首道："是奴婢浅薄了，太后说得是。"

嬴稷自然是知道，自己这般闯入母亲的寝宫，实是触了她的逆鳞，他本以为跪一下做做样子便罢，谁知道等到夜幕降临，夕食上来，芈月居然还没有叫他起来。

月色升上来的时候，嬴稷已经跪得垂头丧气，他摸摸肚子，又挪挪膝盖。

却看到月色下，一双银缎鞋履出现在他的面前，他抬头，看到芈月站在他的面前。

芈月脸色看不出喜怒来："知道错了吗？"

嬴稷委屈地扁扁嘴："母亲……"

芈月站住不动。

嬴稷连忙点头："母亲……我错了。"

芈月蹲下身子，看着嬴稷的眼睛，一字字地道："心术和手段，别用在母亲的身上。"

嬴稷连连点头。

芈月又道："更别用在比你聪明的人身上。"

嬴稷的脸顿时变成了苦瓜脸："是。儿臣知道了，再也不敢了。"

此时，黄歇已经出宫，回到驿馆。

但见太子横像惊弓之鸟，惶恐不安地在房间内走来走去，不停地念叨着："子歇怎么还没有回来，怎么还没回来？"黄歇走进来时，他一下子就跳了起来，抓住了黄歇的手，叫道："子歇，你可算回来了。"

黄歇见状也惊异地问他："太子，你怎么了？"

太子横神情惊恐地看了看他身后，语无伦次地说："哦，子歇，你回来了，你没事吧。"

黄歇一怔，上前问："太子，出了什么事，你今天遇上什么了？"

太子横欲言又止："我、我……"

黄歇见状，忙问："可是秦王对你无礼？"

太子横连忙摇头。

黄歇疑惑："那到底出了什么事？"

太子横一把抓住黄歇，眼神如同溺水之人要抓住最后一根救命稻草似的："子歇，孤可能信你？"

黄歇越发疑惑起来，追问："太子，你今天究竟遇上了何事？"

太子横的脸色忽青忽白，忽然说："我问你，你可知道秦国太后，她的生母姓什么？"

黄歇不解，但还是实话实说了："姓向。"

太子横跌坐下来道："果然是姓向。"

黄歇不解问道："怎么了？"

太子横忽然抓住黄歇的手，惊慌地道："你说，我会死在秦国吗？"

黄歇诧异："太子为什么这么说？"

太子横欲言又止："没什么。"他忽然放开黄歇的手，有些慌乱地说："我、天色已晚，我先回房了。"说着就向左边的套间走去。

黄歇叫住了太子横："太子——"

太子横却没有停步，反而快走几步，推开推门，黄歇疾步上前，一手按在推门上，肃然道："太子知道向氏夫人的事？"

太子横本能地说："不，我不知道。"

黄歇严肃地说："太子在楚国已经是危机四伏，若是在秦国再有什么不妥的事情，太子若不说出来，我如何能够帮助太子？"

太子横退后几步，摇头："不，我不能说。"

黄歇起了疑心，诈他一句道："难道向氏夫人的死，与南后有关？"

太子横马上回答道："与我母后无关。"

黄歇道："那是与大王有关？"

太子横惊恐地看着黄歇，黄歇本是诈他，一时竟怔住了，好一会儿才慢慢地道："当真……与大王有关？"

太子横慢慢地退回席位，坐下，黄歇坐在他的对面，手按在他的肩上，鼓励地道："太子知道什么？"

太子横有些语无伦次地道:"我原也没想到,今日出宫的时候,在宫巷上遇到子戎叔父,他说和他同行的是他舅父,我才知道,原来他的生母姓向……怪不得姑母今日对我如此冷酷,你说,她是不是知道了什么?"

却原来他今天出宫之时,在宫巷中恰好遇到两人。他入秦为质,本就是持着多结善缘,以得保全的心态,见两人气派华贵众人奉承,但话语中却带着楚音,便有心结交,忙问身边的宫人:"这两位贵人是谁?"

那宫人诧异地看看他,道:"这位便是太后的弟弟公子戎,应该是太子您的叔父吧!"

太子横大汗,他在宫中,除却每年祭庙大典之时,确实不曾与这些名义上的叔父见面,而这些时候也通常是眼观鼻鼻观心地过了,饮宴之时又不在一处,自然也是不太认识。

当下也只得厚了脸皮上前请安,芈戎倒还认得他,表情却是极为古怪,只淡淡地与他述过礼以后,又介绍了自己身边的人,说:"这是我舅父向子,讳寿。"

太子横也只得见过礼,亦觉得向寿与芈戎一样,神情有些不对,当下只是诧异,回到驿馆,便叫来了心腹之人,打听芈戎等人的事,以便将来更好与这两人结交。不想这心腹却是南后当年留下的寺人,知晓一些宫廷秘闻。

原来当年楚威王驾崩之后,向氏忽然被逐出宫去,便是因为楚王槐调戏向氏,因此惹怒楚威后,将向氏嫁于贱卒。此事既然涉及楚王槐,南后岂有不知之理,打听此事的,便是这个寺人。

后来太子横又为黄歇欲向芈月求亲之事,请南后相助。南后甚是心细,既然准备将黄歇收为太子之用,自然要将芈月身世调查清楚,当下便追查下去,才得知向氏沦落市井,已经死去多年,究其原因,也是因为楚王槐调戏所致,去调查此事的,还是这个寺人。当下见太子横追问,自然将此事告诉了太子横。

黄歇一怔,想了想还是安慰道:"如今楚国争储甚烈,而郑袖夫人在秦楚联盟之事上出力甚多，而且公子兰还将要娶秦国公主。她是一国之主，自然要以国事为先，不好过于对太子亲近。"

太子横道："当真不是因为她怨恨父王吗？"

黄歇一怔，回想起黄棘会盟，他在行宫走廊看到了魏冉在长廊之中，手按长剑，满脸杀气。魏冉被缪辛劝走之后，他后来又听到充满杀气的秦筝之声。黄歇心中一凛，忙道："向氏夫人到底是怎么死的？"

太子横摇了摇头道："其实我也并不是很清楚……"他欲言又止，却不欲将那寺人所说之事说出，只托言道："只是听我母后当年无意中说起过，她说先王当年有个宠妃姓向，被威后扔到宫外配了人，后来沦落市井，便穷死了。"

黄歇一怔，忽然想到了魏冉的身世，心中想芈月后来必是找到了向氏，才收养了魏冉，如此说来，她亦是知道了向氏所受之苦。只是楚王槐与楚威后作恶，若是芈月迁怒到太子横身上，却也未必，当下安慰道："想来她身居一国之主，不至于为了此事迁怒于你……"但想到那日的秦筝之声，心中仍然隐隐不安，暗忖芈月虽然不会迁怒于太子横，但对楚王槐却未必不存杀心。

太子横不安地道："子歇，你说她知道吗？"

黄歇喃喃地道："若她知道了此事，若她知道了此事……"

太子横道："父母之仇，不共戴天。若她知道了此事，只怕我没有办法活着离开秦国。"他看着黄歇道："子歇，此事我只告诉你一人，你千万不可告诉她。"

黄歇没有说话。

太子横急了，拉住黄歇："你若是告诉了她，只怕秦楚之间就要刀兵四起了……"

黄歇握紧了双拳，可是此事，他又怎么能够瞒着她呢？

却听太子横急道："子歇，这是为了我，也是为了我们楚国，我把这件事告诉你，是因为我把你当成生死之交。如今我的性命，我们楚国的命运，都在你的手中了。"见黄歇犹豫不决，心中矛盾，顿时跪下求道："子歇，算我求你。"

黄歇大惊，拉起太子横道："太子，你、你不必如此。"

太子横急道："子歇，此处不可久留，我们还是应该想办法尽快离开才是。"

黄歇面现犹豫。

太子横道："子歇，我知道你对她有情，舍不得她。可她如今是一国太后，已经不需要你了。子歇，你留下来，世人会怎么看你。你本是国士之才，不管走到哪一个国家，都可以大展拳脚，指点江山，笑傲王侯，万世留名。"

黄歇叹道："黄歇至今一无所成，何谈笑傲王侯。"

太子横道："因为你太重情，所以才会为情所缚。为了她你远走天涯，为了屈子、为了我，你又困守楚国。可是子歇，离我们指点江山的日子不会太远了，父王年事已高……"

黄歇听他说到这里，忙制止他继续说下去："太子，噤声！"

太子横殷切地看着黄歇："子歇——"

黄歇痛苦地扭过头去。

一支箭飞去，正射中靶心，紧接着，一支，又一支。

十支箭，八支中靶，内侍竖漆已经把掌都拍红了："大王，中了，又中了！"

如今秦王嬴稷每日除学习政务以外，也会抽出时间来学习武艺，这日他便在练武场中练习射箭。

听着竖漆的奉承，嬴稷却忽然把弓箭往下一掷，烦躁地道："区区才两石的弓，就算射中又怎么样，真正到了战场，连个人都射不死，只够挠痒痒的。若论武力，我不但不能与武王荡相比，跟那个野人更是不知道差到哪儿去了。"

竖漆知道他说的是义渠王，这种事他可不敢掺和进来，只奉承道："他就算再强，也只有大王伤他的份儿，他可伤不到大王。"

嬴稷"哼"了一声，他上次伤了义渠王，反而让母后每天都绕着义渠王呵护备至，他这亏吃得才叫大呢。竖漆见他不悦，吓得不敢再提，忙拿了巾帕为他拭汗擦手。

嬴稷忽然问："你说，母后是喜欢黄歇多一些，还是喜欢那个野人多一些？"

竖漆的脸色都变了："大王，噤声。"

嬴稷哼了一声，道："怕什么，难道我不说，这件事就可以当它不存在吗？哼，不管是谁，都休想从我手中抢走母后。若真到了那一天，寡人何惜……哼哼！"他咬牙切齿，脸上是说不出的阴郁之色。

嬴稷自然不知道，他还要面对着比他母后喜欢上一个男人更大的麻烦。

而此时芈月在听到这个消息的时候，也怔住了，只愣愣地看着眼前的太医令，半晌说不出话来。

太医令见状，早已经吓得双股战战，却强作镇定，继续道："太后身体强健，臣给太后开一些安神的食膳之方，只要好好休息，日常饮食上注意一二便是。"

薛荔见芈月已经失神，当下上前一步，道："你且退下。"又向文狸使了个眼色，文狸会意，便出去与那太医令嘱托几句，不让他泄露消息便是。

此时芈月宫中侍女，依旧取名为石兰、杜衡、灵修、晏华、葛蔓、云容，以薛荔、文狸为首。此时便见石兰捧了书简进来，呈上道："太后，公子歇的信。"

薛荔接过，拆开，再呈给芈月，芈月就着薛荔的手看了一看，不禁一怔："子歇要见我？"

薛荔一惊："现在？"

芈月看了薛荔一眼："现在又怎么了？"

薛荔吓了一跳，欲言又止："可您现在……"

芈月想起方才太医之言，不禁叹息："可是，子歇他……"

薛荔也不禁轻叹："您跟公子本来就应该是一对……"

芈月怅然："是啊，我与他，一直都是这么阴差阳错。本以为这次重逢可以……"

薛荔道："可没想到又出了这件事——"

芈月将书简一拍道："多嘴。"

薛荔连忙跪下请罪："奴婢该死。"

芈月长叹一声："起来吧，给我梳妆。"

薛荔连忙欢喜地站起来："太后要梳什么妆，奴婢给您梳一个最漂亮的发髻。"

芈月沉默片刻："给我梳一个以前在楚国的时候，我常打扮的发式吧。"

薛荔服侍着芈月更衣，一如昔日芈月在楚宫之时的模样。

打扮完毕，芈月站在镜子前，竟有一丝的恍惚，蒙眬间，似看到少年时的芈月和黄歇携手而立。芈月定睛看去，发现又是自己一人了。可是看着如今的自己，这一步，却是无法迈出来了。的确，她如今的妆扮，一如当初在楚宫，还是那样的头发、那样的衣服，可是在镜子中照过来，也是有一种不贴合的感觉，历尽沧桑以后，已经不可能再回到过去的青葱岁月了。

芈月轻轻叹了一口气，她终于说了声："更衣吧。"过去只能留在过去了，楚国的一切，已经不复存在。

她终于还是梳了一个素日常服的妆容，如今的她，越来越像一个秦人了，再作楚人的打扮，竟是有些不适合。

黄歇入宫，一直被引到了秦宫后山下，但见芈月一身素衣，已经等在那儿了。

芈月手一伸，道："子歇，可愿与我一起爬山?"

黄歇点头。两人沿着山道走着，落叶翩然而下，撒落一身。

黄歇走了一段路，他今日来见芈月，终究还是为着心头之事，便假作无意地问道："我才到咸阳，听说太子昨日见到子戎和舅父了，不知他们还好吧，若有空，我也想见见他们。"

芈月笑道："很好，听说是你把他们找回来的，子歇，我谢谢你，让我一家得以团聚。"说着，她站住，郑重地向黄歇行了一礼。

黄歇忙扶住芈月："你我之间，何必如此客气。"

芈月微笑，眼睛亮晶晶地："是啊，你我之间，本不必客气的。"

黄歇不敢直视这样的眼神，转过头去："你们十几年亲人不见，如今见面，一定会有许多话要说吧！"

芈月握着黄歇的手："子歇，其实，在我们的眼中，你也是我们的亲人。"

黄歇沉默片刻，试探地问："你昨日对太子横太过冷淡，他回去之后惶惶不安。皎皎，他、应该也算你的亲人吧。"

芈月微微一笑，没有接话。

黄歇心底一沉，问："皎皎，在你眼中，不视他为亲人吗？"

芈月轻笑，漫不在意地道："若这样也算的话，那我的亲人未免太多了，连那威后和姝、茵都算我的亲人了。"她反问黄歇："可她们能算吗？"

黄歇没有回应，却试探地问了一声："那大王呢？"

芈月忽然沉默了，黄歇能够感觉到，周遭的空气一下子都变冷了，他心中升起了不祥的预感，他能够感觉到芈月整个人在听到楚王槐的名字时，状态比说到楚威后和芈姝、芈茵都还要恶劣得多。说到这三人的时候，她还带着一丝漫不经心地"抹去"，在听到楚王槐的时候，她的感觉是如同冰窖一般冷得毫无温度。

黄歇苦笑，他想起靳尚对芈月的评价，真是恨不得把这蠢货的眼珠子都挖出来，这个蠢货居然会相信芈月把楚国当成倚仗，甚至让楚王槐和他周围的人都相信了这一点。

他沉默良久，问道："看来，靳尚看错你了，你是从来不曾把楚国视为你的倚仗吧?"

芈月轻笑一声:"难道你也相信那个蠢货?"她不待黄歇回答,自己先说了:"没有。任何人都不是我的倚仗,我的倚仗只是我自己。"她意味深长地说:"我愿意张开羽翼,去庇护我愿意庇护的人,但不包括某些人。"

黄歇道:"不包括太子横?"

芈月道:"是。"

黄歇道:"你对楚国呢?"

芈月道:"我们利益交换,秦楚为联盟和联姻的关系,在目前的这个阶段,我们共同对抗韩赵魏齐四国。"

黄歇道:"你会遵守盟约吗?"

芈月忽然抬头看着黄歇,问:"你今天为什么这么奇怪?只有一夜时间,到底发生什么,让你态度如此大变?"

黄歇一惊,掩饰地道:"没什么。"

芈月问:"子歇,你有什么事瞒着我吗?"

黄歇犹豫片刻,忽然反问:"那么,你有吗?"

芈月沉默了片刻道:"有。"

黄歇欲伸手去抚她的肩头,不知为何,空气中有一种让他不安的感觉,却让他的手停在了半空。

芈月看着黄歇,轻叹:"子歇,有些事,我现在不能告诉你,但总有一天,我会全部告诉你的。"

黄歇问:"要多久?"

芈月道:"不会太久了。"

芈月忽然拉住了黄歇的手,这时候他们已经攀到山顶了。

芈月指着前面道:"你来看。"此时他们站在后山顶上,迎风而立,秦宫和整个咸阳城一览无余,芈月看着黄歇,柔声道:"子歇,你看这江山,多美。你若愿意,可以和我一起,每天共迎这朝夕,共看这江山。"

黄歇看着芈月，欲言又止，芈月已经察觉到了他的表情，疑惑地问："子歇，你怎么了？"

黄歇忽然觉得有些想退缩，他说："没什么。"

芈月却感觉到了不对："不对，子歇，你我心意相通，你从来没有在我面前这样犹豫迟疑过。你、你不愿意留下来吗？"

黄歇深吸一口气，终于道："不，皎皎，你如今是秦国的太后，我与你之间……"

芈月专横地道："我与你之间，又有什么关系？天底下还有谁能够再阻挡我们在一起吗？"

黄歇看着芈月，百感交集："你可知道……"

芈月道："知道什么？"

黄歇轻叹一声，试探着说："皎皎，我是楚臣，我是陪着楚国质子来的。"

芈月不屑地道："楚国还能给你什么？楚国如今是一潭死水，老昭阳专横昏聩，郑袖和靳尚一手遮天，太子横的地位岌岌可危，你在楚国也没办法有所作为。不如留下来吧，甘茂已经罢相了，我让你做右相如何？"

黄歇问："那太子横呢，你打算如何处置？"

芈月漫不经心地说："那就连太子横也一起留下，他现在就算回到楚国也未必能保得住太子之位。申生在内而亡，重耳在外而存，也许有朝一日，我可以支持他成为楚王……"

黄歇猛地抬头，他从芈月漫不经心的话语中似乎听出了什么："这么说，你要谋楚王之位？"

芈月表情一僵，一阵沉默之后，忽然哈哈一笑："你要这么说，也未尝不可。诸侯谋他国君王之位，也是常事。就远的说，秦穆公曾助晋文公登基，就近的说，赵侯雍助燕王职登基，又助我母子回秦，都是一桩好买卖。"

黄歇看着芈月，长叹一声："但愿你心中念着的，真的只是一桩买卖！"

芈月笑问："子歇何出此言？"

黄歇看着芈月，似乎要把她看进心底去："皎皎，你心里想的到底是什么事，你现在不能告诉我？"

芈月看向黄歇："那么，你不能告诉我的，会是同一件事吗？"

黄歇没有说话，忽然紧紧抱住芈月，心潮起伏："皎皎，皎皎……"

芈月伏在黄歇的怀中，轻声问："子歇，你知道什么了，你知道什么？"

黄歇忽然放开芈月，转头道："不，我不知道。"

芈月看着黄歇："你是真不知道吗？"她的心底，微微失望。

两人立于山巅良久，不再言语。

良久，芈月看着黄歇，他的容颜在这一夜之间，似乎憔悴了许多，她问："子歇，你憔悴了，为什么？"

黄歇轻叹："相见不能相近，是一种煎熬。"

芈月道："既然相见，为何不能相近，为何徒自煎熬？"

黄歇长叹："虽然近在咫尺，中间却是隔了太多的障碍。"

芈月道："不过是一道门而已，门就在那儿，你推开就可以进来。"

黄歇道："心中的门，推不开。"

芈月道："是你不愿意推开吧。"

黄歇道："是我们中间隔着太多的事情。"

芈月道："是你的心里搁着太多不必要，与你无关的事，把这些事放下，我们之间就没有任何事。"

黄歇道："怎么会无关呢，我的根在楚国，便是拔了我的根，种到别的地方去，那也不是我了。便如夫子在《橘颂》里说的一样，就算是南方的橘子到了北方，也变了味道。"

芈月道："是啊，物尚如此，何况于人。"

黄歇道："你变了吗？"

芈月道："我，我自然是变了。"

黄歇道："变得多疑，变得不能信任别人了，对吗？"

芈月忽然恼了，转身欲走，黄歇连忙拉住她："你别生气。"

芈月看着黄歇："你这算什么，你指责我多疑，指责我不信任你吗？那我问你，你向我隐瞒了什么？"

黄歇一怔，苦笑："你看出来了。"

芈月道："你若不知道这件事，根本就不会猜到我的心事。"

两人又沉默了。

两岸山间，远远地传来两声杜鹃鸟的叫声。

芈月打破沉默："子歇，这是什么鸟在叫？"

黄歇道："我当日经由巴蜀，也听到这种鸟的叫声，不过那是春天的时候。蜀人说，这是他们蜀国很久以前的一个王，叫杜宇。他死后就化为这种鸟，每年春天到处可以听到他的叫声，意思是：'不归、不归。'"

芈月问："不归？这是什么意思？"

黄歇道："人说杜宇外出不归而亡，所以死后一直在问：'不归？不归？'他为何不归，是真不归，还是假不归，是归不得，还是有怨不想归？"

芈月听得出他的意思，沉默片刻，才开口："我也一直在想念着楚国的山山水水，想着我们楚国为什么每次的强盛都不能持久，为什么虽然统治了这么多年仍然不断有许多部落的反抗此起彼伏，想着只要楚国多打几次胜仗就有权臣作乱，想着楚国土地肥沃，比北方有多上一倍的耕作期，为什么百姓仍然苦难，每次都要被北方的国家攻打只能被动防卫……"

黄歇怔怔地看着芈月，他没有想到，她竟是想过这些的，他有些激动，也有些茫然若失："皎皎，你变了。"

芈月道："变得怎么样了？"

黄歇道："你变得让我陌生，让我害怕。"

芈月一摊手，无奈地道："那我能怎么办呢，难道我能变回去吗？"

黄歇轻叹："是，变不回去了，逝者如斯夫，不舍昼夜。"

芈月道："我曾经深恨在楚宫的那段日子，只觉得度日如年，一心想要逃离。可如今回想起来，我一生中最快乐最无忧的日子，也是在那儿度过的。那就是跟你在一起的时光，子歇哥哥，我真希望我们可以永远活在那段时光里……"

黄歇也轻叹："是啊，如果能够回去多好？"

芈月道："不归？不归否？不如归去？不能归去？这鸟叫了几百年了，可是，杜宇叫得再凄婉，他也是一个失败的君王。我宁愿一个人立在这山巅，也不会变成一只无枝可栖的笨鸟。"

黄歇看着芈月，一时竟无言以对。

许久，天色渐暗，两人在这山巅站了许久，说了许多的话，可是两颗本来已经渐近的心，却又不知不觉地远了。

黄歇回到驿馆，怅然若失。

秋夜的庭院，草丛中有虫鸣之声。黄歇所住的居间外，灯烛自纱窗透出。

黄歇抚琴的身影投在纱窗上，激昂的琴声回响在庭院中。

太子横推窗，看着黄歇的身影，听着那琴声，竟是不敢出门，只在房中不断来回踱步，心中惶恐不安。

次日清晨起来，竟是已经太阳高升了。

忽然间侍从匆忙跑进来，报道："太子，不好了，义、义渠王来了！"

太子横怔了一怔，还未回过神来："义渠王，什么义渠王？"

那侍从急了，在他耳边低声将义渠王与秦太后的关系说了，又说："那戎狄蛮夷之人，不识礼数，他这般必是听说了公子歇与秦太后之事，所以打上门来了。"

太子横惊得目瞪口呆："这这这……当真岂有此理，当真是蛮夷之人，这种事他也做得出来。"

那侍从急催道："太子，速作决断，那蛮夷之人不讲理，此事还须太子出面去挡他一挡，否则的话，岂不教公子歇跟着他一起丢脸。况且他手下众多，一旦失控，只怕太子也要受池鱼之殃。"

太子横更是急出一头冷汗来，慌忙就要出去，却已经迟了。

却是义渠王在与猃狁征战的时候，听说黄歇到了咸阳，与太后要恢复旧情之事，当下丢下战场给虎威，自己率着一队亲兵疾驰回了咸阳，也不去旁的地方，第一时间便直奔黄歇所住的驿馆，揪住驿丞便道："黄歇在哪儿？"

驿丞支支吾吾地只敢指了指后院，义渠王当即走到后院去，却见院中无人，房间又都闭着，不晓得哪间房间才是黄歇的，当下便站在院中大喝一声道："黄歇，你给我出来。"

却听得一声叹息，但见黄歇一身白衣，手执玉箫，掀开帘子走出来，慢慢步下台阶，微一拱手道："义渠王。"

庭院的红叶飞落在他的衣襟，慢慢落下，更显得他如玉树临风。

义渠王看着黄歇，更觉得妒意中烧，喝道："你来这里做什么，滚回你的楚国去，这里不需要你。"

黄歇淡淡地道："我是楚国质子的随从，奉王命入秦，保护质子。"

义渠王指着他，喝道："那就让楚王换一个随从，你——离开秦国。"

黄歇眉头一挑："为什么。"

义渠王道："我不喜欢你。"

黄歇道："秦楚交质，与义渠何干？"

义渠王一时语塞："你——"他自知说不出理由来，索性拔刀指着黄歇："上次在武关外与你交过手，可惜没打个痛快，今日我们索性再来比一场。你若赢了，我便离开咸阳，我若赢了，你便离开咸阳。如何？"

黄歇摇头："我不比。"

义渠王眼一瞪道："你怕了吗？"

黄歇道："这里是咸阳，谁走谁留，不是我们说了算。"

义渠王道："那谁说了算？"

却听得一个声音道："我说了算。"

义渠王回头，见芈月带着随从，已经走了进来。

义渠王怔住了："你什么时候来的？"

芈月反问："你又是什么时候来的？"

义渠王尴尬地咳嗽一声："我、我只是来看看故人。"

芈月见他如此，轻叹一声，道："我还有些事，要与你商议。走吧。"她说完，转身向外行去。

义渠王连忙追了上去："哎，你等等我。"他跑到门边，还胜利地向黄歇飞去一个挑衅的眼神。

黄歇抚着玉箫，苦笑站立。眼见着芈月与义渠王双双而去，他的心也似泡在了酸汁中，又酸又涩。那一刻，他甚至有些羡慕义渠王，可以这样公然便将自己的爱与恨说出口，甚至是光明正大地去护卫，去抢夺。

芈月也不理义渠王，径直上了马车，便回了宫中，义渠王便也忙跟着她回了常宁殿，却见芈月一言不发，回到常宁殿后，便坐在素日处理公文的地方，专心地看起竹简来。

义渠王在她的身边绕来绕去，一脸犹豫想找话题的样子。

芈月放下竹简，叹息道："你想说什么就说吧。"

义渠王道："你是不是生气了？"

芈月道："没有。"

义渠王顿时有了底气，提高了声音："可我生气了。"

芈月道："你生什么气？"

义渠王坐到她的面前，按着几案，用身高的优势居高临下地看着她，问她："你到底喜欢我，还是喜欢他？"

芈月笑了笑："你说呢？"

义渠王却是越说越生气："哼，我一不在，你就把他弄到咸阳，你为他精心打扮，你陪着他游湖游山，甚至就在这树下，你还和他、你还和他……"

芈月道："我还在他的怀中睡着了，是吧。"

义渠王一怒砸在几案上："我要与他决斗。"

芈月眉毛一挑："哦，你还要决斗。"

义渠王道："不错，我们男人的战争，你是阻挡不了的。"

芈月放下竹简，叹气道："我不想阻挡你，我怀孕了，想清静些，你别在我面前讲打打杀杀的事情。"

义渠王哼了一声道："你怀孕了又怎么样……"他忽然停住，不能置信地、僵硬地转过身来，看着芈月："你、你说什么？你怀、怀孕了——"

芈月轻抚着小腹，点点头。

义渠王惊喜交加，冲到芈月身边，伸出手想摸一下又不敢摸，十分小心翼翼："是、是我的？"

芈月白了他一眼："除了你还有谁？"

义渠王忽然将芈月一把抱起，狂喜跳跃大笑道："哈哈哈，我有儿子了，我有儿子了！"

芈月气得捶着他的胸口："你这混蛋，你把我放下来，我都被你转晕了！"

薛荔、文狸等也吓得忙抢上来道："义渠王，快把太后放下，太医说过，太后要静养。"

义渠王嘿嘿笑着，把芈月放下，伏在她的身边，一会儿去摸她的肚子，一会儿傻笑连连，满天酸风醋雨，顿时消于无形。

芈月怀孕的消息，自然也传回了驿馆，黄歇听到消息，怔在当场："她怀孕了？"

消息是芈戎带来的，他欲言又止，只得拍了拍黄歇，叹道："唉，你说，这是怎么说的呢！这孩子真不应该来。"

黄歇身子晃了晃，忽然一口血喷出，芈戎大惊扶住他，叫道："子歇，子歇——"

黄歇摇摇手，苦笑道："我没事。"

芈戎顿时后悔道："对不起，子歇，我不应该告诉你——"

黄歇摇头道："不，是我无能。比起义渠王能为她做到的，我……我的确已经不适合在她身边了。"

芈戎道："你怎么这么说呢，这世上没有人能够比得上你对我阿姊的好。"

黄歇道："你不要再说这样的话了，如今，我只希望她能够过得好，我也就安心了。"

芈戎走后，黄歇看着窗外，捂着心口，只能苦笑。

> 摽有梅，其实七分！求我庶士，迨其吉兮！
> 摽有梅，其实三分！求我庶士，迨其今兮！
> 摽有梅，顷筐塈之！求我庶士，迨其谓之！

其实七分时，他错过了，其实三分时，他也错过了，顷筐塈之时，他又没有抓到机会。人生际遇至此，夫复何言，夫复何言！

芈月怀孕的消息，是唐棣告诉嬴稷的，她在他的耳边，悄悄地说了这件事。

嬴稷顿时跳了起来，膝盖顶上书案，整个书案倾斜，上面的竹简哗啦啦地倒下来，他也顾不得了，一把抓住唐棣问道："你说什么？怀孕？"

唐棣吓得捂住嬴稷的嘴："大王，轻声，此事可不能张扬。"

嬴稷已经跳了起来，四处去寻剑："是那义渠野人的，还是那个黄歇的。我要杀了他，我要杀了他们……"

唐棣见嬴稷牙咬得咯咯作响，吓得连忙按住他，抚着他的胸口让他平心静气，劝道："大王，休要动怒，冷静，冷静，太后都已经怀上了，您这时候便是杀了他们，又有何用啊。"

嬴稷一把甩开唐棣的手，叫道："我去找母后。"

唐棣连忙拉住嬴稷："您别去，上次就为黄歇的事，母后还罚过您，您千万别去。"

嬴稷怒吼："难道要我眼睁睁看着母后她、她为别的男人生孩子？"

唐棣劝道："这事儿，您不能是第一个去的。母后毕竟是母后，还是得、还是得让别人去。"

嬴稷瞪起眼睛，狂躁地道："怎么可以让别人知道这件事，不行，绝对不行。"

唐棣忍不住道："若是只有您和母后，您能让母后听您的吗？"

嬴稷狂怒的情绪，被她这一句说中，顿时停住，转头问她道："那你说，寡人应该怎么办？"

唐棣轻声劝道："大王，您是秦国之王，有文武百官，何人不能为您分忧啊，您可千万别自己冲动，伤了您与太后的母子之情。"

嬴稷坐下，终于缓缓点头："不错，你说得对。"他转头问唐棣："依你说，要当如何？"

唐棣在他耳边悄悄地说了一番话，嬴稷握住了唐棣的手，叹道："关键时候，还是爱妃你最知我的心啊。"

唐棣脸一红："我这么做，也是为了让大王避免与太后失和。"

最终，还是由唐棣将这个消息带给了唐姑梁，如今到了此时，能够劝阻芈月的，便只有樗里疾这位宗室王叔了。

樗里疾闻讯大惊："她当真怀孕了？"

唐姑梁叹气："千真万确，昨日刚由太医令诊断出来。"

樗里疾顿足："这、这到底是哪个的？"

唐姑梁急了："唉呀，你别管是哪个的了，难道你还打算让她生下来吗？"

樗里疾也醒悟了，道："岂有此理，绝不可以。"

唐姑梁低声道："大王年纪尚小，说的话太后听不进去，只怕还得您出面啊！"

樗里疾叫道："来人，备辇，我要进宫。"说着，便忙着进宫要见芈月。

他直入宣室殿前，叫人通传与太后时，便听说庸芮大夫已经早他一步来了。

却是庸芮也闻此讯息，却不知是何处泄了消息，忙来问芈月。

芈月看着庸芮："这么说，你也知道了。"

庸芮苦笑："只怕满朝文武都知道了。"

芈月道："那你说，应该怎么办？"

庸芮道："臣不知道。"

芈月道："你认为我应该把孩子生下来吗？"

庸芮道："您是孩子的母亲，您要保这个孩子，谁也挡不住您啊。"

芈月道："庸芮，如果我想保住这个孩子呢？"

庸芮苦笑："那也只能由得您啊！"

芈月笑道："可是，物议纷纷啊，我希望你帮我……"

正说着，南箕匆匆进来禀报："太后，樗里子求见。"

芈月挥了挥手："你告诉樗里子，三日后早朝再见。"

南箕一怔，又不敢违拗，只得退了出去。

庸芮忙道："太后，何不请樗里子一起相商。"

芈月摇了摇头："不必了，我以为，此事委你一人即可。"说着，对庸芮悄悄说了一番话，庸芮的眼睛越睁越大，听到最后，已经不能言语了。

芈月叫道："庸芮，你倒是答应一声啊！此事，你能不能办到？"

庸芮已经按着头，万分头痛地："太后，臣要告退，臣要去翻书。"

芈月道："都拜托庸大夫了。"

庸芮道："臣要看看古往今来，这种事有没有能说得通的例子。"

芈月道："我就知道，如果满朝文武中，我找可以放心托付的人，第一个就是庸芮你。"

庸芮苦笑道："臣宁可太后不要在这种事情上想到臣。"

芈月脸一红，啐道："这种事情，同你有什么相干？"

庸芮发现口误，脸也红了，长揖道："臣一时错乱，请太后恕罪。"

芈月道："若用到你时，你可别再给我错乱了。"

庸芮道："是。"

当下庸芮匆匆而去，樗里疾听了南箕回报，急得跺脚道："只怕三日后早朝就来不及了，如今已经是满城风雨了。若不处理好，只怕三日后早朝，群臣能把咸阳殿给掀翻了。"

芈月听了南箕回报，却是哈地一笑，道："你告诉他，咸阳殿，翻不了！"

樗里疾在宣室殿前被拒的事，也飞报到了嬴稷耳中。

大朝会前一夜，夜已深了，嬴稷仍然在承明殿中焦灼地走来走去，竖漆小心翼翼地提醒道："大王，王后派人来问……"

嬴稷暴躁地道："叫她滚。"

竖漆道："是，是是是……"

唐棣只得温言劝道："大王，母后既这么说，必是有了应对之策，大王不必着急。”

嬴稷急道：“明日就是大朝会，若是群臣闹腾起来怎么办，怎么办？到时候母后如何下台，寡人如何下台？”

唐棣道：“大王，太后既然敢对樗里子说这样的话，那必然是没有关系的。”

嬴稷道：“寡人不明白，他们怎么会这么快知道消息，是谁把消息走漏了？是谁？是谁？”

不管嬴稷愿不愿意，大朝会，仍然如期召开了。

清晨，咸阳殿外，文武大臣已经三五成群，聚在一起说得起劲。

寒泉子暧昧地对乐池道：“乐大夫，那件事，你听说了没有？”

大夫乐池低咳两声道：“轻声，轻声。”

大夫冷向不屑地道：“轻什么声啊，这事儿还有谁不知道。”

大夫管浅也不悦道：“唉，这种事，真说不出口啊。”

庸芮带着微笑，和每个人都一一打招呼，他的神态轻松，与众人的剑拔弩张之势显得十分不一样。

到殿上钟磬之声响起时，大臣们顿时严肃起来，整冠整带，看看自己的衣服有没有乱，又看看朝笏是不是放正了，这才端端正正，捧着朝笏按照顺序鱼贯而入。

群臣入殿端正地排成两列，彼眼交换眼神，坚定信心，一个个器宇轩昂，如临大敌。

便听缪辛报道：“太后驾到。”

整个大殿的气氛陡然紧张起来。

芈月走到殿中，扫视了周围一圈，在她的目光到处，如风行草偃，所有的人都低下了头。

芈月拂袖，优雅地坐下。

群臣道：“臣等参见太后。”

芈月道："罢了。"

群臣起身，头不敢抬。

芈月道："听说今天上朝之前很是热闹，诸位卿大夫似乎在议论纷纷，不知道可否告诉朕，你们在讨论什么？"

群臣唯唯，原来在殿前人人都说得极是起劲，似是芈月一上朝，众人便都要群起相劝，务必要让她打消原意，维护大秦王室的体面。可是此刻到了她的面前，人人却均是你看看我，我看看你，巴不得别人先站起来，先开口自己好跟进，竟是谁也不肯做这个出头鸟。

樗里疾沉着脸，他是首相之尊，一般事情都是先由一个大夫开口，形成众臣纷议以后，他才好一言定鼎，总不好他自己先站出来提建议，可是眼看众人都是巴望别人出头，推诿异常，他便是再有心想最后压轴，此时也不得不往前站了一步，张口欲言。

却听芈月先开口道："哦，你们没有事可以告诉朕吗？那朕倒有一件事想告诉诸位卿大夫。"

群臣抬头，诧异地看着芈月。

樗里疾道："不知太后有何事相告？"

芈月手掩在自己的腹部，脸上充满了为人母的快乐安详和心满意足："朕有一件喜讯要告诉诸卿，朕有喜了。"

群臣哗然，谁也想不到，她竟如此公然在朝堂上，当着所有人的面，宣布自己怀孕的消息。

樗里疾脸涨得通红，上前一步大声道："敢问太后，喜从何来？"

芈月惊讶地睁大眼睛看着樗里疾，仿佛他说了傻话道："朕是大秦太后，怀的自然是嬴氏之后。"

樗里疾想不到她竟敢说出这样的话来，顿时气得说不出话来。

唐姑梁硬着头皮上前一步，问道："太后此言，实在是……难道先王还能……"

芈月坦然点头道："唐卿真是聪明人。"她面作戚容道："朕曾梦见先王，先王伤嬴氏子孙人丁单薄，大王孤单缺少臂膀，故与朕入梦，孕育子嗣。诸卿，不为先王贺、为朕贺吗？"见群臣面面相觑，一时竟无言以对，她微笑着站起来，道："看来各位竟是高兴得傻了。朕甚倦怠，先回了。"

见芈月站起来，径直转身向后殿走去。群臣似忽然反应过来，蜂拥上前试图阻挡："太后，太后请留步！"

庸芮却上前一步，挡住群臣道："诸位卿大夫，少安毋躁，少安毋躁。请听我一言，听我一言。"

群臣眼睁睁地看着芈月远去，将一腔怒火都发到庸芮身上。

樗里疾怒道："哼，庸芮，你挡着我们何为？"

庸芮苦笑道："各位追上去，又想得到什么？"

樗里疾道："你说呢？"

庸芮一摊手："各位争执了半天，无非就是想要太后给一个交代，如今太后已经给了交代，各位还想要问什么？"

樗里疾气得整个人都抖了，怒道："哼，这算是交代吗？先王托梦，太后有娠，真是把我们当成三岁小儿了。"

庸芮道："那各位想要什么样的交代？"

樗里疾道："大秦嬴氏王家血脉，岂容混淆。"

庸芮道："那各位想要太后怎么做？是要逼着一个母亲杀死自己的孩子吗？"

群臣语塞，眼神中表露他们的确有这样的渴望，但却是谁也不敢说出口来。

庸芮进逼一步道："谁敢去，哪位敢？"

除了樗里疾站住不动外，群臣都胆怯地退了一步，管浅低声嘟哝了一句："可那也不能冒充嬴氏血脉啊，毕竟是王家血脉。"

庸芮道："既然谁也没有能力阻止太后生下孩子，那这孩子生下以后应该姓什么？姓义渠王的姓吗？他成年以后，要不要分封？分封完了，这封地归谁，归义渠？"

管浅连忙摇头："不行，大秦将士辛苦得来的疆土，岂能属于义渠人。"

庸芮道："那就只能姓嬴了。"

管浅气道："这，断断不可。我等身为大秦之臣，若是坐视此王家血统淆乱，何以对先王，何以对列国，何以对后人？"

庸芮道："列国，列国难道就没有先例吗？"

管浅道："胡说，哪来的先例？"

庸芮一指正中屏风上的图腾，问道："各位，这是什么？"

这图腾自然众人都识得，这是大秦的图腾玄鸟。

唐姑梁哼了一声："这是玄鸟。"

庸芮笑道："为何要画玄鸟？"

唐姑梁忽然意识到一事，当即不言，却有人还未悟，叫道："'天生玄鸟，降而生商'，祖妣女脩因玄鸟感孕我大秦先祖大业，这还不懂吗？"

唐姑梁恨不得将这多嘴的人吃了，瞪起眼睛巡了一圈却未发现此人是谁，已经心知不妙，果然听得庸芮抚掌笑道："着啊，'天生玄鸟，降而生商'，昔年简狄吞玄鸟之卵而生殷商之始祖契，敢问，父在哪里？祖妣女脩亦是因玄鸟感孕秦人先祖大业，敢问大业之父又是谁？姜嫄踩巨人足迹而生周人始祖弃，则弃之父又是谁？"

樗里疾目瞪口呆，吃吃地道："那、那只是远古传说，何以能用之今世。"

庸芮轻松地道："好，始祖们太远，那就说说今人。当今列国，最强者七国，七国之中，国家能与我秦国相当的，还有齐国，对否？"

樗里疾已经有些晕了，下意识地点头。

管浅已经明白，扭头掩面退出人群，唐姑梁更是早早拂袖而去。

樗里疾忽然明白过来，浑身一震，目光锐利直逼庸芮，叫道："庸芮，你不要说了。"

庸芮冲着樗里疾苦笑一声："樗里子，今天必须把话说开了啊。"

樗里疾长叹一声，拂袖而去。

众人看看樗里疾的背影，又看看微笑站在那儿的庸芮，一时竟不知道如何是好。

寒泉子却多了一句嘴问道："齐国又如何？"

庸芮道："齐国原是姜子牙的封地，齐国国君原是代代姓姜，但如今却为田氏所代，为何？田氏原为齐国之臣，虽然谋得权力，却无奈于族中人丁单薄，终有野心没有亲族，徒呼奈何。田成子就想了一个办法，他广纳美姬，大招宾客，令宾客舍人出入后宫而不禁，几年之间，就生了七十多个儿子。田氏因此而得以大兴，至田襄子时，取代姜氏而为齐国之王。此为荣焉？耻焉？"

群臣此时已经无言以对了，却听得庸芮道："诸位，太后生子，当为嬴姓否？"

群臣沉默。

良久，寒泉子才艰难地道："也只能如此了。"

庸芮道："各位，请吧。"

群臣垂头丧气，竟是不能再发一言，顿时溃散，三三两两转身出殿了。

第十章

骨一肉一情

这日早朝芈月根本没有通知嬴稷一起去，饶是嬴稷再心急，也只能待在承明殿中等候着消息。

消息终于来了，可是听到消息的这一刻，嬴稷再度愤怒地掀翻了几案。

竖漆还一副殷勤的样子劝道："大王，大王，您小心踢伤了脚。"

嬴稷气得转头踢了竖漆一下，斥道："连你也要来气我？"

竖漆却是一副忠心耿耿的样子："谁敢给大王气受，小的就算拼死也要为大王出这口气。"

嬴稷看到他这副样子，真是气得连踢下去都嫌浪费力气，怒道："你们……你们这些佞臣，寡人用到你们的时候，没有一个有用的。哼，满朝文武，衮衮诸公，就这么屈服了，竟没有一个敢再去质问的？寡人要你们何用，要你们何用！"

竖漆见嬴稷咆哮，也是无奈，他何尝不知道嬴稷为什么发脾气，他想要得到什么，可如今这宫中朝上，都是太后说了算，只有太后拗了别人去的，哪有别人拗了太后去的。

他这个奴才，唯一能做的也只有插科打诨，取笑逗乐，当个出气筒，转移君王的怒气罢了，还能有什么办法。当下只得努力赔笑道："大王，事已至此……"

嬴稷抓起几案上的竹简扔了过去，气得发抖："事已至此，什么事已至此，只要还没有生下来，我就不可能放弃。"

竖漆讨好地道："只要大王一句话，奴才万死不辞。"

"屁，"嬴稷骂道，"你除了会说这句废话，还有什么用。"

竖漆苦笑："大王，您说，叫奴才做什么，奴才便做什么。"

嬴稷很想叫他去死一死，但毕竟这个奴才是自己从小到大的玩伴，虽然没用，但终究还是舍不得让他一条小命就这么玩完，气得抓了一把剑，拔出来就要去找义渠王算账去。

竖漆吓得心惊胆战地扑住他的腿痛哭相劝，嬴稷闹腾了一顿，自己倒冷静下来，又将剑压了回去，道："不，我现在不能跟义渠王翻脸，我不能在母后面前自乱阵脚。我若是闹得凶了，母后就会把我当成小孩子，义渠王就可以名正言顺地入主秦宫了。我是秦王，这里是我的王宫，我才是这里的主人，我要像个主人，我也要他们打心底承认我才是能做主的人。"

竖漆崇拜地看着他，连连点头道："大王说得对。"

嬴稷大步向外走去。

竖漆道："大王，您去哪儿？"

嬴稷道："常宁殿。"

他要去劝谏母后，不是上次小儿耍赖那样赶走黄歇和义渠王，这次他要堂堂正正地，像个成年人一样，像个秦王，用道理说服母亲。

他一路径直到了常宁殿中，此时义渠王不在，芈月正由太医令诊脉中，却见嬴稷进来，见了他的脸色，也知道他为何而来，干脆挥退太医令，问嬴稷："子稷，你来此何事？"

嬴稷直直地跪在芈月面前道："儿臣请母后收回成命。"

芈月道："什么成命？"

嬴稷道："儿臣是一国之君，如今母后竟、竟……"

芈月不缓不疾地道："大道理，不必我说，你既然打听了今日大朝之事，那庸芮的话，你也听到了。"

嬴稷道："儿臣不能接受，请母后治庸芮谗佞之罪。"

芈月道："子稷，当初母亲怀上你的时候，也是受了千辛万苦，有人不想你生下来，为此用了种种计谋来算计、来逼迫。可我终究把你保了下来，因为那是我的孩子，我的骨血凝就的孩子。当日我还身处卑微，尚能够保住我的孩子。如今，谁还能再迫使我杀死自己的孩子？"

嬴稷急了："母后，这是不一样的……"

芈月截断他的话："有什么不一样？难道你要说，当初我若有了你，就是名正言顺，就可以有将来的荣宠。而这个孩子，不能为我带来荣宠，反而是谤言，我就可以不要他了吗？子稷，我是一个母亲，这个孩子，同你一样都是我的孩子，你只想着那种可笑的颜面，你就不能从心底摒弃那些世俗杂念想一想，他是你的兄弟。"

嬴稷怒道："儿臣是嬴氏子孙，儿臣自有兄弟。"

芈月的神情变得冰冷，厉声道："是啊，你的嬴氏兄弟们，一个个都想要你的性命，差点就把你的脑袋砍下来。你宁可认这样的兄弟，而不愿意留下母亲腹中的兄弟？"

嬴稷听着她的呵斥，心中却是满满的不平之意："母后，难道在您的心中，就只剩下这个孩子了吗？您心里到底还有没有父王的存在，义渠王就真的这么重要吗？"

芈月站起来，走到嬴稷面前，冰冷地道："你要承认的兄弟，如今都葬在城外的乱葬岗上。我要你承认的兄弟，可以跟你一起绕于母亲膝下。你选择，认哪一边的？"

嬴稷眼泪流下，伏地哽咽："母后，你为何要逼我？"

芈月冷冷地道："是你先逼我的。"

嬴稷站了起来，叫道："母后……"

芈月已经斥道："若是没有想好，你就出去。"

嬴稷愤然道："好，儿臣出去，就跪在殿外，母后什么时候改变主意，儿臣什么时候起来！"

芈月听了这话，不由得大怒，她如今怀孕在身，本来脾气就变得格外暴躁易怒，面对群臣还能够冷静下来，权衡利弊，分别处置，对着自己的儿子，可就既没这样的客观，也没这样的理智了，当即变了脸色："你这是要挟我吗？"

嬴稷道："不敢。母后曾经罚过儿臣，因为儿臣对母后用了心术。可是今天儿臣用的不是心术，儿臣只凭着做儿子的一份心，求母后改变主意。"

嬴稷说完走到常宁殿外面，也不拿锦垫，就这么冲着硬石路面跪下来。

夏日炎炎，他的脸被晒得通红，额上的汗一串串流下来，但却神情竖毅，一动不动。

此时，魏冉与芈戎亦闻讯赶来，欲劝说芈月，不想一进常宁殿，便见嬴稷跪在正中。见此情况，两人倒为难了，不好大剌剌地就这么当着他的面走进去，却更不能溜掉。眼看母子俩怄气，这时候他们这些当舅舅的不出面开解，谁来开解。难道还能装作看不见，坐视他们母子矛盾僵化不成。

当下对看一眼，不敢叫嬴稷看见，两人便悄悄地如做贼似的从走廊一边的侧门溜了进去，却见芈月倚坐在榻上，看着自己尚未隆起的小腹出神。

魏冉先开口："阿姊。"

芈月回过神来，见了两人："冉弟、戎弟，你们来了。"

芈戎表情复杂地看了看芈月的肚子，张了张口，想要说什么，发现竟一下子说不出来了，顿了一顿，又看向魏冉。

魏冉只得自己先开口道："刚才……我们进来的时候，看到大王跪在门外……"他想问原因，但却忽然间说不下去了。

芈月见状，苦笑一声，自己先把事情说了出来："他想让我打掉孩子。"

魏冉跳了起来："他怎么如此糊涂？"

芈戎却带着一丝不赞同的眼神看了看魏冉，放缓了声音，对芈月劝道："这也难怪大王，他毕竟年少，遇上这种事的确是难以接受。阿姊，你一定要生下这个孩子吗？难道在你心中，义渠王比大王更重要吗？"

魏冉怒问："你这是什么意思？阿姊已经怀上了，怎么可以打掉？妇人堕胎是多么危险的事情，你怎么不顾阿姊安危？"

芈戎急了，横魏冉一眼，忙对芈月道："阿姊，我不是这个意思……"他想了想，又道："为阿姊考虑，就算要生下这个孩子，暗中安置，又有谁敢说什么。只是事情如今宣扬得这么大，却叫人不好办啊，也让大王颜面无存。"

魏冉也愤愤地道："是啊，本是内宫的消息，是谁把它宣扬出去的？"

芈月冷笑："我独掌朝政，这么多年不服气的人自然很多，只是无可奈何，却不是甘心臣服。他们宣扬此事，不管是拿它做文章用来胁迫我让步，还是挑动子稷与我母子不合的，都大有人在。戎弟，你的建议未尝不可，但是却不是在这个时候，更不是用在我身上。"

芈戎一怔："臣弟……不明白阿姊的意思。"

芈月冷笑道："言论汹汹，无非是逼我让步。那些士族们，拥有封地军队，敢与国君抗衡，就算当日先王在，也不得不让他们三分。我平定季君之乱，也把秦国的地方势力镇压下去；推行商君之政，剥夺了他们的许多旧有权力。他们如今只是暂时示弱，但随时会抓住各种机会去打压我的权威。我退一尺，他们就要进一丈，我若堕胎，那接下来我与义渠王之事，亦成了罪过，直到我做什么事，都会被指责。若是我生孩子暗中抚养安置，这就是我一生的把柄。"

芈戎也是从楚国的钩心斗角中出来的，听到这话也汗下，忙道："阿姊，是我考虑不周。"

芈月冷笑道："魑魅魍魉，最喜人过，专喜窥人阴私，杀人于无形。

所以遇上这种事，我从不退让。你要把阴私之事当成把柄，我就干脆摊开在阳光底下，看你又能如何？”

魏冉道："不错，天底下的事，再多弯弯绕的心思，终不如以力制胜，以强克弱。周室东迁以后列国争胜，那几百个灭亡的国家，就是用在弯弯绕的心思上太多，敢于直面强敌的太少。"

芈戎叹道："阿姊既已决定，不管有什么事情，我们都会与阿姊同心协力去面对。只是阿姊对大王也不要如此严厉，母子之间若有生分，岂不是得不偿失。"

芈月轻抚着腹部，心中也不禁软了，眼睛不由得看了看外面，想到嬴稷跪在外面，还是不能放心："我这一生，唯有与你们二人，一母同胞，同气连枝，这种骨肉亲情，是经历多少分合，隔着千山万水，都断不了的。"她顿了顿，看着两个弟弟，诚挚地道："我想留下这个孩子，却不是为了顾忌和牵制义渠王，也不是一定要和群臣赌一口气。我只是觉得，子稷太孤单了……"

魏冉已经明白，动容道："阿姊……"

芈月伸出手来，握住两个弟弟的手，叹息道："若非母亲留下你们两个，这些年来，我当真不知道，是什么能够支撑着我度过这么多的苦难。所幸我尚有你们二人，可是子稷，我却只生了他一个。我只会走在他前头，异日在这世上，就只剩下他孤单一人了。他若有个兄弟，也可扶持一二，也可减些孤单。"

芈戎动容："阿姊既有这样的话，为何不与大王细说？"

芈月叹气："我哪有机会说啊，我跟他才说了两句，就没办法再说下去了。他现在跟我赌气，自己在外面跪下来逼我让步，我能怎么办？"

芈戎站了起来，道："我去跟他说吧。"

芈月道："好，冉弟脾气急躁，你脾气和缓，还是由你去说吧。"

芈戎又想了想问："阿姊，你与子歇……"

芈月叹了一口气，轻抚着腹部，有些怅然："这也是天意，如今有了他，我、我也只能选择义渠王。"

芈戎不忍道："子歇他……司命之神，未免太过捉弄于他。"

芈月道："你去看看他吧。"

芈戎叹道："他需要的，并不是我啊。"

见芈月神情郁郁，芈戎不好再说，只好道："我先出去看看大王吧。"

芈月点头。芈戎走出常宁殿中，走到跪着的嬴稷身边，也跪下来道："大王。"

嬴稷已经晒得满脸通红，却仍然倔强地坚持着道："舅舅。"

芈戎劝道："大王，这样顶着也不是办法，你母后的性子你是从小就知道的，素来是遇强则强，对她只能以柔克刚，不可硬碰硬。大王，事缓则圆，您跪在这里，伤的是太后的心，太后目前这个情况，脾气容易暴躁，更不易听得进话去。大王身系一国，身体要紧，不如听臣一句话，先回去歇休，让臣帮你转圜，如何？"

此时嬴稷脸上的汗已经一滴滴落下，芈戎递过帕子，嬴稷看芈戎一眼，眼中忽现委屈之色，将头一扭，没有接帕子，也没有理他。

芈戎无奈，只得自己伸手以帕拭嬴稷头上的汗水。嬴稷本是硬熬着脾气要杠到底的，但听了芈戎提醒，方悟自己母亲的脾气，从来就是吃软不吃硬的，自己这样硬杠，只怕适得其反。但终究心底不甘，被芈戎这一番温柔以待，心中委屈忽然似决堤之水涌了上来，终于又叫了一声道："舅舅，母后她，她心底，究竟是怎么想的……"说完，眼眶不禁一红，他一把抓过手帕，用力擦了一下。

芈戎伸手用力去扶嬴稷，嬴稷撑了一下，欲待不愿，但却还是放弃了，任由芈戎将他扶起。

芈戎叹道："你母亲若不关心你，怎么会让我来劝你。"嬴稷听到这句话，忽然犯了倔强，又想跪下。芈戎扶住他，低声道："大王，各让一步吧。"

嬴稷手一僵，终于任由芈戎半扶半挽地将他拉起来，走出常宁殿，便上了辇轿，一路到了承明殿中，由小内侍扶他下来，方觉得膝盖抽痛，不禁脸皱成一团。当时的人跪坐本是常事，但是他和芈月赌气，硬生生要让自己跪在硬的石板地上，这自然是要吃些苦头了。

芈戎见状，忙令人去拿热水和药膏，嬴稷倒有些不好意思，道："算了，这又不是什么事？"

芈戎却沉了脸，道："这须不是耍的，要立刻熬了热汤、揉开、上药才行。"

嬴稷见他脸色严肃，同时也觉得自己膝盖疼痛，便不语了。

芈戎扶了嬴稷坐到榻上，掀起他的衣服下摆，露出两个已经跪得通红的膝盖，芈戎见状，倒抽一口气，立刻叫道："快拿热水来。"

小内侍迅速顶着铜盆跑进来，呈上热水，竖漆参着双手，将葛巾浸入盆中，指尖触到水温便觉得烫手，只能以指尖轻轻提起葛巾拈了一点边儿一点点拧着，不想中间却有一双手伸过来，从他手中接过葛巾，拈了拈，将葛巾又浸入热水中，竟是不畏烫热，直接轻轻地拧，就盖在嬴稷膝上。

嬴稷只觉得一股暖流触到膝上，本来又麻又痛的双膝顿时一股烫热，既难受又舒服的感觉让他不禁呻吟一声，见着却是芈戎不畏滚烫为他敷揉，也心中感动，瞪了一眼竖漆斥道："你怎么敢让舅舅动手。"这边又忙问道："舅舅可有烫着！"

竖漆吓得扑通一声跪下，却不敢说自己皮娇肉嫩怕烫，事实上他都不明白那么烫的热水，似芈戎这样的贵人如何就能够毫无感觉地伸下手去，若是说他没有感觉，却也不会，他明显是试了试温度，才敷到嬴稷膝上的。

芈戎却笑道："无妨，这孩子的手太嫩，这么烫的热水伸不进去的，可只有这么烫才对你的膝盖有好处。舅舅手上茧子厚，不碍事的。"

嬴稷心头一跳，伸手拉过芈戎的手来，却见他手中果然布满长期刀剑弓马所留下的茧子，心头一痛，忽然想起芈月昔年说过的话"你两个舅舅，都曾经吃过许多苦"。此时此刻，握着这样的手，他才明白这句话中沉甸甸的含义来。

他自幼便与魏冉亲近，知道这是自己的亲舅舅，魏冉身形高大威猛，性子耿直强硬，对于一个小男孩来说，简直就是崇拜的榜样。可是芈戎这个舅舅，虽然才结识不久，他不如魏冉强势，脾气也显得温和，但是就这番一劝说一敷药，顿时让他与他之间的情感进入了一个新的转折。

嬴稷默然，欲言又止，想说一声"舅舅受苦了"，可是看到自己娇嫩的双手，想到眼前的这个舅舅，却是在比自己还小得多的时候，与自己母亲无奈姐弟分开，一个人在危机四伏的楚国度过这么多艰难岁月。想到这里，对比自己方才一番与母亲的赌气，再说这样的话，岂不是显得矫情。

想了又想，见侍从已经呈上了药膏，终于还是讷讷地道："舅舅，这药膏脏得很，如何能让您动手，还是让竖漆来吧。"

芈戎笑道："不妨事，我行军打仗，敷药是常事，算不得什么。我是你舅舅，你是我外甥，我照料你一下，又有什么奇怪的。"

嬴稷静静地坐在那儿，看着芈戎用滚烫的热水，为他敷揉过数次之后，才将膏药为他敷上，又用细葛布包了，方替他放下衣服下摆，笑道："这几日都不要正坐了，你这孩子，赌气也不弄个垫子！"

嬴稷忍不住道："我才不是赌气，若用了垫子，才叫赌气呢！"

芈戎不禁笑了，嬴稷见芈戎笑了，也不禁脸一红，还是挥手令诸人退下，咬着下唇问芈戎道："母后是不是真的、真的、真的……"

他一连"真的"好几次，也没将他要说的话说出口来，芈戎却能够明白他想表示的意思，轻叹一声道："我曾经问过你母后，是什么原因让她坚持要生下这个孩子。她说，她只生了大王一人，怕大王在世上太过孤单，想要给你一个兄弟，可以互相扶持，互相照顾。"

嬴稷脸色变得通红，又褪作苍白，哼道："荒唐，荒唐。这样的话，舅舅你也相信吗？"

芈戎却沉声道："我信。她若说出其他理由，纵有一百个，我也会为大王驳了她。可是这个理由，我信，我也无言以对。"

嬴稷一怔："为什么？"

芈戎指了指自己："你看看我，看看魏冉，我们不是同父所生，可是你母亲不管走到哪儿，不管多苦多难，从未放弃过我们。一有机会，就要使我们团聚在她身边。甚至在你未出世之前，这世间唯一能够令她低头的事，就是跟我们有关的事。"

嬴稷叹道："母后姐弟情深，实是令我感动。"

芈戎却道："你自然是知道，我与她也有同父的兄弟和姐妹，可是，这些人却没有一个是值得信赖的。她在这些人中间唯一收获的东西，就是自相残杀。你母亲这一生吃了很多的苦头，唯一支撑着她走下去的力量，就是因为有我们这两个弟弟，再往后，就是有了大王你。她常说，先民之初，人只知有母，不知有父，便无手足相残之事。待知有父，便有手足相残。兄弟同胞从母是天性，从父只是因为利益罢了，所以是最靠不住的。她之所以执着地要生一个孩子，就是要给你留一个骨肉至亲。不知大王可明白吗？"

嬴稷沉默片刻，摇了摇头道："我、不太明白。可是，母亲的心思，我却能够明白一些了。"

芈戎道："大王……"

嬴稷摆摆手道："舅舅不必再说了，我脑子很乱，我要想想……"

芈戎长叹一声，拍拍他的肩膀，道："舅舅不勉强你，你自己静一静，慢慢想一想我今日与你说的所有的话吧。"

见嬴稷沉思，他站起来退了出去，走到承明殿外，将嬴稷膝盖养伤一应事务，吩咐了竖漆之后，便出了承明殿。

内侍小心翼翼地问他，是要去常宁殿，还是要出宫去，芈戎抬头，见日已西斜，本拟出宫，但心中一动，还是道："去常宁殿见太后吧。"

到了常宁殿中，他便去寻了芈月，道："阿姊，你去看看大王吧。"

芈月怔了一怔，看着芈戎反问："你的意思是，要我先去看他？"

芈戎点头，坐到芈月面前，问道："你知道大王为何反对你生下这个孩子吗？"

芈月开口想说，是为了颜面为了物议为了君王的尊严，可是她看着芈戎的神情，发觉他要说的并不是这个，不由得问道："为什么？"

芈戎长叹一声："大王是你的孩子，他之所以反对，其实并不是一定要为了君王的颜面，或者是外面的物议。阿姊，他只是怕失去你。你去告诉他，他不会失去你，你会一直把他放在最重要的位置，他就不会再坚持了。"

芈月怔了一怔，她当真是没有想到，嬴稷的心事，竟会是如此："你能确定吗？"

芈戎苦笑一声，看着芈月摇头："阿姊，你这个母亲，当得当真是粗心啊。纵有再多理由，再多物议，可母子之间，哪会当真因外物而生分，生分的只能是因为感情真的出了问题啊。"

芈月看着芈戎，忽然想到幼年之时，自己也曾经因为嫉妒莒姬对芈戎更好，而喜欢捉弄这个弟弟，却原来孩子的心，一直是这样的啊。

如今当年这个自己眼中憨傻的弟弟已经长大，并且有了自己不曾认识的深度和厚度，看着芈戎，芈月不禁感叹一声："子戎，你当真是长大了。"

芈戎却是笑了笑道："阿姊，我如今也是为人夫、为人父的人了。"

芈月笑道："正是，正是，我竟糊涂了。你如今都为人夫、为人父的人了……"她却忽然想到一事，抚额道："小冉在军中，虽然已经早定亲事，如今却还未曾成亲，这男人的确需要成亲生子之后，才会懂事长大啊。怪不得他和阿起，都还是一副孩子的脾气。"当下就道："如今你和舅舅都来了，咱们也要尽快为小冉和阿起准备娶妻生子之事了。"

当下便要议魏冉和白起的婚事，芈戎无奈一笑，又提醒道："阿姊如何安抚大王呢？"

芈月微笑："我既知此情，自有主意。"

第二天清晨。

阳光刚照进承明殿，睡梦中的嬴稷睁开眼睛，忽然感觉眼前有异。他揉了揉眼睛，坐起来，却看到芈月坐在他的榻前。

嬴稷一怔，连忙掀被站起，叫道："母后，你怎么来了？"又转头欲斥内侍如何竟不禀报。

芈月却摆手笑道："不妨事的，我做母亲的来看儿子，有什么关系。是我叫他们不要吵醒你的，让你好好睡足。"

嬴稷怔怔地站在那儿，似木偶般被宫女内侍穿上衣服，梳洗完毕，方回过神来，慌乱地道："母亲，您、您可用过朝食了，要不要在儿这边用一些。"

芈月笑道："我已经备下朝食了，你来看看，这几样小菜，是母后亲自为你做的，你看看可喜欢？"

"亲、亲手做的？"嬴稷吓了一跳，他这辈子能够吃过芈月亲手做的菜，当真是没有几次。这并不是说芈月做菜的技术很差，事实上芈月做菜的技巧，远胜过她的女红。盖因女红这种东西，需要足够的耐心和练习，做菜这种事，却是天分和聪明更重要。芈月虽然下厨不多，但却是天生的易牙手，她亲自下厨做过的几次，全是教嬴稷吃了都不能忘记的。

芈月斜睨他一眼："过来吧。"

嬴稷梦游般地点点头，被芈月牵着手走到几案边坐下来，他怔怔地看着上面的饭菜，主食是黄粱米粥和鸡白羹，旁边是炙肉、鱼脍以及几样菹菜，再加上以梅、桃、豆制的几种酱料，拿起玉箸，握在手中，竟是忘记去夹菜了。

见着芈月夹了一箸笋菹给他，嬴稷怔怔地接过，却忽然问："母后，为什么？"

他这一问，问得没头没脑，芈月却是明白的，见状放下玉箸，挥退近侍，轻叹一声道："我十二岁的时候，亲眼看着我生母死在我面前。从那以后，我决意不会让自己的血亲再死去。子稷，人在世间如同浮萍，朝生不知暮死。活着有什么意思？活着就是为了有一份牵挂，一份骨肉至亲的牵挂。这样人才会有了根，知道自己是谁，为了什么而奋斗。君王之位至高无上，登凌绝顶回望，看不到一个人，会迷失自己。在这世上有你的骨肉至亲，你会知道从哪里来，就不会丢了自己。"

她说得字字入心，嬴稷听得出她的诚挚来，可是，他这一生，却真的没有过这种牵挂之念，他想要附和地点头，但终究还是摇了摇头："儿臣仍然不明白。"

芈月看着眼前的儿子，且笑且叹："子稷，你还小，你不明白才是对的。真明白了，才是大悲痛。"她伸手掀起嬴稷的衣襟下摆，嬴稷脸一红，欲退缩，终究还是勇敢地硬撑着不动，看着芈月轻轻抚着他膝盖上的细葛布叹息，他的心头一颤，也欲落泪。便听得芈月问道："疼不疼？"

嬴稷摇头："不疼了。"他不愿说，其实还是有一点点疼的。

却听得芈月叹道："不管你明白不明白，下次都别在母亲面前，做这种亲痛仇快的事，好吗？"

嬴稷扭过头去，咬着下唇，忍住了夺眶的眼泪，忽然转过头来，反手抱住了芈月，伏在她的怀中哽咽道："儿臣就算不明白，但是为了母亲，儿臣愿意去退让，去迁就。但是……"他用力地咬着牙关，一字字地道："母亲要记得，这是儿臣的退让和迁就。"

芈月听得出他话中的意思来，心中又酸又涩，这个孩子长大了，有了君王的心术了，甚至会用来放到母亲身上了。可是，他此刻愿意退让，这说明他心底已经能够把情感和权术放在一起衡量了，这说明他不再是孩子那样，以为自己能用权术而自得，或者只一味使性子不肯转圜。

她轻抚着嬴稷，缓缓道："子稷，你是母亲最爱的孩子，最重要的孩子。不管什么时候，在母亲的心中，没有人能够比得上你。但是人生在世，我们要跟其他人一起生活，你有你的妻子、儿女，母亲也有和母亲一起生活的人，你能明白吗？"

赢稷抬起头来，认真看着芈月，重新一字字地告诉她："儿臣不明白，但儿臣愿意为了母亲而迁就退让。"

芈月轻叹一声，没有再说话，她心中忽然涌上一股无力之感。这时候她忽然想，让唐棣或者芈瑶快快怀上孩子吧，或许让这个倔强的儿子，有了自己的孩子，为人父之后，才能够理解她吧。

第十一章

不能留

秋夜，蝉唱。

向寿带着两瓶酒，走入楚国使臣所在的驿馆，便听到了一阵琴声。

这琴声他很熟悉，是楚乐，是《少司命》。

君子奏乐，理当哀而不伤，可是此时的琴声中，透出的伤感，却是教铁石人儿也要心痛。

向寿跟着琴音心中默和："入不言兮出不辞，乘回风兮驾云旗。悲莫悲兮生别离，乐莫乐兮新相知。悲莫悲兮生别离，乐莫乐兮新相知……"

可是到了"悲莫悲兮生别离，乐莫乐兮新相知"这两句时，却是无法停息，只是反复循环，至于无限。

向寿走进院内，轻叹："子歇，如今你是悲莫悲兮生别离，人家却是乐莫乐兮新相知啊……现在你徒自悲伤，又有何用。"

黄歇停下琴，苦笑："我不怪她，我只是恨自己优柔寡断，不能痛下决心，断不得，连不得，心中牵挂太多……"

向寿默然，他走到黄歇身边，坐下，将手中的陶瓶递了一瓶给黄歇，打开自己手中的瓶子，先喝了一口，叹道："唉，你叫我怎么说你呢。不管是在燕国，还是在秦国，甚至是在楚国，你都有大把机会，为什么如此优柔寡断，把机会错过。"

黄歇也打开瓶子，大口饮了近小半瓶酒，这才停住，喘息几下，黯然道："总之，是我的错。"

向寿反问："为什么？"

黄歇苦涩地摇头："你就别问了。"

向寿瞪着他："不，我今天还非要问出个为什么来。否则的话，我不甘心，戎不甘心，她更不甘心，而且，难道你就甘心吗？"对于向寿来说，与那个素不相识的戎狄之族义渠王相比，他自然是宁可选择这个与芈月自幼一起长大、温文如玉的黄歇。

黄歇长叹一声，对着月色，缓缓地道："我与皎皎青梅竹马，却鬼使神差，人生关头无时无刻不是阴差阳错。在燕国的时候，我以为一切的折磨都将结束，谁知道却遇上秦国的内乱。"

向寿一拍膝盖，叫道："我正是要说，那时候正是你和皎皎最好的时机，你怎么那么傻，为什么在那时候要离开？"

黄歇沉默良久，这件事，却也是他心头的痛，在那一刻，他犹豫了、逃避了，于他来说，便成了永远的错过。甚至当他后悔了的时候，想要努力去挽回的时候，不惜再度入秦的时候，然而一切都已经错过，一切都已经迟了。

他这一生，永远是一时的错过，却是永远的错身而去，一次又一次。

他黯然一叹："舅舅，你当知道，因为不管秦国还是赵国甚至燕国，他们希望的是拥着秦王的遗妾遗子回咸阳争位，而不愿意看到这份名正言顺的争位中，有任何被人诟病的把柄。我知道，皎皎选择了回秦，我就不能变成她的阻碍。回楚国救夫子，只不过是所有人心照不宣的一个理由罢了。"

向寿叫道："可这次你来到咸阳，再没有什么人和事可以阻止你了。甚至皎皎也是一心期望与你再续前缘的，可你又为什么犹豫反复。唉，你若是早早踏出这一步来，哪怕她怀了义渠王的孩子，我相信你也会视若己出的。"

黄歇沉默良久，道："是。"

向寿急了："你别这般死气活样的啊，我这时候来找你，难道就只为了跟你喝酒吗？你这时候若不下决心，等那孩子生出来后，这义渠王就赶不走了。"

黄歇沉默片刻，忽然问："你们是不是在准备伐楚？"

向寿猝不及防，表情僵住。

黄歇见状，凄然一笑："果然如此，你们，唉，这也怪不得你们。"

向寿沉默片刻，忽然问道："你是怎么知道的？"

黄歇知道他问的是什么事，叹道："虽然是宫中禁忌之事，但是，南后当年执掌宫中，许多隐私，别人未必知道，却瞒不过她的眼睛。"

向寿目光闪烁，看着黄歇，试探道："这么说，太子也知道了？"

黄歇坦然言道："他也不甚清楚，只是来探过我的口风。"

向寿看着黄歇："你、你终究是选择何处？"

黄歇摇了摇头，艰难地道："我、不知该从何选择……"他站起来，拿起酒又喝了好几口，才艰难地开口："我来秦国，本来就是想辅佐于她，帮助于她，甚至我连策论都备好了，哪怕是跟那些游士说客一样，从招贤馆开始也行，只要是能够堂堂正正站在她的身边。可是，直到走近她的身边，我却知道了这件事，舅父，我、我不知道如何选择啊！"

向寿也站起来，按住黄歇劝道："你若是顾虑黄氏家族，我可以保证不会伤他们……"

黄歇忽然大笑起来，推开向寿，摇头道："舅父，你今天来，皎皎一定不知道吧！"

向寿愕然。

黄歇摇头："她若是知道，不会让你这样说的。若只是为了黄氏家族，我便劝他们潜形匿影，搬来秦国，又有何难处？舅父，我知道皎皎心底有怨，她生于宫廷，离于宫廷，楚宫留给她的只有怨恨。可是你呢，离开楚国的时候，难道你和子戎就一点感觉也没有吗？"

向寿看着黄歇，心中渐渐明白："你是说……你是为了楚国……"

黄歇苦笑："呵呵，我是个楚人啊，生于兹长于兹，家族繁衍，亲朋故旧，那块土地上有太多我割舍不下的感情。虽然我知道，那块土地给皎皎的多半是伤痛和仇恨。但是，我与她固然可以同欢欣、共伤痛，却没有办法与她同仇同恨，我没有办法和你们一样，成为楚王的敌人。屈子是我的恩师，太子横是我的至交，宋玉、景差、唐勒，与我自幼一起读书、共游……甚至、甚至于大王也曾经于我有赏识之恩。这山山水水，我走过的每一条街巷，都是我的故人啊！这一步，我迈不出去，迈不出去啊！"为此，他反反复复、犹犹豫豫，直到最终再次失去了她。

向寿长叹一声道："唉！我能够明白，你不是我们，若是换了我在你的位置上，未必能够更好。"

黄歇拎着酒瓶，一个趔趄，跌坐在地，向寿连忙扶住他："小心。"

黄歇此时已经有了几分醉意，他一把抓住向寿的手，呵呵笑道："舅父，你能明白吗，你能明白吗？我……"他指指自己的心口，"我可以为皎皎而死，我这一生，都可以交给皎皎，可我却不能为了皎皎，而抹杀我生命中其他人的存在。你明白吗？"他大声问着，问的又岂是向寿，他问的是所有的人，问的是苍天鬼神，问的是他的心上人。

向寿老泪纵横，哽咽道："我明白，我明白。"

子歇，司命之神对你当真何其残酷啊！

芈月与黄歇对坐。

芈月问："你真的要走？"

黄歇沉默。

芈月苦笑一声："你真的不愿意留在秦国吗？"

黄歇轻叹一声："我曾经想过，但是现在，却不能了。"

芈月脸色黯然："我知道，是我伤了你的心。"

黄歇摇头："不，是我没有及时在你的身边，是我错过……"他停住，不欲再说，只道："皎皎，往事已矣，我们只能面对现实，不能再回头了。"

芈月看着黄歇，心中伤痛："子歇，我纵然得到世间的一切，可终究失去了最珍贵的东西。"

黄歇没有说话，

芈月试着再努力劝说："子歇，难道我们不能成为夫妻，就连这样在近处看着，也不行吗？"

黄歇摇头："可这对我来说，太过残忍。皎皎，我做不到。我宁可在天涯远远地想着你，念着你，我做不到日日在你身边，看着你和别人在一起，更不想影响到你的幸福。皎皎，既然你已经选择了义渠王，就不要再让自己的心左右为难。"

他抬起芈月的手，放在她自己的心口，抱了抱她，转身离去。

芈月目送黄歇离去，两行清泪流下。

也不知道过了多久，义渠王走进来，见室内只有芈月一人，微怔："咦，怎么只有你一个人？"

芈月没心情理会他，义渠王问了一声，见芈月不理他，也有些讪讪地，不过他素来脸皮厚，坐到芈月身边，又自说自话起来："嗯，那个，黄歇走了？"

芈月瞟了他一眼："嗯，走了。"

义渠王有些不安地："他、他没说什么？"

芈月没好气地道："你希望他说什么？人家是君子，如今打算回楚国去了？"

义渠王一下子跳了起来："真的？太好了！"见芈月瞪他，这才又讪讪地坐下，"嗯，我是觉得……我们应该送送他的，他毕竟也是旧友，我上次那样，有些失礼，嘿嘿……"

芈月本来因着黄歇离开，内心积郁，是准备拿他当出气筒的，见他如此，心里的气也不由得消了大半，横了他一眼，道："难为连你如今也晓得什么叫'失礼'了。"

义渠王如今正是满心欢喜，莫说这小小讥讽，便是当真芈月劈头骂他一顿，也是毫不在意，当下嘿嘿笑道："是啊，我不懂，我不懂你可以教我啊，以后这孩子便由你来教，免得像我一样成了野人。"

芈月哼了一声道："我的孩子，自然是由我来教，你半个人都长在马身上，还有空教孩子吗？"

两人拌了一会儿嘴，便就歇息去了。

义渠王便待在宫中，耐心十足地一直陪着芈月到了临盆之时。

六个月后，芈月在义渠王的陪伴中，在侍女、太医无微不至的服侍下，生下了她的第二个儿子，取名为芾。

芈月抱着婴儿，义渠王坐在她身后，揽着她和孩子。这孩子长得甚好，看上去比嬴稷初出生时，更加肥壮。

两人逗弄着婴儿，笑成一团。

义渠王看着芈月的笑容，一时有些失神。

芈月问他："你怎么了？"

义渠王却认真地问她："你高兴吗？"

芈月看着义渠王，点头："高兴。"

义渠王问："因为孩子？还是……有多少是因为我？"

芈月沉吟片刻，缓缓地道："因为我能够拥有幸福，因为这个世界上，再没有任何人可以阻止我获得幸福。"

义渠王会心一笑，道："不错，只要拥有足够的力量，就能够得到任何你想要的东西。"

芈月微笑点头，薛荔来报，唐八子求见，芈月点头，义渠王只得避去内室。

但见唐棣走进，捧着一些婴儿用的玉石玩物，笑道："恭喜母后，贺喜母后。"

芈月知唐棣一向聪明伶俐，也喜她识得进退，善能在她与嬴稷母子之间转圜关系，见了她来，也笑着点头："我儿，难为你想得周全。"太后这一声我儿，却是从来不曾给过王后芈瑶的。

唐棣献了礼物，上前看着婴儿，满口夸奖："这就是王弟，长得真可爱。仔细看看，与大王小时候，还有几分像呢。"

芈月见她语气真诚，也微笑，只是没有说话。

唐棣知她心意，掩嘴轻笑道："大王也为母后高兴，只是他不好意思来，所以妾身其实是代大王来的……"

她甚是聪明，知道嬴稷不来，怎么恭敬解释，只怕芈月心中都是不悦的，如今这一掩嘴轻笑，倒把事情弄得轻松了。芈月知她心意，便也配合道："我也明白，其实母子哪有什么不好意思的……"她叫了文狸一声："去将新制的玉席拿来。"又对唐棣解释道："今年天气暑热，我知道子稷畏热，你捎过去给他，让他晚上睡这个。"

唐棣忙笑而谢之："妾身代大王谢过母后。"

唐棣又说了一会儿亲热的话，芈月亦将产孕之事悄悄同她说了，催问她几时有孕，唐棣羞红了脸，芈月又将一名得用的太医拨给了唐棣，叫他为她调理。

过了好一会儿，唐棣圆满地完成了在母子之间弥合促和的事，这才退下。

义渠王见她走了，这才过来，不悦地道："真是，有事没事总见她跑过来碍事，如今总算走了。来，我来抱抱我的儿子，嗯，乖儿子，一看就知道我们是亲父子，哪儿都像。"

芈月含笑倚着凭几踞坐，抬腿踢了踢他，笑道："谁说的，这孩子的额头长得是像你，可眼睛像我。"

义渠王抱着儿子搂住芈月，赔笑道："像你，像你。你是他的母亲，岂有不像你的。"他乐呵呵地将孩子举到高空，摇了摇，才道："儿子，儿子，父王带你回义渠，我们骑马、牧羊、游猎、打仗，我们义渠又多了一位勇士了。"

芈月诧异，顿时坐起来问："你要带他回草原?"

义渠王不在意地道："当然，我们义渠的小勇士，当然要回到属于他的草原去。"

芈月不悦地道："孩子还这么小，当然要留在母亲身边。"

义渠王扭头看她，诧异地道："那是自然，本来我们就是要一起去草原的。"

芈月怔住了："我们一起去草原，那秦国怎么办?"

义渠王道："你儿子已经长大了，他已经成婚了，可以自己统治这一片土地了，我们也可以一家团聚了。"他越说越是理直气壮，当日与芈月成亲，芈月要留在咸阳辅佐儿子，他没话可说，总不能让母亲离开未成年的儿子。可如今嬴稷已经娶妻，此后还要生子，完全可以自己管理这一片国土了，而且芈月如今也生了儿子，他自觉有了底气，便想要带着芈月回草原去。又道："这些日子，我又打下了许多部族，如今草原上没有人是我的敌手了，你喜欢去哪里便在哪里，我就给你筑一座城。"

芈月怔了一怔，心中百味交集，看着义渠王，当真不知如何对他解释才好，话到嘴边，又止住了，只摇了摇头道："不，他还不行。"

义渠王却不悦地道："可我不愿意住在这儿。"

芈月诧异："你不喜欢这儿吗?"

义渠王嘿了一声，道："若不是为了你，谁喜欢住在这儿，受这份拘束。在草原上，天高云阔，八荒六合，迈开步子哪儿都可去得，不管怎么走都行。可这儿，围墙连着围墙，一重重的门，一重重的规矩，还有那些……"他嫌恶地皱眉，"被阉割掉的奴仆们。这个地方，感觉一进来就像要一辈子都圈在这个笼子里出不去似的，我不喜欢这儿。"

芈月心头震动，想到自己当日进宫的时候，何尝不是这种感觉，这宫里，她已经住惯了，可是义渠王这样的男人，却当真是一辈子都不会喜欢的。想到他初次住进来的时候，就对于用"阉割掉的驴子"来服侍他大为反对，自己便要召素日亲近的侍从进宫，但樗里疾如何肯让一堆"义渠野人"进来"秽乱宫闱"，当下只得折中，芈月宫中统统用了宫女，只余缪辛等几个管事的内侍。

如今听他再提此事，芈月也是无奈："是啊，天上的雄鹰喜欢的是自由翱翔，咸阳宫的确不是适合你久留的地方。可是，就像你不能离开草原一样，我也不适合留在草原，我长在这里，去了草原，我也同样会不适应。"

义渠王哼一声，道："如果不是看在你的分上，看在这个孩子的分上，我昨天可能就会杀人了。"

芈月诧异："怎么了？"

义渠王坐下来，把孩子交到芈月手中，轻抚着芈月的背部，道："我知道，每一片被征服的土地背后都要有一批原来的权贵死去，强者立下新的规则。可是，你这儿，还做不到啊。"

芈月内心隐隐觉得不太好，急问："怎么回事？"

义渠王却不说，只站起来往外走去，走到门边才说了一句："你刚生了孩子，如果你不能解决这件事，我可以帮你解决。"说完，便头也不回地走了。

芈月竖起了眉头，把孩子交给乳母，叫道："来人，宣缪辛。"

缪辛已知情况，急忙赶到："太后有何吩咐？"

芈月沉声问："最近义渠人是不是与我们发生过冲突？"见缪辛似在犹豫，当下沉声喝道："你连我也敢瞒着吗？"

缪辛一惊，忙道："回太后，近几个月来，咸阳城中是发生过多起义渠王的人马在集市上买东西不给钱，还打伤商贩的事，而且还有街市醉酒、蓄意伤人等，屡犯商君之法。左相曾经派廷尉围捕，却被义渠王支使人打伤廷尉，劫走犯人。京中禁军与义渠人也发生过多起冲突，甚至如今义渠人一走进咸阳城中就人人喊打……"

芈月竖起眉头："近几个月？多起？为何无人告诉我？"她便是在孕中，也是不曾停止过处理公文，可却不知为何没见过这类的公文。

缪辛苦笑："那时候，太后正是临盆之时，樗里子和大王怕您受惊会动了胎气，所以把与义渠人有关的公文都扣了下来……"

芈月掀被坐起，怒道："召樗里疾到宣室殿中。"

缪辛见状吓了一跳："太后，您如今的身体还不能出门……"

芈月冷笑："那便宣他到常宁殿。"见缪辛还要再劝，她竖起柳眉斥道："我不过怀个孩子，便成了聋子瞎子，你们想瞒我什么便瞒我什么，真当我是死人了吗？你是我的奴才，居然也要一起瞒着我，你自去领三十杖，不得再有下次！"

说罢，便更衣去了宣室殿，见樗里疾到来，芈月质问他："为何发生这种事情你还不告诉我，若是当真演变成义渠人在京城中的冲突，岂不是不可收拾？"

樗里疾亦是脸色愤然："太后今日不问，臣也是要说了。太后纵容义渠王，还要到何时啊？若是说当日他助大王登基有功，当年禁军中鱼龙混杂之时护卫有劳，那太后以金帛土地封赏之也就够了。若太后与义渠王有情，单留义渠王于宫禁，纵有风议，也是小节。可如今义渠人在咸阳屡犯商君之法，虽然臣曾经答应过太后辅佐内政，但太后若再这样纵容下去，臣恐怕就无法再继续坐在这个位置上了。"

芈月心中暗叹一声，果然这些男人，自以为是，把好端端的事情，一定要延误到如此严重才肯说出来。

她倒也奇怪，这两拨人都是彼此看对方这般不顺眼，却偏偏在此事上，如此有默契，当她怀了孕就当她是个易碎的陶器了，如今等她一生完，便又不约而同地表示自己为了她忍受对方很久了。

见樗里疾气鼓鼓的，都不忍说这是他们双方隐瞒至此，自己还没问过他们，他们倒一副全是自己的错一样，只得叹道："义渠人生长在草原上，放马牧羊，行猎征伐，并没有市集交易的概念。他们在外征伐，回到部族之内，大家的东西都是共享的，所以也不懂得在咸阳拿东西是要给钱的。他们习惯了大块吃肉，大口饮酒，一言不合，拔刀相向，原也是旧时风气。若在草原之上，是习俗，可是到了咸阳，就是犯禁，是违法。"

樗里疾昂然道："可如今这里是咸阳，不是义渠，我记得太后曾经说过，秦国推行商君之法，无论王公大臣，庶民百姓，都必须遵守，违法必究。若是义渠人成了法外之臣，这大秦的法度，恐怕会成了一纸空文。"

芈月摆摆手："我会劝义渠王，在咸阳城外设一军营，义渠人不得擅出军营，他们所需要的东西，可以开列单子，由我的内库出钱购买送到军营中去。他们自己军营里头，行他们自己的法度，要喝酒要斗殴，也由他们。我说过，商君之法必须执行，任何人都不可以违背。之前若有违法之事，是我未曾昭示于他们，所以就由我出钱，以钱代罚如何？"

樗里疾却不满意："太后既言商君之法不可违，为何违法之人，还能够逍遥法外？"

芈月沉默良久："你意欲何为？"

樗里疾道："将犯法的义渠人皆一一依法处理，而不是这般轻描淡写地避过。"

芈月摇头："我若不同意呢？"

樗里疾吹胡子瞪眼道："这须不是一二桩小事，而是多起恶性事件，太后要庇护义渠人，不怕乱了秦法吗？"

芈月盯着樗里疾："义渠人进咸阳，是我同意的，但义渠人在咸阳闹事，你却不应该隐瞒于我，以致我不能及时处置，到如今事情越酿越大，你才告诉我。这是我之过，还是丞相之过？"

樗里疾脸微一红，他与嬴稷按下此事，固然有避免芈月孕中受惊的好意，却也有等事态恶化了趁机收拾义渠人的心计，如今被芈月揭破，反镇定下来，道："太后是秦国太后，自当站在我大秦的立场，义渠人不能成为法外之民，太后的内库拿来为义渠人偿付，这未免是以私情而害公义了。臣请太后明鉴。"

芈月盯着樗里疾，直到对方不得不低下头来，才道："我自然还是秦国太后……缪辛，把上次那个竹简给他。"

缪辛忙去取来竹简，递给樗里疾。樗里疾低头慢慢地看着竹简上的内容，脸色越来越是严峻，他合上竹简道："老臣愚钝，太后之意是……"

芈月冷笑一声："樗里子，我说过，国政交给你，征伐交给我。可你的眼睛，却不能只盯着国政。我们的邻居，可是一点也没有松懈啊。你看看赵侯雍的举动吧——三年前，赵国与燕国联兵拥我入秦，而成这六国中的大赢家。可他们回师途中，又联手灭掉了中山国。赵国扩张至此，仍不罢休，赵侯雍在国内强势推行胡服骑射，此后数次战争，赵国均未有败绩。为了得到更多的良马，他收服了林胡和楼烦两支胡族，并趁我们对付季君之乱无暇分神之际，入侵我秦国榆林之地，得到大批草场和良马，他意图何在，你当看得清楚?"

樗里疾不由得点头："车战亡，骑战兴。赵国如今推行的胡服骑射，其对国势的影响，不下于先孝公推行的商君之法啊!"

芈月点头："三年来我们困于季君之乱，让赵国占了骑战的先机啊。如今我们已经失去榆林之地，就不可再失去义渠。樗里子，过去打仗以兵车为主，有千乘之国才能称之为大国。可是车战的时代已经过去，接下来的战争，有多少骑兵才是关键。"

樗里疾肃然："太后的意思是，要与赵国在骑兵之战上争个高下，就必须要有义渠之骑兵。"

芈月摇了摇头："不，我要训练的是我们秦国的兵队。从今天起，秦军要与义渠军队一起作战，学会骑兵之术的运用。义渠人是长在马背上的民族，但是他们虽然是草原的霸主，却不会利用工具。"

樗里疾道："工具?"

芈月道："不错，秦人的兵器，秦人的弩箭，秦人的甲胄，与义渠的骑兵结合，必将所向无敌。"

樗里疾看着芈月，他看错了，眼前的女人，并不是一个刚生下孩子的妇人，也不是一个为情所惑的妇人，而是真正的君王。她有君王之才，更有君王之心，他之前的设想都错了，他之前的担心也是多余的了。

此刻，他终可伏地臣服："臣明白了。"

当晚，义渠王亦知道芈月的处理情况，有些释然，又有些不甘地问她："这件事就这么解决了？"

芈月点头："是的，你还有什么不满意的地方？"

义渠王悻悻地道："我的儿郎们是自在惯了的，好不容易到了咸阳，现在让他们全部住到城外……"他的话语，却在芈月的微笑中，越说越低了下来。

芈月笑看着义渠王声音低了下去，才劝道："阿骊，秦国和义渠不一样。我说过，得到秦国，你就有了永久的粮仓，不怕子民们会在冬天的时候饿死，不怕一场战争的失利就会让一个部族十年二十年无法恢复。但是，这个永久的粮仓之所以能够存在，就是因为它和义渠是不一样的。你不能把秦国也当成义渠的草场，这样的话，你就会失去这个永久的粮仓啊！"

义渠王终究还是被她说服了："好吧，男人外出征战，女人管理后方。既然秦国是你在管理，只要不让我的勇士们受委屈，不让他们前方流血以后到了后方还要流血，我会迁就你的意思。"

芈月微笑："放心，我不会让你的勇士受委屈的。"

义渠王有些兴趣索然地说："你既然已经控制住了咸阳城，那我的兵马其实也无谓留在咸阳，草原上的部族未曾扫荡干净，我也要带他们出征了。"

芈月知道以他的性子，在咸阳一待数月，也是超过他的耐心了。对于义渠王来说，他们这些诸侯国的繁华、文明、智慧和绮丽固然是让人一见之下，心醉神驰，芈月身上，亦是带着些文化和智慧，才会让他如此迷恋，但是他最喜欢也最习惯的，仍然是草原上的生活方式，他的思维，依旧是草原上的思维。

人不能离开他的根，义渠王更是如此。

她喜欢他肆无忌惮的野气，也喜欢他直爽质朴的心性，他身上的好与坏，她都要一一去接受，去包容，去喜爱。

她凝视着义渠王片刻，笑道："草原很大，想要剿灭那些部族，非一日之功。我想，让魏冉和白起带着我的兵马，和你们一起去荡平草原，如何？"

义渠王有些意外，他沉默片刻，深深地看了芈月一眼，叹道："现在我相信，你的心里是真的有我的。"

芈月伏在他的怀中，低声道："阿骊，早去早回。"

这一去，便是三年。

这三年里，义渠王来来去去，芈月又在次年生了另一个儿子，取名为悝。

这三年里，义渠王和魏冉、白起等带着军队，在草原上与其他部族的人厮杀，渐渐统一了草原。

这三年里，秦人学会了骑兵之术，再加上秦人的兵甲之利，自此开始纵横天下。

这三年里，秦国攻取魏国蒲坂、晋阳、封陵，以及韩国武遂、穰城等城池，芈月昔年在登基之初在面对五国临城时，为释五国之兵而许出去的所有城池不但完全收回，而且是加倍地收回了。

而这三年里，赵人推行胡服骑射，夺林胡等地，亦已经训练成了铁骑。

诸侯观望，这下一次争霸，将会是秦赵两国之间的骑兵之战了。

赵侯雍为了亲自训练骑兵，退位于太子何，时人称其为赵主父。

第十二章

赵主父

三年后，咸阳城的街市上，热闹非凡，熙熙攘攘。

一个身材魁梧的大汉，走进这热闹的街市中，用鹰鹫捕食一样的眼睛，观察着这一切，这个人正是刚刚让位的前任赵侯赵雍，如今的赵主父。

赵人馆舍，平原君赵胜恭敬地迎了父亲进来："君父这一路行来，看到了什么？"

赵雍叹息："这个女人，不简单哪。"

赵胜赔笑道："她纵然厉害，焉能与君父相比。"

赵雍摇头："若是让她再这样发展下去，只怕将来必成赵国大患。"

赵胜一怔："君父想除去她？"

赵雍点点头，坐下，饮了一杯酒，叹道："当日我认为秦国不宜灭亡，这样齐国就会独大，赵国就没有足够的发展时间。如今看来，赵国有了足够的发展时间，但让秦国也有了发展的时间，而且已经发展到超过我愿意看到的情况了。你说，他们下一步，会是剑指何处呢？"

赵胜摇头，苦笑："儿臣想不出来。"

赵雍道："是楚国、是魏国，还是韩国？"

赵胜道："韩国嘛……"他忽然扑哧一声笑了。

赵雍道："你在笑什么?"

赵胜道："楚国倚仗着与秦国结盟,也在跟着征伐诸国,之前在齐国吃了亏,最近想从韩国找补回来。如今楚军日夜在攻打韩国,韩国眼前就要危亡,韩国这段时间往咸阳派了无数使臣,都无功而回。这次韩王仓真急了眼,父王可知他派了谁来?"

赵雍问:"谁?"

赵胜道："韩国这次派来的使臣,乃是尚靳。"

赵雍神情变得古怪道："韩国第一美男?"

赵胜道："正是。"

赵雍纵声大笑道："韩王仓真是……越来越下作了。"

赵胜笑道："非也,美色乃人之所好也。以美男子为外交,或许可以起到出乎意料的作用呢。楚国围困韩国雍氏之地已经五个月了。韩王仓令使者数番求救于秦,往来的使臣在路上都冠盖相望了,可是秦国还是不肯出兵,韩国这也是……没有办法了。"

赵雍点头："韩王这么做,想来是听说了秦国太后甚为好色的传言。据说秦国太后既与义渠王有私,又与楚国质子身边的黄歇有暧昧,甚至有人说她与朝中重臣也是……"父子两人不由得交换了一个只有男人才会懂的暧昧眼神,笑了。

赵胜又道："秦太后如今已经生了两个儿子,人说皆是与义渠王所生,却都假托秦人之嗣,都姓嬴。"

赵雍哈哈一笑："哦,看来,这个太后果然甚是风流啊。当年我怎么就没看出来呢……"

赵胜见他如此,知道他是想起了当年亲率人马,千里护送芈月母子回咸阳之事,当时只觉得这女子心性坚韧,眼光手段大胜同侪,但如今秦国的发展,却是远远超出了他们当初的预料,甚至让赵雍隐隐有些后悔,当年的决策,是不是错了。若不是拥嬴稷母子回咸阳,而是任由秦国季君之乱继续，是不是对赵国更有好处呢。

此时的芈月，自然是不知道赵国人已经在暗中后悔对她的谋算失误了，此时她头大的，却是眼前的这两个小魔星。

常宁殿笑声阵阵，有女人的，也有孩子的，幄帐影影绰绰，便见两个孩子跑来跑去，一群宫女跟在后面跑着。

芈月坐在几案后，带着温柔的微笑，看着宫女们端着木碗，跟着三岁的嬴荇和两岁的嬴悝跑着喂饭。

嬴荇跑累了，飞扑进芈月的怀中，一叠声地叫着："母后母后母后母后……"嬴悝也不甘落后地扑到芈月的另一边同样一叠声地叫着："母后母后母后……"

芈月被这对小魔星双重奏叫得头都炸了，一左一右搂住他们，被两人各自在自己两颊上亲了一下，也顾不得这两人的油嘴亲得她一脸食物之味，笑道："又怎么了？"

两个孩子在她身上一滚，又将她身上滚得一团褶皱、油迹斑斑，幸而她素日与这两个孩子在一起的时候，是从不穿有金线或者丝绸的衣服，俱是柔软的细葛衣，便如此也得一天一身地重换。

她见着两个孩子撒娇，心里有数，招手令薛荔将饭碗呈上，果见两只红漆小碗中的雕胡饭都还剩了一半，便叫薛荔："拿来给我。"

薛荔看了看两个孩子睁着黑亮亮的眼睛，一脸卖乖地看着她眨眼，心中一软，笑道："饭都冷了，让奴婢再去拿热的来。"转身重新打了两个小半碗来，特意给这俩孩子看了看碗里的确比刚才略少一些。

芈月会意，故意道："我看看，怎么好像少了一些啊！"

薛荔对两个孩子眨眨眼，道："没有少，没有少，是不是，小公子？"

两个孩子顿时也叫了起来："没有少，没有少。"

芈月便接过碗，拿起汤勺，亲自左一勺右一勺喂给嬴荇和嬴悝。

两孩子有些心虚，互相看了一眼，乖乖地张开嘴迅速地吃了起来，唯恐母亲察觉饭真的少了。

芈月忍着笑，喂着两个孩子，此刻她不像朝堂上那个杀伐决断的太后，而更像个溺爱孩子的母亲。

这两个孩子自出生以来，便闹劲十足，尤其在嬴悝出生以后，两个孩子加起来，便是加倍的闹腾，直能把常宁殿闹翻天去。她对着两个孩子使出的威胁利诱恐吓哄劝功夫，简直比她对着列国诸侯还要多出十倍来。

可是她很开心，她几乎是溺爱着这两个孩子。

她在嬴稷身上，并没有这种溺爱，因为那时候她自己都是如临深渊、如履薄冰，步步艰难。她克制着自己，也压制着嬴稷，嬴稷几乎没有特别畅快过的童年——或许只有在燕国的时候，在他们最艰难的时候，不用面对宫廷的尔虞我诈戴上面具的时候，嬴稷才有过一段时间特别孩子气的时候。

有时候她觉得，她和子稷更像是父子，而不是母子，她对子稷有更多的要求、更多的期望，她和子稷之间，没有可以任性的时候，只有不断地努力、不断地警惕、不断地面对敌人。

只有到了这个时候，她才可以任性地像一个普通的母亲一样宠爱着自己的孩子，她的孩子才可以享受着像普通孩童那样自由任性甚至是蛮不讲理的时候。

自然，她是不会像芈姝那样，把孩子宠得连边界都没有，以至于自毁身亡的。她的孩子，可以自由可以快乐，却不可以真正地任性。

她微笑着，用平生最大的耐心哄着这两个淘气的孩子吃饭的时候，缪辛走进来见此情况，便一言不发，站在一边相候。

芈月恍若未见，直到将两个孩子碗中的雕胡饭都喂完了，再接过文狸递来的巾子给他们擦过了脸，薛荔再为他们的脸上敷上防裂的脂膏，才向缪辛点了点头。

缪辛此时方敢回道："太后，韩国使臣已经来了。"

于是两个本来在乱跑乱叫的孩子也站住了，他们知道，母亲这一天可以陪着他们任性玩耍的时间结束了，于是个个都上前来，抱住芈月的腿，挨挨蹭蹭的。

芈月笑着俯下身去，各自亲了两个孩子的脸颊，站起来道："更衣，去宣室殿。"她这身上，尽是孩子们的饭粒乳香，自然是要更一更衣的。

"这韩国使臣，长什么样？"一路上，宫女们都在窃窃私语着，打听着。

"不识子都之貌者，乃无目也。"这是孟子对当年晋国美男子公孙子都的赞美，而如今列国间公认的能与昔年子都比美者，当数韩国大夫尚靳。

此时，楚国围困韩国雍氏已经五个月了。韩王仓数番令使者向秦求助，派出的使者之频繁，竟是前后两任的使者在路上都能够冠盖相望。但不管派出多少使者，秦师仍然按兵不出，不出兵殽关。韩王仓无奈之下病急乱投医，听说秦国太后新寡，好男色，听了臣子进言，竟使出美男计来，又令尚靳使秦。

当韩国使臣尚靳走进秦宫回廊的时候，风度翩翩，令得走廊上的宫女都悄悄侧目偷看，有一个宫女看得忘形，竟撞上了柱子。

尚靳闻声看去，温和地一笑，宫女捂着脸飞奔而去。

尚靳又是一笑，走过回廊，竟令得秦国人人都驻足注目，行者忘行，捧者忘物。

当尚靳进入宣室殿时，连芈月也不禁赞了一声："尚子一入殿，便连这宣室殿也亮了几分。"

尚靳似已经听惯了这样的赞美，只是温文尔雅地一笑，道："宣室殿之光明，当是从太后而发。便是天下的光明，也当仰仗太后。"

别人若说了这样的话，便显得有意奉承，但尚靳说出这样的话来，却是显得自自然然，如同说天上的太阳是圆的、月亮是弯的一样自然。

没有人不爱美少年的赞美，芈月也粲然一笑，道："与尚子见，当于花间，于林间。于殿堂见，却是辜负了尚子风流。"当下一伸手，"尚子请。"

尚靳一笑，便随芈月出了宣室殿。两人在侍从簇拥下，一路穿廊过轩，一直走到后山中，但见黄花遍地，两边夹道红叶飘落。

尚靳看着景色赞叹道："臣一向以为秦国西风凛冽，没想到秋景如此华美。"

芈月道："能得尚子赞美，这景色也增了荣光。"

尚靳轻叹一声："其实，新郑的景色也很美，臣很想请太后春天的时候到我新郑赏花，就是不知道那时候新郑还在不在……"

芈月轻描淡写地说："我以为尚子不是俗物，故不敢于殿堂相见，而陪着尚子漫步花间林荫，不想尚子面对美景，何以说出这样煞风景的话呢？"

尚靳勉强一笑："韩国弱小，夹于列强之间，勉强喘息……"

芈月打断了他的话，笑指前面道："尚子，你来看。"

尚靳走到芈月所站之地，刚好已经是一处平台，站在那儿看下去，咸阳一目可见。

芈月道："江山如画，尚子，面对美景，何以扫兴。"

尚靳欲说什么，但芈月始终就美景、诗篇侃侃而谈，竟让他没有可以插入政局话头的机会。

到了晚间，尚靳无奈告辞而去。

芈月回转宣室殿，却见庸芮已经久候，见了芈月便问："太后今日与尚子游，可赏心悦目否？"

芈月哈哈一笑，道："韩王视我太小，他以为我是个正当盛年的寡妇，就可以用美男计来控制我。"

庸芮也笑了："不实际付出点代价，就想不劳而获。国与国之间，用这样的心思，未免太过天真。"

芈月问："近来咸阳还有其他的异动吗？"

庸芮道："昨日赵国使臣到了咸阳。"

芈月道："哦，是什么人？"

庸芮道:"是平原君胜。赵侯雍自去年让位给太子何以后,自称为主父,将国事都交与赵王何,自己亲入军中,操练兵马,看来是剑指天下啊。"

芈月轻叹道:"当今之世,韩国庸弱,魏国势衰,齐王骄横不足为惧,燕国顶多也只能跟齐国报个仇,楚国更是……哼,难道这大争之世,真正能够与我以天下为棋盘的对弈者,只有赵主父雍吗?"

庸芮道:"太后可要见一见赵国使者?"

芈月摆手笑道:"不急。列国相争,我们正好筹谋。"

一连数日,尚靳日日进宫,芈月却只与他谈风论月,不及其他。

这日尚靳进来时,便被引到常宁殿中,芈月不待他说话,便约了他在银杏树下与她共弈六博之棋。

一连三局下来,尚靳勉尽全力,却只得一赢两输。

芈月下了最后一子,笑道:"尚子,你又输了。"

尚靳面带忧色,却勉强一笑道:"是啊,太后棋艺高超,臣所不及。"

芈月道:"天色已暗,尚子不如与我一起用膳。"

尚靳内心叫苦,他本就是韩国权贵,只因相貌俊美,才不得已被韩国派了这样的任务出来,内心其实颇为不愿。他在国内招蜂引蝶,玩风弄月,那是雅致逸兴,可是当真去用这样的手段迎合别人,又大伤他的骄傲和尊严,无奈国势危急,只得勉强而来。

他在咸阳身负使命,韩国危在旦夕,他连着数日进宫为的就是求援,不想这秦国太后,似乎当真把他当成风月弄臣了,一到他说正事,便将话题引开,只说些风花雪月之事。可待他悄悄施展手段的时候,又是滑不溜丢,半点缝隙也没有可钻的机会,弄得他苦恼无比,又不敢发作。

此时见芈月相邀,只得忍气道:"臣求之不得。"

恰在此时缪辛走进来呈上书简,尚靳悄悄松了口气,喜得他岔开话题。

芈月却没有接,只问:"是什么?"

缪辛道："赵国使臣求见。"

芈月转向尚靳笑道："赵国使臣求见，尚子说，我什么时候见他们为好？"

尚靳赔笑："太后之事，臣何敢干预。"

芈月似含情脉脉地看着尚靳："我的时间由尚子定，尚子什么时候无暇陪我，我就什么时候去见他们。"

尚靳暗捏一把冷汗，笑道："赵国使臣来，想必有事，如此，臣先告退。"

芈月笑道："那好，我就听尚子的。"

尚靳暗松了口气，便由缪辛引着出去，这边南箕亦引着赵胜和赵雍走入，双方却在复廊上遥遥相对看到，只互相打量一眼，却都没有说话，把所有的疑问和算计都藏在了心里。

赵胜在南箕的引路之下走进来，赵雍装成他的随从，走在后面，但却左右环顾，睥睨四方。

芈月仍然坐在常宁殿庭院银杏树下，手执棋子思索，银杏叶片片落下。

赵胜走到芈月面前行礼："参见太后。"

芈月掷下棋子笑着抬手让座："平原君本是故人，何必如此客气。"

赵胜入座，赵雍却站立一边。

芈月转头看到了赵雍，眼睛一亮："公叔维好久不见了。"

赵雍抱拳道："没想到太后还认得外臣。"

芈月道："公叔维这样的英雄人物，让人一见难忘啊，请一起入座吧。"

赵雍道："多谢。"

赵雍也入座，三人面对而坐。

芈月道："可否手谈一局。"

赵胜看了看赵雍，赵雍大方地道："不知道太后可否赏臣这个荣耀。"

芈月哈哈一笑，扬手示意。

赵雍与赵胜交换了位置，与芈月下起棋来。

芈月一边与赵雍下棋，一边与两人谈话道："平原君出来的时候，好像贵国刚举行了传位大典吧。"

赵胜道："是啊，我父王让位给我王兄了。"

芈月道："我们听了都很诧异，赵主父年富力强，何以忽然让位太子，莫不是有什么隐衷？"

赵雍忽然饶有兴趣地插话说："那大家有没有猜是什么原因啊？"

芈月歪头猜道："莫不是……大权旁落？"

赵雍听了，不禁哈哈一笑。

若不是自己的父亲在旁，赵胜还不会如此尴尬，此时只恨不得这个话题立刻结束，脸一红叫道："太后……"又看了赵雍一眼道："我们说点别的吧。"

芈月看向赵雍，却见对方一副饶有兴趣的样子，不禁问道："公叔的意思呢？"

赵雍反而戏谑地说："这话题人人感兴趣，就算我们避也避不开啊。"

芈月会意一笑："说得是，你们从赵国来，想必人人向你们打听了。"

赵雍笑道："其实，我们更好奇大家怎么说。"

芈月道："难道还有其他的说法？"

赵雍笑道："我才不信大家都猜得如此……斯文客气。"

芈月大笑击案："公叔维想听什么不那么……斯文客气的？"

赵雍哈哈一笑："我知道一定是有的。比如说，赵主父色迷心窍，废长立幼之类的……"

赵胜的脸色都变了，看看芈月又看看赵雍，用力咳嗽道："咳咳……"

赵雍看他一眼道："平原君嗓子不舒服？"

赵胜立刻道："没有。"

芈月笑看赵雍："公叔打听这些，难道不怕惹怒贵国主父？"

赵雍道："臣打听这个，正是为了传给主父听个笑。"

芈月赞道："赵主父好气量。"

赵雍坦然受之："这也是该有的。"

赵胜见两人越谈话题越不对，坐在这两个肆无忌惮的人面前，他身为小辈，尤其还在人家大谈他父亲的隐私时，实是如坐针毡。何况其中一个还正是他自己的父亲，更是面红耳赤，只觉得身上的冷汗湿了一层又一层，再也坐不住了，忙站起来道："太后，臣身体忽然不适，容臣告退。"

芈月明白他的惶恐，赵胜的态度倒是正常的，只是这"赵维"态度才有些不正常，想到这里心中一动，暗忖，莫不是此人和赵主父有些不相得，若是如此，倒是可乘之机。她正欲与此人深谈，见赵胜自己求去，自然是正中下怀，忙笑道："哦，那当真是遗憾之事，平原君身体不适，就先回去歇息着吧！"这边却转问赵雍："不知公叔是否再留一会儿?"

赵雍道："但听太后吩咐。"

芈月道："不如请移步云台，一同饮宴如何?"

赵雍道："恭敬不如从命。"

赵胜眼睁睁地看着两人并肩而去，把他扔在空落落的院子里，一片黄叶飘下，落在他的头顶，忽然只觉得一股莫名冷风吹来，吹得他身上都起了鸡皮疙瘩。

见南箕含笑侍立一边，正准备引他出去，赵胜只好怀着一颗惴惴不安的心，出了秦宫。

此时芈月与赵雍两人已经移步云台，天色渐暗，侍人们在四周点上卮灯，四下犹如繁星一片，月光下更似如坐云端，倍添情趣。

芈月向赵雍举杯道："来，我敬公叔一杯。"

赵雍道："不敢，臣敬太后一杯。"

芈月道："公叔此番入秦，可是为了榆林之地的争端?"

赵雍道："大好时节，何必说这些政务，这些待明日平原君与樗里子说就好。如此美景，应该只谈风月才是。"

芈月听着一怔，这话好生耳熟，却不是这几日自己与那韩国使臣尚靳常说的话嘛。当下便凝神多看了赵雍两眼，暗忖此人心术，却是强过尚靳百倍，顿时有棋逢对手之感，当下哈哈一笑，道："说得是，那我们就谈风月。"说着顿了一顿，故意问他："公叔在赵国，见过吴娃吗？"

吴娃者，乃昔日赵雍之宠妃，当今新任赵王何之生母，据说美若天仙，令赵雍神魂颠倒，竟为了她而拒了列国联姻，将她扶为正室，甚至为她废长立幼，置原来的长子太子章于不顾，反而立了她的儿子公子何为新君。

要说天下的女子，自负美貌者，若是听了另一个美女的传说，那是一定非常有好奇心的。只可惜看赵胜的样子，必是不敢讲的，而芈月问此，不仅仅只是好奇，她更想从中看出这个"公叔维"对此的态度来。

赵雍手中的杯子停顿了一下，若无其事地点头笑道："吴娃是主父的王后，当今的母后，臣身为宗室，自然是见过的。"

芈月道："我听说吴娃美若天仙，可有此事？"

赵雍俊目在芈月身上一转，谈笑风生："以臣看，太后不也是美若天仙吗？"

芈月笑问："听说赵主父传位赵王何，是因为他迷恋赵王何的母亲吴娃，怕长子章势力太大，恐自己死后争储，为确保吴娃之子能够顺利登基，甚至提前让位。吴娃有此本事，必是人间绝色。"

赵雍听到此，亦不禁有些尴尬，当下咳嗽两声转了话头："臣听外面传言，也说是秦国先王，迷恋太后，独独为太后留下遗嘱以助太后今日登位。甚至有传言说，若非当年秦惠文王忽发急症，只怕在位的时候就已经废嫡立庶了。臣原来也只当是流言，直至亲眼见到太后，才觉得传言不虚，太后亦是倾城佳人，何必再问别人。"

芈月见他反将自己一军，不禁失笑："多谢公叔盛赞。我有一事，想请教公叔。"

赵雍拱手道："请太后明示。"

芈月凝神看着赵雍，缓缓道："敢问公叔，我与吴娃孰美？"

赵雍怔住了，他飞快地看了芈月一眼，见着这一张正是人生最成熟华贵时的美艳面容，心头忽然一荡，脸也不禁红了一红。他努力摄定心神，想了想，才笑着回答："人皆以近者为美。赵人当以吴娃为美，秦人自以太后为美。"

芈月见他似有一刻失神，转眼又若无其事，不禁也佩服起他的定力来，心中却更有些不服之气，笑吟吟地再逼问一句："人皆以近者为美，当是不曾见过远者，无法比较。公叔既见吴娃，又见过我，何不能辨个高下？"

赵雍却不敢再看她，只垂首看着自己手中的酒爵，好一会儿，才抬头笑道："人皆以近者为美，乃是人有私心，心有远近。故而太后问臣何者为美，以臣的立场，只能说一句，臣便是观尽天下之美人，还是认为臣之山妻才是最美的。"

芈月问："是何道理？"

赵雍笑道："其他人再美，又与我何干。"

芈月喷笑，击案叫绝："有理，有理。南箕——"

一边侍立的南箕恭敬地道："奴才在。"

芈月道："取锦缎十匹，赠与公叔的'山妻'。"

赵雍倒了一杯酒奉上，微笑道："如此小臣代山妻多谢太后了。"

当下两人又再饮宴，直至深夜，均是酒酣耳热之际，赵雍方由内侍扶着走了。

秦太后与赵国副使相谈甚欢，甚至深夜还一起饮宴宫中，这个消息，令刚刚出宫回到驿馆的韩国使臣尚靳心中，实在是五味杂陈。

副使劝他道："大夫，若是秦太后答应了赵人或者楚人的要求，实于我韩国不利。"

尚靳叹了口气，疲惫地道："国内的情况如何了？"

副使道："节节失利，再没有援兵只怕就要兵临都城了。"

尚靳捂脸长叹："我每次一提到，她就把话绕过去，我心急如焚却无可奈何，真想回去啊，哪怕在沙场拼杀也好过厚着脸皮耗在这儿——"

副使急道："当初五国兵困秦国，却人心不齐，被秦国各个击破。而今各国相互攻伐，却又只得来向秦国示好作为盟军。尚子，楚国的副使、赵国的副使都被太后在宫中留宴甚至是留宿，咱们不能……"

尚靳暴躁地站起来，打断了他的话："你别说了——"

副使道："尚子，国事为重啊。"

尚靳看着副使，愤然而无奈地道："好，我明日再进宫去。"

次日，尚靳进宫，却被告知，今日太后没空，因为太后与赵国副使打猎去了。

秦国猎场，一只鹿在奋力飞驰。

两支羽箭几乎同时射中了鹿，一箭中首，一箭中尾，那鹿长嘶一声，不甘地倒地。

芈月和赵雍同时驰马而至，手中都拿着弓箭。内侍忙将那鹿奉到两人眼前。

芈月道："一箭中首，公叔维好箭法。"

赵雍道："太后亦是好箭法，一箭中尾。这鹿皮可以完整地剥下来，不留痕迹了。"

两人相视一笑，并肩慢慢驰行。

芈月笑道："公叔的骑射真不错，想必是常跟着赵主父练兵吧。"

赵雍微笑："太后是怎么看出来的？"

芈月忽然道："赵主父让位，是为了去训练骑兵吧！"

赵雍僵了一下，又恢复了微笑："太后能看出来，那是因为太后也在义渠训练骑兵吧。"

两人又相视一笑，彼此均有些心惊。

芈月笑了："看来英雄所见略同啊。"

赵雍叹息："各国的战争将会越来越激烈，过去的战争是征服之战，现在的战争是存亡之战。过去有一千乘战车就算是难得的大国了，可如今战车的功能却越来越弱了。谁先能够控制更多的骑兵，将来的战争就有更大的胜算。"

芈月点头："所以我真心佩服赵主父，能够有此决断。让位太子，摆脱繁琐的朝政，专心投入军事的提高。如今列国最重要的事情，就是在下一场战争中如何取胜，与这件事比起来，其他的事都是小事了。只不过人人眷恋权位，又对自己掌控力没有信心。越是大智慧者，越不容易放下权势。赵王能够有这样的心胸，弃王位而亲去练兵，实为当世英雄。"

赵雍亦道："太后能够舍成见，力推商君之法，统一度量衡，又与义渠合作练兵，恐怕将来能与我王争胜者，只有太后了。"

芈月道："赵王当年先扶燕王继位，后助我儿归国，与燕国回兵又灭中山，如今收林胡等族，推胡服骑射，种种所为，布局于十余年前。我今方执秦政不过数载，与赵王相比，恐怕未有能及……"

两人各怀机锋，拿着朝政诸事，种种打探，又种种威慑敲打，却发现与对方正是有着棋逢对手的感觉，便更加提高了警惕。

但看在外人的眼中，却是两人越说越热烈，越说越投契，甚至到了旁若无人的境地。

猎场远处小土坡，嬴稷远远地看着芈月和赵雍说话，脸色阴晴不定，终于，他愤而拨转马头，飞驰而去。

嬴稷忍了又忍，最终还是无法忍耐，次日便去了常宁殿去寻芈月，此时芈月正由薛荔服侍下换了一件大红色的曲裾，对镜自照，左顾右盼。

嬴稷见状不由沉下了脸："母后打扮得如此华丽，可是又要与谁相会吗？"

芈月见他如此表情，不禁失笑："子稷，你这样子，倒像是一个吃醋的丈夫，哈哈哈。"

嬴稷问他："母后，你喜欢哪一个，是韩国尚靳，还是赵国赵雍？"

芈月却笑吟吟地反问："子稷喜欢哪个？"

嬴稷悻悻地道："儿臣宁可母后当年选择了那黄歇，也好过今日流言纷纷。"

芈月问："什么流言？"

嬴稷道："说如今各国挑选到秦国的使臣，都挑的是美男子，纵然正使不是，副使也要挑选容貌好的。"见芈月听了不但不恼，反而很开心地大笑起来，嬴稷顿足恼道："母后，难道您不恼这些流言吗？"

芈月笑道："我为什么要恼，这是对我的恭维才是。"

嬴稷脸色有些不好看了："母后，您是想与那赵国副使或韩国使臣也再生一个孩子吗？"

芈月掩口笑："你说呢？"

嬴稷道："那母后近来与那赵维朝来观花，暮来饮宴，日来共猎，夜来……"他忽然顿住，差点就把宫中的流言全部脱口而出了。

芈月笑了："就差夜来共枕了，是不是？"见嬴稷脸红了，她才收了笑，道："我与赵维这几日相处的时间是多了一些，因为这是个人才，我想把他留在秦国。"

嬴稷道："母后就算要把他留在秦国，也不必，也不必……"他说到这里，却说不下去了。

芈月接口道："也不必如此热络是不是？"

嬴稷只得点头："是。"

芈月却摇了摇头："可我有些怀疑。"

嬴稷诧异："母后在怀疑什么？"

芈月坐下，缓缓地道："赵国有这样的人才，绝不在他们的国相公子成之下，当初大可以一争王位，纵争不成王位，做个国相或者大将军也绰绰有余，可在列国之间，此人的名气怎么就不大呢？除非是……"

嬴稷问："除非是什么？"

芈月摇头思忖："除非是此人有更大的秘密？"

嬴稷诧异道："莫非母后与此人纠缠，是为了探听他身上的秘密？"

芈月笑得神秘："这也算其中原因之一吧。"

因秦太后频频召见韩国、赵国使臣，令得楚国质子太子横心中十分不安，便与黄歇商议道："子歇能去宫里打探一下消息吗？"

黄歇此时已经做了回楚国的打算，无奈公文往来，却需时日，好不容易收到了批文，正是准备回去的时候。但他这些日子以来冷眼看着，秦国的确是在做战争的准备，他欲归难归，心中也自是无奈。

这些日子以来关于芈月的流言他也听到了，此时心中正五味杂陈，面上却不露声色，只道："太子想打听什么？"

太子横忧心忡忡："楚国与韩国正在交战，若是秦国接受韩国的求援，则必将撕毁楚国的联盟，那么我们作为楚国的人质，就会有危险了。郑袖母子一定会借此机会，利用秦人对我们下手。"

黄歇摇头："太子，臣倒不是担心郑袖母子，却担心您如今这样的心态，更容易中别人的陷阱。"

太子横一怔："是。"他有些惭愧，但终究还是放不下心，说："若是子歇能够打听到确信，我也好放心一二。"

黄歇叹息道："好吧，我明日会去宫中打探，也好叫你安心。"他此时恰好已经收到回楚的公文，也正需要进宫与芈月辞行，当下于次日进宫呈文。

他正在宫外相候，却见一队人马过来，停在宫门，一人正好下马，见了黄歇，倒是一怔，主动走到他面前来，冲着他一笑道："原来是黄子。"

黄歇一怔，两人却是见过面的，此时忙拱手道："公叔维。"

赵雍举手示意道："在下久闻楚国黄子之名，不知可否有幸请黄子一起饮酒？"

黄歇犹豫片刻，就答应下来，道："好。"他曾经见过韩国使臣尚靳，美则美矣，却实在是可以一眼见底，所以，他对这个深不可测的赵国副使，却有更多的好奇。看到他的这一刻，他忽然明白了芈月为何频频邀此人进宫，这个人身上实在有太多吸引人的东西。

当下黄歇便随着赵雍去了一家赵人酒肆，两人入座，相互而敬。

三巡酒罢，赵雍直截了当地道："黄子之名，我早有耳闻，屈居楚国质子的随从，实在太过委屈了。我王有意招揽天下贤才，欲求黄子入赵，当拜为上卿。"

黄歇听他之言，霍然而惊，这番言论，让他忽然想到了与秦王驷第一次见面的情景，当下凛然道："公叔龙行虎步，必非常人，而公叔之名，臣却不曾听闻。莫不是白龙鱼服，令世人不知其真形吗？"

赵雍哈哈大笑，此时他已经不欲再隐瞒，直白道："黄子不愧其名。实不相瞒，吾乃赵王之父。"

黄歇一怔，起而下拜道："外臣参见赵主父。"

赵雍道："黄子请起。"

黄歇道："不知主父潜入咸阳，所为何事？"

赵雍道："秦太后上月秘密巡视边城，实为阅兵。秦国已经练成铁骑三千，我猜她下一步就是要与韩国联手，挥兵楚国。"

黄歇谨慎地道："韩国使臣尚靳在秦已经数日，却迟迟得不到秦国的点头。依主父之言，难道秦韩就要签订盟约了吗？"

赵雍摇头道："不是与尚靳，而是与下一个使臣。"

黄歇道："主父为何要告诉臣这些事，难道不怕臣告诉秦太后？"

赵雍指一下他，摇了摇手指，充满自信地道："你不会。"他看着黄歇，说了六个字："因为，你是楚人。"

黄歇苦笑。

赵雍已经站了起来："你不会留在秦国，必会回到楚国。我相信，将来赵楚之间，甚至你我之间，还会有更多的合作。你不必送了，如若有事，我自会派人找你。"他龙行虎步，行迹如风，转眼便已经离去。

黄歇看着他的背影，惊疑不定。

第十三章　谋—楚—计

而此时，黄歇在宫外被赵国副使赵维约走的消息也很快传进了宣室殿，芈月微一沉吟，许久以来的疑惑忽然变得清晰了，当下便道："来人，去赵人馆舍，有请公叔维入宫。"

缪辛问道："太后意欲如何？"

芈月的表情变得有些狰狞："你们听我号令，若我击案，便要将他擒下。"

缪辛一惊："太后猜他是……"

芈月长叹："但愿他就是我猜的那个人，若能够生擒了他，秦赵格局，当可一变……"她说到这里，忽然一惊，下令道："你速派人去城门处，关上城门，不许任何人出城。"

缪辛领命匆匆而去，旋即蒙骜便率人去了赵人馆舍，声称太后有旨，请公叔维入宫饮宴。

果然此人已经不在，平原君赵胜推说赵国刚刚来信，令赵维回去了。

蒙骜心知不对，当下便追去了城门，却得知在城门关闭前，便已经有一队赵人刚刚出城。他拿了手令，开城去追，却是无法追上了，无奈

190

之下，只得回报芈月。

芈月得报，冷笑道："果然跑了。"

庸芮正好被芈月召来，见状叹道："这样看来，他果然可疑。"他看向芈月："太后以为此人到底是谁？"

芈月后悔道："我怀疑他就是赵主父。"她想起那一晚和对方在云台之上对饮，说起吴娃之事，自己曾试探着问他，"吾与吴娃孰美"，他没有正面回答，却只说"山妻最美"，那时候自己就应该怀疑了。想到他居然在自己面前耍这种小花腔，气得击案怒骂："竖子敢尔！"

庸芮一惊，也叫道："当真是赵主父？可惜，可惜没能将他留下，反而让他在咸阳城中逍遥一回。就怕他回去以后，会对伐楚之事有所影响。"

芈月道："事不宜迟，叫蒙骜这边派兵搜查，另一边，就动手。"

庸芮道："是，臣这就去。"

芈月见庸芮远去，怒气不息，一捶几案叫道："拿地图来。"看来，对赵国的攻击，也是要提到日程上来了。

韩国使臣尚靳听说赵人出事了，吓得连忙入宫求见。

南箕引着尚靳走在宫巷中，尚靳问道："听说赵国使馆出事了，不知道公公可知道原因吗？"

南箕呵呵笑道："奴才不知。"

尚靳又道："我倒是听说了一些风声，听说那个赵国副使，乃是赵主父白龙鱼服，乔装改扮。"

南箕道："多谢尚子告诉奴才，怪不得太后她……"

尚靳道："太后怎么样了？"

南箕道："尚子猜猜看？"

尚靳道："想是太后十分震怒了？"

南箕只笑而不语。

侍女引着尚靳走上宣室殿台阶，坐在芈月的对面。

此时黄歇已去，芈月正自沉吟，尚靳看芈月的脸色不太好，温柔相劝："太后的脸色不太好。"

芈月道："你看出来了。"

尚靳道："臣愿为太后分忧。"

芈月道："你怎么为我分忧？"

尚靳道："太后但有所命，臣无不遵从。"

芈月道："还是尚子深得我心。若是我想让尚子从此留在我的身边，不要离开，尚子能答应吗？"

尚靳道："臣不胜欣喜。只是……"

芈月道："只是什么？"

尚靳道："只是臣出行之日，韩王再三托臣转达他对秦国的期盼之情，如今楚国困我雍氏之地已经五个月了，不知道家中老小可安。臣有心服侍太后，若能够后顾无忧，岂有二心。"

芈月轻笑道："我对尚子求的是私情，尚子要我回报的却是一国之兵啊。这真不公平，难道尚子就不能单就你我之情，给我作一个回答吗，非要挟着其他的条件不成？"

尚靳道："臣一心只为了太后着想，太后反不领情吗？秦国出兵，非是救韩国，乃是自救啊！"

芈月道："何出此言？"

尚靳道："韩之于秦也，居为隐蔽，出为雁行。臣听说，当年晋侯假道于虞，以伐虢国，宫之奇曾言'唇亡齿寒'的道理，如今韩秦之间，也正如唇齿相依，唇亡齿寒，前车之鉴啊。"

尚靳本就长得唇红齿白，他说到"唇亡齿寒"四字时，眉梢眼角、唇齿之间，仿佛透着无限暧昧。

芈月缓缓站起，走到尚靳面前坐下，轻声呢喃道："唇齿相依吗？尚子给了我一个很好的比喻呢。那我也给尚子讲一个故事好不好？"

尚靳道："臣万分期待。"

芈月偎在尚靳的耳边轻轻说道："我当年侍奉先王的时候，先王把他的大腿，压到我的身上来……"

尚靳的身体微微颤抖，耳朵也烧红起来，脸色更是白里透红，颤声道："后来呢……"

芈月道："我觉得，他真重啊。可后来，他把整个人都压到我的身上来的时候，我却不觉得重了。你说这是为什么呢？"

尚靳的脸更红了，连脖子都开始发红，颤声道："因为、因为……"

芈月道："因为那个姿态，对我有好处啊，让我觉得开心啊！尚子，你以为呢？"

尚靳的呼吸开始沉重，整个人也瘫坐到席上，他张嘴想说什么，却觉得口干舌燥，舔了舔干燥的嘴唇，想要缓解一下。他听得出芈月的意思来，可是，他到底是要答应，还是不答应。是等芈月说出来，还是自己主动邀请呢？

他正在天人交战之时，芈月忽然笑了，尚靳一凛，猛地抬头，他看到芈月笑容背后的东西，忽然间灵感涌现，入秦以来他与芈月所有的交谈往来之情一一涌上心头。

也就是这么电光石火一刹那，尚靳忽然明白了一切，他乱跳的心忽然平静了下来，苦笑道："太后莫不是在耍弄为臣？"

芈月轻叹一声："尚子是个君子，韩王不应该派你来，他派你来，来错了。"

尚靳咬了咬唇，不服道："错在何处？"

芈月轻叹道："你说，我若出兵韩国，若是兵不众，粮不多，则不足以救韩。可是若想救韩之危，就要有足够的兵马粮草，这日费千金，对我又有什么好处可言呢，韩国能够交出什么，让我开心呢？"

尚靳心头如遭重击，额头的汗终于滴了下来，失声道："太后是想要……"

芈月站了起来，居高临下看着尚靳，忽然笑了道："我想要……韩国真正的诚意。"

尚靳闭了闭目，又睁开，他已经冷静下来道："太后要的是城池，还是玉帛财物？"

芈月嫣然一笑，托起尚靳的下颌道："国与国之间，想要得到好处，就得付出利益。可是人与人之间，还是讲情谊的。我很喜欢你，只不过不愿意你以韩国使臣的身份来见我。你若想离开韩国，可以投我秦国，我必委你以重任。"

尚靳羞愤交加，站起来向芈月一拱手道："多谢太后教训，臣——告辞了。"

芈月懒洋洋地道："你要回韩国去吗？"

尚靳已经转身往前走，听到这一句也不回头，背对着芈月道："是，臣要回韩国去，去雍城，去作战。臣在咸阳，已经浪费了太多的时间。"

芈月道："当真不考虑我的建议？"

尚靳苦笑道："人贵有自知之明，臣感谢太后不嫌臣愚钝，还肯花费时间逗臣玩。在太后身边学到的事情，臣会铭记终生的。"他说完，大步走了出去。

庸芮从后面转出来，轻叹道："我这会儿倒有些欣赏他了。"

芈月道："好了，你也应该去做你要做的事了。"

庸芮会意，一揖而出，便去了楚质子所居馆舍。

此时太子横尚在为当前事态的变化而高兴，正问："子歇何在？"

随从回报道："太子，太后请黄子入宫饮宴。"

太子横会意地："哦，她又请他入宫了……"两人相视一笑，笑容意味深长。赵国使臣走了，韩国使臣也走了，秦太后此时请黄歇入宫，是为了何事，实是令人遐想无限。

正在此时，一个随从进来回报："太子，庸芮大夫来了。"

太子横知道庸芮是芈月心腹之臣，收过自己的礼，亦帮过自己的忙，忙道："快请。"

却见庸芮走进来，笑道："恭喜太子。"

太子横一喜："何事喜之?"

庸芮神秘地笑道："太后对太子，十分看重。"他虽然口中说着如此稀松平常的话，但神情间的含义，却远非如此。

太子横见了他神情，心中一动："莫不是太后答应……"虽然秦楚互相联姻，楚公主已经嫁为秦王后，但秦国公主，却还一直托辞说太过年幼，拖延至今未嫁。

却喜太子横之妇，刚好于半年前病逝，太子横便有心钻营，欲娶秦公主为妻，以断了郑袖和公子兰母子夺嫡之念，此时见庸芮神情，这件事似有了好的方向，当下心中一喜，低声问道："当真?"

庸芮左右一看，道："此处不便，不如我们到外面饮酒如何。"

太子横亦知自己身边未必没有郑袖细作，忙答应了一声，只带了四个心腹，便与庸芮走了出去。他身为质子，秦国自然是负有保他性命的责任，且庸芮亦是带着侍卫，自忖咸阳之内，应该无碍。

便见庸芮带着太子横，去了馆舍对面一家两人昔日去过的酒肆，对坐而饮。

太子横敬酒道："庸大夫，在咸阳这些日子，一直多亏庸大夫照顾，横当敬庸大夫一杯。"

庸芮道："太子客气了。庸芮只是喜欢交朋友而已，太子龙行虎步，乃是帝王之相，此时虽然困于一处，将来必会成就一番事业。"

太子横道："哈哈哈，庸大夫过奖了。"

庸芮压低了声音，推心置腹地道："太子，驿馆人多嘴杂，不便说话。所以约太子到酒肆，避开闲人，实是有一则要紧事要告诉太子。"

太子横道："什么事?"

庸芮凑近太子横的耳边，压低了声音道："我听说郑袖夫人派人秘密潜入咸阳，想要制造事端……"他正说到此，忽然一把短刀从他们的耳边飞过。

庸芮惊得站起，就见一群军官，手中提着酒瓶子，喝得醉醺醺地撞进来，叫道："掌柜，打酒，打酒。"

庸芮大怒道："放肆，这把刀是谁的？"

一个军官醉醺醺地道："是你爷爷的，又怎么样，不服，来比划比划！"说着，就抽出了刀来冲着庸芮砍过去。

庸芮见是个浑人，只得闪身避过，一边对太子横道："太子，我们走吧。"

太子横连连点头，不料那军官本就喝高了，见庸芮闪避，一转头刀子又直接冲着太子横砍过去，太子横举起几案一挡，那军官退后两步，庸芮在他背后踢了一脚，他刀子反弹过来，头撞在柱子上，晕了过去。

众军官立刻沸腾了，这批人显见是下级军官，皆是粗鲁无礼的模样，此时皆是吃多了酒，想是不知什么酒宴归来，犹嫌不够，一齐拥入酒肆来添酒，此时见自己同袍晕了过去，齐声喝道："好家伙，敢对咱们动手，弟兄们，上啊！"

这些浑人都是说不清的，庸芮与太子横无奈，只得拔剑与他们相斗起来，两人侍从也加入相护，顿时酒肆变成一场混战。

一团混乱之中，忽然一声惊叫道："杀人了，杀人了，武大夫被人杀了……"

人群散开，就见太子横目瞪口呆地站在那儿，手中的剑血淋淋的，一个军官倒在了他的剑下。

众军官见状，顿时慌了起来，作鸟兽散。

太子横慌了，看到庸芮忙扔下剑，求救般地拉住他："庸大夫——我、我真没杀人啊，此人不知道怎么就忽然撞到我剑上来了……"

庸芮左右一看，忙一拉太子横道："快走。"

太子横身不由己地被庸芮拉着向外走，一边还分辩道："我、我是不是要等廷尉来分辩一二，我这一走就更说不清了。"

庸芮顿足道："你傻啊，这群人分明是冲着你来的。"

太子横一怔，问道："你说什么？"

庸芮道："今日这些浑人来得稀奇，而且摆明了是冲着我们来的。我猜这必是郑袖的阴谋，见你我出门，就让人通知他们来此。借此制造混乱，再陷害你在咸阳杀人，然后就把你害死在秦国。"

太子横顿时醒悟，越想越是这么回事，顿时慌了手脚，叫道："那，那我该怎么办？"

庸芮道："唯今之计，只有速速离开咸阳，潜逃回楚，再作打算。"

太子横大惊："离开咸阳，潜逃回楚？"他被这一句话，说得整个人都蒙了，一时不知所措起来。

庸芮道："正是，否则的话，你留在此地，若叫廷尉抓住，混乱之中将你害死，岂非有冤无处诉。太子，速速回楚，到时候才是真正的安全。"

太子横悚然而惊，拱手："多谢庸大夫救命之恩。"当下匆匆别过庸芮，转回馆舍便要收拾东西，轻车简从，迅速离开咸阳。

他的随从不安，问道："太子，那要不要等公子歇回来再作商议？"

太子横顿足道："来不及了，我先走，你留下，跟子歇说明情况，叫他随后追上。"

见太子横的马车出了咸阳城，庸芮静静地目送他远去，意味深长地笑了。

黄歇自得知赵雍之事，心中不安，却又被赵雍拿话逼住，不便直接告诉芈月，正心中不安之时，却遇到芈月派人请他入宫。他一路走来，已经于走廊上看到芈月调兵遣将之举，进了殿内，两人相见，黄歇便问："你知道了？"

芈月一怔："子歇，你也知道了？"

黄歇道："我看到你派蒙骛找赵维，想来你已经怀疑到他了？"

芈月道："我猜……他乃是赵主父雍，是也不是？"

黄歇轻吁了口气，点点头。

芈月道："你什么时候知道的?"

黄歇道："今日。"

芈月道："你今日进宫前被赵雍截走,就是因为这件事?"

黄歇苦笑道："是,我本是有些怀疑,没想到他却自己找上我,还一口说破自己的身份,倒逼得我不得不为他保守秘密。直到回到馆舍之后,我听到蒙骜在搜赵人馆舍,才猜到你可能已经怀疑,特来证实。"

芈月苦笑道："你啊!"

黄歇道："你怪我不曾及时告诉你吗?"

芈月摇头道："不,若没有你怀疑到他,他也不会这么快就离开。说起来,你实是帮助了我。"

黄歇道："他说,秦韩要签订盟约,但不是和尚子,而是和韩国下一个使臣。"

芈月叹息道："看天下诸侯,能与我为敌手者,唯赵主父也。"

黄歇道："你自己要多加小心。"

芈月道："我明白。"

一时之间,两人竟是无语。

芈月咳一声,岔开话头,又说了一些闲话,便令侍女开了宴席,一直饮宴到月上中天。

黄歇一曲玉笛吹奏完毕,望了望天:"天色不早了,我也应该走了。"

芈月看着黄歇,有千言万语不能言讲,她知道他这一去,也许是永远不会再见了,依依不舍地道:"子歇,你再留一会儿吧。"

黄歇一怔,道:"我明日还能再进宫,今日已晚,我也该走了。"此情既然无法再续,何必徒添暧昧。芈月已经是大秦太后,她要如何做,他管不了,但他至少还能够管得住自己。

芈月看着黄歇,不胜唏嘘:"子歇,上天真是不公平,你我之间,永远掺杂着太多太多不能在一起的事情。"

黄歇叹道:"人生在世,就是这么无可奈何。"

芈月语带双关，道："我希望你能够体谅我的无可奈何。"

黄歇并不明白，亦叹道："这正是我想对你说的话。"

芈月不语，好一会儿才道："不知道夫子怎么样了，你下次见了他，就说请他原谅我这个弟子吧。"

黄歇已经听出了不一样的味道，诧异道："怎么？"

芈月叹道："不过他就算不原谅，我也无可奈何。该做的事，我还是得做。"

黄歇陡然站起来："你做了什么？"

芈月也站起来，却只是转头走入殿内："天色不早了，子歇，你也早些回去吧。"

黄歇心中升起一丝不祥的预感，他握紧手中的玉笛，不顾宫人引道，自己径直跑了出去。出宫上车，一路急急回到馆舍，却发现太子横及其心腹随从已经不见，诧异问道："怎么回事，太子呢？"

便有留下的随从答道："太子已经走了。"

黄歇道："太子走了，去哪儿了？"

随从道："太子在酒肆与人发生争执，失手误杀了秦国一名大夫，他恐这是郑袖夫人的阴谋，要陷他于秦狱……"

黄歇已经明白："所以他跑了？"

随从战战兢兢地道："是。"

黄歇愤怒地捶在板壁上，叹道："他这一走，才是真正中了别人的阴谋。"

随从听了他这话，也慌了神，问道："子歇，那怎么办？"

黄歇一顿足，道："我去追他。"

说着就要转身出门，那随从忙叫道："子歇，天色已晚，如今只怕城门已关。"

黄歇一怔，这才恍悟为什么芈月要留他到月上中天之时，才放他离开。然则此时已经来不及了，她既然是存心将自己诱入宫中，再将太子横逼走，只怕自己此时想要出城，已经是不可能了。

他犹不死心，还是走了出去，果然他一路直往芈戎、向寿、魏冉、庸芮等人府上，欲求出城令符，这几个素日与他交好的秦臣，俱都表示不在府中。

他再去秦宫，宫门已闭，守卫更是以没有旨令不敢惊动为名，拒绝传报。

他只得等到了第二日清晨，城门一开，便赶了出去。如此一路策马急奔，赶了数日，一直赶到江边。果然原来两人当日下船的码头所备太子归楚之用的楼船俱已经不见了，只剩下几只小船。

留下的一名护卫见了黄歇忙行礼道："黄子。"

黄歇急问："太子的楼船呢？"

护卫道："太子已经坐楼船离开了。"

黄歇心一沉，一路急赶，他还是迟了一步。

那护卫道："太子留下小人，便是等黄子一起回楚国。"

黄歇不禁回头，遥望秦关道，道路迢迢，远至天边。他知道，秦楚的和平期已经结束了，当下叹息一声，上了小船，一路往南而去。

楚国质子街市杀人，私逃回楚，引起秦国勃然大怒，秦人下书至楚，宣布秦楚和议就此结束。

公元前301年，秦国以楚太子私逃为名，撕毁秦楚合约，联合齐、韩、魏三国，共同攻打楚国，攻下楚国重丘，次年华阳君芈戎率军再攻楚，陷襄城，杀楚将景缺，斩首三万，及后，又攻下楚国八个城池。

楚国濒临全面危机。

章华台中，一片惊惶。

郑袖掩袖不住悲号："大王，大王，您还要庇护太子到何时啊，如今四国联兵，我们再不想想办法，就不得了啦！"

楚王槐脸色发白，直坐在那儿，不住喃喃骂道："逆子，逆子！"

靳尚满头大汗地进来，叫道："大王，大王，若再不采取行动，秦人就要兵临城下了。"

楚王槐长叹一声："此事是否还有可挽回的余地，靳尚，你去秦国，跟秦人解释一下，秦楚素来交好，太子之事，实是事出意外，若能够有转圜的余地，寡人不惜代价。"

郑袖一摔袖子，哭道："还解释什么，分明是太子闯的祸。太子身为质子私逃回国，这才导致这场大祸，如今只要把太子送回去就行了。"

靳尚已经得了秦人私下的信息，心中计较已定，只是这场戏却要做得十足，才能如愿，当下只抹了把汗，道："夫人，秦国既然已经宣战，这事情就已经闹大了，光是把太子送回去是解决不了的。"

郑袖顿足道："那他们还要什么？唉呀，可怜我子兰的婚事在即，却遇上这种事儿，这教他怎么办，怎么办啊？他怎么会摊上如此无良无能的兄长，细想一想，真是叫人肝肠寸断啊。"

楚王槐只得安慰她道："好了好了，寡人必不会让你吃亏。"转问："靳大夫，秦人是什么意思？"

靳尚赔笑道："秦国使臣说，太后一直从中斡旋，想办法保住秦楚联盟。可是秦国朝臣不太相信楚国的诚意，而且太子自到咸阳，一直不肯表现出与秦国的友善来，所以秦国君臣对于秦楚联盟有些猜忌。太后也已经尽力了，无奈此事还得我们楚国的配合。太后的意思，若是能够让两国国君再行会盟一次，解释清楚误会，也省得从中被人做了手脚。"

楚王槐一怔，顿时沉吟。

郑袖拉着楚王槐撒娇道："大王，大王，怎么办啊……"

楚王槐长叹一声道："这个逆子虽然诸事不成，但终究是寡人的儿子，说不得，寡人也只有为他收拾残局了。"

郑袖大急："那就这样放过太子？"

靳尚见郑袖要坏事，连忙给郑袖使眼色，郑袖见状一怔，便没有继续撒娇，只不动声色，哄住了楚王槐，便出门径直去了偏殿。

果然她一坐下，靳尚便匆匆追上解释了："夫人，臣有事要回禀夫人。"

郑袖看了看，挥手令宫女们退下，斥道："我说你今天怎么专与我唱反调，到底是何原因，你须要说个清楚。"

靳尚道："夫人，这件事没这么简单，秦国如今内部乱成一团，太后急需大王前去会盟，证明秦楚联盟的稳固，所以，大王这一趟，可是必要去的。"

郑袖不悦："哼，太子闯下的祸，凭什么让大王出面，便宜了太子。"

靳尚道："夫人，当前必是要先解决与秦国的争端，否则，公子兰的婚事，可就要受耽误了。"

郑袖一惊，也有些听进去了，但终究还是有些不甘心："那太子呢，就这么放过他？就凭这件事，也应该废了他。可恨大王对这样的逆子还是慈父心肠，纵骂了他一百回，到临下手时，每每不肯，真是恨煞人也。"

靳尚赔笑道："夫人，臣倒有个主意。"

郑袖问："什么主意？"

靳尚道："老令尹他……"

郑袖一听"老令尹"三字便已经郁闷，摆手："休要再提，这个老厌物，一直护着太子，害我多少次功败垂成。"

靳尚赔笑："臣是想，老令尹是反对我们和秦国联盟的，这些日子一直提议我们与齐国联盟，瓦解秦人与其他三国的联盟，不如夫人就建议大王，让太子再去齐国为质。"

郑袖白他一眼道："这算什么主意？"

靳尚奸笑道："若是太子在齐国再出点事儿……"

郑袖兴奋地击掌："大善！"

靳尚眨眨眼："就算他命大能够再逃回来，但一个太子为质两次，惹翻两个国家的话……"

郑袖得意地笑道："那他也没有脸再继续做这个太子了！"

两人计较已定，便哄得楚王槐下了旨意，令太子出齐国为质，并同意与秦人会盟，以退攻击。楚王槐听得一不用继续交战，二不用杀太子废太子乃至将太子交与秦人赔罪，顿觉得这主意甚好，皆都允下。

次日旨意一发，群臣皆惊。

黄歇自回来之后，便要将事情禀与楚王槐，无奈楚王槐已受郑袖之惑，只说黄歇为了维护太子横而编造理由，反将太子横软禁，又令黄歇战场立功折罪。

黄歇无奈，又去见昭阳，将秦人阴谋说了，昭阳这时候倒听进几句他的话，一边顶住了朝上废太子的汹汹之议，一边坚持不肯与秦人妥协，不料面对战场上接二连三的败绩，楚王槐终究还是顶不住压力，直接宣布要入秦和谈之事。

黄歇此时正在前线作战，闻讯匆匆回郢都，求见楚王槐。

内侍报进章华台，未到楚王槐耳边，先报到郑袖耳中，郑袖冷笑道："此必为太子求情，传下去，以后黄歇若要求见，都说大王没空。"

一连数次，黄歇求见，均不得入见，直至有内侍善意地道："黄子，您就别等了，你无非是为了太子求情，这事儿，是不会有人给你通报到大王身边的。"

黄歇顿足道："我非是为了给太子求情，乃是为了秦国的事……"他说到这里猛然醒悟，顿了顿足，转身急忙而去。

他这一去，便直闯入昭阳府。

昭阳身着便服，正在廊下看书，见黄歇闯入，不悦地放下竹简斥道："子歇，你太无理了，当我这令尹府是什么地方？"

黄歇跪下赔礼道："是黄歇鲁莽，只是事关楚国安危，大王安危，当此之际，唯有老令尹才能够力挽狂澜啊！"

昭阳道："到底出了什么事？"

黄歇也不多话，当下直截了当地说："大王敢入秦，是以为秦太后心系我楚国，所以有恃无恐。可是以臣看来，未必如此。太子杀死秦国大夫，是秦人阴谋，如今秦王送来书信，邀大王前去会盟，必欲对大王不利。如今靳尚受了秦人的贿赂，郑袖夫人为了公子兰与秦国联姻之事，都会想尽办法让大王赴秦会盟，臣只怕，大王会有危险。"

昭阳就要站起，黄歇连忙扶着他，颤巍巍地站起来走了几步，他似乎想到了什么，扭过头问黄歇道："秦国的太后，不是我们楚国的公主吗，为什么你会怀疑秦人的诚意？"

黄歇想着向氏之事，话到嘴边，最终还是咽了下去，只沉默片刻，才说道："在下以为，一个人坐到高位以后，她的所思所想，所作所为，就只能从她的利害出发，跟她的血统无关，也跟她的感情无关了！"

昭阳默默点头，低声道："是啊，是这个道理啊！"

黄歇道："令尹！"

昭阳忽然提高了声音："来人，备我的冠服，我要进宫见大王。"

黄歇深施一礼："令尹高义，黄歇佩服。"

昭阳咳嗽了两声，忽然道："唉，也许我当日赞同靳尚放逐屈子，是个错误。"

黄歇惊喜地道："令尹的意思是……"

昭阳拍了拍黄歇的手，叹道："唉，我老了，朝中不能只有靳尚这样的人。我会尽量说服大王，让屈子尽早回朝。"

黄歇长揖到底，知道这个老人虽然曾经贪势弄权、刚愎自用过，但他却不是靳尚之流，一旦他明白了真正的危机，会有正确的选择，当下百感交集，最终只说得一句："多谢令尹。"

昭阳走进章华台时，楚王槐正展开秦人递交的国书在看着，见了昭阳来，忙让人扶他坐下，又问："令尹，您看此事如何决断？"

昭阳颤巍巍地道："大王，但不知这国书写的是什么？"

楚王槐道："秦王的信说，秦楚本为兄弟之邦，黄棘会盟出自诚意。但太子杀死秦国重臣而潜逃，伐楚只为朝臣愤怒难平。如今他已经劝服朝臣，欲与寡人在武关会盟，再订盟约。"

昭阳大惊："大王，万万不可，秦人狡诈。黄棘会盟，是秦楚中界之地，当日秦国元气未复，大王拥兵往返，便无危险。而武关已入秦境，且今日秦国已经恢复了元气，若是大王入了秦国，只怕将有不测。"

靳尚在一边劝道："这次本来就是我们楚国理亏在先，幸而秦王母子一力周旋，这才能够重订盟约。如果大王不去，岂不是说我们楚人心虚，那时候和秦国的关系真是不可收拾了。"

昭阳惊诧地看着靳尚，想不到这个人竟然敢反驳他，一时大怒，举起手中的鸠杖打向靳尚："住口，我看你是收了秦人的贿赂，才不把大王的安危放在心上。秦人向来无信，大王，可还记得当年张仪三番五次来骗我楚国，秦国乃是虎狼之国，素有吞并诸侯的野心。他们反复无常，绝无诚信可言。臣以为，大王不可去秦国！"

靳尚不敢与昭阳顶撞，只得躲避着他的鸠杖，求饶道："老令尹，您息怒，您息怒。"

他虽然在昭阳面前不敢相强，却暗中给公子兰使了个眼色，便见公子兰上前，态度轻佻地道："令尹此言差矣，张仪那样的反复小人，能有几个。而且当初张仪之所以刻意陷害我们楚国，难道不是因为和令尹结下的旧怨吗？"

昭阳这一生骄横，连楚王横在他面前也要尊重三分，哪能见一个小辈在他面前如此放肆，还要揭他的疮疤，不禁大怒，转脸斥道："黄口小儿，也敢妄谈国事。"

公子兰顿时一脸委屈地看着楚王槐，撒娇道："父王——"

不想楚王槐虽然也斥公子兰："子兰，你少说一句。"但转头却对昭阳笑道："令尹，你何必跟个孩子计较。"

昭阳气得浑身乱颤，大喝一声："大王——"

岂料公子兰见有人撑腰，更加卖乖弄巧，抢着昭阳的话头叫道："父王，当年张仪时我们与秦国虽为姻亲，但秦惠文王强势，王后终究也是使不上力。但今时不同往日，像张仪那样的小人已经被逐出秦国。而今秦国执政的乃是我楚国的公主，秦王又是我楚人所生，而且秦王后还是我们的妹妹，这次来的使臣，又是叔父子戎，所以秦人对我们必是十分友好。如果我们不去，岂不是伤了友邦之心，也许会更令得秦国的反楚力量占了上风呢。"

楚王槐不禁点头道："子兰说得有理。"

昭阳拄着鸠杖在地下用力一顿，厉声道："大王，不可去秦国，不可……"不想他毕竟年纪大了，今天又被气到，这一时气血不继，说到一半，气已经喘不过来，顿时手抚胸口缓缓坐地，神情痛苦。

楚王槐见状大惊，自己先跳了起来去扶住昭阳，叫道："老令尹、老令尹，来人，快传太医……"

昭阳这一厥过去，便数日不醒，幸得太医尽力施救，数日之后才稍有好转。黄歇心中着急，却知道如今能够挽救楚国国运者，唯有这个老人了。当下只尽力在昭阳面前侍奉，以求能够在他转好之时，得他下令，召回屈原，解决危机。

不料这一日黄昏之时，忽然隐隐一阵鼓乐之声传来。

黄歇抬头，诧异地问道："什么声音？"

老仆摇头道："不知道。"

黄歇细细辨听，大惊失色："不好，是《王夏》之曲，乃君王出入所奏。"他一下子站了起来："大王出京了，这是去——去秦国。"

他正欲放下药碗出门，却在此时，昭阳也被这鼓乐之声吵得从昏迷中睁开眼睛，迟钝地问："这是什么声音？"

黄歇扑到昭阳榻前，叫道："这是《王夏》之曲，大王出京了，他这是一意孤行要去秦国了。"

昭阳一惊欲坐起，却体力不支再度倒下，狂咳道："来、来人，取我符节。"

老仆连忙取来铜制符节，昭阳颤抖着把符节递给黄歇道："快、快追上大王，万不可令大王入秦。"

黄歇接过符节，狂奔而去。

昭阳向后一仰，一口鲜血喷出。

黄歇骑马赶到江边时，巨大的楼船已经缓缓起锚，楚王槐一行已经登舟，正准备开航而去。

黄歇欲闯进去，却被外面一重重的兵甲包围着，黄歇举着符节喝道："我奉令尹之命，求见大王，请立刻通报。"

一个军官看过黄歇的符节，一惊，连忙向内挤过重重兵甲，走到站在江边送行的大夫靳尚身边，低声禀报，靳尚眉头一皱，低声道："速速将他拿下，不可让他见到大王。"

黄歇料想不到，自己尽力阻止楚王槐赴秦，竟会遇到这样的阻拦，他心中愤慨靳尚、郑袖这等奸佞的无耻之行，然则却只能眼睁睁地看着楼船缓缓开走。

众兵将已得了吩咐，见楼船远去，顿时撤了手。

黄歇跪在江边，悲呼道："大王——"他知道这一去，一切已经无法挽回了。

第十四章

伐楚国

楚王槐高高兴兴地入秦，本以为会是一场新的会盟，不料楚王槐的车队刚刚进入秦国武关，武关的城门就忽然关上了，将楚人后续车队，尽数关在了城外。

楚王槐及其侍从，皆成了阶下之囚。

楚王槐被迅速地押到了咸阳，那里有一座秦国太后新起的宫殿，叫作"章台宫"。

他在章台宫里，见到了秦太后。

楚王槐神情憔悴，此时他满怀着愤怒、不解、沮丧和狂躁，看到芈月走进来的时候，这一切的情绪像是有了出口，他跳了起来指着芈月叫道："你、你们秦人无信无义，寡人诚心前来会盟，你们居然敢如此对待寡人，难道你们秦国要变成天下的公敌不成。你还不快快放寡人出去。"

芈月没有回答，却指了指周围的环境，问道："这是我新造的章台宫，你看，是不是和楚国的章华台很像？"

楚王槐看了看周围，章台宫的布置，是模仿楚国的章华台所建，里面一应东西，都很像昔年楚威王所在时的陈设。他有些诧异，有些迷惘地问道："你、你为何造这所宫殿？"

芈月轻轻地说："你看这间宫室，是不是很像父王当年住的地方，我有些记得不太清楚了呢，你帮我看看，还有哪里缺少的？"

楚王槐看着她的神情，涌起一阵寒意，他退了几步，惊道："你、你到底想怎么样？"

芈月忽然叹道："你可还记得昔年的旧事。"

楚王槐迷茫地反问："什么旧事？"

芈月坐了下来，沉默片刻，忽然道："我的生母，姓向，是莒夫人的媵女，她生了我与弟弟子戎，不知道你可听说过她？"

楚王槐一怔，努力地想了一想，还是摇头："你、你说这些，是什么意思？"

芈月问他："你当真想不起来了，这一切你都想不起来了？"

楚王槐讷讷地道："寡人知道子戎，也知道莒夫人……莒夫人那件事，寡人其实是不清楚的，她毕竟是先王后宫，她们的事皆由母后管着，寡人也不知道。"毕竟莒姬的死，事隔不远，芈戎又闹了这一场，他到底还是有些印象的，见芈月问起，便本能地为自己辩护。

芈月看着他，问："那我母亲向氏呢，你也想不起来了？"

楚王槐一怔，使劲在脑海里搜索"向氏"这两字所有的信息，无奈时代久远，却是实在想不起来了，当下只能迷惘地摇了摇头。

芈月看着这样的楚王槐，忽然只觉得连恨意都疲倦得不能提起，这样浑浑噩噩活着的人，竟是一国之君，竟是她的仇人？

她顿了一顿，还是缓缓地道："我母亲向氏，在父王驾崩以后，因被你调戏，所以被你的母亲逐出宫去，嫁给了一个贱卒叫魏甲……你想起来了吗？"

楚王槐怔了一怔："父王驾崩以后……"他摇了摇近年来因酒色过度而掏空了的脑子，记忆中似有一抹绿衫女子的身影闪过，但越仔细想，却越想不起来。

但是，眼前这个女子的愤怒和仇恨，让他本能地选择了对自己最有利的话："对不住，若是当真有这样的事，那寡人、寡人绝非有意，是母后误会了，是母后过于苛刻了……寡人可以补偿，可以补偿，寡人回去之后，便将向夫人接入宫中，当封以厚爵、封以厚爵！"他本来说得颇为流利，但看着芈月的神情越来越不对，不由得慌了神，越说越是混乱起来。

芈月忽然笑了，笑得凄厉而充满恨意："看来，你果然是想不起来了。那么，我问你，可还记得大公主姮出嫁之前的那一次春祭，你喝醉了酒，在行宫的西南偏院中，强暴了一个女子的事？"

楚王槐却怔住了，迷惘地摇头道："不，寡人不记得了。"事实上，他有过无数次酒后乱性之事，不管是在行宫，或是祭祠，或是行猎，甚至是巡视中，草草拉了一个民女行事的，亦曾有之。而醒来之后，却是完全不记得了的。若有人提醒，他便草草赏赐一番，若是不便赏赐的，便由底下人处置去了。

因为他是一国之君，他有权兴之所至，临幸任何人，但许多女人的下场，却是他所不知道的。有如越美人、向氏这般的侍奉过先王的姬妾，死于楚威后之手；有如魏美人这样的一时曾得过他欢心的，死于南后、郑袖等人之手；有在他巡视中草草召幸过的女子，就此一生在行宫幽居发狂；有他临时逞欲拉过来的女子，或许另有夫婿，或许另有爱人，却就此悲剧一生。

芈月忽然狂笑起来："你说什么？你想不起来了，你想不起来了……"她看着楚王槐，双眼因愤怒而变得血红："你可知道，因为你的无耻，让她沦落市井，生不如死。因为你的暴行，让她熬了这么多年，竟是无法再活下去，她当着我的面被你强暴，她当着我的面自尽而死……你该死，你该死上千次万次……"她说到最后，已经因为愤怒而变得狂乱，声音也因嘶吼而变得沙哑。

楚王槐捂住了脸，摇头："寡人真的想不起来了……"他是真的真的想不起来了。可是，他更是完全不曾想过，这种他一生中不知道有过多少次的"兴之所至"中的某一次行为，竟会成为他此刻的困境。

当晚，这时候，他还远远未曾意识到他要付出的代价，此刻他只想逃开，只想脱身，只想远离这些麻烦。他放下手，看着芈月的神情，变得心慌起来，不住承诺道："寡人可以追封她，给她风光大葬，可以分封她的亲族……"

芈月忽然狂笑起来："哈哈哈，我害怕你会想起我母亲是谁，而不敢来咸阳，让我报不了仇。我曾经想过千百回，当我在你面前揭露真相的时候，你是会躲避、会畏惧、会推诿、会害怕、会忏悔……可我真没有想到，对于我来说杀母的血仇，在你眼中，却根本毫无印象。是啊，你们母子害死的人多了，多到想不起来了……我生母向氏，我的养母莒夫人，还有可怜的魏美人，太多太多了……哈哈哈……"

楚王槐嗫嚅着道："如果当真是寡人的不是，那，你想要寡人如何赔偿……"

芈月狂笑起来："如何赔偿？如何赔偿？你能叫我的母亲重生吗，你能够还我童年，还我这一生的快乐和幸福吗？"

楚王槐退后一步，害怕地看着她："那你要什么？"

芈月道："我要什么，我要什么……我要你的命，你给吗？"

楚王槐失声道："你说什么？"怎么可以有这么荒唐的事，他只是临幸了一个女人而已，他是一国之君，他怎么可能为这区区小事，付出这样大的代价。

芈月逼近他道："我不但要你的命，我更想要你母亲的命，我要你的江山，我要楚国，你能给吗？"

楚王槐神情崩溃，捂着脸狂叫："不行，不行，你要任何事寡人都可以答应你，你不能杀了寡人，不能，不能……"

大秦太后与楚王会盟，却翻脸毁诺，扣押楚王，此事令得樗里疾击案站起，在朝会上便大声质问芈月："敢问太后，您意欲如何处置楚王？"

芈月道："你认为应当如何处置呢？"

樗里疾昂然道："这次我们秦国与楚王武关会盟，但太后忽然关闭城门，将楚王挟持到咸阳，若没有一个妥善的处置方式，只怕会引起列国的质问，更有甚者，会引起诸侯们的共同敌意，只怕将来秦国再难以取信诸侯，会盟难行。"

庸芮道："樗里子此言差矣，是楚国质子杀人潜逃，毁约在先，楚王一直拖拖拉拉没有任何表示，居然还想和齐国结盟，是我秦国先让一步，愿意和他们重新结盟，可是楚王傲慢无礼，这才惹怒了大王，将他带到咸阳质问而已。"

樗里疾道："哼，你以为这么说，列国会信吗？"

庸芮道："列国只要有个交代就行。至于信不信嘛，如果他们想挑起战争，什么理由都是借口。如果挑起战争对他们没好处，那么不管给他们什么理由，他们愿意接受就行。"

樗里疾不理会庸芮，转向芈月，殷切地劝道："太后——"

芈月却道："庸芮之言，樗里子以为如何？"

樗里疾冷笑："如果大秦有足够的实力，说什么话诸侯都必须要相信，那自然是无妨，可如今，大秦还没这个实力。"庸芮说的是无赖之言，也是真话，可是，秦国如今没有说这种狂妄真话的实力。

樗里疾看着芈月，芈月明白他的意思，轻叹一声。

白起见状，上前一步，叫道："臣愿为太后打退所有敢于侵犯的敌人。"

魏冉亦上前一步，低声道："太后，机不可失，若是放虎归山，只怕我们以后再没有这样的机会了。"

樗里疾顿足，怒道："太后，为了私怨令秦国四面受敌，这样的代价，值不值得？"

司马错低声缓和双方道："臣以为，扣楚王在手，可以令楚国以城池赎罪。"

芈戎却叫道："不行，杀母之仇，焉可作为交易。"

向寿咬了咬牙，出列跪倒："太后，请以国事为重。"

芈月吃了一惊："舅舅。"

向寿抬头，已经是泪流满面，只有他最知道芈月的心思，此时此刻，也只有他才能够劝芈月退让："太后，就算是阿姊有知，她也是会希望……太后能够过得更好啊，而不愿意太后因此而陷于困境！"

芈月震惊地站起，也不禁落泪："舅舅！"

向寿看了魏冉和芈戎一眼，命令道："你们，也跪下！"

芈戎动了动嘴唇，终究敌不过向寿眼神的压力，无奈也只得出列跪在了向寿的身边。

魏冉虽然是自幼被向寿养大的，舅舅的威严，在他面前比芈戎更甚，然而他终究是这些年独断专行惯了的人，被向寿眼神一逼迫，却激起了逆反情绪，站起来一跺脚，叫道："不，我不跪！"说着，转身跑出殿外而去。

樗里疾与司马错对望一眼，也出列跪下劝道："请太后以国事为重！"

众臣皆出列跪下道："请太后以国事为重。"

芈月看着眼前黑压压的群臣，看到向寿无奈而痛苦的眼神，看到樗里疾颤巍巍的坚持，心中只觉得沉甸甸似大山压着，她站起来，长叹一声道："你们不必再说了，容我三思。"

此时朝上的群臣中，只有白起和庸芮未曾加入相劝的队伍中，见芈月如此，白起眼神闪烁，庸芮陷入沉思。

群臣散后，白起却未随众而出，他握着一卷地图，去了宫门重新求见。

他走在宫巷中，踌躇满志。

此时，芈月坐在常宁殿庭院银杏树下，吹着呜嘟，曲调肃杀。

白起走进来，不敢惊动，只悄悄站在一边。

芈月一曲毕，放下呜嘟，沉声问："阿起，你有什么事？"

白起跪下道："阿姊，白起愿为阿姊分忧。"

芈月看向白起，也看到他手中握的地图，问："你怎么为我分忧？"

白起沉声道："报仇最好的办法，不是杀死他，而是要让他眼睁睁地失去一切，让他自己了无生机。"

芈月整个人僵了一下，问："你的意思是……"

白起眼中精光大炽，野心毕露无遗："有楚王在手，我们大可以乘如今楚国无主，挥师南下，灭了楚国。"

芈月心头一震，这正是她的目的之一，欲张口应允，转念一想，又故意冷笑道："阿起，你这话说得轻巧，须知楚国立国八百年，自周王室建立以来，就屡次兴兵南下，数百年用尽所有的办法，想灭了楚国，可是却是屡战屡败，不但周昭王淹死在江中，周王六师俱垂丧，还让楚国从一个小小的子爵成为与周王相抗衡的楚国。晋楚争霸三百多年，可是到晋国消失了，楚国还在……"

白起却是胸有成竹，道："阿姊赐我白姓，为白公胜之后人。我为此特地去学过那一段的史籍，阿姊，从来列国伐楚，都是以失败而告终，但唯一成功的是伍子胥。"

芈月一怔，记忆中一段往事，忽又飘近："伍子胥……这么说，你的确是有想过了？"

白起点头道："是，北国伐楚，无不失败，那是因为不熟悉地形，北人骑马，南人行舟，所以不熟悉水战。而伍子胥用的是吴国兵马，熟悉水战，此其一也。还有，伍子胥伐楚，是利用了楚国君臣不合的缘故，所以楚国的分封之臣根本无心反抗，一击而溃，此其二也。伍子胥行军神速，直取都城，都城一破，楚国便溃，此其三也。"

芈月心中默默点头，却问："你虽说得有理，然则，具体伐楚的想法，你有了吗？"

白起道："我们有舅父向寿，还有子戎皆从楚国归来，熟悉楚国内情，知道如何分化楚国君臣。司马错将军平定了巴蜀，为我们南下攻楚扫清了道路……"他摊开手中的地图指点着道:"我们可以兵分两路,一路由我带兵,翻越秦岭正面攻打楚国,而另一路,则可以由司马错将军率领巴蜀兵马,逆乌江而上攻打里耶,再顺酉水而入沅水,直逼郢都……"

芈月看着白起的述说,自己却陷入深思。

白起感觉到了芈月的走神,停下述说,轻唤道:"太后,太后。"

芈月回过神来:"怎么?"

白起低头道:"太后您没在听臣说话。"

芈月"哦"了一声,道:"你继续说吧。"

白起却不说了:"太后心里,恐怕还没有完全认同臣伐楚的提议,那么臣说得再多,也是无用。"

芈月看着白起,微微一笑:"朕明白了,你先下去吧。"

白起欲言又止,磕了一个头,出去了。

芈月看着白起出去,手中轻轻抚着呜嘟,却没有吹奏,她的心思,的确已经不在白起所说的具体做法上了。她刚才想的,却是以前种种。

伐楚,伐楚?她真的要去征伐她的母国了吗?

那些她曾经生活过的点点滴滴,那些她爱过或恨过的人们,她已经多年没有去回想,因为一回头去想,她就无法一往无前地走下去了。

她想起楚威王当年,爱怜地看着幼小的自己,他说,你什么时候能够把这盔甲穿上,父王就带你去打仗。父王,如今我终于能够穿上盔甲了,可我要攻打的是楚国,你在天有灵,能理解我吗?

她想起当年初见屈原,他说,鸡栖于埘,鹰飞于天。可是,他一定不知道,自己已经比鹰飞得更高了吧。

刚才,白起说到伍子胥,可是,他一定不曾想过,在她很小的时候,她已经明白,做伍子胥要付出什么样的代价,那就是他的平生知己、救命恩人申包胥会站在他的对立面。她若是伍子胥,那么谁会是申包胥,是黄歇吗?

伐楚，对她的心灵何尝不是极大的冲击，她要付出的情感上的代价，又何尝不大。

然而，她闭上眼睛就能够看到魏家草棚向氏背上伤痕累累；在西郊行宫向氏绝望地被强暴；甚至最后向氏刺喉而死，一身浴血惨状，让她多少次梦中惊醒，彻夜难眠。

她不能放弃，昔年她曾经对屈原说过，这个世界有申包胥，自然也有伍子胥，否则君王为所欲为而没有警示，天地的法则不就乱了吗？

楚王槐必须死！！！

她想到初见到贞嫂时那一个空荡荡的大院中，无数空荡荡的房间，都曾经有过活生生的人。她想到初回咸阳时的乱象，想到五国兵困函谷关的情景。

自周平王东迁之后，诸侯之国，已经打了几百年的战争了，没有人愿意战争继续打下去，可人人却不由自主地卷入一场场的战争。

她想到那一夜，她对樗里疾说的话，她要让天下奉秦，她要让天下一统，她能够做得到吗？如果楚国不再是楚国，而秦国也不再是秦国，当秦楚合一的时候，至少经过这么一场战争，以后就不会再有战争了，那么，这不同样也是所有人的心愿。

她想到她昔年坐在父亲楚威王的膝头，听着他向自己述说楚国自立国以来，并合数百国家，才使得长江以南，唯楚为大，除了与江北国家之战外，再无战事。

渐渐地，芈月握紧了手中的呜嘟，天下之征，当自楚始。

她回到殿中坐下来，看着地图，提笔正欲圈点，便听缪辛禀报："太后，庸芮大夫、司马错将军求见。"

芈月点头道："宣。"见庸芮和司马错同时走进来行礼，便问："何事？"

庸芮道："臣与司马错将军商议，为太后献上一策，是关于楚国之事。"

芈月慢慢放下笔，空气变得凝滞："哦，原来庸大夫对朕处置楚王之事另有看法。"

芈瑶颤抖着摇头，眼神中尽是恐惧："可是、可是母后囚禁了我的父王，要对楚国用兵。如果秦楚联盟不在，甚至楚国不在了，那我这个王后，还有存在的意义吗？"她看清了太后的眼神，那眼神冰冷，对她没有半点多余的感情。她心里很清楚地知道，嬴稷从一开始就没有喜欢过她，更没有期待过她的到来。他对她的那点感情，是她一点点努力乞求勉强得来的，是他看在这个孩子的面上施舍的。她这个王后，所倚仗的，也不过是秦楚联盟的存在而已。

嬴稷感觉到了她的恐惧，想到她这一生不过短短十几年，却一直活得如同惊弓之鸟，心中怜惜，坐在她的身边将她揽在怀中安慰道："不会的，你放心，有寡人在。你是寡人祭天告庙娶进来的元后，不管发生什么事，寡人都能够保护住你。"

芈瑶看着嬴稷，眼泪流得更多，颤抖得更厉害了："大王，我、我知道，你并不喜欢我……"

嬴稷道："谁说的？"

芈瑶紧紧咬着下唇，她不想说，但最终还是忍不住说道："您看我的眼神，跟看唐姊姊是不一样的……"

嬴稷听她提起唐棣，心头一紧，长叹一声："你放心，她是她，你是你，寡人不会宠妾灭妻，唐八子也不是这样的人。"

芈瑶连连点头："我知道，我知道。大王，我不在乎，真的。我知道不如唐姊姊聪明，也不如她与您青梅竹马，了解你的喜好。我很笨，也很胆小怕事，可是我觉得我很幸运。自嫁到秦国，您一直疼我怜我，没本事让您像爱唐姊姊那样爱我，可是您依旧敬重我、善待我，给了前所未有的荣耀，我已经十分感激了。哪怕知道您不是那么爱我，可要能够让我爱着您，我也足够了。"

嬴稷动容道："王后……"

芈瑶泣道："大王，我知道我没资格说这样的话，我只想做您的妻子。，我身为人女，这是天伦，是无法回避的血缘。如果父王当真死在秦庸芮与司马错交换一个眼神，上前一步道："正是。我们可以利用楚国群龙无首之际，攻伐楚国。天下大势，合久必分，分久必合，谁能够抓住这个机遇，就能够万世长存。而目前，这个机遇，在楚国！"

司马错亦献上所携地图："太后，臣以为，我们可以从巴蜀出兵，沿江而下，直入楚国腹心……"

芈月接过地图展开，欣慰地笑了道："庸大夫、司马将军，朕有你们这样的良臣，真是朕之幸事。你们来看……"

说着，她展开白起所献地图，给庸芮和司马错两人阅看。

正在此时，就听到外头禀道："太后，魏冉将军求见。"

话音未落，便见魏冉匆匆进来，还带着一丝怒气："容臣魏冉不宣而进。"

他一抬头，才看到庸芮和司马错两人已经在场，不禁愕然。

芈月与庸芮相视一笑，问魏冉："魏冉，你闯宫何事？"

魏冉隐约感觉到了什么，还是依着原来的计划道："臣向太后请战，攻打楚国。"

芈月问："你要如何攻打楚国？"

魏冉道："我们可以兵分两路，一路照原来的路线正面攻打楚国，另一路从巴蜀顺江而下……"

他话未说完，芈月便已经笑了，庸芮和司马错也笑了。

魏冉有些不解，等芈月把两张地图推给魏冉，魏冉也笑了。

芈月笑："再宣白起入宫，商议朝政。"

这一商议，直至极晚，众臣才告辞出宫。

芈月带着侍从走过宣室殿廊下，正欲回常宁殿，却见一人忽然自廊后冲出，扑上去跪倒在她面前泣道："母后，母后，求求您放了我父王吧！"

芈月看着眼前的人，挺着大大的肚子，不施脂粉，神情恓惶，正是王后芈瑶，此时她哭得梨花带雨，格外令人怜惜。只可惜，这个人却不包括芈月。她沉下了脸，扫视了一下畏畏缩缩跟在芈瑶身后的诸人，喝道："王后正怀着孩子，你们是怎么服侍的，竟让王后跑到这里来？"

芈瑶身后侍从吓得一齐跪下："求太后恕罪。"

芈瑶含泪抬头，求道："母后，不关她们的事，是我自己要来的。"

芈月低头看着芈瑶："你来做什么？"这个婚姻，是她做主定的，但是她却从来不曾喜欢过芈瑶，甚至不太愿意见到她。一见到她，就会让自己想到，这是楚王槐的女儿，她再无辜，她也喜欢不起来。

芈瑶也试图讨她喜欢，为她献过礼物，也想到常宁殿来请安、侍奉。可是礼物她收下，也还以礼物，却是客气而疏远；来请安，也被她回绝"我每日要上朝，王后还是先服侍好大王要紧"。欲学唐八子一样来侍奉，也被她说"你是王后，这些事让妃嫔们来做就是"。

人人都以为太后是她的姑母，从来不难为她，又肯体谅她，可是她却是有苦自知，她入宫多年，可是见到太后的次数，竟是屈指可数，还不如唐八子可以经常讨太后欢心。她一直以为是太后嫌弃自己母亲出身低微，或者是自己做错了什么而不自知，心中一直惶恐不安。

幸而嬴稷是一个温厚的夫君，她可以看出来，他虽然一开始并不如何喜欢自己，但终究还是在自己的诚挚努力下，渐渐转变了态度。等到自己怀孕的时候，竟然还破天荒地得到了来自太后的慰问，也派来有经验的太医和傅姆来服侍。那时候，她是喜极而泣，感觉终于盼到了命运的转折，终于守得云开见月明。

可是万没想到，晴天霹雳忽然打在头上，太子横杀人潜逃，秦人征伐楚国，楚王前来会盟，竟被太后扣留。她不知道，是什么样的怒火，才会让太后竟然做出这样的事来，可是，她身为楚王槐的女儿，安能坐视不管。她只能强撑着怀孕的身子，前来求情，太后纵不喜欢她，那看在她怀着太后孙子的分上，是不是肯对她多一些宽容呢？

芈瑶伏地苦苦哀求："母后，我父王年事已高，就算是太子哥哥做错了什么事，您也不应该迁怒我父王啊。求求您放了我父王吧，若母后当真问责，就让父王回去以后，送太子来请罪，好不好？"

芈月看着眼前的少妇，忽然起了怜悯之意，她之前从未正视过这个女子，可是如今看来，她又何尝不是楚王槐作孽的牺牲品呢。罢了，她是她，楚王槐是楚王槐，如今，她已经是嬴稷的妻子了，她愿意给她一份宽容。

芈月低头，抬起芈瑶的下巴，轻轻地道："我问你，你是谁？"

芈瑶茫然无措地看着芈月，不明白她问话的意思。

芈月继续问道："你是以楚国公主的身份来求我，还是以秦国王□身份来求我？"

芈瑶瑟缩了一下，她有些明白芈月的意思了，可是，这个意□此可怕，如此令她不能置信："我，我……母后您……"她真的是□思吗？

芈月明明白白地告诉她："如果你把自己当成秦国王后，□国利益置于所有的事情之上。如果你要做楚国公主，我只能把□国去。"

芈瑶瘫坐在地上，两行泪水流下，却一句话也不敢说了。

芈月绕过芈瑶，向前走去。

芈瑶看着芈月的背影远去，一刹那间，只觉得整个深□伏地大哭。

忽然听得一声叹息，一双温暖的手，将芈瑶扶起，抱□泪眼蒙眬，看到的却正是秦王嬴稷，她扑在他的怀中，□王，大王……"

嬴稷半跪着搂着芈瑶，轻声道："王后，我扶你回官□

嬴稷扶着芈瑶回了椒房殿，芈瑶一直在嬴稷的怀□着她上了榻，这双温暖的手就要离开她，她神经质□泪如雨下："大王、大王，我能够平安生下这个孩子□

嬴稷心头一痛，安慰道："你别胡思乱想，母后□子的降生呢。"

国，我情何以堪，我何以自处，何以立于人世。大王，您若于我有几分怜意，我求您救救我父王……"她说不下去了，只能伏在榻上叩首。

嬴稷连忙扶住她，将她紧紧地抱在怀中，哽咽道："王后，你何以如此，寡人答应你，寡人会去向母后求情。"

芈瑶忽然抓住嬴稷的手，恋恋不舍地看着嬴稷，含泪摇头道："大王，若真的无可挽回，妾身求您，不要触怒母后。妾身微不足道，若是因妾身之事，而伤了你们母子之情，那就是妾身的罪过了。如若，如若母后真的不能答应，那……那您就把我送回楚国去吧……"

嬴稷握紧她的手，心头绞痛："王后，不管发生什么事，你要记得，你永远都是寡人祭庙告天的原配王后，没有任何人可以质疑你的身份地位。"

芈瑶含泪摇头："不、不……我不是为了这个。在母后面前，我不敢说，不是我贪恋王后的宝座，而是我舍不得离开您……可是如果父王真的出事的话——不，大王，不管是母后还是您，我都不敢有怨，这是国政，我一个小女子，不敢对国政有意见。可是我毕竟为人子女，我若是对这件事视若不见，再继续做秦国的王后，继续与您夫妻恩爱，那我就太冷血无耻了，我也不配再待在您的身边……"她再也说不下去了，只能伏在嬴稷怀中痛哭。

嬴稷抱住芈瑶，听着她悲凄的哭声，神情痛苦而犹豫，好半天才终于下了决心，扶起芈瑶道："你放心，有寡人在，寡人是不会让你离开的……"

芈瑶抬头看着嬴稷，神情似感动又悲怆，更无言以对，只能扑在嬴稷怀中大哭。

慢慢地，她哭得累了，终于缓缓睡去。嬴稷将她扶着躺下，为她盖好被子，为她擦去脸上的泪水，看着她熟睡着，紧蹙的眉头抚了好几遍，仍不得舒展。

他轻叹一声，站起来走出殿外，竖漆扶他上了辇，欲往承明殿方向去，嬴稷却顿了顿足，道："去常宁殿。"

常宁殿中，芈月已经躺下，却听说大王求见，只得重新起来，也不梳妆，只散着头发披了外袍，叫了嬴稷进来。

却见嬴稷一进来，便跪下道："儿臣求母后放过楚王。"

芈月脸色冰冷，一口回绝："不行。天晚了，子稷，你回去吧。"

"我不回去！"嬴稷跪在地下，用力甩开欲去扶他的薛荔，抬起头来看着芈月，他的神情伤心而愤怒，愤怒地质问，"母后，是不是三年前黄棘会盟的时候，甚至六年前与楚国订下盟约决定要我娶楚女为后的时候，你就预计到了今天要对楚王下手？"

芈月看着儿子的眼神，狠狠心还是冷冷地道："是。"

嬴稷悲愤交加："母后，你这么做，置儿臣于何地啊！那是我的王后，那是我的一生啊！"

芈月看到嬴稷的眼神，心中也是一痛，她忽然笑了："那我的一生呢，我母亲的一生呢？子稷，我知道娶这么一个王后，是母亲对不起你。但男人的一生，可以有无数的女人，你娶错一个，还能够有更多的女人可以弥补。而女人的一生，就这么毁了。哪怕陷入了泥潭，也要笑着爬起来。哪怕迎面一掌掌击来，仍然要迎着伤痛继续走下去，要不然，就死在泥潭里，连死后都不得安宁。我是对不起你，可我这么做，是为了对得起我那无辜惨死的母亲！"

嬴稷看着芈月几乎要扭曲了的面容，他从来没有看到自己的母亲脸上露出过这种表情来，这么疯狂的执念，这么可怕的仇恨之意，他本能地感觉到一股寒意，感觉踏入一个陌生的黑域里，而这里的秘密，掀起一角来，都是可怕的。

他想，我应该退下了，可是仍然有些不甘心，想起芈瑶，她花样年华，就如此濒临绝望，他咬了咬，昂首质问他的母亲："可王后何辜！"

芈月的神情渐渐平静下来，看着嬴稷，忽然冷笑一声，道："难道我记错了，你喜欢的不是阿棣，而是王后吗？"

嬴稷长叹一声："是，儿臣的确更喜欢阿棣。这个婚姻，儿臣一开始的确是颇为抗拒的。可王后是个无辜的女子，我虽然不喜欢她，可三年的夫妻，她如此痴情对我，我又怎么能够不动心。尤其是当她怀上我们的孩子之后，我更是无法将她视为路人啊。母后，你可以认为母仇不共戴天，可王后呢，她又如何能够和杀父仇人共处？还是你要儿臣做一个杀妻之人？将来我们的孩子面对着父亲杀了母亲的情况，如何抉择！"

一番话又将芈月激得大怒站起来，顺手抄起几案上的一卷竹简就往他的头上掷去，叫道："出去，滚出去！"

竹简撞在嬴稷的头上跌下，却也在嬴稷的额头划了一道伤痕，流下一行鲜血来，嬴稷愤然磕了个头，出去了。

薛荔在一边，看着嬴稷受伤，连忙追了出去，就要为嬴稷敷药止伤，不想嬴稷却挣脱了她的手，头也不回地走了。

薛荔只得回来，便见芈月怔怔地坐在几案后面，心中不由暗叹，柔声劝道："太后，你们毕竟是母子，有什么话不好慢慢讲呢，何必对大王动手……"

芈月缓缓地摇了摇头，仍有些魂不守舍地道："薛荔，你不懂，这一天我等了太久，已经容不得任何人阻挡半步，就算明知道是对子稷的伤害，也必须推行下去。"

薛荔叹道："可大王毕竟还年轻……"

芈月缓缓地道："他既然是我的儿子，承受了我给他铺好的路，那么也就必须承受我身上的上一辈恩怨。"

咸阳殿外台阶下，六军肃立。

芈月站在高台上，将虎符和宝剑交给白起，肃然令道："白起，授尔虎符，灭此朝食。"

白起伏地接过虎符："诺。"

六军齐呼："伐楚、伐楚！"

223

第十五章

申－包－胥

　　乘楚国群龙无首之际，芈月任白起为左庶长，与司马错、魏冉等迅速发动对楚国的攻击，猝不及防的楚国一败涂地，白起斩首五万楚军，取十六城，楚国政局面临崩塌。

　　楚国大殿，楚国朝臣乱成一团。

　　郑袖带着公子兰坐在上首泣道："大王被秦人扣押，如今国家危亡，怎么办啊！"

　　群臣面面相觑，刚刚被令尹昭阳自流放地召回的三闾大夫屈原上前一步，昂然道："秦国背信弃义，扣押大王，偷袭夺关，我们必须立刻整顿兵马，迎战秦人。"

　　靳尚见屈原上来，暗道不妙，壮着胆子上前道："三闾大夫，如今大王尚在秦人手中，谁来下旨号令三军？"

　　屈原目光如剑，盯着靳尚道："那以靳大夫之见呢？"

　　靳尚搓手笑道："上策自然应该是先迎回大王。所以，为了保障大王的安全，我们不可以做出触怒秦人的事情来！"

　　屈原凛然道："就是因为你说的不可触怒秦人，以至于我们三关洞开，秦人长驱直入，是不是要等秦兵到了郢都城下，我们还是抱着不可得罪秦人的想法，把都城宗庙也献给秦人？"

靳尚又尴尬又恼怒，冷哼一声道："那依屈大夫之意呢？"

屈原道："秦人扣押大王不放，为的就是挟持大王以勒索我楚国。我们对秦国退让越多，秦人越不会放了大王。唯今之计，只有另立新君，让秦人知道就算是挟持了大王也无济于事，那时候我们再与秦人谈条件，才能够迎回大王。"

靳尚立刻道："若立新君，则当立公子兰才是。"

屈原道："太子明明已立，何以提公子兰？"

郑袖一听大怒，尖叫道："若不是太子在秦国为质杀人潜逃，又如何会惹怒秦人，扣押大王。似这等不忠不孝不义之辈，如何能够再为储君。大王入秦之前已经对我说过，要废太子另立子兰为储。"

屈原立刻质问郑袖道："口说无凭，大王可有留下诏书？"

郑袖顿时语塞："这……"

靳尚见势不妙，忙道："太子尚在齐国为质，如今秦人攻城，火烧眉毛，远水不能解近渴啊。"

屈原道："谁说太子尚在齐国？"

随着屈原话音刚落，便见黄歇陪伴着太子横从殿外走进来。

靳尚惊呆了，看着太子横，又看看黄歇，口吃地道："你、你们是如何进来的？"

郑袖已经回过神来，尖叫道："太子在秦为质，私逃回国，招来滔天大祸。如今太子在齐为质，又私逃回国，难道还要为我楚国再招来大祸吗？来人，快来人，将这逆子拿下。"

靳尚立刻也跳了起来，叫道："夫人有旨，将逆臣拿下。"

却听得一个声音断喝道："谁敢动手。"所有的人都听出这个声音是谁，顿时怔在当场。

便听得殿外一阵剧烈的咳嗽，一个须发皆白的老叟由两个老仆扶着摇摇摆摆地进来，沉声道："是老夫下的命令，与齐国递交国书，请太子回国的。"

此人正是数月前一气病倒的老令尹昭阳，谁也想不到，在这关键时刻，他又强撑病体上朝来了。

郑袖跳了起来，叫道："老令尹，你这是什么意思？"

昭阳颤巍巍地由两个老仆扶着走进殿来，便有昭雎等数名昭氏子侄抢上前来，扶着他一路走到王座边坐下，奉方早机灵地捧了座席来候着。

昭阳坐下，想要张口，喉咙里却是咕噜噜响了几声，有机灵的内侍早奉上了漱盂来，昭阳喉头咕噜半天，终于费劲地吐出一口浓痰来，这才吃力地一字字道："大王蒙难，兵临城下，楚国危亡之际，当令太子继位，主持国政。"

郑袖早在他吐痰的时候就已经嫌恶地掩袖避到一边来，此时听他说出这话，跳了起来道："老令尹，你、你难道无视大王的旨意吗？"

昭阳眼一瞪，喝道："大王的旨意何在？"

他积威数十年，这一喝之下，郑袖也不禁倒退三步，一时语塞，终究还是顿了顿足叫道："这，这是大王口谕……大王去秦国前曾经亲口对我说过，太子失德当废，要立子兰为太子。"

昭阳斥道："这是朝堂，岂容妇人指手画脚。咄，你以为秦国出了个夺嫡的摄政太后，就想在楚国也效仿吗？来人，请郑袖夫人回宫！"

郑袖被两个内侍上前一挟，就直接向后殿拖去，挣扎不脱，急得大叫起来："你敢！靳尚，靳尚，你是死人吗？"

靳尚壮着胆子上前，赔笑道："老令尹，夫人毕竟是夫人，您这般无礼——"

昭阳轻蔑地看了看靳尚，斥道："住口，我面前哪有你说话的份儿，若不滚开，老夫就将你当殿击杀！"

靳尚吓了一跳，他可知道这老东西如今已经活得毫无顾忌，他一条宝贵性命，可不能白白就浪费在这儿，听了此言，顿时顾不得郑袖呼叫，连忙把自己缩到一边去了。

黄歇抓住太子横的手，用力一推，叫道："太子，快上去。"

太子横苍白着脸，一步步走上正中高位。

公子兰上前一步想说什么，却被黄歇一把拉下台阶。

昭阳颤巍巍地持扶着昭雎的手，欲站起来行礼，最终还是放弃这个努力，只将自己鸠杖放倒，双手扶地率先行礼道："臣等参见大王!"

黄歇将公子兰用力拉倒按住，与其余群臣也一起跪倒山呼："臣等参见大王。"

太子横暗中攥紧了拳头，战兢兢地壮着胆子道："众卿平身。"

众人皆站了起来，昭阳却没有动。

黄歇与屈原交换了一个眼神，立刻抢上前去，与昭雎各扶住昭阳一边，将他扶起。

昭阳倚在昭雎怀中，睁眼看到屈原，似精神一振，嘴角抽动了一下表示笑意，吃力地道："是我私心太重，贪恋权势，所以听任靳尚坐大，郑袖胡为，排挤屈子。却没有想到，如今竟然是养虎为患，造成今日楚国莫大的祸端啊！屈子，我如今让子歇请你回来，当面对你说一声对不住……"

屈原不禁哽咽："老令尹，我从来没怪过您，是我脾气不好，不曾与您好好沟通。您一定要撑住啊，如今楚国需要您，大王需要您，太子需要您……"

昭阳勉强抬起眼，握着屈原的手用力按了一按，想要说些什么，却已经无力说出话来。

众人静等着昭阳说话，却半晌没有声响。

黄歇一按昭阳的鼻息，跪倒惊呼："老令尹——"

众人也跪倒悲呼道："老令尹——"

这个老人终于死去了，他戎马沙场，对楚国忠心耿耿；他虽刚愎自用，有时候出于私心排挤异己甚至纵容小人，然而大是大非面前，却是毫不犹豫，忠奸分明；在楚国最危急的关头，他仍然还是起到了擎天之柱的作用。

黄歇伏地，听着两边的痛哭声，心绪复杂，楚王陷秦，昭阳死了，这风雨飘摇的楚国，将比以往更加危险。

因楚王槐入秦被扣押，太子横在令尹昭阳的支持下登基为王。屈原主政，下令陈兵边境，又交联列国，欲合力逼秦国交出楚王，秦人攻楚之势，一时受挫。

看着前线传回的奏报，芈月召群臣商议道："你们有何良策？"

庸芮毫不犹豫地道："以臣看来，若要伐楚，必须要先除去屈原。"

大夫寒泉子听他这一说，吓了一跳，忙咳嗽一声示意庸芮去看芈月的脸色。

芈月没有表情，只是看着竹简。

庸芮恍若未见，却若无其事地转了一个弯，又道："然而，屈子乃世间大才，若是能够为我秦国所用就更好了。以臣之见，最好的办法，就是派人入楚，离间楚国君臣不合，最好能够让屈子对楚国离心离德，到时候我们再晓之以利，动之以情，请屈子入秦。太后以为如何？"

芈月摇了摇头道："他是不会离楚入秦的，他对楚国一向忠心耿耿……"

庸芮道："试试又有何妨呢？"

芈月轻叹一声道："你说得对，试试又何妨呢？"她苦笑道："虽然我明知道，这是缘木求鱼啊……"

楚国，屈原府。

屈原穿着戎装，看着手中的宝剑，神情复杂："这把剑还是老令尹当年留下的……"

黄歇也有些唏嘘道："老令尹这一生，虽然刚愎自用，但在关键时刻，却亏了他力挽狂澜啊……"

屈原却道："我现在要亲赴边关，但还有一件比亲上战场更重要的事，要交给你来办。"

黄歇躬身道："夫子但请吩咐。"

屈原道："我要你作为楚国使臣入秦。"

黄歇道："夫子的意思是……"

屈原道："如今秦军突然袭击，连下十五城，虽然我们暂时抵挡住了他们的攻击，但是目前楚国人心涣散，太子继位能够暂时聚拢人心，而让秦国挟大王以为人质的企图破产，打秦军一个措手不及。但若是真要与秦人相比，则还是力量不足。若是陷于苦战，则人心将不可收拾。"

黄歇道："所以我们是借此胜战，以战促和。"

屈原道："对，只有在军事上打痛秦人，让秦人知道攻楚付出的代价太大，才会坐下来商议和谈。"

黄歇道："夫子让弟子入秦，是为了和谈？"

屈原摇头道："虽然是和谈，但秦人一贯恃强凌弱，若是我们步步退让，不但得不到好的结果，甚至还会得不偿失。你入秦国，一来是想办法赎大王回国，二来是设法让秦人退兵，三来……"他轻叹一声，眼中锐光毕现："若有机会，可不择手段，制造秦人内乱，让他们顾此失彼，不得不撤兵出楚。"

黄歇心头一震，他想不到一向以君子之道教诲于他的夫子，居然对他说出"不择手段"四字，不由得惊呼出声："夫子……"

屈原长叹一声，双手用力按在黄歇的肩头，这股力量，他希望能够真正传到黄歇的心底："子歇，你是我最得意的弟子，当此楚国危难之际，我希望你能够成功达成使命。"

黄歇轻叹一声："夫子，我明白你的意思，只是今日的秦国太后，已经不是昔日的师妹了！"

屈原肃然道："我知道。不过我也不认为她的想法做法，能够令秦国君臣都一致赞同。若是秦国上下不合，那便是我们的机会了。"

黄歇不能置信地抬头道："夫子，你的意思是……"

屈原点头道："不错，若能够分化秦王母子，离间君臣，让秦国内部有所分歧，则我们楚国才有一线生机啊！"

黄歇痛苦道："可那是皎皎啊！"

屈原叹息道："是啊，为师何曾不叹息呢。这些日子以来，我时时想起唐昧当初的预言来，当日先王何等期盼，何等钟爱这个女儿，甚至为了她要求我收她为弟子。可是没有想到，楚之霸星，却成了秦之霸星。我很后悔，若是当日将她留在楚国，就不会有今日楚国之难了。"

黄歇长叹："若是她留在楚国，她早就活不到今天了。"

屈原诧异地问道："何出此言？"

黄歇神情悲愤："这次使秦归来，我才听到一件秘闻……夫子，当年向媵人之死，你还记得吗？"

屈原一怔，问道："向媵人，是谁？"

黄歇此番归来，不但向南后的旧宫人打听过消息，甚至还找到了莒姬的旧宫人和莒弓，终于在楚王槐去了秦国被扣之后，得到了所有的情况。只听得他惊心动魄，忽然想起芈月那时候小小年纪，便已经亲眼目睹所有的一切，细思起来，真是肝肠寸断。他知道得越多，心里越冷，越是知道他们之间的无可挽回。

此时当着屈原的面，终于长叹一声，道："向媵人是、是大王荒淫，使得……"他实在难以出口，但却不能不说，当下断断续续说了很久，才将他所知道的情况，一一告诉了屈原。

屈原跌坐，喃喃地道："原来如此，原来如此！"

黄歇叹道："她在楚宫的时候，威后已经在她每日的膳食上下毒，她若不速速逃离楚国，只怕会死于非命。当时她本准备与我远走天涯，没想到为了八公主的事，我们遇上了义渠王的伏击，她以为我死了，才不得不入了秦宫，做了秦王之妾……"

屈原按住头，痛苦地道："我原以为她的怨气，不过是先王早亡失恃受了委屈，又与八公主的嫡庶之争而已，谁知道是这般的阴差阳错。唉，如此深仇大恨，怪不得她会如此，怪不得她会如此……天哪，难道真是天要灭楚不成？"

黄歇见状大惊，忙上前扶住唤道："夫子，你没事吧？"

屈原定了定神道："我没事。唉，往事已矣，来者可追。我们不能改变过去的事，所以也唯有努力于将来。子歇，我知道你与皎皎总角之交，情深义重。亦知道她对大王的怨恨已经不共戴天，可是大义当前，我们只能放下私情。"

黄歇跪倒在地，忍着痛苦道："夫子，弟子知道。"

夜深了，黄歇推窗，看着窗前种的梅树，如今已经梅子落尽，只余空枝，追思无限。

"摽有梅，其实七分，求我庶士，迨其吉兮。"他心上的姑娘，曾经在梅子初青的时候，叫他抓紧机会，不要误了梅子成熟的季节。可叹他一误再误，到如今梅熟子落，一切都来不及了……

月光下。玉箫响起，曲声中有无限缠绵、无限悔恨。

宣室殿，芈月埋头在竹简中批阅，缪辛急入，回禀道："太后，楚国派来使臣黄歇，谈和议之事。"

芈月抬头，有片刻失神。

杂乱喧闹的宣室殿，忽然静止而停顿下来。

芈月站起来，一个趔趄，缪辛连忙扶住，芈月推开他，向外走去，她脚步飘然地慢慢走到台阶前，但见黄歇手捧竹简，站在台阶下，抬头看着巍峨的秦宫。

芈月一步步走下台阶。

黄歇一步步走上台阶。

两人终于在台阶中央相遇。

芈月凝视黄歇，似有千言万语，最终，却只得一句："子歇，你来了。"

黄歇点头道："是，我来了。"

芈月看着他手中的竹简："你捧的是什么？"

黄歇将手中的竹简递给芈月："这是夫子给你的信。"

芈月诧异："夫子的信？"

黄歇没有说话。

芈月拿着竹简，回到殿中，拆开竹简上的编绳，展开竹简看着，那熟悉的字，似要跃然而出："我荆楚八百年山河壮丽，岂不惜哉。念历代先王之威名赫赫，子孙血胤当共维之……"

她怔怔地拿着，没有继续翻阅下去，只停在了那儿，一动不动。

过了良久，芈月慢慢放下竹简。

黄歇心一沉："你没有看完。"

芈月摇头："不必看了，我能够明白屈子要说什么。"

黄歇袖中拳头握紧，问她："你还记得我们小时候，屈子带我们去放鹰台看前朝遗址吗？"

芈月点头："记得。"

黄歇犹豫片刻，终于还是问道："那时候，我们曾经谈论起伍子胥和申包胥的故事。你……真的要做伍子胥吗？"

芈月看向他："那么你会做申包胥吗？"

黄歇回避了芈月的眼光："我，我不知道。"

芈月道："子歇，你来是为了什么？"

黄歇将手中另一个竹简交给芈月，肃然拱手："为了递交国书。"

芈月没有看，放到一边。

黄歇道："你为什么不看？"

芈月道："我知道这里面写的是什么。"

黄歇道："可你不看看，楚国愿意付出什么吗？"

芈月微微一笑："这里面能给我的不及我从战场上得到的更多。"

黄歇心头绞痛,他知道芈月的心情,可他却又不能不做最后的努力:"皎皎,你也是楚国人,难道心里真的没有故国吗?"

芈月呵呵一笑:"就像屈子的信里说的那样,我身为楚女若用秦军铁蹄踏碎楚国,如何对得起我的血统和历代先王?呵呵,对不起历代先王的,是楚王槐母子,不是我。若父王于地下有灵,他会惩罚谁?天地若有灵,为恶当受报应。若天地不报,那就让我代天地行报应。"

黄歇急道:"可受苦的是楚国百姓,破碎的是八百年楚国五千里山河。"

芈月冷笑:"那八百年前的楚国,又在何方?周天子占有天下,分封楚立国于丹阳,乃是子爵之位,地不过五十里。而今,楚国开疆五千里,而周天子之地,却连五十里都不到了!子歇,从前你是黄国人,我母亲是向国人,最后都变成楚人。韩、赵、魏三国,当初都是晋人。可是如今晋国安在?鲁国安在?今天你是楚人,我是秦人,但最终,天下归一,再也没有秦国,也没有楚国——"

黄歇不能相信自己所听到的话:"天下归一?皎皎,你以为你是周天子吗?"

芈月自负地道:"我不是周天子,但我或者我的儿孙,必将取代周天子,成为天下主。"

黄歇震惊地看着芈月,那一刻他被震慑住了,有一种前所未有的恐惧,让他久久不能说话。

忽然间黄歇笑了起来,他试图用这种狂笑冲破那种恐惧:"哈、哈、哈哈,皎皎,你在开玩笑?天下归一,几百年来,多少英雄豪杰,明君英主,终其一生的追求,也不过是称霸而已。天下归一,取代周室,最疯狂的人,都不敢有这样的妄想。"

芈月静静地看着他,等到黄歇的声音越来越低,终至平息,才慢慢地说:"他们不敢想,所以天下几百年,未曾归一。我会先征服疆域最广大的楚国,然后打败武力最强盛的赵国,再并吞势力最弱的韩国,然后是赵魏,再是齐国,最后是燕国。只要有这样的目标,朝这个目标前行,终我一世不能，我的儿子能，我的孙子能……我现在，就在做第一步。"

黄歇摇头："我不信。"

芈月走到几案前，打开一个精美的匣子，里面是一个绢包，她把绢包打开，里面是一抔黄土。

黄歇看着这抔黄土，问道："这是……"

芈月道："这是我当年离开楚国的时候，取的一抔楚国之土。女葵跟我说，若离了故土，去了异乡，水土不服，就取一抔故乡之土，每日取少许在水里饮下，就能够解思乡之疾。我取了一大包，用了少许，度过了刚开始最难熬的一段时光，这些土就留了下来，一直放在这里。这次我回到宫中，发现它们居然还在，你说，是不是很神奇？"

黄歇不由道："我也是。当日初次离开楚国四处游历，也是带着这样一包故土，可是后来……却不知道遗失到何处了。"

芈月语声缓慢，似在述说着很久远的事情："父王在位的时候，楚国威扬天下，国人精神振奋。可我离楚的时候，看到襄城满目疮痍，百姓苦于战争，田园荒芜。后来我到了秦国，秦国在先王治下，国势日盛。但自我从燕国初回函谷关，看到的却是内乱频生，长街横尸……"

她在房间中缓步走动着："子歇，你记得贞嫂吗？"

黄歇点头："记得。"

芈月道："她是燕国人，她家原是一个大院子，每个房间里都住着人，最终，那个大院子里只剩下她一个人，如同行尸走肉，等死而已……"

黄歇知道她说的是何意，忍不住道："可你又要掀起战乱……"

芈月骤然回头，看着黄歇，一字字道："战乱不是我掀起的，列国的战乱，已经掀起了几百年。今日你强势了，就来攻打别人，他日别人强势了，就来攻打你……原来在长江以南，楚国旧地，有数百个国家和部族，一直在打仗，后来渐渐地都被我们楚国并吞了，合一了，于是战争就不会再发生了。若是秦楚合并，那么秦楚之间，只要打上一战，就可以有几百年的安定了。"

黄歇道："这是你的狂想，而最终，付出代价的将是秦楚之间永无休止的战争，这些你想过吗？"

芈月摇头叹息："子歇，上古的贤君明主，谁能高过黄帝。可是黄帝为什么要与炎帝交战，为什么要打蚩尤，在黄帝之前几百年甚至上千年，各部族就是这样混战，而黄帝之后，战争停息了。"

黄歇想笑，却觉得声音忽然变得嘶哑，他退后一步，只觉得莫名的恐惧："你以为你是黄帝？"

芈月看着黄歇，忽然笑了："子歇，你的才能在我之上，只可惜，从小到大，你太懂事，太忍让。你不应该让'不可能'三个字横在你的面前，遮住你的眼睛。你却不知道，任何事皆在人为，任何事皆可以去设想。"

黄歇道："天地间有大道，行之有道，纲常不乱。若是人人都肆无忌惮，那天下就会大乱。"

芈月摇头叹息："不不不，天下早就乱了。子歇，我曾经去过招贤馆，看诸子百家论尽天下，儒家说克己复礼、道家说小国寡民、法家说严刑峻法、墨家说兼爱非攻，思绪杂乱，纷纷一堂，对乱世人人都有想法，却人人都没办法。子歇，我曾经疑虑过，我们的路应该怎么走？可是忽然有一天，我想通了，不必想怎么走，只想着一步步往前走就行。周王姬发伐商纣，天下归心，他的谥号为武王，止戈为武，他的征伐结束了战争。然后才有周礼，行之天下。我想周武王之前，也必是有各家学说争献于诸侯之门，而周天子之后，就只有周礼才是正道。"

黄歇额头的汗珠隐现："看来我无法说服你了。"

芈月看着黄歇微笑："看来我也无法说服你了。"

黄歇深深地看了芈月一眼："皎皎，你不像过去的你了。甚至……"

芈月截口道："甚至不像一个女人了，是吗？子歇，人首先要为一个人，然后才能够为一个男人或者女人。而我首先要为一个独立的我，然后，我才是你的皎皎，子稷的母亲，秦国的太后……"

黄歇失魂落魄地走在宫巷,落日余晖将他的身影拖得很长。

他越走越快,走到后来甚至是近乎在跑,当他跑进驿馆院子,整个人已经大汗淋漓。

宋玉迎上来,扶住黄歇,惊诧道:"子歇,你怎么样了?"

黄歇扶住宋玉,整个人眼睛却似没有焦距一样看着前方:"宋玉,我想,我已经失去了她,永远地失去她了。"

秦人已经磨刀霍霍,而此刻楚人犹在争权夺利,醉生梦死。

章华台上,靳尚等人围着楚王横齐劝:"大王,秦国有意谈和,这是难得的机会,不可不答应。"

黄歇不在,屈原只能独战群小,怒喝道:"大王不可中计,秦国素无信义,如今和谈,恐防有诈。"

靳尚奸笑一声:"屈大夫,你有意制造秦楚两国的敌意,难道不是为了想当令尹,有意挟敌恐吓大王,以拥威权吗?"

屈原怒斥:"靳尚,你这奸贼,当初害了主父的人就是你,今日还敢再立于朝堂,为秦国当说客、当内奸不成?"

公子兰却冷笑:"屈大夫,我能明白你的忠心,可是你的固执己见,如今却是对楚国最大的妨碍。王兄,秦国势大,若是我们再坚持下去,惹怒秦国,则局势将不可收拾啊,难道就不怕秦国先拿父王泄愤吗?"

楚王横不禁犹豫:"这……"

忽然听得一个苍老而专横的声音怒斥:"谁敢阻碍我儿回来……"

众人怔住了。

楚王横转过头去,但见已经老迈不堪的楚威后在郑袖和女岚的搀扶下,拄着鸠杖从后殿走出来。

楚王横连忙站起来相迎:"威后您如何来了,有何事叫孙儿过去说话便是。"

楚威后冷笑一声,道:"谁教我养不得好儿子,教我这把年纪,还要为了他而担心受怕，看人脸色。"

楚王横不敢言声，欲去扶楚威后，郑袖却趾高气扬地挡在他面前，殷勤地扶着楚威后在上首坐下。

楚威后坐定，劈头就问楚王横："子横，你如今是大王了，是不是就不要你父王了，巴不得他死在秦国？"

楚王横又急又惶恐，含泪伏地道："孙儿不敢。祖母，孙儿比谁都盼着父王回来。"

楚威后一顿鸠杖，喝道："那好，你立刻下旨，与秦国议和，不管付出什么样的代价，都要先接回你父王。"

楚王横只得磕头道："是，孙儿遵祖母旨意。"

楚威后又问道："如今令尹空缺，你意欲让何人为令尹？"

太子横不由得看了屈原一眼，犹豫道："这……"

楚威后阴森森地道："我知道你们都不是好东西，我看这楚国上下，也只有我这个孤老婆子，是真正盼着你父王回来的人。"

公子兰膝行两步跪倒，讨好卖乖地哽咽道："祖母，孙儿愿意为了接回父王，亲去秦国，哪怕那儿是虎穴龙渊，在所不辞。"

郑袖不防儿子竟如此说话，不由得失声道："子兰——"话到嘴边，却看到靳尚丢来的眼色，顿时把话咽下去了。

楚威后虽然老眼昏花，已经看不到这些人使的眼色，但她终究是人老成精之人，她根本不在乎也懒得理会这些人各怀心事，对于她来说，最重要的，自然是莫过于她恃以横行半生的儿子，要安全回来，至于其他的事，她又何必在意。

当下也不理会郑袖失声尖叫，只冷笑一声，伸出手指指指公子兰，又指指楚王横道："你们心里什么样的算计，我这双老眼，看得清清楚楚。不必给我讨好卖乖，你们两个用行动给我看，到底谁是真心，谁是假意。子横，你还是大王，子兰，你做令尹，你们兄弟同心，把你们父王给接回来。"

楚王横与公子兰对视一眼，彼此都心不甘情不愿地应了声："是。"

楚威后看着屈原，老眼中透着深深的憎恨，若不是这个人，庇护着芈月教导着芈月，她早就将芈月杀死了，何至于有今日之祸。她越想越恨，扬起鸠杖指着屈原怒骂道："屈子，是你护出了一个豺狼，害了我的王儿，你给我滚，老妇永远都不想看到你。"

屈原身边所有的人顿时都闪开了，只留下屈原一个人在大殿正中，孤寂而悲愤地独立。

屈原强忍屈辱，上前跪地求道："威后，国难之际，你不可意气用事，害了楚国，害了大王！"

楚威后却不理他，转向楚王横厉声呵斥道："子横——"

楚王横左右为难，然而，从小到大迫于楚威后之威，迫于郑袖的压力，让他此刻根本不敢站出来支持屈原，他虽然现在明面上已经是大王了，可是这下面的文武大臣，如狼似虎，这上面两层的长辈悍妇，拿礼法都能压死他。

他终究不能自己做主啊！

楚王槐被扣秦国，并无传位诏书，是昭阳一力扶他上位。然而如今昭阳已死，他在朝中失去了最大的支持，楚威后虽然年迈老朽，蛮不讲理，但以祖母之尊，积威多年。如果他敢违她之意，他相信她会毫不犹豫地把他拉下王位，而让子兰成为新王。

他没有同她们对抗的实力。

犹豫再三，楚王横只得艰难地道："将屈原逐出朝堂，终寡人之世，不得回朝！"

屈原悲愤向天而号："威王啊，您在天之灵，睁开眼睛看看啊，这楚国，要亡在他们手中了！"

郑袖尖厉的声音在殿中回响道："将屈原逐出去——"

汨罗江边，屈原一身凌乱，孤独而怆然走着，口中低声念着《涉江》

诗篇："余幼好此奇服兮，年既老而不衰。带长铗之陆离兮，冠切云之崔嵬……"

一骑飞驰而至，向寿跳下马来，走到屈原身边。

向寿道："屈子——"

屈原却视若不见，双目茫然向前走着："哀吾生之无乐兮，幽独处乎山中。吾不能变心以从俗兮，固将愁苦而终穷……"

向寿道："屈子，您为楚国立下如此大功，却遭楚王如此对待，实是叫天下人为之悲愤洒泪。"

屈原没有理他，蹒跚前行："接舆髡首兮，桑扈臝行。忠不必用兮，贤不必以。伍子逢殃兮，比干菹醢。与前世而皆然兮，吾又何怨乎今之人……"

向寿上前两步，挡在屈原面前："屈子不认得我了吗？我是向夫人的弟弟，我奉秦国太后之命而来，请屈子前往咸阳，秦国相位虚席以待屈子。"

屈原似乎感觉被挡住了路，不耐烦地抬手挥开向寿，继续向前："乱曰：鸾鸟凤皇，日以远兮。燕雀乌鹊，巢堂坛兮。露申辛夷，死林薄兮。腥臊并御，芳不得薄兮。阴阳易位，时不当兮。怀信侘傺，忽乎吾将行兮！"

向寿看着屈原越行越远，站在当地，沮丧失落。

第十六章

边城险

楚国所发生的一切，黄歇并不知情。

他在咸阳仍然积极行动，一方面游说秦国臣子们，一方面积极打探楚王槐的下落，终于打听到他囚在太后新修的宫殿章台宫之中。

他远远地站在离章台宫不远的一个小土丘上，看着章台宫，想着如何能够混进去，如何能够救回楚王槐。只有救回楚王槐，才能够解决太子横的危机，才能够破解楚威后、郑袖的威压，才能够阻止子兰、靳尚的卖国行为。在知道了所有的往事之后，他比任何人都更恨楚王槐，然而，他却不得不去想办法救他，如若情况继续下去，则秦楚两国将会演变成更激烈的战争，他不能坐视这种情况的发生。

他已经站在这里，观察了好几天。

忽然他似乎感觉到了什么，转头看去，见芈月沿着小土坡走上来。

芈月微笑："子歇，你在看什么？"

黄歇退后一步，看着芈月表情复杂："胶……太后怎么会在这儿？"

芈月登上土坡，指着章台宫道："你看，这座宫殿是不是很像我们楚国的王宫。"

黄歇看着眼前熟悉的宫阙，他想到自己第一次进宫，觉得这个宫殿高得似在天边一样，为了这么美的地方，他可以去奉献一切。那一次，他亲眼目睹一个骄傲的小姑娘遭遇她人生的第一次挫折，孤独地站在高台上叫着："为什么我不可以是鹰?"

如今，她已经一飞冲天，她甚至给自己再复制了一个宫阙，再复制一份童年。

芈月负手站在土坡上，遥指章台宫，道："我起名叫章台宫，为了纪念父王的章华台，以后我会搬进这里来，把它当成我的主殿，以慰我的思乡之情。"

黄歇却尖锐地道："太后宁可造一座假的宫殿来慰自己的思乡之情，却要摧毁真正的故园。臣，当真不知道当如何说了。"

芈月看着远方，神思悠悠，如今的她，已经不再尖锐，不再愤怒，只微笑道："这里面是我的故园，也是你的故园。它里面的一切，就像父王生前一样。没有被后来那些不堪的人破坏掉。子歇，我的故园只在我六岁之前，此后，我待在那里的每一天都是折磨和痛苦，每一天都怀着想把它一把火烧掉的愿望。那些人占据了我的故园，毁掉了我的故园，他们待过的地方，我只想一把火都烧掉。子歇，我只要我自己心目中的故国，它不在了，我可以重建它。"

黄歇看着芈月，伸出手想要安慰她，但伸到一半却迅速收回了手，扭头道："我先走了，太后慢慢看吧。"

芈月道："你要不要与我一起进去看看?"

黄歇道："你邀我进去?"

芈月道："你在这里看了好几天了，难道不是想进去看看吗?"

黄歇一惊，终于咬牙道："好。"

两人同行，走入章华台。看着旧景处处，竟恍若隔世。

这宫中，也有回廊处处，也有高台楼宇，也有繁花遍地，也有百鸟飞舞。连地砖的纹路，也是熟悉的蔓草纹，两边的壁画，也是熟悉的少司命大司命故事，廊上的木柱悬顶，也是同样的飞鸟纹，那章台宫主殿上的，也依旧是熟悉的青玉蟠螭玉枝灯。

整个主殿的风格，一如楚威王旧时，芈月指着某一处，说这是她小时候捉迷藏爬过的，又指着另一处，说柱子松动可以旋转，黄歇看着她一处处数来，轻叹："看来你在这宫殿中，花费了不少心思啊。"

他此时已经明白，楚王槐必不在这里了，从芈月对章华台的倾心用情来看，她也不会将楚王槐长居在此。她一定觉得，他不配。

纵然他曾经被带到过此处，黄歇相信，也顶多只是教他看一眼而已。

不知不觉，两人走到一处廊桥上，芈月看着廊桥下，指着远处笑道："那边就是阳灵台，我记得那次，你们泮宫大比之后，从阳灵台出来，就走过这里。我们就站在桥上，向你们投香囊荷包还有手帕……"

黄歇看着桥下，轻声道："如果这里还是楚国，如果时光可以停滞，一切都没有发生，那该多好！"

只可惜，一切都已经不能重来了。

他与她近在咫尺，却隔得比天涯还远。

他看着她邀请他游遍全宫，看着她送他走出宫殿，看着她一步步走进秦宫宫闱，九重宫阙，重重关闭。

从此，便是陌路了，是吗？

夜深了。

一灯如豆，远处秋蝉鸣叫声隐隐传来，楚王槐整个人憔悴不堪，瘫坐在榻上一动不动，双目无神。

一个侍童坐在他的榻边，打着瞌睡。

忽然窗子上有刀尖拨动闩子，一会儿，窗子开了，一个蒙面人跃入，一掌击晕侍童。

楚王槐差点惊叫起来，那人忙拉下蒙面巾，俯身行礼道："大王勿要声张，臣是黄歇。"

楚王槐的眼睛蓦然睁大，好一会儿才回过神来道："子歇，是你，你是来救寡人的吗？"

黄歇道："是，臣是来救大王的。"

这些日子，经过多方打探，他终于找到了楚王槐的下落。这座曾经是秦孝公时代的离宫，如今囚禁着楚国的前王。

楚王槐站了起来，一把抓住黄歇，叫道："快，快带寡人出去，寡人一刻也不能继续在这里待着了。"

黄歇按住了楚王槐，劝道："大王，请少安毋躁，臣只是一个人，现在没有办法带您出去，此事还须从长计议。"

楚王槐泄了气，跌坐在榻上，掩面恨声道："这样的日子，寡人一刻也不想再待下去了，寡人要离开，要离开……寡人给你谕旨，你快叫昭阳发兵，来救寡人离开。"

黄歇道："大王，老令尹已经……侍奉先祖去了。"

楚王槐大惊，跳了起来："怎么会，怎么会？那现在呢，现在楚国是谁在做主？"

黄歇叹道："大王被秦人扣押以后，秦国攻打我楚国，连下十五城，国家危亡之际，老令尹恐秦人以大王为人质，他临终前扶立太子……"

楚王槐顿时紧张起来，急问道："怎么样？"

黄歇道："太子已经登基！"

楚王槐瘫坐在榻上，忽然捶床放声痛哭起来："逆子，逆子，寡人怜惜他失母，三番五次不舍得废他，可如今寡人落难，他居然如此急不可耐地谋朝篡位。他、他这是要寡人的命啊！"

黄歇心中厌憎，却不得不劝道："大王，嘘声，若是叫人听见，只怕会有不利。"

楚王槐一下子停住声音，惊恐地张望，忽然间他意识到了什么，一把拉住黄歇，压低了声音，神神秘秘地道："子歇，你带寡人出去，寡人要回楚国去。寡人才是大王，对不对？"

黄歇道："大王放心，臣一定会想个周详的计划，把大王救回去的。"

楚王槐神经质地点头道："对，你是忠臣，等寡人复位以后，一定会大大地封赏于你。"

黄歇不能置信地站起，看着楚王槐道："大王，您说什么，复位？"

楚王槐一昂首道："寡人当然要复位，寡人才是一国之君，寡人不能让人就这么夺了王位。子歇，你是忠臣，只要寡人一回国，就废了谋朝篡位的太子横……昭阳，老匹夫，寡人还以为你虽然刚愎自用，至少对寡人还是忠心的呢，没想到你竟然糊涂至此啊……"

黄歇不禁退了一步，看怪物似的看着楚王槐，冷冷地道："大王可知，秦人的军队，如今还占据着楚国的城池，外敌虎视眈眈，国家危亡之际，大王心心念念的，只是您的王位吗？"

楚王槐怔了一怔，恼羞成怒道："那是因为太子横得位不正，臣民不附，执政无能，才会至此。寡人自继位以来，无不四夷臣服……"

黄歇道："大王自继位以来，只有头十年才是四夷臣服的，那也是因为先王的余威尚在，老令尹南征北战。可后来，大王听信张仪之言，贪图小利而撕毁与齐国的盟约，以至于数次兴兵劳而无功丧师辱国，让楚国在列国之中地位一落千丈；您信任靳尚，任由他排除异己，以至于仁人志士远离朝堂；您宠爱郑袖夫人，以至于听信公子兰怂恿，上了秦人的当。大王，楚国今日之祸，正是由大王所引起的啊！"

楚王槐大怒道："住口！"

黄歇缓缓跪下道："臣出言冒犯，请大王恕罪。"

楚王槐看着黄歇，眼中杀机涌现，却双手握拳，硬生生忍住脾气，强笑道："子歇，你骂得好，寡人深为惭愧，一直以来骄傲自满，竟不知步步踏错。你是忠臣，才会进谏寡人，纵然出言冒犯，也是出于好意。寡人纳了你的忠言，当改过从善。太子能够站起来力挽狂澜，寡人甚为欣慰。只是太子毕竟太过年轻，难以压服老臣。如今楚国危亡之际，寡人恨不能插翅飞回，以救国难。子歇，子歇，你若能救寡人回国，寡人当封你为令尹。"

黄歇缓缓伏下叩首道："主忧臣劳，主辱臣死。君王蒙难，是楚国的耻辱，更是我们为臣子的耻辱。救大王脱困，是我们为臣子的本分。黄歇不敢邀功，不敢领赏，只望大王回国，能够拯救国难，收拾民心。"

楚王槐满口答应道："好、好，寡人答应你。你快快请起。"

黄歇站起来道："臣先走了，请大王安心，臣一定会尽快救大王回去的。"

楚王槐看着黄歇蒙上脸，跃窗而去，握紧了拳头，满脸杀气。

宋玉焦急地在驿馆房间里来回走动。

门外传来敲门声，宋玉受惊地跳起来，叫道："什么人。"

就听得有人道："是我，开门。"

宋玉听出声音来，忙打开门，便见黄歇疲惫地走进来，宋玉急问道："子歇，怎么样了，找到大王了吗？"

黄歇点了点头道："找到了。"

宋玉道："大王怎么样了？"

黄歇沉默着，没有说话。

宋玉急了道："你说啊，大王怎么样了？"

黄歇掩面，好一会儿才放下来道："我当真没有想到，我们竟然会有这样一个大王……"

宋玉一惊："怎么？"

黄歇叹道："国家危亡之际，他没有忏悔自己的错误，没有关心楚国的安危。却心心念念的是自己的王位，想着回国复位，要报复现在的大王，甚至到了最后，口口声声说自己纳谏了，后悔了……可是，玩的都是权术，没有一句话是真的。"

宋玉也沉默了，好一会儿才开口道："若是这样的话，他回到楚国，又是一场祸患。我们怎么办，真的要救他吗？"

黄歇苦笑道："这样的君王，何堪我们效忠。这样的国家，实在是前途渺茫。"

宋玉道："那你……不回楚国了？你要去哪里，留在秦国吗？"

黄歇摇头道："子玉，我、我不知道。"

宋玉叹息道："如今的楚国，一败涂地，只怕以后根本没有机会与诸侯争胜了。至少这一二十年，是无法恢复元气了。你我有志之士，不应该陷在这个烂泥潭中。你若真的要换个国家，还不如就留在秦国，必能够得到重用，一展所长。"

黄歇没有说话。

宋玉道："得了，我知道你心里拧不过这个弯来。你不就怕人家的闲话，说你是仗着与师妹的旧情……"

黄歇道："闭嘴。"

宋玉道："师兄，男子汉大丈夫，想的是令诸侯平天下，建功业留万世，何必计较区区小事。"

黄歇沉默片刻道："我把大王救出去，就当还了大王、还了夫子的情分，从此以后，各归大道。"

宋玉道："也好，秦国扣着大王，无非是想借战争的胜利勒索更多，他们终究还是要放了他的。"

秦宫红叶林中，芈月与黄歇对坐，几案上一壶酒，两只漆杯，还有一盘橙黄的橘子。

黄歇道："我听到消息，说是屈子又被流放了。"

芈月道："楚国在这群人的手中，是无可救药了。王槐如此，子横更如此，我听说连子横的儿子，都是懦弱不能担当之人啊！"

黄歇将手中的杯子放下，叹道："我想回去看望夫子。"

芈月问他："然后呢？"

黄歇一怔："然后，然后……"

芈月问："你是回来，还是继续待在楚国，侍奉这些昏庸的君王，浪费你的才智能力？"

黄歇沉吟不语。

芈月拿了个橘子，剥了自己先吃了一片，又将剩下的递给黄歇。黄歇心不在焉地吃了。

芈月问他："你觉得这橘子的味道如何？"

黄歇嗯了一声，细品一下，倒有些诧异地："这橘子……是从南方运来的吗？"

芈月道："不，是我们秦国出产的。"

黄歇一怔："秦国出产的，秦国也有这样甜的橘子了，我以前怎么从未吃到过？"

芈月微笑："是啊，你以前自然没吃到过，这是新培育出来的。我记得以前夫子写过一篇《橘颂》，头三句是：'后皇嘉树，橘徕服兮。受命不迁，生南国兮。深固难徙，更壹志兮。'他们跟我说，橘子就只能在南方生长，到了北方就很难种活，纵然种活了，长出来的果子也是苦涩难吃，没有南方的果子那样酸甜可口。我不信这个道理……"

黄歇没有说话，却再拿了一只橘子，仔细看着外皮，又剥了放一片到嘴里慢慢品味着。

芈月道："我让他们移植了很多橘树，在秦国占据的各个郡县都种上，看看到底能不能成活，能不能还是那样酸甜可口。后来他们说，在关中以南，商洛等地都能种上，只要防止冬害和保持潮湿，精心照顾下就能够种出酸甜可口的味道来。果然不错。"

黄歇道："你派人去游说屈子入秦了？"

芈月笑了笑："子歇不愧是子歇，深知我心。"

黄歇道："屈子没有答应。"

芈月自信地微笑："我能够种活橘树，我就有把握让屈子、让子歇都能够来到咸阳，与我重叙旧日之情。你看，我已经重建了章台宫，里面布置得跟楚国旧宫一样，我能够让橘树种活在秦国，我就能够让楚国之才为秦所用。"

黄歇道："你当真执念如此？"

芈月道："这不是执念，而是目标。"

黄歇看着芈月道："我想先回去看望一下夫子，然后……也许我会再回到咸阳。"

芈月惊喜地道："子歇……"

黄歇轻叹一声："你说得对，楚国君王如此，有才之士，怀志难伸，的确已经不是可留之地了。"

芈月握住了黄歇的手："子歇，我等你回来。"

黄歇既准备回楚，芈月便派人送来通关令符。令符在一个木匣里，黄歇打开，一枚铜制通关令符摆在正中，发出灿烂的金光。

黄歇接了令符，对宋玉道："令符已经到手，我们可以救主父了。"

秦楚之战陷入胶着，他的忧心也可以放下来了。他救了楚王槐回楚，就当还楚国、还夫子、还新王横的人情，也同时阻止了秦国的攻势。

从此之后，他就留在咸阳，留在芈月身边，只站在近处，看着她吧。

宋玉却递过来一只鱼形匣道："楚国送来鱼书。"

黄歇开了封印，打开帛书，看完了以后放下，宋玉道："信里说什么？"

黄歇道："是大王写过来的。他说，是威后出面，迫使他放逐屈子，封子兰为令尹。子兰如今主持国政，为求接回主父立功夺权，对秦人的要求无所不从，罢将领，撤城防，步步退让。他希望我能够救回主父，好打压子兰的气焰，也可以此功劳，有理由接屈子回朝。"

宋玉也不禁轻叹一声："大王其实心里还算个明白人，就是南后早亡，他在主父和郑袖面前不得不步步退让做孝子，以至于心志不够坚韧，性情也不够强悍。"

黄歇道："也罢，我也就圆了这份君臣之情，还大王这份自小伴读之谊，了夫子一份心愿吧。"

宋玉道："你打算如何做？"

黄歇道："随主父入秦的楚国将士被安置在俘营中，到时候你想办法让他们冲出俘营，引开秦人的注意力。看守主父的是子戎，我到时候会请他饮宴，想办法得到他手中的令符，救走主父，再以此通关令符助主父逃走，而我则引开追兵的注意……"

宋玉轻叹一声道："可你这么做了，岂不是伤了师妹的心……"

黄歇也轻叹一声，看着木匣上雕刻着的莲花图案，叹息："有时候我觉得我像这种莲花一样，春天的时候赶不上百花争艳，秋天的时候等不到百果飘香，不尴不尬地夹在两个季节之间，向往着清澈的水面，却摆脱不了根中的污泥。想事事如意，却处处适得其反。"

宋玉也叹道："岂能尽如人意，但求无愧我心。"

向寿接到了黄歇的信，说是临回楚国前，要来与他共饮一场。

府中桂花树下，向寿与黄歇对饮，不知不觉间，两人双双醉倒在一起，侍人便扶了两人回房歇息。

房间内，黄歇忽然坐起，看着手中的一枚令符。南郊行宫的兵士，是由向寿掌管的，而这枚令符，正可进入南郊行宫。

黄歇凭他的身手，可以潜入南郊，但却无法将一个被酒色淘空了身子的楚王槐不动声色地带出行宫，因此，只能借助向寿的令符了。

刚才，他趁向寿酒醉之时，在他身上取得了这枚令符，此时，便是得用之机了，当下便与服侍他的随从更换了衣服，那随从扮了他依旧卧在房间"醉酒"，而他便换了侍从的衣服，借送信回馆舍的理由，出了向府。

南郊行宫，一辆马车驰近，停下之后，两名随侍的军官掀起帘子来，一名内侍下了马车，捧着令符道："太后有令，传旨楚王。"

天色极黑，那守卫验了令符为真，又认得那内侍亦是曾见过的，当下也不以为意，便放他们进了行宫。那马车边，又有两名军官守着，甚是严整。

过得不久，三人便又出来了，因天色甚黑，守卫粗粗一看，见内侍与当前一名军官俱是原来的，当下不及细看，便令他们出去了。

却不知后面被遮在阴影里的那名军官，早已经吓得发抖，出了行宫，另一名军官便将他与那内侍一齐塞进马车，在原先两名军官的护卫下，疾驰而去。

清晨时分，城门开了，马车随着人流出了城，直到郊外僻静处方停下。一名军官掀起帘子道："大王，请出来吧。"

那军官却正是黄歇，楚王槐抖抖索索地出来。另一名军官拎起车内已被击昏的内侍，向黄歇一拱手，迅速离开。

黄歇把令符交给楚王槐，指着两名秦军打扮的护卫道："大王，此二人会护卫大王离开。"

楚王槐接过令符，不安地道："子歇，你不与寡人同行吗？"

黄歇道："大王放心，臣在前面已经安排了接应大王的人。臣不能与大王同行，要赶着这马车引开追兵。"

楚王槐挤出一滴眼泪来道："你是忠臣，寡人不会忘记你的，回去当为你立祠祀奉。"

黄歇苦笑道："臣与大王的君臣之义，就此了结，大王不必再记得臣这个人了。"

黄歇说完，驾着马车而去。

楚王槐对两名护卫道："快，快上马，我们速速离开。"

向寿一觉醒来，便已经知道不对，追查之下，魂飞魄散，连忙飞奔入宣室殿，跪地请罪："臣向寿向太后请罪，楚王槐逃了。"

芈月一下子站起来，带倒了几案，几案上的竹简哗啦啦倒地，砚石摔下，墨汁飞溅在她的红衣袍角，她大步迈到向寿面前，把他揪起喝道：

"怎么回事?"

向寿羞愧地道:"是、是子歇,我没有想到,他在我酒中下了药,拿走了我的令符放走楚王槐……"

芈月将向寿推开向外走去:"他人在哪儿?"

向寿急忙忙跟在芈月身后解释:"我的人追上他的马车,他的车里只有他……"

芈月已经走过门槛:"叫上玄鸟卫随我出宫,追上楚王槐。"

向寿急道:"太后不可……"见芈月如同要杀人的眼光瞪视着他,他吓得不敢说下去,见芈月要走,只急得最终还是叫出了声道:"不可涉险。"

芈月杀气腾腾地道:"朕会亲自将楚王槐抓回来,若不能抓回来,朕便会亲手杀了他。"

这是一种执念,一种自她十岁起亲眼目睹向氏之死后,终其一生不可改的执念。

咸阳城门,芈月骑着马,飞驰而追,身后一群卫队追着。

赵国边城外,楚王槐与两名护卫骑着马奔向边城,却就在这三人离城门还有数里的距离时,城门已经缓缓关闭。

楚王槐跑到城下,拼命捶门,却无法捶开紧闭的城门,他瘫倒在地,绝望大呼道:"寡人乃楚王,从秦国逃出,请赶紧打开城门,放寡人入城。"

两名护卫也下马,高呼道:"楚王在此,请赵国开城门。"

城墙上,几名赵兵好奇地看着城下,议论着。

赵兵甲道:"他在说什么?"

赵兵乙侧耳仔细听着道:"好像说他是楚王,叫我们开城门。"

赵兵丙看向小头领道:"队正,我们要不要开城门?"

小头领沉着脸道:"你有几个脑袋敢开城门?他说他是楚王就是楚王

啊，哪有楚王会跑到这儿来，还只带两个随从，这楚王也太不值钱了吧。这里是秦赵边境，秦人狡诈，如果是故意来骗我们开城门的怎么办？"

赵兵丙道："那……"

小头领道："我去禀报城守再说。我回来之前，谁也不许开城门。"

不想那小头领去了城守府一禀报，城守便跳了起来，叫道："什么，他说他是楚王？"

小头领道："是啊。"

那城守急得团团转："这……这怎么办，如果是真的，那就是大功一件啊。如果是假的，那就有可能是诓我们开城池趁机夺城，那便是大大的罪名。"

正当他为难之时，旁边的副将忽道："大夫难道忘记了，主父练兵就在不远处，不如禀告主父处置。"

城守大喜："正是，正是，我们速去禀报主父。"

且不提赵人城内之事，却说城外，此时城门关闭，自然是天近黄昏。眼见天色渐暗，护送楚王槐的两名护卫警惕地扭头观察着周围。

忽然一名护卫指着后面道："不好，那边似有烟尘起，大王，为防意外，我们还是赶紧离开吧。"

楚王槐已如惊弓之鸟，大惊上马道："快走。"

三人飞驰于草原上，天色渐渐暗下来，后面的秦兵追击，却是越来越近。

芈月已经可见楚王槐三人的衣服了，见三人仍在纵马狂奔，她却勒马道："拿弓来。"

身边的护卫递上弓箭，芈月弯弓拉箭，一箭射去，正中楚王槐的马头，那马中箭，长嘶一声，楚王槐便落马摔在地下。

楚王槐抬头，看到秦军已经将他团团包围，芈月一挥手："绑了。"

正当芈月刚刚抓获了楚王槐时，忽然远处隐隐又传来马蹄之声，芈月脸色一变。

一名玄鸟卫从后面越众赶到前面道："太后，赵人追来了。"

芈月一惊："有多少人？"

那玄鸟卫脸色惨白，道："是我们数倍。"

芈月脸色一变，此时一名护卫忙道："太后，此去不远，便有一座行宫，我们可到那里暂避，并点起烽火召唤附近援兵。"

芈月苦笑一声，烽火召援兵，实不是良策，但此时却只能如此了。

当下一行人疾驰，终于在赵兵追上来之前，进了秦国行宫。

此处虽称行宫，但却是一座小小的城堡，芈月人马前头方入，后头赵兵已经冲上来，两边杀成一团。

行宫在城堡正中，却是一座高台，一层层分别设卡，确是进可攻、退可守的一处要塞。此处行宫，原是为着昔年秦王亲率大军于前线决战的指挥前线，或召集部族之人聚会饮宴之所，因此布置得易守难攻，虽然秦军人少，赵军人多，竟一时之间，也难以攻破。

当下双方便在这行宫内外，展开了浴血厮杀。

虽然秦人悍勇，然则赵兵越来越多，却原来是赵主父在此附近练兵，听说秦太后到来，便亲自率了人前来追捕。

秦人抵挡了一天一夜，烽火燃起，附近的守军俱来救援，但赵人又反过来占据了城堡，且又是赵主父亲自训练的百战之师。如此，芈月被困在行宫，行宫外围城堡之内，是赵人军队，城堡之外，又是赵人军队和赶来救援的附近守军。

这一天一夜的混战之后，又有无数赵军和秦军闻讯赶来，两边的兵马越来越多，直要演变成一场秦赵之间的大战了。

此时便有将领请赵主父先行离开，君子不立危墙之下，如果秦军再持续到来，很可能连赵主父都会身陷其中。

赵雍便问："你们可打听得清楚了，里面确是秦国太后？"

副将道："臣已经打听清楚了，里面的确是秦国太后。"

赵雍便微笑着往前走："寡人与秦太后一别数年，当亲自请她到邯郸一游。秦太后敢到赵国边城一游，寡人若是畏战先走，岂不遗憾得很。"

赵国数名将领相视一眼，实是无奈，当下只能加紧攻打，若在秦军大部队来之前生擒秦太后，则满局皆活。

在赵人的攻击下，数道防线皆破，几名玄鸟卫掩护着芈月冲进行宫角楼，守在外面道："太后请上角楼，臣等会在此誓死把守。"

楚王槐却似看到了希望，挣扎着道："寡人不走，寡人宁可死在这儿也不走了。"

芈月将剑架到楚王槐脖子上，划出一道血线道："你不走，朕现在就杀了你。"

楚王槐惊恐地被芈月拖着走进角楼，一层层走到顶层去。

玄鸟卫便拿着弩弓守在角楼外，以及一层层的楼梯上。

芈月拖着楚王槐走上顶层，将楚王槐往墙角一推，拄着剑喘息。

楚王槐狼狈地摔在一边，看着芈月却呵呵笑了："呵呵，螳螂捕蝉、黄雀在后。你一心想要抓我回咸阳，必是没有料到，赵侯雍在这儿等着你吧。你现在是不是很后悔？"

芈月冷笑道："朕要做的事，是不会后悔的。朕要掌握的人，也不会让他脱出手心来。你是跑不了的，就别做梦了。"

楚王槐恼怒地道："就算寡人无意害死你的母亲又能如何？寡人是一国之君，你母亲不过是个媵女，难道还要寡人替她抵命不成？况且，也不是寡人要她去死的。她沦落市井，还不是生不如死？"

芈月呵呵冷笑："呵呵，我问你，她的痛苦是谁造就的？是你母亲，是吧？"

楚王槐动了动嘴，想说什么，在芈月的眼光中竟说不出来了。

芈月道："她想活，她受了你母亲加诸身上的这么多苦难，她生不如死，可她还是想活下去，因为她不放心她年幼的儿女，再痛苦，为了她的儿女她也要坚持熬下去。可是你再次把你的罪恶加之于她，她到死都没有释怀没有放心，你让她这么多年的痛苦白白煎熬了。我最恨的是，你居然全无心肝，全无悔意，甚至连我母亲的死，也未曾留下记忆。"

楚王槐咆哮着道："可寡人乃是君王，寡人失去了尊严、失去了王位，难道还不够吗？"

芈月道："不够！"她盯着楚王槐，如同盯上了青蛙的毒蛇："我还要你失去国家，我还要你母亲偿命。"

楚王槐纵声大笑："可惜，你都办不到了，赵雍就在门外，等到他攻进来的时候，你的命运不会比我好多少。"

芈月面无表情地道："放心，在那之前，我会先杀了你。至于我与赵雍的对决会谁胜谁负，你是看不到了。"

两人坐在地上，听得赵主父的声音在外面响起，又听得秦军一阵阵的惨呼之声，知道这角楼也将守不住了。

楚王槐又喜又惧，一边觉得自己将要脱困，一边又怕芈月发起狂来，最后关头杀了自己，当下缩在一边，一声也不敢出，深恐惹得芈月起了杀心。

忽然听得楼梯上有声音传来，芈月一惊，剑架在了楚王槐的脖子上。

却见黄歇浑身浴血，执剑冲上来叫道："皎皎——"

芈月一惊，推开楚王槐，看着黄歇悲喜交加："子歇……"

此时此刻，在她最绝望的时候，又是他适时出现在她的面前，千里相救。看着黄歇，她整个身形不禁摇摇欲坠。

黄歇大惊，急忙冲到芈月面前，扶住芈月："你没事吧。"

芈月神情复杂地看着黄歇："你、你怎么来了？"

黄歇道："我知道你只身带人去追……"他看了楚王槐一眼，道："大王……却深入秦赵边境。我、我听说赵主父在边城练兵，深恐你遇险，所以就赶了过来。"说着不禁叹息："赶到边城时便听到了你的消息，我深恐赶不上！真是少司命保佑，我总算及时赶到！"

他被向寿抓回，却听到芈月亲自追赶楚王槐的消息，忙与向寿一起赶往秦赵边境。不想到了边境，却听说赵主父在边城练兵之事，他便暗叫不妙，当下夺了向寿一匹快马，一路急行，日夜不停，只恐迟来一步。终于在赵人完全控制宫殿之前，赶到了离宫中。

他一路砍杀进来，在幸存秦兵的指引下，赶到角楼下。杀了几个赵兵，方冲入角楼，此时秦赵兵力悬殊，全凭几个秦兵在角楼以地利优势，再加秦弩凌厉，这才保住角楼未失。他冲上楼，便见到了芈月仍然无恙，心底一口气才松了下来。

芈月把剑收回鞘内，推开他的手，恼道："都到这时候了，你还来干什么？"

黄歇跟上前一步，无奈地哄道："我知道是我的错，所以我更要来。"

芈月转头问道："只你一人来？"

黄歇忙道："舅父带着兵马随后赶来。"

芈月听了此言，忙走到角楼边从窗口往外看了看，却见整个宫殿黑压压的依旧都是赵兵，有些忧虑地道："整个行宫都是赵兵。舅父的兵马还不知道在何方呢。"

黄歇走到她的身后，搭住她的肩膀劝道："你放心，有我在，便是我死，也必能保你平安！"

芈月轻叹一声，看着黄歇，又怨又爱，叹道："你这又是何苦！"

黄歇听得出她的意思，却叹道："大义当前，不得不为。情之所至，不能不来。"

芈月坐下，盘算着："不知道是赵雍先进来，还是舅父先赶到。"

黄歇也坐下，将她倚在自己的肩头："不管什么情况，我都会挡在你的前面。你现在累了，在我肩头歇一歇吧。"

芈月靠在黄歇的肩头，放松地吁了口气，没有说话。

楚王槐瞪着他们，眼珠子都快瞪出来了，指着他们，手指抖得厉害："你、你们……"

芈月斥道："闭嘴。"

楚王槐闭上嘴，眼中显示已经明白了的神色来。只是他不解，既然黄歇与芈月如此情深义重，为何又要冒险相救自己，甚至激得芈月不惜亲身追赶，将自己置于险地。

这样的情感，他这一生，也是不会懂的。

黄歇解下腰间的水囊，问道："你要不要喝口水？"

芈月接过水囊喝了几口，又放下递给黄歇道："你也喝一些吧。"

黄歇喝了几口道："够了，接下来你喝吧。"

芈月看了看楚王槐，楚王槐的嘴角已经有些脱皮了，正渴望地看着水囊，见到芈月的眼神，又转开头。

芈月将水囊扔给楚王槐，斥道："你喝吧。"

楚王槐接过水囊，有些吃惊地看着芈月，又看看黄歇，犹豫道："你……"难道她不杀自己了。

芈月冷冷地道："若是赵雍先进来，我还是会先杀了你，若是舅父赶到，你的命运仍然不会有改观。不过，我不屑于在这种小事上虐待你。"

楚王槐举起水囊喝了几口，叹息道："你何必执念太重，若你不是亲自来追我，也不至于有此时之困。你纵然有再多设想，若是落于赵雍之手，也是无用。"

芈月道："人若无执念，与行尸走肉何异？"

忽然楼梯上有人大笑道："说得好。"

芈月一惊站起，黄歇剑已经出鞘。

却听得楼梯上步履声响，赵雍独自一人，提剑一步步从楼梯上走上来，笑道："咸阳一别，秦太后安好。"

芈月一惊，耳听得楼下果然已经没有厮杀之声，想是赵雍的兵马已经控制了角楼下面了，只是这楼梯狭小，只得一人上来，想是赵雍自恃已经控制局面，所以才如此放肆。

但见他衣不沾尘，剑不染血，端得是风度翩翩，气派雍容。

芈月想到此人之前种种所为，心中暗恼，冷笑道："赵主父走得匆忙，害得朕来不及送别，实在深为遗憾。"

赵雍看了一下周围环境，微笑着收剑入鞘道："太后实在客气，还派人在秦赵边境强留，使寡人差点不能回赵。太后如此盛情，令寡人常挂于心，得知太后来到边城，实是欣慰异常，也想请太后到邯郸一行，让寡人尽一下地主之谊。"

芈月冷冷道："三年前主父趁我秦国大乱方定，夺我榆林之地，收林胡部族，致使我大秦失去东边的牧马之地；去年乔装入秦，窥我国政；今年与我争代地，夺楼烦部族，今又困朕于此。桩桩件件，不敢相忘。"

赵雍亦微笑道："太后当年入燕，是我赵国一路护送。太后自燕国归秦，更是我赵国一力支持，这桩桩件件，太后也不要忘记才是。"

芈月道："函谷关外，赵人撒手，是我孤身入秦；季君之乱，赵人趁火打劫，秦国亦已经付足代价。"

赵雍语带威胁："太后有经略之才，若是秦国无太后，不知道将会怎样？"

芈月反口相讥："秦国经历变乱，肃清隐患，就算秦国无我，国政亦将在我的预设之中步向辉煌。但主父执掌赵国，外盛内虚，新政旧人尚未理清。恐怕不等主父离去，就将会爆发大乱。主父此时来劫持于我，岂不是本末倒置？"

两人唇枪舌剑，毫不相让。赵雍哈哈大笑："楚主昏庸，齐主暴虐，魏主无能，韩国软弱，燕主年幼……这天下能与寡人对弈者，唯秦太后也。我赵国自寡人手中崛起，如今若论兵强马壮，也唯有秦国堪可比拟。若赵国去了外患，寡人理清内政，是举手之事！"

芈月却摇头："错了，你和先惠文王一样错了。唯国有外患，才能够上下一心，若国无外患，内患就会变得不可收拾。"

赵雍拱手道："听太后一言，胜读万卷书。寡人真盼望从今日以后，能够与太后日日相见，时时交谈。今寡人特来相请，太后，请吧。"说着，将手一摆，便要将芈月带走。

芈月却退后一步，笑道："我说过，没到最后一步，我是不会束手就擒的。"

黄歇适时走上前一步，执剑抱拳道："在下黄歇，见过赵主父。"

赵雍见状，微笑着拔出剑来，弹了弹剑，叹道："真可惜，朕看公子歇为人，文质彬彬而后君子，可是如今又何必负隅顽抗，徒劳无益。"

芈月冷笑道："我不是君子，我是女人，所以不必跟你讲君子之道。不到最后一刻，我不会轻易认输。"

赵雍道："看来，寡人也是需要向太后展示一下剑术了。"

说着，一剑朝黄歇挥去，黄歇迎上，两人交起手来。

两人均是在剑术上有着深厚造诣，赵雍固然是沙场百战，黄歇却也是历经阵仗，两人你来我往，过了数十招，依旧不见胜负。黄歇虽然一路赶来疲惫不堪，然而存心拼命，赵雍自恃胜券在握，欲要姿势好看，一时竟是拿他不下。

正当两人陷于胶着之时，忽然两名赵将冲上楼叫道："主父，不好，秦国援兵到了。"

两人一惊，收剑跳后一步，形成对峙之态。

赵雍眉毛一挑，一指芈月吩咐道："把他们都带走！"

那两名赵将却急了，叫道："主父，不行，秦国兵马比我们多，我们得赶紧走。"

角楼狭小，楼梯只容一人通过，若是秦太后此时已经受擒，倒也无妨，可是此刻却是情势逆转，半点也延误不得。为安全计，只能自己这方以脱身为上，若是再图挟持秦太后，只怕秦兵赶来，自己先脱不得身了。

赵雍恨恨地跺了一下脚，暗悔自己刚才过于托大，看着芈月却彬彬有礼地拱手笑道："太后的属下实是扰人兴致，今日看来请不得太后去邯郸了，我们后会有期。"

芈月看着赵雍，冷冷道："彼此，彼此。"

赵雍看着两人，长叹一声："可惜，可惜！"他知今日事已不可为，干脆收起长剑，转身就走。

此时，大批秦兵，已经源源不断地赶来了。

过得不久，便听得外面有人齐声道："臣等救驾来迟，请太后恕罪。"

芈月走下角楼，走到向寿面前，问："今天是几日？"

向寿一怔，旋即会意，看着芈月眼中有一种兴奋的光芒道："五月初一。"

芈月眼睛一亮："五月初一。"

第十七章

郢都灭

秦军伐楚，兵分两路，一路由司马错率领，借送秦女入楚嫁于公子兰之名，混于陪嫁队伍中，一路上骗开关卡；另一路则由白起率军，自巴蜀顺乌江而下，过沅水，登鄢城，直抵郢都。

五月初一，秦军攻入郢都，直抵章华台下。

白起、魏冉与芈戎率着手下站在章华台高高的台阶下，看着巍峨的宫殿，大步进入。一路上，只见宫女内侍仓皇逃走。

芈戎更不理会旁人，率兵直入豫章台。这个地方，他只有小时候来过，那一次，他亲眼目睹了楚威后滥施淫威，当着他姊弟的面，杖责女葵。

此后，他被送到泮官学习，再也未曾踏足此地一步，然而幼儿时期那种恐怖的感觉，在他心底留下的印象，挥之不去。

他虽然离开了那个地方，然而他知道，他的姊姊却在这个恶妇的手下受苦，活得战战兢兢，活在恐惧和压力之中。他知道她亲眼目睹过生母的惨死，她曾经被这恶妇暗算过不止一次，溺水、下毒，种种手段。

他想起自己的养母莒姬，他本以为浴血沙场之后能够接她出宫安享晚年，可是却被这恶妇无缘无故地毒死，令她含恨九泉。

想到这里，更不犹豫，一脚踢开大门，长驱直入。

两边的宫娥内侍正在乱跑乱叫，见着这一身黑盔黑甲满身杀气之人，率着一队凶神恶煞闯入的时候，竟是吓得不敢吱上一声，俱都跪了下来。

芈戎冷笑一声，长剑拔出，指向一个内侍，喝道："威后何在？"

那内侍战兢兢地指了指内殿，芈戎更不答话，大步走到门前，一剑直接削下帘子，闯入内殿。

阳光射入内殿，但见楚威后身着黑色寝衣，披散着满头白发，倚在几上半睡半醒，似乎已经听不到外面的喧闹声了，只有这阳光射入，惊动了她。她茫然地睁开眼睛，看到了满脸杀气的芈戎，竟是怔了一怔，似乎她这老到迟钝的脑子，竟是一时还回不过神来，拍了一下几案叫道："你是何人，好大胆子，竟敢闯进这里来……"

她身边的侍女女岚逃之不及，抖抖索索地扶住她叫道："威后，不好了，是秦兵攻进来了。"

楚威后睁着老眼问："你说什么？"

女桑附在她的耳边大声说："秦兵攻进来了。"

楚威后猛地坐起来，厉声道："你胡说，秦国、秦国不是姝在做母后吗……"

芈戎大笑一声："老毒妇，你那小毒妇女儿，早在十多年前便已经被处死了！"

楚威后大惊站起，又跌坐在地，失声惊叫道："不可能，不可能……"

芈戎看着楚威后，想起这毒妇昔年高高坐在上首，威仪十足，任意福威，如同神祇。可是此刻眼前的楚威后，一身皱巴巴的黑衣，满头白发散乱，苍老不堪，形如鬼魅。

楚威后直瞪着魏冉和芈戎，似乎没有反应过来，好一会儿才忽然嘶声叫道："你们是什么人，竟敢擅入豫章台，给老妇滚出去，滚出去！"

她摸索着拿起拐杖，壮胆似的虚挥一下敲在席面上。

魏冉看着楚威后，有些不能置信眼前的老妪就是心心念念的仇人，不禁回头犹豫地问芈戎："她就是……楚威后？"

芈戎神情复杂地看着满头白发苍老不堪的楚威后，点头道："是。"

楚威后有些惊惶地看着两人，问："你是谁，你们是谁？"

芈戎轻叹一声道："没有想到，你居然已经这么老了！"

楚威后混沌的思想慢慢恢复："你们真是秦兵？我的姝怎么样了？对了，我的子槐，我的子槐被秦人扣押了啊！"她顿时想起了一切，不禁拍着几案大哭起来。

芈戎按住欲上前的魏冉，忽然慢慢地蹲下身子，放缓了声音问她："你还记得向氏夫人吗？"

正在号哭的楚威后忽然一下子僵住了，她混沌的眼睛中忽然有了一丝惊恐，在席上不断后缩，不断摇头："你说什么，你们到底是谁？"

芈戎上前一步，放低了声音道："王后不记得我了，我是子戎，是向夫人生的儿子。这是我弟弟魏冉，也就是你把我母亲赶出宫后在西市草棚中生的儿子……"

楚威后失声尖叫起来，捂住耳朵拼命摇头："不、不……为什么我还没有杀死你，为什么我还没有杀死你们……"

芈戎的声音放得更柔和了："王后，您可还记得，当日您在这间宫殿里，将我的养母莒夫人毒死，她是不是就死在这个位置呢？我要不要在这个位置，也给您灌一杯毒酒，教您也尝尝那毒酒穿肠的滋味如何？"

楚威后浑身颤抖，叫道："不关我的事，是她自己吃错了东西，我没有杀她，我没有杀她。"

芈戎的声音更加柔和："好教王后得知，我姊姊，就是向夫人所生的霸星之女，她如今是秦国的太后。您最宠爱的女儿公主姝，是她下旨赐死的；您最得意的儿子楚王槐，如今被她扣押在咸阳正受苦呢！"

楚威后掩着耳朵，不停地尖叫："不——不——我的姝，我的槐啊——"

芈戎继续道："我们奉了太后的命，是为灭楚而来。我们要灭了楚国，灭了郢都，灭了这个宫殿。再把你这个毒妇，带到我母亲的墓前，由我们兄弟，亲手砍下你的头颅，祭过母亲以后，再送到我阿姊，也就是大秦太后的面前……"

楚威后惊恐地不停地后缩："不要杀我，不要杀我。我是你们父王的原配，我是王后，你们的嫡母，你不可以杀我的……"

芈戎哈哈大笑："楚国都灭了，你还是什么王后，还是什么嫡母啊！"

女岚正缩在一边瑟瑟发抖，却见楚威后越退越往她这边来，顿时尖叫一声，推倒楚威后，连滚带爬到另一边，叫道："奴婢只是宫女，求公子开恩，求公子开恩。"

楚威后被女岚推倒，头顿时撞在几案上，撞出血来，她尖叫一声，咒骂道："女岚，你这贱婢，你敢推我——"

芈戎轻叹了一声道："女岚，你不会以为我不知道你干过什么事吧！你自幼便监视我阿姊、欺负我阿姊。我养母莒夫人与你何冤何仇，你为何要唆使这毒妇鸩杀于她……"

女岚尖叫一声，爬起来就准备向外逃去。

芈戎剑一挥，鲜血飞溅。

鲜血浇了楚威后一头一脸，女岚的人头滚落到楚威后面前。

楚威后看着人头，疯狂大叫。

忽然间她的叫声停顿了，一口浊血喷出，整个人眼睛凸出，僵立不动。

芈戎的剑指在了楚威后的脖子上，喝道："毒妇，现在该轮到你了。"

却见楚威后一动不动，魏冉上前，按在楚威后的脖子上，抬头厌恶地道："她死了。"

芈戎恨恨地一挥剑，楚威后的人头飞上半空，芈戎将她的尸身踢开，恨恨地道："便宜这毒妇了。"

魏冉冷笑一声："教她这一生狠毒残暴，临老却亲眼看着她的儿女死在她的眼前，自己也被子孙抛弃，死于刀剑之下，也算是她的报应。"

芈戎大喝一声："拿火把来。"

手下奉上火把，芈戎将火把往帷幄上一掷，冷笑道："便让这罪恶之地，就此一把火烧了吧。"

冲天大火烧起，这豫章台，连它深藏着的种种罪恶，自此不复存在。

而此时被楚王横流放出京的屈原，正蓬头垢面茫然走在汨罗江边。

江边的老渔父看着他走过，忽然上前拉住他辨认："咦，您是……您是三闾大夫，您是屈子，您怎么会在这儿啊！"

屈原长叹："我被前王放逐，又被新王放逐！"

老渔父诧异道："为什么，您这样的好人，为什么两位大王都要放逐您？满朝文武呢，难道没有人说话吗？"

屈原惨笑："举世混浊而我独清，众人皆醉而我独醒，所以，我就要被流放。"

老渔父拍了拍大腿："嘻，那您就跟他们一块儿混浊，一块儿醉呗！"

屈原摇头："我不能。"

老渔父问他："为什么？"

屈原道："一个沐浴干净的人，怎么能愿意跳进污泥里。一个心里干净的人，怎么去附和混浊的世间。"

老渔父听不明白，但是，他问："那您怎么办？"

屈原刚要说话，忽然远处传来马蹄声，风中传来隐约的叫声："屈子，屈子，你在哪儿？"

屈原站住，喃喃地道："难道是子歇回来了，难道是他救回了大王……还是新王终于明白了那些人的奸谋，有心振作？"

老渔父见状忙道："不管怎么样，有人找你，就是好事。"连忙扬声叫道："屈子在这里……"

转眼，便见芈戎率着手下骑马自远处而来道："屈子——太好了，终于找到您了！"

屈原看着他们的黑袍黑甲，瞪大了眼睛："你、你们是秦军，这里是楚国,你们怎么会来到这里的?"

芈戎下马跪倒:"屈子,郢都已破,楚国已亡。我奉太后之命,接您去咸阳。"

屈原怔怔地看着芈戎,好半天才似慢慢消化了他的信息,震惊地倒退几步,道:"不,我不信,我不信……"

他没有理会芈戎,跟跟跄跄地往前走。

芈戎叫着他:"屈子,您要去哪儿?"

屈原摇头喃喃地说:"我不信,我要去郢都,我要去找大王,我要去找满朝文武,我要去找我大楚的男儿……"

芈戎的副将见状上前问道:"公子,此人是不是要拿下?"

芈戎跪着不动,冷冷地道:"让他去,让他亲眼看到,就会死心。"

屈原一路急奔,直至郢都,却只见满目疮痍,顿觉天旋地转,他的世界崩塌了。

> 滔滔孟夏兮,草木莽莽。伤怀永哀兮,汩徂南土。眴兮杳杳,孔静幽默。郁结纡轸兮,离愍而长鞠。抚情效志兮,冤屈而自抑……

五月初五,屈原自沉于汨罗江。

黄歇闻听秦人入郢,如天崩地裂,一路策马急驰,自秦入楚。

沿途但见满目疮痍,昔年的楚国,已经尽在秦人铁蹄之下。曾经繁华无比的郢都城,亦成为一片废墟。

他冲过长街,直入屈原府中。

此刻,整个郢都似乎只有屈原府中,还保持了原来的风貌。

黄歇冲入庭院,仓皇而呼:"夫子,夫子——"

女婴素服迎上了他,伏地泣道:"子歇,你终于回来了!"

黄歇看到她一身素服,顿时跌坐在地,颤声问她:"夫子呢?夫子呢——"

女婴将手中木匣捧给他："夫子临死前，还念叨着您，让我把这信交给你。"

黄歇颤抖着接过木匣，打开，里面是数篇竹简，一封帛书，他哽咽着问："夫子，他、他是怎么去的……"

女婴闭目流泪："夫子于五月初五，自沉于汨罗江。"

黄歇伏地痛哭："夫子……"

女婴叹道："先生哀郢都之灾、痛君王之陷，自知无法回天，只能以身殉国，唯望他的死，能够唤醒君王之沉睡，能够唤起楚人抵御外敌之心，亦望子歇能够承他遗愿，救楚报国。"

黄歇只觉得似天崩地裂，整个人似魂不附体，茫然无措。夫子就这么走了，竟连他也不等一下，可是，为什么要把这么一件难于登天的重任交给他？

夫子，你希望我能做申包胥，可申包胥还能哭秦廷搬救兵，我、我如今又能往何处去哭啊！

冥冥中，他似看到屈原向他走来，同他说："子歇，我知道交托给你的是一件逆天之事，是在强人所难，因为我自己也做不到。可我也只能把希望寄托在你身上，为楚国求一线存活的命脉……"

黄歇惊叫一声："夫子，夫子——"欲去抓住屈原，可是他抓住的却是一片破碎的虚空之境。

此时，逃走未遂的楚王槐被秦兵押着，登上章台宫的高台。

太后芈月已经在台上置几案，自斟自饮。

楚王槐此时已经完全放弃了，也不再困顿，只挥了挥袖子，走到芈月跟前，自己倒了一杯酒，问道："你意欲何为？"

芈月道："我准备把你送回郢都去，你高兴吗？"

楚王槐摇头道："你是宁死都要杀了寡人，现在却说要送寡人回楚国，回郢都？寡人不信。"

芈月道："因为我们已经攻下了楚国，攻进了郢都。"

楚王槐整个人如被雷击，倒退三步，失声惊叫道："我不信，我不信……我们楚国，立国八百年，从周天子到晋国到诸侯，没有人可以过江东，没有人可以……"

芈月道："我的兵马，自巴蜀顺乌江而下，过沅水，登鄢城，直抵郢都。你的爱妃郑袖、爱子子兰，一路为我们打开关卡，进了郢都……"说着，她将身边几案上的一个木匣打开，推到楚王槐面前："认得这颗随侯珠吗？"

木匣内，一只径逾盈寸的圆珠，发出碧绿色的莹光，楚王槐颤抖着手接近灵蛇珠，快碰到的时候却又像触电一样缩了回来，惊叫道："母后的灵蛇珠，这是母后的灵蛇珠……"他抬起头来，看着芈月，眼神变得凶恶："你、你把我母后怎么样了？"

只是他的眼神再凶恶，于芈月来说，也是毫不足道的，她摇摇头道："和氏璧与随侯珠，是楚国列祖所传的国宝，不是属于某一个人的，更不属于你母亲。"

楚王槐却恍若未闻，只问道："我母后呢，你杀了我母后吗？"

芈月道："郢都城破的时候，你的儿子、你的姬妾都逃走了，却没有人告诉你的母后，郢都城破了，要逃走……"

楚王槐跌坐在地，喃喃地道："不孝子，不孝子……"忽然间他抬头怒视芈月，痛悔交加："寡人真后悔，没有听母后的话，母后早就说要杀了你，杀了你的……"

芈月忽然笑了："你当真信那个预言？"

楚王槐反问："难道你不信？"

芈月摇头道："我的确不信。今日的结局，皆出于我自己的努力和你的愚蠢。甚至就算没有我，以你的愚蠢，一样会落入今天的结局中。"

楚王槐愤怒之至，怒道："你胡说？"

芈月毫不客气，一一历数："你继位之初，有先王余威，还有令尹昭阳的能征善战，以及左徒屈原的奔走列国，以至于楚国一时呈兴旺之势，甚至成为六国合纵之长。只可惜，你此后信佞臣、宠奸妃、贪小利、少谋略，将这楚国在先王手中创下的大好局面，步步断送。"

楚王槐听着这一句句诛心之语，脸色越来越是难看，忽然哈哈一笑，道："寡人倒要听听，寡人输在什么地方？"

芈月道："你听从张仪的诱惑，与齐国断了邦交，失信于齐国；与秦国开战意气用事，失汉中，败蓝田，国势至此，日渐衰落。是也不是？"

楚王槐张了张口，他欲反驳，竟是无法反驳，咬咬牙还是硬撑着君王威仪："是，那又如何？"

芈月道："昭阳、屈原图谋巴蜀，已经做好了准备，可你理政无方，坐视良机丧失，反让秦国得了巴蜀，才能够令我军从巴蜀之地顺江而下，直入郢都。你宠信靳尚，有违与韩魏的联盟，你一而再、再而三贪图小利而不知大势，得罪于诸侯，最后招致楚国众叛亲离。你宠信郑袖，在子横与子兰间摇摆不定，令得这两人各怀私心。子横没有告诉你秦国的内情，子兰打开了城门引进了秦兵，最终导致了楚国的毁灭。其实有没有我，你都是注定要失去江山，失去王位。"

楚王槐失神地坐在地上，喃喃道："原来都是寡人的错，都是寡人的错。"

芈月厉声道："你对不起先王的在天之灵。待我进了郢都，我会把你押回去，把你关在陵园之中，日日向先王忏悔，让天下人看看昏君的下场！"

楚王槐忽然笑了起来："哈哈哈哈哈……"

芈月坐下来，看着他发狂。

楚王槐止住笑声，道："你说得是，寡人的确有负江山，有负列祖列宗。不过寡人是一国之君，就算死也要死得有尊严，不会在余生任你羞辱，苟延残喘地存活。"

芈月道："那你还能如何？"

楚王槐淡淡一笑，他站起来，整整衣冠，向着楚国的方向跪下，三跪九叩："不肖子孙槐，昏聩失德，有负社稷、有负列祖列宗，如今就自行殉国，向我芈族列祖列宗谢罪！"

他跪叩毕，忽然冲上栏杆，纵身跃下。

芈月站起来，上前几步跑到栏杆前，往下看去——章台宫下，楚王槐摔落在地，七窍流血，已经死去。

芈月闭眼，片刻睁开，缓缓道："将楚王槐的遗体，送回南郡。"

楚王槐遗体送回楚国，以国礼安葬，他虽然举政失措，但君王死于异乡，却是国家之耻，国人之悲。楚人追其谥号为"怀"，谥法曰："慈义短折曰怀。"史称楚怀王。

就在楚怀王死去的次日，秦宫之中，也因为他的死，而产生了另一场纷乱。

王后芈瑶因为听到了父亲的死讯，惊恐哀绝之下，竟是忽然早产。

椒房殿外室，一阵又一阵的痛呼声从内室传出，嬴稷急匆匆进来，喝问："怎么回事？"

竖漆忙回报："大王勿忧，王后早产，御医已经在里面了。王后吉人天相，一定会无事的。"

嬴稷问道："王后还不到产期，怎么会忽然早产？"

竖漆低声道："听说是……王后听到了楚王的死讯，动了胎气。"

嬴稷大怒："身边侍候的人呢，是谁胆敢把这件事告诉王后的，都拖出去打死。"

见他盛怒之下，竖漆顿时不敢说话，室内一片沉默得吓人的安静，只余内室芈瑶痛呼之声，与女巫吟念之声。

唐棣匆匆赶到，看到这种情景，也站在门口，不敢挪动也不敢发出声音，她身后所跟着的诸侍女更是不敢动上一动。

忽然一阵婴儿的啼哭从室内传了出来，竖漆眼睛一亮，叫道："生了，生出来了……"

嬴稷一喜，正准备往内室而去，便见乳母抱着襁褓从室内出来，向嬴稷跪下道："恭喜大王，贺喜大王。王后生了一位小公子。"

唐棣暗松了口气，迈过门槛进来，率众跪下贺道："恭喜大王，贺喜大王。"

嬴稷接过襁褓，却焦急地问："王后怎么样了？"

乳母犹豫了一下，嬴稷喝道："说！"

乳母扑通磕了个头，哽咽地道："王后难产，血流不止……"

嬴稷一惊，抱着婴儿就向内冲，竖漆一边叫着道："大王，血房不吉不可进去啊……"一边也跟了进去。

乳母跪在地下不知所措，唐棣已经站起，冷静地吩咐乳母道："你快进去，帮大王抱着孩子。"

乳母茫然地站起，急忙奔进去。

唐棣身后的傅姆道："夫人，您……"这时候，作为一个聪明的妃子，应该跟进去讨好和帮助，以显示存在啊。

唐棣却摇了摇头，轻叹一声："这时候，我不便进去。还是在外头多照应着些吧。"

嬴稷抱着婴儿冲进椒房殿内室，见侍女、女医俱跪下了，嬴稷急问："王后怎么样？"

女医叹息着摇了摇头，嬴稷疾步上前，掀起床帐，脸色惨白的芈瑶已经陷于半昏迷了。

嬴稷将婴儿交给侍女，扑上前抱起芈瑶，叫道："王后，王后……"

芈瑶闭着眼睛，似已经陷入昏迷之中，任嬴稷怎么叫唤，也是一动不动。

婴儿忽然大声号哭起来，这哭声似终于将芈瑶唤回，她微微睁开眼睛，吃力地道："孩子，孩子……"

嬴稷伸出一只手，侍女连忙把婴儿递过去，嬴稷把婴儿捧到芈瑶面前，忍悲含笑道："王后，你睁开眼睛看一看我们的孩子。"

芈瑶吃力地睁开眼睛，看到面前的婴儿，露出一点喜悦的笑容，旋即泪如雨下。

嬴稷用力抱紧芈瑶，努力用欢欣的语气说道："是个男孩，王后，你为寡人生了个儿子，寡人会立他为太子，你想不想看到他立为太子的典礼？"

芈瑶哽咽着道："想，可惜妾身看不到了……"

嬴稷心头一痛，再也装不出欢快的语气了，哽咽道："不会，不会的，你要撑下去。栋儿才刚出生，没有母亲会活不下去的。"

芈瑶喃喃地道："栋儿？"

嬴稷道："寡人早就想好了他的名字，叫栋，栋梁的栋，要让他将来做我大秦的栋梁，你说这名字好吗？"

芈瑶不住地落泪，不停地点头道："好、好……"忽然她整个人身体一软向下滑去。

嬴稷一惊，把婴儿递给侍女，双手抱住芈瑶叫道："王后，王后……"

芈瑶奄奄一息，气息微弱地道："大王、大王，我不成了，栋儿以后，就只能拜托大王多加怜惜了。"

嬴稷哽咽："王后……"

芈瑶嘴角忽然露出一个极微弱的笑容，道："我单名一个瑶字，母亲小时候叫我阿瑶。"

嬴稷点头："我知道……"

芈瑶努力睁开眼睛，这么一个极微小的动作，对于她此时来说，亦是极吃力的，她看着嬴稷，目光中无限爱恋："大王，你一直叫我王后，你能叫一声我的名字吗？"

嬴稷颤声叫："阿瑶……"

芈瑶嘴角露出一丝笑容，极是微弱，语声亦是断断续续："大王，我觉得此生最幸运的事，就是嫁给了你……"

嬴稷扭头拭泪，哽咽道："你别说了，我、我对你……"

芈瑶的眼睛已经睁不开了，却还努力地想再看着他："大王，你对我一直很好，哪怕我的母族一落千丈，可你一直保护着我，不让我受到别人的欺负。"

嬴稷只觉得胸口堵得紧，只觉得悔恨交加："不，阿瑶，我应该对你更好的。"

芈瑶轻轻摇头，她的声音越来越低："我母亲早亡，在楚宫受尽冷落，这一生唯一对我好的人，就是你。我一直告诉我自己，我应该满足的……可我快要死了，我不甘心，我想任性一回。我知道大王是个君子，你对我好，因为我是王后，是你的妻子。可我还想问问你，在你心中，这份好，可有一丝是给阿瑶，给我这个人的?"

嬴稷抱紧了芈瑶，温柔地轻声道："在成亲之前，我只知道要娶一个王后，并没有什么感觉。可是在新婚之夜，我看到的是一个令人怜爱的女子，她叫阿瑶。从那一天起，到现在，我眼中看到的你，都是阿瑶，而不仅仅是王后……"

芈瑶脸上陡然焕发出光彩来，苍白的脸上一层红晕，眼睛也放光了，她绽开一丝笑容，吃力地道："谢谢……"

这一刻，是芈瑶这一生中最美的时候。

芈瑶的笑容凝滞在脸上，眼中的光彩一闪而没，眼睛已经闭上。

黄歇自离郢都，一路收罗失散的楚国兵将，又打听芈横等人的下落，方知道芈横等楚国君臣，因郢都被攻破，逃到陈地，仓皇栖身。

所谓的新王宫，其实只不过是原来的旧郡守之府，狭小陈旧，完全不能与郢都高大的宫殿相比。然而在这样狭小陈旧的屋舍中，其争权夺利依旧不下于郢都的章华台。

因厅堂中太过狭小，连庑廊都窄到没有办法坐人，因此便是开一个所谓的朝会，亦只有楚王横、郑袖、公子兰、靳尚、昭雎等六七个人在敞开着门的厅堂中跪坐争辩，其余诸人不得不在院中成两排站立，相互交头接耳，窃窃私语。

此时，郑袖尖厉而极具强迫性的声音让人很想掩耳："与秦人交战，真是笑话。子横，你拿什么交战？还能够调集多少兵将？依老妇之见，不如早早归降，以保全宗庙，也免得黎民受苦。"

就见靳尚劝道："夫人之见有理，请大王决断。"

昭雎却怒道："大王，我楚国立国八百余年，不曾言降。我大楚地广五千里，带甲百万，而今让秦人占据我山河，挟持君王。凡我楚国男儿，皆当泣血执刃，以报国仇，岂可言降！"

公子兰轻佻地道："不降又能如何，难道昭雎将军就拿我们这些人，去和秦人决一死战？这与送死何异？"

昭雎膝行向前，向楚王横伏倒，泣告道："大王，老臣叔父一生忠心报国，含恨而亡。请大王坚定心志，休受奸人蒙蔽，莫让我楚国列祖列宗于九天含恨。"

公子兰冷笑道："大胆昭雎，你说谁是奸人？我母亲乃大王的长辈，我是大王的亲弟弟，是楚国令尹。你不过是个莽夫，贪酷粗鄙，屡犯律令，每每仗着先令尹而逃脱法纪。当真要我一一说出来不成？"

昭雎顿时语塞，他虽有昭阳之脾气，却无昭阳之能力，这些年来贪恋楚威后、郑袖等财色贿赂，竟是落了不少把柄在对方手上，此时见公子兰威胁，又气又怒，却只说得一个："你、你，你——"再也说不出话来。

公子兰见压下了昭雎，与靳尚交换了一个得意的眼神，一齐上前劝说楚王横："王兄，我们从郢都逃到陈地，住在这么破旧的地方，朝不保夕，日夜惊惧，苦不堪言。强撑着这个虚架子，又是何必呢。秦兵不日将到，这个破城能抵挡得住吗，到时候那些凶残的兵士可无从分辨您是大王，还是黔首，只怕乱军之中刀剑无眼，岂不冤枉。"

楚王横听着他语含威胁，明知道他不怀好意，竟是不敢拒绝，只脸色惨白地道："你们容我想想，容我想想。"

郑袖劈头斥道:"子横一向优柔寡断,只怕想上百年,也未有结果。既然战不成,早早晚晚都是答应,还想什么想?"

楚王横受迫不过,满眼哀求地看看群臣,期待有人能够为他解围。只是此时能逃出来的群臣,不是郑袖党羽,便是畏她历年手段的人,再见昔年屈原被逐之事犹在眼前,知楚王横不是个能顶事的主公,也都对他灰了心,此时此刻,自然不愿意跳出来替他杠上郑袖等人,当下皆都回避着他的目光。

郑袖见楚王横惶恐无助,众臣俯首,不禁得意,当下发号施令道:"子兰,你是令尹,起草好文案,请大王用印。靳尚,你升为左徒,与秦国议降。"

她话音刚落,便听得一个冰冷的声音自外面传来:"楚国危难之时,谁敢言降者,当以卖国之罪论处。"

楚王横正自绝望之时,闻声顿时惊喜地跳了起来:"子歇——"

众人的眼光立刻看向外面,却见黄歇一身战甲,带着一群衣甲破旧、身上犹有血迹但杀气昂然的兵士大步闯进,一直走到厅前,方才跪下道:"臣黄歇救驾来迟,还望大王恕罪。"

楚王横又惊又喜,竟是情不自禁地亲自站起来迎上去扶起黄歇,他激动得声音都有些结巴了:"子歇、子歇你能回来真是太好了。"

郑袖见状,却是又惊又怒:"大胆黄歇,竟敢披甲带剑直入宫中,你这是要谋逆吗?"

黄歇冷冰冰地道:"夫人要大王归降,要让楚国覆亡,有什么样的谋逆之罪比这个更大?"

郑袖大怒,连屈原都被她施计放逐,连楚王都要在她淫威下低头,小小黄歇竟然敢对她无礼,当下击案尖声叫道:"大胆黄歇,你竟敢以下犯上。你敢对夫人我如此无礼,难道不怕大王回来,要你合族性命吗?"

黄歇冷冷地道:"夫人等不到这天了。先王在秦国听说夫人与令尹子兰为了迎秦人的嫁妆开了郢都城门,怒而殉国了。"

郑袖闻听此言，顿时怔住了。半晌，才颤抖着伸手指向黄歇，尖叫道："你、你说什么，大王他……"

黄歇冷冷地道："秦人已经要将先王遗体送回楚国安葬，夫人，您如今是个寡妇了，当摘了笄钗簪珥，下去换掉这红衣艳妆才是。"

郑袖整个人都呆滞掉了，还没等她反应过来，黄歇一个眼色，楚王横身边两名乖觉的宫女连忙将郑袖扶下。

郑袖回过神来，尖叫挣扎道："你们、你们敢对我无礼，来人，来人，你们是死人吗……"

郑袖身边原也有不少宫女内侍，本不应该让她这么轻易被楚王横身边的宫女挟走，只是她身边的宫女内侍无不是知机之人，见了黄歇浑身杀气进来，三两句话便控制了一切的情景，竟是无不胆寒，皆缩成一团不敢吱声。

公子兰看着郑袖下去，不知所措地跟了两步，下意识地叫了一声："母亲——"

靳尚见势不妙，连忙叫道："大王，我们当备灵堂，为先王大祭。"说着便要拉了公子兰下去，准备召唤自己心腹之人前来相护。

黄歇却喝道："慢着——"

靳尚往后一缩，赔笑道："子歇还有何事？"

黄歇从自己身后护卫手中接过一个木匣子，掷在靳尚面前，匣子裂开，里面滚了一地的珠宝，他冷笑道："靳大夫走得太急，忘记把您府中的珠宝，还有与秦国往来的书信带走，我给您带来了。"

靳尚脸色大变，连忙摆手否认道："没没没、这些不是我的……"

黄歇继续将一摞木牍扔到靳尚面前，冷冷地道："何必客气呢，您受了秦人的贿赂，游说先王入秦，以至于被秦人扣押，让秦人长驱直入。您又欺哄公子兰和郑袖夫人，让他们以为秦人会助他们夺位，甚至不惜假传令谕，为秦人一路打开城门，以至于郢都被破。这里的信里还提到，您与秦人商议好，哄了大王投降，献上楚国，秦人就会授你上爵，赐你封地……"

靳尚已经瘫坐在地，浑身冷汗说不出话来："你你你……"

黄歇却没有理他，转向楚王横道："臣请大王下旨，将卖国通敌的靳尚当殿处死。"

楚王横不由自主地点了点头。

靳尚忽然蹦了起来，尖叫道："黄歇你竟敢要挟大王，来人，来人，将带剑擅闯朝堂的黄歇——"他才一张口，黄歇忽然拔剑，一剑刺中靳尚心口。

靳尚扑倒在地，才断断续续地说完最后两个字："拿……下……"这才断气。他的脑袋就倒在公子兰的膝盖边，却是双目圆睁，死不瞑目，身上鲜血蜿蜒着流了一地。

公子兰看着面前的头颅，短促地"啊"了一声，双手向后撑地，膝行退了几步，吓得颤抖不已，那鲜血沾染了他的膝盖、手掌，一股腥恶之气扑面，只觉得双手黏滞，那血气似要自他手掌渗入他的骨髓中去。

黄歇拔剑，吹了吹剑锋上的血，冰冷地看着公子兰道："公子兰身体欠佳，看来不适合再担任令尹一职，大王，您说是吗？"

楚王横看着芈兰，恐惧中交织着兴奋，颤抖着声音道："子兰，你是不是要向寡人辞职——"

公子兰已经浑身哆嗦，他虽然一向骄横，但素来不过是恃着背后楚王和郑袖宠爱，若遇上事情，还有靳尚出谋划策做助力。如今看着黄歇一来就押下郑袖，杀了靳尚，早已经吓得魂飞魄散，脑袋糊成一团，见黄歇朝着他一瞪眼，顿时吓得险些尿了出来，只能应得一声："是、是——"

黄歇立刻拄剑跪下，对楚王横道："请大王下旨，有再敢与秦人言降者，杀无赦。"

楚王横一把抓住黄歇的臂膀，站了起来，亢奋地道："有再敢与秦人言降者，杀无赦！"

庭院中所有的将士一齐跪下道："大王英明！大王英明！"

楚王横看着眼前所有伏倒的头颅，听着山呼："大王英明！"因生性懦弱而长期以来备受钳制的这个君王，此刻才终于有了自己是一国之君的骄傲。

群臣散去，此时内室中唯黄歇与楚王横对坐。

楚王横身体前倾，紧张地问他："子歇，寡人当如何处置子兰？"

黄歇神情冰冷："大王仁厚，当恩养公子兰，令其闭门读书。"

楚王横怔了怔："就'闭门读书'？那读到什么时候？"

黄歇意味深长地道："学问是要做一辈子的事情，公子兰喜欢钻研学问，就让他闭门读书一辈子吧。"

楚王横懂了，又问："那郑袖夫人呢……"

黄歇微带厌倦："大王也说了，郑袖不过是夫人而已，又不是王后。如今先王已去，她自当为先王素服戴孝。待先王入陵以后，再为先王终生守陵。"

楚王横顿时松了一口气："如此，大善。"看到黄歇会意的眼神，有些心慌地解释着："寡人知道应该处置他们……可寡人怕别人说先王尸骨未寒就……后世之人未必知道他们之恶，人人都只会同情败落之人……"

黄歇轻叹一声，抬手阻止楚横再说下去，冷冷地道："大王，如果连今世都不得自主，哪里还管得了后世。"

楚王横脸一红，拱手道："子歇说得是，寡人之前就是顾忌太多……"

黄歇看着眼前懦弱又好虚名的君王，想起郢都之灭、想起屈原投江，想起一路行来所见的民生之哀，忽然觉得极度的疲惫。他抬起手，已经不想再听他继续解释下去："大王生性仁厚，是臣下之福。臣明白，所以为恶的当是奸臣靳尚，郑袖夫人和公子兰不过受了蒙蔽，令夫人静养，公子读书便罢了。"

楚王横顿时放了心，看着黄歇充满希望地问："子歇，你来了，寡人就有了主心骨，你说，既不能降，又无力战，如今这楚国应该如何？"

黄歇道："降是万不能降的，我们只能以战促和。"

楚王横一怔："以战促和？"

黄歇道："楚国八百年王业、五千里山河，秦人只不过是打我们一个猝不及防，使得人心涣散，溃不成军。若是大王坚定信念，收拾人心，便是击退秦人，收复郢都，亦不是不可能的。"

楚王横一路逃亡，心胆俱丧，能够偏安一隅活命便是万幸，听到黄歇更说到击退秦人收复郢都上来，不由得精神一振："子歇，我们真的能够回郢都吗？"

黄歇见他心心念念，只在"回到郢都"，心中暗叹，口中却道："只有将秦人打痛，让秦人知道，灭楚付出的代价太高，才能够促使他们为了减少损失，与我们谈判。大王别忘记了，秦人不止我们一个对手，他们背后还有三晋和齐燕五国，如果楚国之战拖长了时日，兵力都陷在楚国的话，那其他五国未必不会背后伸手……"

楚王横自郢都逃出，但见兵败如山倒的情况，早已经吓得斗志全消，若不是靳尚、公子兰等人逼他投降，实是令他做牺牲品而使他们自己得利，他才宁死抵抗。实则若是秦人略示好处，他也实是想一降了事。如今听得黄歇分析，顿时又信心大增，不断点头："子歇说得是。"

黄歇道："大王放心，万事都交给臣吧。"

楚王横不断点头："是、是，子歇，寡人不倚仗你，还能倚仗谁呢。"

秦人攻楚，楚兵溃败，楚王横拜黄歇为令尹，封春申君，重整兵马，再抵秦军攻击。

黄歇一身玄端，戴七旒冕冠，佩剑走过陈地新宫长廊，两边的侍从纷纷行礼："君上。"

黄歇目不斜视，走过长廊，走进他所居的书房中，推窗而望，但见长天一色，心中感慨万端。

夫子，您要我做申包胥，我没有秦庭可哭，没有救兵可搬。我只能自己做楚国的救兵，我只能凭自己的双手，去扶这危亡的河山。弓在弦上，不得不发，我就不能够容忍任何蠹虫挡在我的面前。我要把一切掌控在我的手心，绝不会再让他们用对付夫子的手段对付我。将士冲锋在前，就不允许背后射来的暗箭。臣道能守就守，不能守也只能以社稷为重了。

皎皎，我曾希望能够照料你一生一世，可你现在已经飞得太高，飞得太远，我不想跟在你的身后飞，成为你的附庸，更不想只能仰望于你，那就让我在和你同样的高度，在你的对面展翅高飞。楚国虽然已经是一局残棋，我也要做你的对弈之人。

　　章台官后殿庭院中，四个穿着楚服的女巫站在四个不同的方位，在吟唱着《招魂》之辞，行着招魂之祭。

　　一女巫站于东方祭曰："魂兮归来！东方不可以讬些。长人千仞，惟魂是索些。十日代出，流金铄石些。彼皆习之，魂往必释些。归来兮！不可以讬些。"

　　一女巫站于南方祭曰："魂兮归来！南方不可以止些。雕题黑齿，得人肉以祀，以其骨为醢些。蝮蛇蓁蓁，封狐千里些。雄虺九首，往来倏忽，吞人以益其心些。归来兮！不可以久淫些。"

　　一女巫站于西方祭曰："魂兮归来！西方之害，流沙千里些。旋入雷渊，靡散而不可止些。幸而得脱，其外旷宇些。赤蚁若象，玄蜂若壶些。五谷不生，藂菅是食些。其土烂人，求水无所得些。彷徉无所倚，广大无所极些。归来兮！恐自遗贼些。"

　　一女巫站于北方祭曰："魂兮归来！北方不可以止些。增冰峨峨，飞雪千里些。归来兮！不可以久些。"

　　四人祝罢，齐叫唤曰："魂兮归来！"

芈戎自廊下走过，看到这一场景，不由得轻叹一声，他脚下不停，一路直至芈月寝宫前。

侍女云容打起帘子，芈戎还未走进，便觉一股药气扑面而来，他抬头见芈月倚在榻上，面有病容，旁边的几案上面摆着一卷竹简。

当日芈戎带回了屈原投江的消息，带来了这篇屈原的名为《哀郢》的绝命之辞后，芈月便口吐鲜血，大病一场。可是便是在病中，她依旧紧握这卷《哀郢》之辞，手不释卷。

芈戎走进来时，见到的就是这一场景，不禁皱了皱眉头，走到芈月榻边劝道："阿姊，你病了这么久，应该多多歇息安神，何必一直看这篇辞赋。"

此时毡帘放下，将外头的女巫作法之声便隔绝了大半，只隐约传入。

芈月摇摇头："若不看它，我更不能安神。"

芈戎小心翼翼地将新得到的消息禀告芈月："阿姊，据楚国传来消息，楚王横追谥楚王槐为怀王，拜黄歇为令尹，赐淮北地十二县，封为春申君。"

芈月没有说话，却拿起了竹简。

芈戎不安地道："阿姊——"

芈月轻声吟着："皇天之不纯命兮，何百姓之震愆？民离散而相失兮，方仲春而东迁。去故乡而就远兮，遵江夏以流亡。"她缓缓落泪："屈子能够给我写这篇赋，我这样铁石心肠，也看一次就伤心一次，何况他交代黄歇的，一定是更加让他无法拒绝。我想，我与子歇，这一生，缘尽于此了。"

芈戎劝道："阿姊，楚国之灭乃是注定，阿姊不必为此事挂心。"

芈月看了他一眼，问道："白起入楚，没有逞暴吧？"

芈戎道："阿姊预先吩咐过，他不敢的。"

芈月放下竹简道："别以为我不知道，他与魏国、韩国交战，坑杀士卒。"

芈戎赔笑道："为这件事，阿姊打也打过他，罚也罚过他了，只是此事须不能全怪他。三晋与秦有仇，当年秦人东进，在殽山受了晋人暗算，白骨如山，这是秦人百年之战，所以与三晋交战，双方都是不曾容情……此番征楚，有阿姊事先嘱咐，而且我和舅父事先与一些楚国封臣有了联络，他们纷纷投效，让战事进行得很顺利，自然也就不会有太大伤亡和怨气。"

芈月道："魏冉与白起在军中日久，素有军功，部属甚多。你来秦国资历尚浅，手底下没有足够的部属，这批楚国降将降卒，就交给你与舅舅。"

芈戎道："是。"

芈月道："魏冉到秦国的时候，还是个孩子，对楚国没有太多感情。我把这些楚国旧部交给你，我知道你能够妥善安置他们的。"

芈戎道："是。"

芈月道："你去吧。"

芈戎走了，文狸进来，悄声道："大王来了。"

芈月一怔："哦，他来何事？"

秦王嬴稷到来，却正是为了芈瑶所生的婴儿而来。

他本拟令唐八子照顾这个婴儿，不料，唐棣却推辞了，反要他另择一妥善之人照顾小公子。他不解，唐棣并不是嫉妒之人，他也不相信她会不好好照顾这个孩子。

可是，唐棣却拒绝了，她说，大王亲许王后，此子将来为太子，且大王又已经令她主持后宫。后宫和嫡子都在她的手中，权重则危，不利后宫。

嬴稷知道唐棣经常会有令他刮目相看的时候，可是此刻，他还是震惊了，甚至为她的心胸和气量而感觉到自愧不如。准备将这个孩子交给唐八子的时候，他是有过犹豫的，有过猜忌的。毕竟，从先王的后宫，他见识过太多丑陋和争夺。

然而，这个聪明的女子，在面临权倾后宫，甚至离后位仅一步之遥的时候，抵住了诱惑，而退后一步，得到了她自己想要的空间和位置。

他佩服她，更敬重她。但如此一来，他便只能求助于母亲了。

嬴稷走进章台宫廊下，两边宫女纷纷行礼

这时候，廊下煎药的宫女正熬好了药，文狸迎出来，端了药站起来屈一下膝道："大王。"

嬴稷摆手道："免礼，母后怎么样了？"

文狸道："太后这些日子已经好多了。"

嬴稷接过药碗，尝了一下，放下，接过托盘道："寡人给母后送进去吧。"

云容打起帘子，嬴稷走进去，为芈月奉上药："母后，请用汤药。"

芈月身子嫌恶地往后退了一下，摆了摆手拒绝道："罢了，这些苦水，我都喝到不想喝了。"

嬴稷劝道："良药苦口，母后罢朝已经好几个月了，若能早日病好，朝上才有主心骨。"

芈月拍了拍嬴稷的手，安慰道："其实我并不是病了，只是想放纵一下自己的心境，放纵一下自己的脆弱罢了。"

嬴稷不解："儿臣不懂，如今大争之世，列国环伺如行于虎狼群中，我们难道不应该掩盖自己的脆弱吗？"

芈月轻吁一声，淡淡地道："一张一弛是文武之道，人又不是铁打的，怎么可能一直强撑着。只不过，母后有足够自信，可以放纵自己的脆弱罢了。国之大事，在祀与征，这两件事，我心里有数便罢了，其余的内政，交樗里子尽可。有些事情不必死死地攥在手里，放一放，才是长久之道。"

嬴稷沉默片刻，才苦笑道："母后执政，已入化境，儿臣……只怕还做不到。"

芈月不在意地劝道："你还年轻，有的是时间学习和进步。"

嬴稷想了想，道："儿臣听说，母后要调白起回三晋的战场。"

芈月道："是啊。"

嬴稷斟酌一下字句道："有人说，白起与三晋作战，有些过头，容易结下死仇……"

芈月道："秦与三晋，有殽山之仇，本来就有百年之恨。"

嬴稷道："若是不用白起，是否会更好些？"

芈月却摇头道："稷儿，天地生万物，都有他的作用。身为君王，要懂得包容万物，驾驭万物。我秦国自立国以来，每当国势扩张时，所用者都非寻常之才。如百里奚之老迈、商鞅之酷烈、张仪之放荡、白起之残忍……为君之道，岂可只求良马驯弩，你更要懂得驾驭包括像白起这样的孤狼、张仪这样的狡狐、商鞅这样的鹰鸷，甚至连夜枭、长蛇之类的恶兽，他们的才能亦不是不能为君王所用……"

嬴稷怔住了，他知道君王应该礼贤下士，河海不择细流，方能成其大，但他却从来没有想过，在她的眼中，臣子们不但可以是良马驯弩，或者是烈马慢弩，原来竟然可以是狡狐鹰鸷、孤狼夜枭。想到这里，不禁冷汗涔涔而下："儿臣惭愧！"

芈月道："慢慢学吧，我知道你一定会做得比我更好的。"

嬴稷缓缓点头，回味着芈月说的话。

他做了这些年的国君，亦不是没有帝王心术，可是每每站在母亲面前，却常有一种高山仰止的感觉。他跟着太傅学习，樗里疾等重臣亦是悉心教导于他。但是很多时候，他摸不清母亲的思路，那样的随心所欲却又深通人性之隐秘所在，他想，或者是因为他和其他的君王思考方式都是由太傅教养，由各自的君父指点，但是她的思考方式却是天生的。所以，这些年来，她往往能够看透列国君王的心思，而他们却往往败在她的手中吧。

一时室内俱静下来。

半晌，芈月忽然问："孩子怎么样了？"

嬴稷一怔，好一会儿方回省过来，忙道："我暂时让唐八子照应，只是她却对我说……"

芈月问："说什么？"

嬴稷摇头，有些沮丧地道："唐八子却向我请辞，说她已经代为主持宫务，权重则危，不利后宫……"

芈月听得微微点头："唐八子也是个懂事的孩子，她说得对。我让薛荔去照顾孩子吧，她跟了我很多年了，定能保孩子无恙。对了，孩子叫什么名字？"

嬴稷道："叫栋，栋梁的栋。"

芈月也不禁有些唏嘘道："那孩子，也可怜，好生准备她的后事，以国母仪，令朝野服丧。"

嬴稷知道她说的是王后芈瑶，斟酌一下，才道："母后，卑不动尊，您身体还病着，儿臣原怕冲撞了您……"

芈月摆摆手道："我岂是她能够冲撞得了的，她年纪轻轻地去了，你更要厚待她才是。"

嬴稷忽然道："母后，您相信有命运吗？"

芈月微微坐起："怎么？"

嬴稷看着芈月，只执着地道："母后信吗？"

芈月看着嬴稷，半晌，摇了摇头，缓缓道："我不信。"

嬴稷看着芈月，半晌，苦笑："您不信吗？儿臣还以为……"

他还以为，她是信的。他不敢说，曾经关于她的谶言，他也隐隐听到过。他以为她应该是信了这个，才会屡次在危境中重生，在逆境中重起。这样的性情、这样的才智，不是一般的女人能有，若非天命，又是什么。

而芈瑶，就是那种命中注定的可怜之人吧。

或许只有这么想，他才会觉得心安些。

芈月看着嬴稷，肃然道："我告诉你所谓的谶言天命，只不过是心虚者的理由、失败者的借口、失势者的安慰罢了……"她忽然笑了，笑容中有看穿一切的能力，"想来，你曾经听说过我有天命的预言?"

嬴稷脸一红，不敢点头，也不敢摇头，只能低下头去。

芈月轻叹："我这一生，只有在燕国最落魄最艰难的时候，才会拿这句话来给自己打气。因为我为这句谶言，受了太多不应该受的苦，当时与其说是倚仗着有天命的信念支撑自己活下来，倒不如说我更多的是不甘心……不甘心就此沉沦，不甘心让仇人欢笑，不甘心服输屈膝! 可一旦我凭借着自己的力量重新站起来以后，我就根本不会再去想这样的事。人不能倚仗飘渺无根的命运而活，而是更应该去征服命运，超越命运。"

嬴稷震惊地抬头，看着芈月，久久不语。

而此时，唐八子宫中，唐棣与父亲唐姑梁并坐。

从人皆在外服侍，唐棣只能自己动手，倒了一杯酒，亲自呈给唐姑梁："父亲。"

唐姑梁饮了一口酒，点头道："老臣听说夫人这次的事了，夫人做得很好，太后、大王一定会满意夫人识大体、知进退的品格。"

唐棣苦笑一声："我不明白，父亲为什么要我拒绝，这是个好机会，我若再进一步，就能够成为王后了，甚至将来还可能生下自己的嫡子……"她毕竟年轻，面临如此大的诱惑，还是会犹豫，会动摇的。既然父亲将她送进宫来，是为了影响秦国将来数十年的国政，那么让她更早攀到这个位置，难道不是更好吗?

唐姑梁却摇头道："夫人，在太后、大王这两位英明神武的人下面，做一个有名有实的王后，那才是真正的危险。"

唐棣一震，顿时清醒过来，恭敬行礼道："请父亲教我。"

唐姑梁道："你知道我们墨家经义的核心是什么?"

唐棣不假思索："是'兼爱'和'非攻'，可是，这与我如今有干系吗?"

唐姑梁抚须微笑："世间的道理都是相通的，同样，好的理论可以用于一切事务。"

唐棣不解："后宫之中，也有'兼爱'和'非攻'吗？"

唐姑梁笑了笑："虽然于先师的理论来说，有些曲解，但你也可以用这四个字去照行。所谓'非攻'就是你从此以后，只准防守，不可进攻，可以自卫，不能反击。"

唐棣诧异地问："大争之世，若是只守不攻，那岂不是自断手足，坐以待毙？"

唐姑梁冷笑："有太后、大王在，你要攻谁，都是一种挑战权威，谁又能够在这样的天威下攻击你。轻举妄动，才是自寻死路。"

唐棣语塞，想了想，终究是不甘心地道："可我就这么一直待在八子这个位分上吗？从来日不恒升，花无常艳，父亲应该明白男人的好色，我焉敢以为大王会一生一世，就只喜欢我一人。如若是寻常人家，我倒也不惧，只是大王乃是君王，我何以约制于他……"她面对父亲，自然是直言不讳，甚至隐隐有些挑衅之辞。

唐姑梁微微一笑："你不要把后宫当成后宫，世间每一处地方，都是人间。你能兼爱世人，当兼爱你在这四方天里见到的人，而不是把她们当成情敌。所谓的'兼爱'，就是要以你的仁心善心，对待后宫每一个人。只要你广施恩惠，在任何时候，都会有人帮你、助你，为你说话……为父也是男人，知道男人的心理，没有一个男人会想对自己的床头人下手，除非他有了更喜欢的女人。可是你只要守得住底线，不犯错不出圈，善解人意，就会招人心疼，让人离不开你，哪怕再有新欢，只要你不犯错，那便只会是别人犯错……"

唐姑梁微一停顿，唐棣已经明白其意，忽然就笑了，笑得甚为苦涩："父亲，我明白了。你、你当真只是个男子啊！"

唐姑梁微闭一下眼睛，忽略唐棣眼中的苦涩，转了话题："墨子先师游说楚王救下宋国，归宋时遇雨，求在闾中避雨，却被人拒之门外。墨子并没有告诉闾人，他是救宋之人，而是默默在门外淋了一夜的雨。"

唐棣一怔，还不明白他的意思："父亲的意思是？"

唐姑梁道："为善不为人知，方是为善，为善若为人知，那便是伪，便是为了求名，是最令人讨厌的。夫人广施恩惠，要出自于心，不能是为了扬名。"

唐棣有些不解，唐姑梁也不理她，只自己拿起酒来，缓缓倾出，眼见酒盏已满，他却仍未停下，继续倒着。唐棣不禁叫道："满了。"

唐姑梁一笑，放下酒壶。

唐棣却知道他从来不做多余的事，怔怔地看着食案上的酒渍，忽然道："满则溢，所以，不管名声还是善行，都不可过满。为善若是为了扬名，人助你扬名，便是报了你的善心。名满则溢，你若以名挟人，反会招致怨恨。为善若不为扬名，受惠之人无以为报，才会记挂于心，危难时才会有人助你。"

唐姑梁微笑点头。

唐棣想了想，又道："父亲的意思是，太后、大王在上，我在他们眼皮底下，只可心地无私，善解人意，不可妄图揽权求名。"

唐姑梁点头。

唐棣没有再说话，好一会儿才长长出了一口气："父亲说的是至理，只是，儿等年轻气盛之人，终究意难平……"

唐姑梁抚须微笑："难道你认为自己比太后、大王更聪明、更强势吗？"

唐棣摇头道："不能。"

唐姑梁道："所以，你就只能等，不能争。"

唐棣终于平心静气地朝唐姑梁行了一礼："谢父亲教我。"

唐姑梁亦恭敬还礼道："夫人任重道远，老臣谨以祝福。"

唐棣道："父亲，朝上最近有什么事情吗？"

唐姑梁道："听说周天子将要派人来咸阳。"

唐棣诧异地道："周天子？他还能掀起什么风浪来？"

秦人忽然扣留楚王，又借此叩开关卡，攻入楚国，此举一记重击打残了楚国，也更令得其他五国顿时有了兔死狐悲之心。

此时周天子的使臣入秦，实质上却是受了其他五国的支持，而以残存的天下共主之名义，对秦国进行打压和道义上的讨伐。

虽然这些使臣，俱是号称奉周天子之命，只可惜，此时政出两门，东周公和西周公，都喜欢借着周天子的命令捞好处。

此番便是西周公所派使者，据卫良人对芈月分析，西周公素来不安分，借着周天子在他城中住，一心要与行使权令的东周公争个高下，又素来爱争出风头，常给三晋当枪使。这回来，必也是韩赵魏这三晋在背后支使。

西周使臣赵累入咸阳，昂然走上正殿。

芈戎在殿外挡住了他，喝道："使臣登殿，剑履不卸，实为无礼。"

赵累高傲地道："我乃天子使臣，代表天子而来，秦君难道不是天子之臣吗，岂可卸我剑履。"

芈戎冷笑道："纵你是天子使臣，要见诸侯，岂可无礼，卸了剑履。"

赵累针锋相对道："若卸剑履，有失天子威仪，将军不如先杀了赵某再说。"

芈戎道："你以为我不敢杀你吗？"

眼见两人僵持，便听得殿内传话，太后吩咐："容他上殿。"

芈戎冷哼一声退后，赵累哼了一声，昂然直入。

登殿这一番较量，实是赵累有意为之，却见芈月浑不在意，反而有些心虚，壮着胆子昂首走到阶前，并不行礼，只是微一拱手，高声道："周天子遣下臣赵累来问秦君：'自武王分封，诸侯皆各自有疆域，大勿侵小。而今秦君将楚王掳至咸阳私下囚禁，又入侵楚国，改郢都为南郡，可曾请得周天子的许可？如今秦君私下兴兵并吞诸侯，破坏武王的分封之策，是要与天下诸侯为敌吗？请秦君退出楚国，送还楚王，并向周天子请罪。否则天下诸侯将共讨之！'"

朝堂两边围坐的众臣都嗡嗡声起，看着赵累的眼光充满了轻蔑之意，赵累昂然不惧，他此番来已经得了列国好处，只消将周天子之诏宣布，再激怒秦人，便可以让诸侯联手，以"周天子之令"讨伐秦国。

不料芈月却不恼怒，笑道："使臣既来，请前坐，与朕说话。"

赵累一怔，心中却是不惧，当下便走上前来，坐在芈月下首特设的席位。

但见芈月微笑问道："听说周天子寄居西周公城中，不问外事，赵子前来，想是奉了西周公之命吧！"

赵累一惊，小心地绕过了这个话题的陷阱，道："臣奉的是周天子旨意，诏书上盖的是周天子之玺。"

芈月哦了一声，道："怎么我听说，西周公虽然奉养周天子，可与诸侯往来，应该是东周公的事才是。可真不巧，我这里倒有东周公送来的贺表，上面也盖着周天子的玉玺。不知道使臣手中的诏书，是经过东周公府颁发的正式诏书，还是西周公弄出来的私诏？"

赵累脸色顿时变了："东周西周，皆为侍奉天子的卿士，天子之旨，不管出自东周还是西周，都是周天子的旨意。听说楚王死于咸阳，秦君擅杀诸侯，难道不应该给天下一个交代吗？"

芈月笑了笑，却道："楚王做客咸阳，偶染小疾，以致天不假年，怎么能说秦国擅杀诸侯呢，这是谁放出来的谣言？"

赵累见芈月顾左右而言他，怒道："秦君是当天下人都是瞎子傻子吗？"

芈月却笑了，看着赵累道："楚怀王年老体弱，病死客途，难道不是很正常吗？说起这件事，我秦国倒有一件事想问问西周公，先武王荡，年富力强，出于对周天子的崇敬，不远千里去洛阳向天子问安，为什么忽然就被害身亡了呢？这件事，倒请西周公给我秦国解释解释！"

赵累听到此言，心中一惊，知道不妙，勉强回答道："秦君荡妄图试举九鼎，却不知九鼎乃我大周国器，天命所归，是他自不量力，被鼎所砸伤，与我周人何关？"

芈月指着赵累，笑得停不下来："西周公是当天下人都是傻子瞎子吗？我秦国有数十万甲士，一声号令之下，千军听命，何必自己效匹夫之行，亲去举鼎。你啊，连说谎都说不像。"

赵累怒道："此事乃千万周人与秦军亲眼目睹，秦君亲去举鼎而被鼎砸伤，不治身亡。"

芈月微笑道："人死无凭，随你们怎么说罢了。可是我们武王的确是因你们周人而死。为臣子的，自然不敢问周天子的过错，可是除周天子之外，其他人的责任，你们不给我们一个交代，那是说不过去的。"

赵累大怒，长身而起道："你这是无中生有，蓄意挑事。"

芈月笑吟吟地看着他："我们不挑事，可也不怕来挑事的人。"

赵累面对这样信口雌黄的回答实在忍无可忍，怒道："周天子虽然失势，可他的身后，却是天下诸侯。你们秦人不要太过分了。"

芈月诧异地道："赵子此言何意，我们安敢对周天子不敬？天下皆知，我秦国世代对周天子之忠诚于诸侯之中无人能比。当年西京为戎狄所据，我秦国先祖仲公，为保护西天子西迁，为西戎所杀。我秦国列祖列宗，奉周天子之令，为夺回西京，竟有七世先君死于戎狄之手。若论为周天子牺牲的先君之多，何人敢与我秦国相比。使臣信口雌黄，质疑我秦国对周天子的忠诚，实是辱我秦国列祖列宗，秦人凡有三寸气在，必杀你合族老幼，以血此仇。"

芈月越说越是声高，这厉声斥责之下，令得赵累也不禁退后两步。

赵累暗悔失言，只得伏地请罪："臣绝无此言，秦国历代先君对周天子的忠心，天下皆知，臣绝无辱及之意，还望太后不要误会。"

芈月假意以帕掩面，泣道："呜呼，先王啊，我秦国历代先君在天之灵，看到如今群小挟制天子，诋毁我大秦世代忠良，于灵寝中也会不安的……"

赵累低头暗翻白眼，抬头却一脸诚挚想再做努力："太后，今日臣奉周天子之令，议的乃是秦国无端侵占……"

芈月立刻截断了赵累的话："秦人爱戴天子，至忠至诚。谁承想天地间竟有不忠之臣，轻慢天子。我听说西周公伪称侍奉周天子，却只是为了贪图诸侯献与天子的财物，但对周天子却很轻慢不恭。听说周天子衣食供庆不周，以至于要亲自向人借债来维持生活，以至于如今负债累累，甚至还有无礼的债主登门索债，令得周天子不得不筑高台以躲债。堂堂天子，沦落至此，实是令人惊骇不已。所以……"

赵累大惊起身："太后意欲何为？"

芈月笑吟吟道："我秦国愿接周天子到咸阳来，筑以瑶宫、奉以卮酒、饰以锦绣、侍以美姬，实不忍周天子在西周公手中，受此虐待。"

赵累本以为秦太后不过一介妇人，自己一张利嘴，说遍诸侯，此番入秦，自然是片言可折。不想对方一张利嘴，指黄说黑，翻云覆雨，说哭就哭说笑就笑说翻脸就翻脸，竟是逼得他一身本事，无所发挥。眼见自己步步败退，不禁恼道："此诬蔑之词也，我要抗议，我要抗议！"

芈月笑吟吟看着这个一开始满脸自负的辩士如今一败涂地的样子，摆摆手道："使臣还是先回去，与西周公商议我秦国接周天子到咸阳的事情吧。至于其他的，我想你们此刻，也顾不了的。"

赵累无奈，狼狈地一拱手："臣告辞！"便仓皇而出，两边的秦臣们发出哄笑之声。

赵累走后，芈月立刻召集重臣商议，樗里疾叹道："看样子，战争又将开始了。"

芈月道："三晋和燕齐从来都不是一条心的，而且现在他们少了周天子这个旗帜，就算是再度联手，想要在他们中间拆分也是容易的事。"

樗里疾道："太后看似胸有成竹。"

芈月道："齐王贪婪，燕国与齐国有仇，这两个国家都不足为虑。"

樗里疾道："那楚国呢？"

芈月并不想回答："楚国之事，我自有主张。"

樗里疾道："太后不认为，如今的情景，有楚国在背后搞鬼吗？"

芈月凌厉地看向樗里疾：“国相此言何意？”

樗里疾呈上一份竹简道：“这是楚国令尹黄歇写给太后的信。”

芈月接过来，打开竹简，但见黄歇的字迹跃然简上，道曰：“太后若欲学伍子胥灭楚，臣唯学申包胥救楚，若秦国不肯收手，楚国将战死至最后一人……”

芈月重重地掷下竹简，怒道：“难道就凭这一封书简，便要朕收手不成？”

向寿上前一步，跪下禀道：“臣请太后，审时度势，不如就此撤军为上。”

芈月一怔，凝视着向寿，缓缓地问：“舅父何以也言撤兵之事？莫不是有什么不妥之处？”

向寿听了这话，知道芈月疑他为屈原、黄歇所动起了退意，当下忙解释道：“太后若真要拿下楚国，臣等也会誓死相拼。只是如今楚人的反抗变得激烈，灭楚之战久攻不下，战争再拖延下去，让大量军士滞留楚国，军费开销庞大而得到的战场收获却甚少，得不偿失，甚至战线拉得太长，还容易令楚人有反扑的机会。太后，我们已经失去快速灭楚的机会，而三晋虎视眈眈，倒不如暂时缓退一步，先得楚国十五城池站稳脚跟，再逐步蚕食。剩下的兵力可以转向三晋的战场，先拿下其他国家，再图谋楚国不迟。臣以为，楚国已经是砧板上的肉，什么时候吃都可以，若是太过心急，烫着自己的嘴，反而不好。”

庸芮亦赞同道：“臣认为向寿将军此言有理。臣闻苏秦游说五国，联合攻秦，不可不防。”

芈月听着众人之言，神情慢慢地平静下来：“那诸卿以为，我们下一步，是要对付哪个国家呢？”

群臣对视一眼，庸芮道：“太后，臣以为，齐国势大，又与楚相交，我们若继续攻楚，不可不防他们突然背后袭击，到时候怕我们首尾不能相顾。臣以为，不如乘着燕国人对齐国的仇恨之意，联燕灭齐！”

芈月轻敲几案，沉吟："如今苏秦游说齐国……"

樗里疾道："正是，苏秦已经游说得列国拥齐，除我们秦国外，苏秦已经得到六国相位，若这六国联手对付我们秦国，不可不防，所以更要先下手为强。"

芈月点头："所以，必要先除去齐国，对吗？那朕就来助苏秦一臂之力吧。"

群臣一怔，面面相觑，他们不知道苏秦与燕易后的情事，自然也不知道，苏秦入齐，为的并不是强大齐国，而是要消亡齐国。

芈月站起，点头道："好吧，叫他们撤军。"

群臣亦站起，一齐道："太后英明。"

第十九章

夫 与 子

秦人征楚，得十五城，大捷而归，诸侯俯首。

芈月下旨，大封亲族，军功最高的弟弟魏冉为穰侯，另一个弟弟芈戎为华阳君，同时又将公子芾封为泾阳君、公子悝封为高陵君。同时，封白起为武安君，向寿、公子奂、公子池等亦得封赏。

同时因为太子嬴栋降生，也因为义渠王一统草原后的归来，芈月决定迁宫于刚落成的新宫殿章台宫，并举行家宴。

但这个消息，却令得嬴稷大为愤怒："家宴，什么家宴？寡人岂能与戎狄野人为一家？"

嬴稷一怒之下，掀翻了竖漆手中的托盘，冠服滚落一地，他怒气不息，顺手拔剑将几案砍为两半，几案上的竹简散落一地。

竖漆吓得不停磕头，求道："大王息怒，大王息怒！"

嬴稷怒不可遏："息怒，你要寡人如何息怒？寡人是秦国之主，威震诸侯，天下皆西向稽首于寡人。可寡人、寡人虽然站在这高台之上，受万人朝贺，可实际上呢，实际上呢……"

他气得说不出话来，自他继位以来，虽然大事由母后执掌，但芈月亦一直注意在培养他的政治能力，一些可以放手的政务，也是由他去办。再加上一群老臣忠心耿耿，亦令得他的君威日盛。

可是，就算他的座下万人俯首，但他却不得不眼睁睁地看着一个戎狄野人，在他的宫中大摇大摆地出入，旁若无人，甚至还要将这份难堪时不时地端到他面前逼他面对。他越不想面对，就越生恨意。

嬴稷举目看去，此时宫中只有几个心腹战兢兢跪在地上，顿生凄凉之感，他一脚踢飞了半张几案，颓然坐下："可寡人发个脾气，也只能对着你们几个人，不敢叫外人知道。"

谒者王稽膝行上前劝慰道："大王，臣知道大王心中的不满，只是，公子芾与公子悝毕竟也是太后亲生的儿子啊！"

嬴稷脸都有些扭曲了，直问到王稽脸上："公子芾？公子悝？他们是谁家的公子？他们不过是义渠的野种罢了……"

王稽的脸都吓白了："大王，噤声！"

他不劝还好，越劝嬴稷就越加恼怒，叫道："寡人为何要噤声，寡人还有什么可顾忌的了？寡人为王这么多年，处处小心，生怕行差踏错，教群臣与诸侯耻笑。可我那母后、我那母后却是毫无顾忌啊。公然就把他们二人分封为君。朝上有多少功臣未封，而如今两个乳臭未干的小儿，寸功未立，居然就可以与战功赫赫的白起并称为君，这是何等可笑啊，哈哈哈哈……"

王稽只得劝道："大王当知道，穰侯与华阳君虽然也是因战功而封，但更重要的是他们是太后的至亲，是因亲而封，因亲而贵。俗云'亲亲''尊尊'，自周以来便有'分封亲戚，以藩屏周'之例，太后分封至亲，以屏王室，也是人之常情。而泾阳君、高陵君之封，恐怕是因为……义渠王立了大功，太后不好再封义渠王了，所以转封二位公子，也是为了二位公子亮于人前，证明身份。"

嬴稷冷笑："证明什么身份？证明我的父王在死后英灵不散，又为我生了两个嬴姓的弟弟吗？这种掩耳盗铃的行为，真当天下人不知道吗？

而今还要寡人与那野人、与那野种共享'家宴'？寡人不去！"

王稽道："大王，大王若是不去，岂不伤了与太后的母子之情。"

嬴稷冷哼："哼。"

王稽道："大王，来日方长啊！"

嬴稷怒斥："滚！"

正在嬴稷闹得不可开交的时候，却听得一个声音笑道："这是怎么了？可是我来得不巧了。"

王稽抬起头来，却见正是唐八子，忙俯身行礼，不敢抬头。

唐棣笑吟吟地迈过门槛，走进殿中，却一脚踩到滚落地上的玉带，她俯身拾起冕服，递给后面的侍女，道："竖漆，你真不会办事，这套冠服大王不喜欢，还不快快换套新的来。"

见唐棣一个眼色，众人忙退了出去，嬴稷没好气地坐下道："你也想来劝寡人忍耐忍耐再忍耐吗？"

唐棣走上前，跪坐在嬴稷身边，笑着劝道："大王，太后常言，鲲鹏想要高飞于九天、遨游于四海，就要让自己的双翼有足够的力量。太后对义渠王如此格外看重，为的也是义渠王拥有一支无敌的骑兵。太后所做的一切，都是为了大王的江山。太后心里最看重的人，难道不是大王吗？大王如此猜忌，岂不是让太后伤心。"

嬴稷神情渐渐缓和："你的意思是，太后看重义渠王，只不过是义渠王有可用之处？"

唐棣道："大王英明。凡事不如用自己的眼睛去看一看，太后待义渠王，到底是真是假？"

嬴稷看着唐棣的神情，阴晴不定，半晌，终于站起来道："好，寡人去。"

此时章台宫里，歌舞酒宴，说不尽的华丽。

廊下乐工奏乐，殿中歌姬献舞。芈月坐在上首，她的左边空着一个几案，右边下方摆着三个几案。

嬴稷迈步向前，走到芈月身边的几案，习惯性地正待坐下，不想人还没坐下来，便叫人托住，道："小子，你坐下面。"

嬴稷怔住了，他抬起头来，见托住不让他坐下的人，正是义渠王。

他脸涨得通红，不能置信地看着义渠王，这个野人好生大胆，他以为自己是谁，竟然在他面前如此无礼。

义渠王却没有他想得那么复杂，只不在意地拍拍他的肩膀，笑道："你母亲身边，自然是我的位置，你和你兄弟们坐那边吧！"说着，一指芈月右边的那三个几案。

嬴稷又惊又怒，看向芈月，叫道："母后！"

芈月看了一眼，义渠王满不在乎的表情下，满是强势的占有，而嬴稷的表情更是惊怒交加中带着一点求助。可是此时此刻，她当真不能让这浑人闹腾起来，只能让子稷稍作退让吧。他是国君，这点情感的控制是基本功夫，须得比这浑人知道进退。

当下芈月只得轻描淡写地对嬴稷笑道："这是家宴，不必拘礼。我与义渠王好久不见了，有些话要同他说。子稷你就跟子茝、子悝一起，叙叙弟之情也好。今日大家可放纵些，多喝些酒。"

嬴稷想要说些什么，芈月却已经逃避地转头，令道："奏乐，献舞！"

顿时乐声大起，歌姬放歌舞袖，场上的热闹掩盖了上首的暗争。

义渠王直接坐进位置，举杯向芈月笑道："太后，我们共饮此杯。"

嬴稷脸色极坏，却克制住了愤怒，没有发作，他冷着脸走向下首的位置坐下。

嬴茝见状，忙乖巧地上前向他敬酒："王兄，臣弟敬您一杯。"此时嬴茝已经九岁，嬴悝八岁，多少有些懂事了，这些年来也出落得乖巧可爱。嬴稷虽然极为排斥义渠王，但因为经常去芈月宫中，也算得亲眼看着这两个孩子长大，对这两人的心理，还是有一些微妙的感觉。虽然背地里恼怒暗骂义渠王的时候，也会对这两人口不择言，但于内心，多少还是把这两个年纪接近于他儿子的弟弟半视为弟、半视为子的。

嬴稷握紧拳头，又松开，缓缓地接过酒来，勉强道："芾弟，你还小，少喝些酒。"

芈月一直暗中观察着嬴稷，见到嬴芾出来打圆场，嬴稷终于平静下来，暗喜次子懂事可人，长子也历练成熟，便悄悄地松了一口气，露出微笑。

义渠王见芈月一直看着嬴稷，心中微有些别扭，忙用银刀割下一块肉，递到芈月面前道："皎皎，你尝尝这块炙鹿肉。"

芈月横了他一眼，这人某次听到黄歇唤她皎皎，便厚起脸皮，也要如此称呼于她。素日私底下他若如此，她总是不理会他。如今在大庭广众之下，心中虽暗恼他顺杆爬的脸皮越来越厚，只是当着三个孩子的面不好发作，只得含笑用象牙筷子接过银刀上的肉："好，我尝尝。"

嬴稷沉着脸，看两人眉来眼去、递来传去的，忽然站了起来，举杯叫道："义渠王，寡人敬你一杯。"

义渠王哈哈一笑，也站起来道："好。"一饮而尽，转眼又倒了一杯，叫道："大王，我也敬你一杯。"

两人举杯饮酒。

嬴稷举袖掩盏的同时，也遮住了眼中的杀机。

两人居然就此你来我往，灌起酒了。

芈月这下可当真恼了，知道嬴稷是又犯了倔强，要与义渠王斗酒。可义渠王的酒量，又怎么是嬴稷能比的。这么大的人了，没个正经，居然也与孩子斗气。见嬴稷已经喝得满脸通红，义渠王仍然神思清明的样子，一把按下了他的酒盏，恼道："你带两个孩子先进去，一股子酒气，待会儿当心他们不与你一起玩耍。"

义渠王哈哈一笑，一手一个，揪着嬴芾、嬴悝甩上肩头，大叫一声："跑啊！"

芈月吓了一跳，刚想骂他没轻没重，那两个孩子被他揪到肩头，却不但不怕，反而兴奋地咯咯大笑，又揪住他的脑袋乱叫："跑啊，骑大马啊！"

一串银铃般的孩子笑声随着义渠王的脚步远去了，芈月看着这父子三人，无奈地叹了口气，亲自接了侍女递上的热巾帕来，递与嬴稷。

嬴稷其实一喝起来，便知不对了，自己喝得越来越晕，这义渠王喝起酒来，却如喝水一般，再喝下去，自己必然吃亏。然而见芈月出面阻止此事，他心中又有着说不出的别扭来。当下接过巾帕，匆匆擦了一下，就借口要到花园中走走，散散酒气，便逃也似的离开了。

芈月见他走了出去，思忖片刻，也跟了出去。

到了花园中，便见嬴稷在花径中慢慢踱步。园中原是养了锦鸡孔雀，并不避人，只是此时不知是他身上酒气重还是杀气重，连这些鸟雀都远远避开了。

芈月走到他的身后，叫了一声："子稷。"

嬴稷似怔了一怔，回头勉强一笑："母后——"

芈月笑道："你刚才做得很好，我很欣慰。"

嬴稷阴沉着脸："儿臣不明白母后的意思。"

芈月轻叹一声，走上前拍拍嬴稷的手，劝道："义渠王不太讲究礼数，你不必放在心上。"

嬴稷冷笑一声："他不识礼数？当年他也曾入过咸阳，难道在先王时，他也敢这样对待秦王？"

芈月嗔怪道："子稷——"

嬴稷反问："我大秦今日，还有什么原因要一个秦王看戎狄之人的脸色？是亏欠了恩义，还是逊色了武力？"

芈月没有说话。

嬴稷却上前一步，咄咄逼人："若是亏欠了恩义，这些年给义渠人的优容，甚至是大量的军械、财物、粮食已经足以补偿，若是不够，寡人还能够再给他们几个城池。若是逊色了武力，那我们也不必再去伐楚、征东，先把这卧榻之边的猛虎给解决了才是。"

芈月听他言语中杀气腾腾，不由得震惊："子稷，义渠王虽然礼仪有失，但对我大秦不但在过去、现在甚至将来，都是有极大的帮助，你怎么可以为了一时之气，有这种自毁长城的想法？"

嬴稷却道："如果长城碍着我们的脚了，那就是盖错了地方，让我们画地自囚了。"

芈月已经不想听下去了，她拍了拍他的肩头，道："子稷，你今天太不镇定了，君王需要的是制怒、是慎独。等你冷静了，以一个君王的思维想清楚了一切事情，再来同我说话。而不要像个毛头小子一样，顾前不顾后。"说完，便拂袖而去。

嬴稷恨恨地一跺脚，也转身离去，可内心的杀机，却是怎么也无法按下来了。

芈月离了嬴稷，走进章台宫后殿内，看到屏风后的身影和传来的水声，想是义渠王正在沐浴。他刚才喝多了酒，浑身酒气，知道芈月必是不喜，故而与孩子们玩耍一阵之后，便去洗漱了。

芈月看看站在屏风前的侍女，侍女明白其意，连忙屈了下膝解释："是义渠王不要奴婢侍奉——"

芈月挥手令侍女们退下，自己走进屏风后，见义渠王正坐在浴桶中，整个人的神情十分惬意放松。

芈月走到他身后，拿起系带缚起袖子，拿起浴巾为他擦背。

义渠王感觉到了身后的动静，他也猜到了是谁，不禁笑了，他头也不回，从背后握住了芈月的手道："唉，帮我擦擦这边，有点痒。"

芈月看到他的后背，轻叹："怎么又多了几道伤口，这是伤口还没完全好呢，自然还有些痒，不许用手去抓，免得又要蹭破了。"

义渠王被她擦着背，十分舒服，不由得发出一声惬意的叹息："唉，还是你这里舒服，让人住下来就不想走了。"

芈月道："不想走就别走了，每次回来就多几道伤痕，你就这么喜欢马背，舍不得离开？"

义渠王却笑着摆手道："哎，你属于宫廷，我属于草原。我没有要求你住到草原上去，你也别勉强我一定要住到这四方天里头来。"

芈月一边帮他擦背一边劝道："难道这里不好吗？离开我这么久，你就不想我，难道也不想想两个儿子。你年纪也不轻了，何必都要自己上战场，让白起、魏冉帮你的忙不好吗？"

义渠王自负地笑了笑："义渠人的兵马，只能义渠人统率。"

芈月不语，义渠王见她不语不动，只得自己从水里站起来，叹息："你啊，当久了太后，什么都要自己说了算，如今竟是越来越难说话了。罢罢罢，我答应你，这次出征之后，回来就不走了。"

芈月转嗔为喜："真的，说话算数。"

见义渠王从水中站起，芈月转头去拿起他的衣服给他穿上，为他擦干头发上湿漉漉的水。

义渠王倚在芈月膝上，让她为自己擦着头发，他不但不喜欢阉奴服侍，便是连宫女服侍，也不甚喜，总是宁可自己动手。芈月无奈，有时候也屏退宫女，自己替他做些事儿。义渠王却说，这样才是一家子的感觉。

此时他听了芈月的话，笑道："这次我再出去，就带着苨和悝出去，让他们跟我一起上草原，他们也不小了，也是时候应该教会他们草原的事情了。等下次回来我就不走了，让两个儿子代我去打仗。"

芈月停住手，把粗巾扔到一边，不悦地道："苨和悝还小呢，再说，他们是秦国公子，我已经给他们封了城池，他们的麾下自有百战之将，何必他们亲自去草原打仗！"

义渠王见芈月扔了粗巾，只得自己坐起拿起粗巾擦头发，叹道："慈母多败子，你啊，草原的猛禽要给你养成屋檐下的小家雀了。我义渠的儿郎，哪有不骑马、不打仗的？"

芈月压下不悦，劝道："我知道你是生就的草原性子，我也没想劝你，没想能够说服你。可是义渠人要学中原人传千秋万代，就得学会定居一方，学会遵守规则，有些事情不必都用马刀和弓箭去解决，儿郎们的一生也不必从生到死都在马背上……"

义渠王听得不顺耳，便讽刺地道："就跟你儿子似的，看我的眼睛里都能飞出刀子来，却什么也不敢表示。这要是我们义渠儿郎，早八百年就已经拔刀决斗了！"

芈月恼了："什么我儿子你儿子，子稷又有什么不好？他懂事知礼，倒是你身为长辈，故意惹他生气，有点长辈的样子吗？"

义渠王嘿嘿一笑："我的眼睛又不是瞎的，我把他当成儿子一样，就算撩拨他、惹惹他，也不过是当个玩笑。可他呢，他的眼中，可没半点善意。你自己说说，他有把我当成父亲吗？"

芈月一时语塞，好一会儿才缓缓地道："他十多岁的时候他父亲才走的，他心里记着他生父，不容易转弯。小孩子不懂事，你跟他计较什么。"

义渠王摇摇头："他若是个小孩子，我自然不计较。可一个已经生了儿子的男人，也只有你，才会仍然当他是个孩子。"

芈月生气了，一拍义渠王，恼道："你今天成心跟我找碴吗？"

义渠王放下粗巾，坐到芈月的身后搂住她，笑道："哎，别以为我多事。我这双眼睛看过胜利者也看过战败者，看得出真臣服和不服气。你这儿子，心思多、不驯服，迟早会生事。他不但看我的眼睛里会飞刀子，看茚和悝的眼中也没有多少感情，所以我才要把茚和悝带走。"

芈月不悦地道："你别胡说，子稷的性子是独了些，可子茚和子悝是他看着出生，看着长大的，怎么会没有兄弟之情。"

义渠王坦率地道："我不想让你为难。但今天的情况你也要看明白，就算是一只老狼王，也不容许小狼在他面前挑衅的。"

芈月无奈，只得转头劝他："在我眼皮子底下，不会允许有这样的事，放心。"

义渠王道："不说这些扫兴的事了……"他从身后亲了亲她的颊边，

笑道："想不想我?"

芈月轻笑一声，转脸反亲过去："你说呢?"

风吹帷幔，旖旎无限。

表面上看来，义渠王和秦王稷的矛盾，似乎在芈月的压制下，已经暂时按下，呈现出表面上的和乐融融来。可是只有两个当事人才明白，义渠王一统草原气焰日益张狂，秦王稷年纪增长帝王心思增长，两人已经无法共容了。

樗里疾府书房，嬴稷阴沉着脸，焦躁地来回走着。

樗里疾并没有问他，只是这么静静地看着他。

嬴稷忽然止步，问道："王叔就不问问，寡人为何而来?"

樗里疾道："大王想说的时候，自然会跟老臣说。"

嬴稷道："如今能够让寡人来求助王叔的事，能有几件?"

樗里疾道："大王指的是……"

嬴稷已经焦躁地自己说了："义渠王!"

樗里疾的脸也阴沉了下去："大王是想动手?"

嬴稷道："是。"

樗里疾道："大王是秦国之主，只要大王一声旨意，老臣愿意为大王扑杀此獠。"

嬴稷却沮丧地坐下，摇头道："寡人不能。"

樗里疾轻叹一声，劝说道："大王，您才是一国之君。"

两人目光对视，彼此明白对方的意思。

嬴稷却摇摇头道："不，寡人不能——"

樗里疾仍然想努力一把："大王——"

嬴稷忽然暴躁起来："寡人知道王叔是什么意思。义渠王甚至高陵君和泾阳君的存在，都是我大秦王室血统的耻辱，我身为先王的儿子，您身为先王的弟弟，都不能容忍这种耻辱的存在。"

樗里疾道："大王已经长大了，可以自己执政了。列国都没有成年的君王依然还让母后继续摄政的先例。"

嬴稷颓然道："是，王叔是旁观者尚觉得不服，难道寡人就不想自掌权柄，号令天下？这样的想法，在寡人心中，过了百遍千遍万遍，可——寡人不能！"

樗里疾道："大王是怕伤及母子之情？"

嬴稷却反问："王叔可不是我，不怕伤及与母亲的感情。可王叔为何不质问母后，为何不用宗室扼制母后？"

樗里疾默然。

嬴稷冷笑道："因为我们都亲眼目睹过那一场季君之乱带来的灾难，有生之年绝对不想让大秦再遭受这样的灾难。列国争雄，虎狼环伺，如若再内部分裂，那才是亲痛仇快。与江山社稷比起来，义渠王根本就是小事一桩。"

樗里疾沉默良久，才苦涩地道："不错，与江山社稷比起来，都是小事一桩。可这江山，终究是大王的，太后她、她也只能是因为大王当初年幼，代为摄政而已。"

嬴稷也苦涩地道："是啊，寡人年幼，母后代为摄政而已。可这世间的权力，一旦掌握在手，就不会这么轻易易手。寡人没有足够的实力，又如何能够从母后手中接过这江山来。寡人还掌控不了魏冉、白起这样的骄兵悍将，还不能与赵主父雍这样的翻云覆雨的老手对弈天下。寡人还需要母后，秦国还需要母后！秦国赫赫威名，秦王于诸侯之中的地位，看似寡人的，其实都是母后的。"

樗里疾亦是无奈叹息："是啊，有时候细想想，太后若是没有这么骄狂恣意的性情，如何有对决天下的强悍和手段。所以我们想要秦国的强大，就不得不承受统御之人因此带来的专横和气焰！只是，老臣是不得不退让，但是大王却不一样啊！"

嬴稷反问："如何不一样？"

樗里疾目光炯炯，充满了煽动之力："臣等能退让，大王却未必要退让。人寿有定，大秦的江山终究要属于大王。大王越早能够承担事情，那么就越早能够得到掌控的权力。有些事情，臣做了，就是僭越，就要引起太后的镇压。大王做了，却是一种成长和尝试，太后是会宽容大王的。"

嬴稷看向樗里疾，心头狂跳："你的意思是……"

樗里疾道："大王或许暂时无法接过全部的权力，但是大王却可以尝试着踏出一步两步来，只要大王做得够好，就能够得到更多拥戴，更多机会。"

嬴稷沉吟着，来回徘徊。

樗里疾惴惴不安地叫道："大王！"

嬴稷忽然停住，问道："寡人当如何着手？"

樗里疾心中一喜，道："从义渠入手，便是天时地利人和之局。"

嬴稷问："何谓天时？何谓地利？何谓人和？"

樗里疾道："当日季君之乱，若是太后不安抚住义渠王，西北发生变乱，五国围城，大秦将不堪设想，所以必须要对义渠诸般退让。然此时大秦如日中天，已经没有必要再对义渠退让了，此天时也。本来义渠王若是久在草原，我们亦拿他无可奈何，但他如今看样子似要在咸阳久留，一只老虎离了巢穴，入了我们的地盘，此便为地利也。太后执政以来，推行商君之法，而义渠王这一路东行入咸阳，义渠人时有犯法之举，此时我们制服义渠人，既合太后推行商君之法的严厉，又能够让各郡县借此整肃风气，借此取得地方上的拥戴，此人和也。"

嬴稷缓缓点头："如此，我们就要找一个机会，除掉义渠王。"

樗里疾拱手道："大王英明。"

"要制造一个除掉义渠王的机会——秦王若没有，我们就要帮助他一下。"咸阳城郭，一个戴着头笠的大汉负手立于小土坡上，悠然地说。

在他的身后，数名随从低头应道："是。"

那大汉微微一笑，摘下斗笠，扇了扇风，拿着斗笠遥指前方道："那个方向，便是义渠大营吧，听说秦太后令义渠人不得出营，一应用度，皆由太后之人运至营中。这些义渠勇士，刀里来剑里去的，受此拘束，岂不苦闷。"

随从中却有一个女子的声音轻笑一声，道："主父既然来了，又何必说这样的废话呢？"

那大汉哈哈一笑，道："此事，却须借助鹿女公主了。"

此人，自然便是之前在秦赵边境想挟持芈月未遂的赵主父雍了，他身后这个女子，却是东胡公主鹿女。

她当年与义渠王成亲，为的乃是部族利益，后来义渠王为了芈月，而遣派所有妻妾，她便要求义渠兵马相助，回到东胡，便夺了她异母兄长的王位，另挑了个年幼的弟弟为东胡王，自己便成了东胡真正的统治者。胡人率性，她族中自有情投意合的男子，与义渠王便也好聚好散。

赵雍既然心怀大志，早看出将来的战争决定因素必在骑兵，趁嬴稷继位初国内季君之乱时，抢占了秦国的榆林之地，收林胡、东胡等族，训练赵人进行骑战练习。

他既有这等心思，又岂能容得秦人收纳义渠部落，大肆训练骑兵。他所收诸胡人之部落虽然不少，但终究不如义渠已经立国，且如今差不多已经荡平了秦国西北部的草原部落，兵马之盛，无与伦比。

此番他再入咸阳，便是图谋义渠而来，他手底下既有东胡部落，鹿女且曾经与义渠关系颇深，如此好棋，岂能不用，便将鹿女一起带了出来，让她成为自己与义渠部落的桥梁，以便沟通。

但他亦是自知在秦赵边境试图劫走芈月的行为，已经激起她的怒火，秦人暗卫，亦不是吃素的，何况他此来主要目的就是针对在咸阳城外的义渠人，便在城郭坐镇指挥，便是有事，也可以迅速脱身。

他这边一一分派，鹿女与其他赵国暗卫便分头行事。

过了数日，咸阳市集来了一行义渠兵，大摆大摇地逛着看着。

这些市集商贩初时与这些义渠人有过争执，但后来太后把他们全部约束在义渠大营之后，只叫这些商贩送货过去，一来二去时间久了熟悉了，知道这些胡人虽不懂礼数不识规矩，却并非完全蛮不讲理。商人重利，既然这些人做买卖倒还爽气，便去了排斥之心。偶有争执，也可拉去义渠军营外秦人专设的管理小吏处说个明白便是。

义渠人生性豪放，教他们当真在大营只进不出，岂不拘束。有些中上层的将领，便私下三三两两地出来逛咸阳城，只要不出事儿，自然上头也是睁一只眼闭一只眼。

今日虎威得与义渠人有货物来往的向导煽动，听说今日乃是十五会市，十分热闹，便起了好奇之心，前来观看。果然这一日市集十分热闹，人头攒动，货物也比平时多了许多。

见虎威兴致勃勃，买了许多东西，还要去酒肆喝酒，他身边的副将忙低声劝道："虎威将军，大王吩咐过，让我们待在大营中，不要随便出去，有什么需要的可以吩咐他们送到大营里。我们现在私自出来已经是违令了，还是早出早回，将军若是要喝酒，不妨买了我们回营再喝！"

虎威恼道："怕什么，我们义渠的勇士，以刀马说话，何必要遵守那个女人的规矩。大王是被她迷惑了什么都听她的，可是，这繁华的咸阳城近在眼前，凭什么不让我们进来？难道我们是少吃的还是少穿的，就是少了这份爽快劲才是！"

此时那煽动虎威出来的向导赔笑着道："虎威将军说得是啊，咱们是草原上高飞的鹰，不是关在笼中的小雀。我们用刀马追逐猎物，砍下敌人的头颅，当大碗喝酒大块吃肉，与女人尽欢，又怎么能与这些每天只知道在地里刨食的秦人相比。"他与义渠人混得好，便是他说话时，常常将自己站在义渠人一边，教人听得十分顺耳。

虎威大喝一声："说得正是。"便要去喝酒，无奈副将苦劝，又抬了义渠王出来，虎威只得忍耐下性子，叫人在酒肆买了酒，又由那人引着，在市集中取乐。

不觉来到一家店铺中，那家卖的是齐纨，染作五色缤纷，其中素白色更是洁白如雪，抚之光滑柔顺。虎威顿时来了兴致，他与鹿女手下一名侍女原就交好，这几日重续旧欢，便要买下这些齐纨送与那心上人。

不想那向导一摸口袋，却叫道："将军，不好，这市集上有盗贼，将我的钱袋都摸了去。"

义渠人素来习惯以物易物，待芈月约束他们以后，又赐下大批金帛，似虎威这等高级将领出来逛街，倒有知机的手下帮着准备钱袋，虎威嫌麻烦，一路行来，便扔给那向导，不料却在集市中遗失。

虎威大为扫兴，踹了他一脚骂道："你是死人吗！"

那向导见他发怒，忙上赶着讨好赎罪，便劝虎威将带来的五张狼皮与那店主交易。谁知那店主却不愿意，说只肯收铜钱，不要臭烘烘的狼皮，两人便争执起来。

闹得凶了，便见看管市集的秦军校尉缓缓过来，副将急得额头冒汗劝虎威："将军，休要生事，回去再说，再叫人拿铜钱来罢了！"

虎威哼了一声，将锦缎扔回给那店主道："还给你。"

那店主却是个细致人，接过锦缎细看却发现上面已经划裂出道道划痕，且一匹素纨上沾染了几个黑乎乎的手印，十分显眼，顿时拉住虎威道："你把我这锦缎划坏了，你们赔我，你们赔我！"

那向导不问可知，自然就是赵人所派暗卫，早就暗做手脚，当下假意劝道："分明是你这奸商故意损坏锦缎，想讹诈我们，不要以为将军为人实诚，就可以任由你们讹诈！"

众人正在纠缠间，忽然从远处隐隐传来鼓声，副将叫道："糟了，闭门鼓响了，我们得在关城门前出城回大营去。"

虎威急着要走，见那商贩还拉着他，一挥拳道："滚开！"那向导也跟着推了一把，叫道："滚。"

那店主被打得飞起，跌落在货摊上，一动不动。

忽然间人群中响起一声凄厉的叫声："杀人啦，杀人啦，义渠人杀人啦——"顿时整个街市的人四散逃开，那向导亦装作胆小，混入人群逃开。

街市上只剩下虎威等几个义渠兵将孤零零站在当中，那看管市集的秦军校尉见势不妙，忙敲起锣来，召得巡逻的秦兵包围过来，与虎威交起手来。

虎威辩解无效，只得与秦人交手，他虽然勇猛无比，但终究寡不敌众，还是被押走关入廷尉了。

这虎威原是义渠王手底下数得着的大将，虽然性情鲁莽，但却屡立战功，义渠王闻听他在市集与人争执打死了人，竟被秦人抓走，不由得怒气升腾，便气冲冲来找嬴稷。

此时的嬴稷却在校场上，好整以暇地带着嬴芾和嬴悝在练习箭术。

但见嬴芾一箭飞出，射中箭靶，却射在红心边圈上。嬴芾放下弓，神情便有些不悦。

嬴稷笑着走到嬴芾身后，托起他的手，指点道："芾弟你刚才放手得太快，把弦扣得再紧一点，看准了，手不要绷得太紧，放松些，好，射！"

嬴芾听着他的指点一箭射去，射中红心，只是离正中微差一点，高兴地冲着嬴稷笑道："多谢王兄。"

嬴稷也不禁微笑，拍拍他的肩膀道："好好练。"

嬴悝见状亦拖着弓跑到嬴稷面前，叫道："王兄，王兄，你也教教我。"

嬴稷拿起他的弓，从袖中取出手帕仔细擦拭干净，才还给嬴悝，教训道："弓箭兵器马鞍，是我们在战场最好的伙伴，要好好爱护它们，不能随便损坏，它们能够在战场上救我们的命，知道吗？"

嬴悝天真地点点头应是："是，王兄，我知道了。"

嬴茟教训嬴悝道："你应该说多谢王兄教诲。"

嬴悝乖乖地点头："是，多谢王兄教诲。"

义渠王怒气冲冲地走进来，看到这个场景，强抑怒气，站在一边。

嬴稷早知内情，见状亦微笑道："义渠王，可要一起射箭？"

义渠王满腔怒气，当着这年幼的两个儿子之面，又不好发作，只冷笑道："好啊！"说着接过嬴稷递来的弓箭，拉了一拉，便掷到地上道："太轻，换把大弓来。"

嬴悝见状却跑过去，拾起那弓，认真地对义渠王道："阿耶，阿兄说了，弓箭兵器马鞍，是我们在战场最好的伙伴，要好好爱护它们，不能随便损坏，它们能够在战场上救我们的命……"

嬴茟机灵，见义渠王的脸色已经黑得要滴出墨来，连忙一把掩住这个傻弟弟的嘴把他拖走哄劝着："阿悝，阿耶和阿兄有事商量，我们去别处玩。阿娘那里备了好糕点，你再不去我便要将它吃光了……"

嬴稷忍笑，见嬴茟哄劝着嬴悝迅速走掉，才看着义渠王笑吟吟地道："义渠王有事找寡人吗？"

义渠王却不答话，只接了大弓来，一连十发，箭箭皆入红心，这才将弓箭扔给内侍，冷笑道："天底下的事情，唯有弓和马说了算。大王以为如何？"

嬴稷负手而笑："弓马虽好，却只能在我王旗指挥之下进退冲锋，方成大业。"

义渠王脸上的肌肉抽搐一下，强压怒气："如若没有弓马，便有王旗，又有何用。你们不是曾经有过周天子吗？你会在他的王旗之下听令？"

嬴稷看向义渠王笑着摇摇头："看来，义渠君以为，有弓马就行了？"

义渠王不理会他假模假式，他发现这种口舌之利争来毫无意义，当下直接道："我有个手下叫虎威，在街市上误伤了人，被廷尉抓走了。我派人去接他，廷尉不肯放人，说这是你的吩咐。"

嬴稷点头道："不错。在秦国之内，任何人都要遵守秦法，就算寡人身边的人，也不例外。"

义渠王冷笑："这种事又不是第一次发生，以前大营中去接人都只要交了赎金便成，何以这次不放人，看来你是成心要跟我为难了。"

嬴稷淡淡道："我只是照秦法行事，杀人抵命。若只是普通的惹是生非，自可交了赎金就行，可你的手下在街市公然杀人，寡人只能杀一儆百，以儆效尤。"

义渠王怒道："就算是杀了人，那又怎样。一个卑贱的小贩，怎么能够让我义渠的勇士抵命。"

嬴稷冷冷道："再卑贱的人，也是我秦国子民，我身为秦王，就要为他们做主。"

义渠王道："看来你是不肯放人了。"

嬴稷道："不错，就算你搬来母后，也没办法改变秦法。"

义渠王怒极反笑："刚长了毛的小狼，就想露出利爪来，你还早得很呢。我是看在你母亲分上，才对你再三容忍，看来是我给了你一个错误的信号了。"

嬴稷索性也不再客气："寡人才是看在母后的分上，对你容忍再三！可你要明白，这里是大秦，不是义渠，这里我说了算。虎威触犯秦法，他是死定了。寡人已经下旨，让廷尉府议罪处死。"

义渠王大怒："哈，你说了算，你以为你是谁？是我让你做这个秦王，你才能够做这个秦王，如果我不答应，你就做不成这个秦王。"

嬴稷亦怒："寡人乃嬴姓血胤，继承祖业，要做这个秦王，怎么需要你来答应，真是笑话。"

义渠王怒道："你对父亲如此无礼？"

嬴稷听了此言，顿时暴跳如雷："放肆，寡人的父亲乃是先惠文王，你一个蛮夷之辈，也敢自居为父？"

义渠王冷笑一声，索性直接道："我和你母亲拜过长生天，祭过祖宗，成过亲，生下了孩子，我们原本就是一家人……本来这么多年，我也的确是想把你当成我们家的一分子，我们草原上收养别人的孩子，也是视同一家的。可惜养了你这么多年也养不熟，你依旧视我为外人。哼，你既然想做外人，我也不勉强你，你要从我们的家里走出去，那就各立各的营帐吧！"

嬴稷知道与义渠王翻脸，他必讲不出好话来，然而听了此言，亦是崩溃，他指着义渠王，颤声道："你胡说什么？你的家，你的妻子……你、你这戎狄野人，好不要脸，分明是胡说，胡说！"

义渠王镇定冷笑："有没有胡说，你自己去问你母亲吧！"

嬴稷手按剑把，似乎就要拔剑而出。

义渠王冷笑着，满不在乎看着他。

嬴稷拔剑至一半，忽然按剑转身疾走，义渠王看着他仓皇而去的背影，冷冷一笑。

嬴稷朝着章台宫一路狂奔，诸官人目瞪口呆，忙不迭地行礼，嬴稷毫不理睬，径直冲入宫中。

此时芈月正与庸芮商议，三晋借秦国伐楚不义为名，要联兵征伐秦国，两人对着地图，正在商议对魏国襄城的进攻路线，忽然听到声响，却是嬴稷冲进门来。

他冲得太急，一下子撞在门上，撞着了额头，捂着额头脸皱成一团，却不呼痛，只是眼睛发红，神情激动，怒气冲冲地叫道："母后——"

芈月一惊，举手示意庸芮退下，便见嬴稷冲到芈月面前，又叫了一声："母后——"声音中充满了委屈，这种委屈的语气，自嬴栋出生之后，他再没在芈月面前显示过。

芈月吃了一惊，问道："子稷，你怎么了？"

嬴稷喘息了几下，欲张口，却实在说不出口，努力几次，才艰难地问她："母后，你、你和那义渠王到底、到底是不是……"

芈月心中已经有数，必是义渠王对他说了什么让他不能接受的话来，嗔道："这个浑人，素来喜欢逗你，你又何必一定要死拗着他？"

嬴稷羞愤交加，叫道："谁要死拗着他，是他死拗在我们中间好不好。"

芈月长叹："他又说了什么？"

嬴稷怒道："你是父王的妃子，你是大秦的太后，可那个戎狄野人，他说，他竟敢说，你是他的妻子……"

芈月心中一惊，暗恼义渠王不知分寸，乱了大计，这边脸上却是极为镇定地哈哈一笑，道："我还当是什么事呢，你这么急着赶过来。坐下吧！"

嬴稷被芈月的镇定所感染，终于慢慢坐下来。

芈月倒了一碗茶汤递给嬴稷："先喝口汤吧，缓缓气。"

嬴稷捧着茶碗，却无心喝，只执着地盯着芈月："母后，您说、您说……"

芈月镇定地道："我的确与义渠王，举行过义渠的婚礼。"

嬴稷手中茶碗落地，羞愤欲绝，声音都变得嘶吼起来："您，您——可您是秦国太后——"

芈月镇定地道："我知道世人眼中，太后可以养男宠，却不好再嫁人，我也没打算昭示天下。"

嬴稷怒道："可你为什么非要成这个亲？"

芈月抬眼看他："因为那时候我独身逃亡义渠，我要回来救你。"

嬴稷顿时怔住了，好半天，才缓缓坐下道："便是那时候，是为了权宜之计，可你也不必、也不必……"他停了一会儿，道："后来也不必再敷衍于他。"

芈月缓缓摇头："我不是敷衍于他，义渠王于我不止是有恩，更是有情有义。我与他是夫妻，我们不止在神前行礼，祭告过天地，我们还有一对儿子。子稷，你的父亲娶过庸夫人，也娶过魏王后，再娶芈王后，男子可以再娶，妇人为何不能再嫁？"

嬴稷跌坐在地，喃喃地道："可你是，可你是……"

芈月："我确是你的母亲，也是苪和悝的母亲，子稷，我希望你能够记住这一点。"见嬴稷低头不语，她站起来，道："你跟我来。"

她站起身来走出去，嬴稷跟在后面，失魂落魄地出去。

秋日，蕙院庭院黄叶满地。

两人下了辇车，芈月踏着落叶走进院子，打量着周围的一切，有些叹息道："原来这个院子这么小。"

嬴稷跟着芈月走进来，惊诧地打量着这周遭的一切。他自出生起不久，便搬到常宁殿去，早已经不记得此处了。

芈月亦是看着蕙院，一步步走进内室，这里因是嬴稷出生之地，自登基以来都是有人维护，恢复了他搬离时的原样。

可是此时的故居，在芈月眼中，却显得更为陈旧简陋和矮小昏暗，她坐下来，不禁感叹："这里原来这么暗，这么简陋！"

嬴稷诧异地问道："这里是什么地方？"

芈月叹道："你不记得了，是啊，你在这里也没住过多久。子稷，这里是你出生的地方。"

嬴稷坐下来，打量着这简陋昏暗的室内，诧异道："我就出生在这里啊？"

芈月道："是啊，那时候我还只是个小小的媵人，为了避免王后之忌，就住到这宫里最僻静最狭小的院落来。当时，我还以为我可以出宫去呢……"

嬴稷一怔："出宫？您出宫做什么？"

芈月笑道："因为我从前并不曾想过，要当你父王的妃子。当时我只想出宫去，过自由自在的生活，不想在这深宫之中，与一堆女人争一个男人的宠爱。"她轻叹，"我那时候太年轻，太天真，不晓得这世间不是自己单纯的愿望可以达到的。子荡的母亲想拿我争宠，子华的母亲又抓了冉弟来要挟我……一个无权无势的人，有再高的心又能怎么样呢？想要不被别人欺负，不被别人要挟，就要倚仗一个强者的帮助。"

嬴稷怔怔地听着，心中只觉得大受打击，原来，他的父亲和母亲，并非一开始就相亲相爱，甚至是……

他忽然问："您对父王……"话说了一半，忽然情怯，竟是说不下去了。

芈月知道他要问什么，摇头道："一开始并不是，但……"她看着嬴稷，仿佛知道他在想什么，温柔地道："你父王英明神武，就算是女人听过他的名号，都会对他动心。更何况他聪明绝顶，通晓人心，在他身边待过的人，没有不对他衷心相从的。我一开始并没有爱上他，但是，后来我爱上他了。"

嬴稷暗暗地松了一口气，看了看周围简陋的环境，如果他的母亲爱他的父亲，那么他的父亲一定不会让他的母亲继续住在这里吧："是不是我出生以后，我们就搬离了这里？"

芈月点点头："是啊，因为我生你的时候，差点死在这里了……"

嬴稷脸色一变，顿时只觉得遍体生寒，芈月说话从来都不夸张，甚至是尽量轻描淡写，能让她说出这样的话来，必是发生了了不得的事情："死在这里？"

芈月淡淡道："我怀了孩子，就招了子荡母亲的嫉恨。她趁大王去行猎的时候，让人给我下了药，让我提前发动，却在那天让女医挚出城去了，当时我半夜难产，死去活来，整个宫中却求救无门。薛荔跑到王后宫中，却被关了起来……"

嬴稷惊呼一声，恨恨地道："那个毒妇！那后来呢……"

芈月道："后来……是黄歇发现女医挚被人绑架，救下女医挚，怀疑宫中可能有变，于是带着女医挚夜闯东郊行宫，惊动了你父王，连夜回城，召来太医，救下了我一条命，也救下了你一条命！"

嬴稷一怔："黄歇？原来他在寡人出生之时起，就救过寡人的命！"

芈月轻叹一声："子稷，你来得如此不易，我生你，险些付出了性命的代价，你说，我如何会不重视于你……"

嬴稷哽咽道："母亲——"他停了停，轻轻道："儿臣明白！"

芈月道："你父亲有无数儿女，而我却只有你一个孩子。子稷，人生之路太漫长，若是无人做伴，终究太过孤独。我觉得对不住你，我有戎弟和冉弟，所以一直希望能够再为你生一个弟弟或妹妹来陪伴你。可我生你的时候，伤了身子，后来侍奉你父王多年，再也没有怀上孩子，我本以为，这一生都不可能再有孩子了……"

嬴稷心情激动，握着芈月的手，颤声道："母后……"

芈月轻轻拍着嬴稷的手道："后来，我发现我居然再度怀孕了，我真是喜出望外。他们叫我打掉胎儿？怎么可能，就算我死，我也不会放弃我自己的孩子！"

嬴稷心情复杂地说："所以你一定要生下他们？"

芈月道："芾和悝是我的孩子，我生下他们来，不是为了给义渠王生个儿子，是为了我自己。如同我当日挣命地生下你，也不是为了你父王。后宫的女人生孩子有些是为了给君王续血脉，有些是为了拿孩子来争宠。我生下你们，是因为你们是我骨中之骨，肉中之肉，如同当日我母亲为了我们姐弟愿意受尽苦难也要活下去，我也是做了母亲以后，才更能够明白一个母亲可以为了孩子付出什么……"

嬴稷将头伏在芈月的膝上，沉默片刻，道："儿子也愿意为母亲而死，母亲能够为儿子做到的，儿子也能够为母亲做到……"

芈月轻抚着嬴稷的头发："芾和悝于你，就如同小冉小戎于我一般。我能够给他们富贵，可只有你才能够给他们以信任，你们是真正一母同胞的手足，可以相依为命，可以性命相托……"

嬴稷低声道："儿臣会的！"

也不知道过了多久，两人缓缓地站起，嬴稷扶着芈月，走出蕙院。

芈月回头再瞧了瞧那个曾经留下过生命重要记忆的小院，轻叹一声，她知道，她再也不会回到这里来了。

母子别过之后，芈月回了章台宫，便见文狸悄悄禀报："义渠王刚才怒气冲冲，已经等了太后很久了。"

芈月点头，走进后殿，果然义渠王见了她，便问："你去哪儿了？"

芈月道："我带子稷去旧宫了。你下午为什么要对他说那番话，他还小，有些事你知我知就够了，何必去刺激他。"

义渠王走到她面前坐下，冷笑道："他可真不算小了，有些事，做出来比我们还狠。"

芈月见他如此神情，倒也诧异，虎威之事她还未曾得报，先见了嬴稷生气，她还恼义渠王为何故意去撩他，如今见了义渠王神情才觉有异："怎么了？"

义渠王冷笑道："他早就长大了，而且眼中已经没有你我。哼，他以为他是秦王，就敢看轻我。好，他如今已经长大，娶妻生子，你对他也已经仁至义尽了，我们跟他分帐吧！"

芈月诧异："什么分帐？"

义渠王道："我们草原的规矩，孩子大了，就分给他牛马财物和手下，让他自己去另立一个营帐。我们也不叫他吃亏，他父亲留给他多少，就分给他多少。把咸阳也留给他，我们带着芾和悝走吧。"

芈月一惊，问道："走，去哪儿？"

义渠王道："随便哪儿，你喜欢跟我去草原，那就去草原，你喜欢回楚国，那就去楚国……你我打下的土地这么多，随便想去哪儿都行！"

芈月的表情渐渐严肃起来："你的意思是，把咸阳给子稷，那其他的土地……"

义渠王道："他登基的时候，他名下多少土地，就给他多少土地。"

芈月道："你的意思是，巴蜀、楚国、还有自韩、赵、魏等国所夺得的近百余座城池，都不给子稷？"

义渠王冷笑道："这些城池，是你、我，以及你的弟弟们打下来的，与这小儿何干？"

芈月心中暗惊，他话说到这一步来，显见事态严重，当下柔声劝说道："阿骊，我们是一家人，合起来我们就是无敌的力量，若是分开来，那就会被敌人各个击破。这么多年我们不是相处得很好，为什么要拆家了？"

义渠王冷笑道："我知道你的心思，总是希望所有的至亲骨肉都能够围在一起，所有的力量都掌握在手心里。这么多年来你想怎么样就怎么样，我可有管过？可现在不是我要把家拆了，而是你儿子想把家拆了，他容不得我，也容不得苒和悝。他只想唯我独尊，从没把我们看成是一家人。"

芈月扶住头，叹道："阿骊，你让我想想，我会劝子稷让步的，事情没有到最后的关头，你别太固执，就当看在我的分上吧。"

义渠王沉默片刻，终于道："这件事，你如今已经管不动了。"

芈月劝道："再听我一回，好吗？"

义渠王哼了一声，没有再说话。

芈月安抚住了义渠王，转眼便去查问事情来龙去脉，却听得虎威集市杀人，被廷尉所捕，而义渠王为此事与嬴稷大闹无果之事。

嬴稷只口口声声说秦法自有铁律，若是义渠人杀人便可横行，他也不要做这个秦王了。义渠王却是暴跳如雷，说虎威是他的勇士，救过他的命，勇士死于战场，绝对不能够让庸人去处死他。

芈月只得下令让蒙骜去提虎威及相干等人入宫，由她亲自审问。

不想蒙骜所派之人才从廷尉押着虎威出来，迎面就射来一排乱箭，众军应声倒地。

待蒙骜得报冲到现场，看到的只有一地秦军死尸，虎威却已经人影不见，经人验看，这批箭头标号，却是出自太后分拨给义渠军营的批次。

芈月无奈，令庸芮以此事问义渠王，义渠王却勃然大怒："你倒敢来问我，我们义渠人从来光明磊落，便是我要去救虎威，也是堂堂正正带着他去见太后，如何会不承认。"

庸芮只得问："只是这批弓箭乃出自义渠军中，您看，可是谁有此可能?"

义渠王怒道："一定是那个小东西搞的鬼，是他在栽赃陷害。"

庸芮怔了半晌，才明白他的意思："您是说大王?"

义渠王哼了一声道："他惯会两面三刀，此时咸阳城中，除了他以外，我想不到第二个人。"

庸芮无奈，只得报与芈月。

芈月却是不肯相信："子稷虽然不喜欢义渠王，但若说是他对义渠王栽赃陷害，我却不相信。"

庸芮犹豫："是，臣也不敢相信。不管义渠王和大王，臣以为，都是被人利用了。只是臣疑惑，如今的咸阳城中，还有谁会有这样做的心思，又有谁会有这样做的能力?"

芈月沉默片刻，忽然问："你可还记得昔日的和氏璧一案?"

庸芮一惊："太后是说，楚人还是魏人?"

芈月摇头："未必就是这两国，但我怀疑，这里头不止一国联手做局。"

庸芮细一思忖，惊叫："好狠。"

但是，不管最后此案能不能查清，现在这个案子，挑起了秦王嬴稷和义渠王积年旧怨，把深埋的矛盾挑到明面上，而且已经演化到不可收拾的地步。此时就算是找到虎威，嬴稷和义渠王之间的矛盾只怕也不容易化解了。

见芈月心情低落，庸芮想起一事，迟疑道："太后，还有一件事……"

芈月道："什么事?"

庸芮道："楚国求和，已经同意太后提出的全部条件。"

芈月有片刻失神："这么说，子歇他快到咸阳了!"

此时因为黄歇辅佐楚王横，力抗秦人，又联手苏秦，游说列国抗秦。

又上书给秦王，献上先取三晋和齐国之策，建议秦人在继续攻占楚国已经无法得利的情况下，可转图江北列国。

秦人考虑权衡，终于暂时撤军，与楚国和谈，楚派其相黄歇陪同太子完入咸阳为质。

至楚怀王死后，黄歇历数年后，再度来到咸阳城。

此时，他牵着才六岁多的楚太子完走下马车，看着眼前依旧熙熙攘攘的咸阳大街，心中不禁感慨万千。

上一次来，他也是陪着太子为质，只是那个太子，是如今这位小太子的父亲。

上一次来，咸阳大街上刚刚清洗完季君之乱后诸公子砍头的血腥，而这一次来，咸阳大街上又是一片新的血腥了。

太子完看着这陌生的街市、萧杀的场景，不禁心生害怕，躲在黄歇的怀中，怯生生地问道："太傅，这里就是咸阳吗？"

黄歇点头："是，这里就是咸阳！"

太子完问："秦人是不是很可怕！"

黄歇安慰道："太子放心，有臣在，一定能护你周全。"

他把太子重新抱入车中交给傅姆，转头寻了一个过路的老者问道："这位老丈，前面发生什么事，为什么咸阳街头会有人打斗？"

那老者显而易见已经是个"老咸阳"人了，见了斗殴严重时，会机灵地闪到遮蔽处，见人群打远了，便又出来瞧热闹，还喜欢评头论足，一副见多识广的样子。听了黄歇询问，又看看他的服装打扮和身后马车及从人，笑道："公子可从楚国来？"

黄歇知道这些各国都城的老土著们，皆是长着一双利眼，笑着点头道："是，我们是从楚国来的。"

那老者笑道："那正好可以看热闹，嘻，您可不知道，这几天义渠人和廷尉府的人，在咸阳打得可厉害了！"

黄歇问道："秦法严苛，怎么会有当街斗殴之事？"

那老者道:"这斗殴还是小事呢,听说昨天大王都要调动禁卫军去攻打义渠大营了,幸好太后手令到了,才没有打起来。但现在禁卫军还围着义渠大营呢,我看啊,打是迟早的事。"

黄歇一怔,路人走开了,他还仍然在沉思中,太子完在马车中等了半晌,见黄歇不动,怯怯地又拉开车帘,叫道:"太傅,太傅!"

黄歇回过神来,笑道:"太子。"

太子完道:"太傅你怎么了?"

黄歇道:"没什么……太子,也许这里有我楚国的一线生机啊!"他坐上马车,将太子完抱至膝上道:"走,我们先回驿馆,我回头再仔细打听。"

及至驿馆,安顿好了,派人递了奏书与秦王,又递了名刺与向寿、芈戎等人,次日芈戎果然匆匆赶来了,见了黄歇便道:"子歇!如今这个时候,能够看到你真好。"

黄歇苦笑道:"这对于楚国,对于我来说,却未必是好。"

芈戎道:"秦楚和议,秦国撤兵了,楚国也能够缓一口气。"

黄歇道:"秦楚和议,楚国向秦称臣,娶秦女为王后,楚太子入秦为质,如今楚国也只能算是稍喘得一口气罢了。"

芈戎点头道:"那也是你写给太后的伐五国之策取得了成效,所以阿姊才指定要你与楚国太子一齐入秦。"

黄歇却道:"如今看来,咸阳又再度不稳,太后也未必有心情与五国征伐了。"

芈戎道:"你错了,咸阳、秦国包括天下,一直在阿姊的掌控之中。"说到这里,不由得顿了一顿,笑道:"你今日来,可曾听说过,前日齐国的孟尝君刚刚逃走。"

黄歇一怔,问道:"这是为何?"

当下便由芈戎细细说明了经过。

孟尝君田文,乃列国诸公子中贤名最盛之人。他与齐王田地算是堂兄弟，田地刚愎自用，将昔年齐宣王在时稷下学宫所招揽的名士气得出走了七八成，田文却在此时谦辞厚币、恭敬待人，将这些出走的策士，还留了三成下来，这一来，顿时列国人人赞贤。

臣子之名贤于君王，这原是大忌，以田地之为人自然不能相容。此时秦国便派人大张旗鼓，来请孟尝君入秦为相。孟尝君犹豫再三，尽管有门客再三劝阻，但终究还是难以抵挡此等诱惑，毅然入秦。

他本是抱了雄心壮志而来，不想见了秦王和太后两面之后，再无下文，困居客舍，整整一年无所事事，再又听得齐国欲与列国联手攻秦，他唯恐自己会因此被秦王迁怒，死于咸阳，趁秦王与义渠王交战之时无暇他顾，便以鸡鸣狗盗之术，逃出咸阳。

却不知芈月请田文入秦为相，便是一计。田文与他的一堆门客，见识既广人脉又足，颇有左右齐国局势的能力，将他拖住在秦国一年多，便可由苏秦安然完成在齐国的布局，此时布局已完，便正好让田文回国，以发动布局。

此中情由，芈戎自不会说出，只笑找了个民间新编的段子道："太后闻说孟尝君大名，原以为他也是如平原君、信陵君那样的美少年，因此想召来一见，不想他却是丑陋的矮矬子，因此全无兴趣，将他置于馆舍一年，却不是想为难他，原是忘记了他这个人了。不想他却如此胆小，自己倒吓得跑了。其实大可不必，只要向太后禀报一声便可放心，倒难为他如此费尽心机地逃走了。"

这种话，别人犹信，黄歇却是不信的，芈月大费周章将孟尝君弄到咸阳，却冷落一年，必有用意，只是见芈戎不惜拿这种民间流言说事，当也知道，此中意味深远。

只是他们却不知，田文出了函谷关，一路逃亡，到了赵国得平原君赵胜接待，刚好欲休息数日。不想这流言跑得比人快，竟在他停下休息之后，便传到了他的耳中。这田文虽然貌似恭谦下士，但内心的骄狂暴烈之处，却多少与田地这个堂兄弟有些相似。只是素日以教养掩盖甚好，此时听了赵人以轻薄言论讥笑他的身高和相貌，还讥笑他自作多情狼狈而逃，不由得怒气冲霄，竟令门客等将这一县议论他的人都杀了，这一气杀了数百人，才又仓皇逃离赵国，回到齐国。

第二十一章

情肠断

　　而此时，咸阳城中义渠王和秦王之间的矛盾，已经不可收拾，一触即发。

　　宣室殿中，数名重臣为此事正在商议。

　　樗里疾先道："义渠人在咸阳如此胡为，已经触犯秦法，太后若再念及义渠人的功劳不忍处置，只怕会影响到秦国的将来。"

　　白起却道："臣以为，此事还应该从虎威的下落查起，此番混乱，来得忽然，若不能追根究底，岂不是白白被别人牵着鼻子走。"

　　庸芮沉吟："太后，此事看似忽然，实则必然。义渠人尾大不掉，这种事迟早会发生，太后，有些事，当断不断，反受其乱。"

　　魏冉亦道："太后，如今列国争战，我们应该齐心协力，万不可内部分裂。"

　　庸芮听了此言便冷笑："只恐有些事情，不是我们想阻止就能阻止的。"

　　魏冉怒视庸芮，问他："庸大夫，你这是什么意思？"

　　庸芮肃然道："义渠人自一统草原以后，野心渐大，他们已经不满足于跟我们原来的相处方式，如今，秦国最大的祸患，已经不在列国，而

327

在义渠了。"

芈月见群臣争执不止，头疼道："好了，此事我已经有数。庸芮，我要你去调查虎威之事，等你把这件事调查清楚了以后，我们再来议怎么处置义渠之事。"

庸芮与芈月对视一眼，有些明白，躬身应道："臣遵旨。"

众人散去，独留庸芮，芈月的脸色沉了下去。庸芮见状，问道："太后因何事不悦？"

芈月轻叹一声，道："苏秦之死，你可知道？"

庸芮点点头。苏秦入齐，表面上是为了齐国的霸业游说诸侯，行合纵之举，以齐国为首，联结诸侯对抗秦国，可在合纵期间，齐王田地却数次贪小利而对诸侯背信弃义，国家政策又摇摆不定，以至于内外皆怨，身处火山而不自知。

而苏秦之死，却是一桩意外，他虽然是为了燕国而入齐国，抱着削弱齐国的目的，但他深通人性，看上去又诚挚谦和，反而投了齐王田地的信任。田地为人，从来自负聪明，最恨别人表现得比他更聪明，但又看不上笨蛋。那些谋臣若要表现得才华盖世，必招他之忌，若是装出愚笨不堪来，更令他暴怒。却是苏秦外表忠厚甚至木讷，语言虽迟缓但言必有中，田地便以为他是一个内怀才智而不自知之人，认定只有自己这样雄才大略的君王方能让苏秦有发挥余地。这样一个可以让自己在他面前展示才智，但对方恰好能够理解自己，把自己未说出来未成形的思路说出来并完善的人，才是自己的知己，所以对其宠信异常。

但这样一来，却令得田地身边原来的一些宠臣不满，他们和另一批已经对苏秦发生警惕的人合流到一起，向田地进谗，无奈田地却是不信。那些宠臣无奈，竟派刺客暗杀了苏秦。苏秦死前，自知田地为人犹豫反复，有自己在，他听不进其他人的话，但若一死，则自己明助齐国暗助燕国的行为必为有心人所察觉，而令齐国改变主意。于是在临死之前，又施一计，告诉田地若以苏秦为燕国奸细的罪名，将自己尸身车裂，则凶手必会现形。

齐王田地果然如其所说，以苏秦为燕国奸细的罪名将其尸身车裂，果然便有人出来表示自己杀苏秦就是因为察觉其为燕国奸细。田地大怒，当即将此人处死，从此以后，便是再有人同他游说，苏秦乃燕国奸细，其所作所为乃是害齐助燕，田地却为苏秦临死之言所惑而不为所动。苏秦死后，他许多行为渐渐掩盖不住，由此齐人皆知苏秦为燕人奸细，独田地一人执迷不悟。

此事诸国皆知，庸芮见芈月问，不由得又将此事细细思量一回，才道："太后问臣此事，可是此事另有内情？"

文狸早已经捧着一只鱼匣，此时打开，中有尺素，芈月拿起那尺素，便道："这是孟嬴临死前给我写的信。"

庸芮一怔："燕易后死了？"

芈月点头："燕国报丧的文书，当还在路上，这是她让青青送来。"

庸芮诧异："燕易后为何要给太后写信？"

芈月冷笑一声："你可知，苏秦之死，与燕王职有关？"

庸芮大惊："当真？"

时光转回数月前的燕国，孟嬴正为苏秦之死，大病一场，燕王职病榻前侍奉，十分尽心，都瘦了一圈，甚至差点病倒。

孟嬴渐渐好转之后，便有些不放心儿子，这日便要青青扶了她去看望燕王职。她原是从后殿进去直入内室，不想却听得外头燕王职正与郭隗说话。

听得郭隗道："苏子之死，唉，委实太惨。大王，来日我等当为苏子致哀追封。"

燕王职亦道："唉，苏子于我母子有功，如此下场，寡人实在于心有愧！"

孟嬴本听得君臣议事，就要退出，不想他们正在说苏秦，不免正中心事，便不舍得离开，就此驻足而听。

不想郭隗话风一转，却道："唉，大王，我们当真错了。本以为苏子功成归来，又恃易后之宠，必会骄矜傲上，恐成子之第二。所以想让他功成之日，死于齐国，我等为其追谥纪念，恩荫亲族，也就是了。不想苏子便是临死，宁可令自己受车裂之刑，也仍在为我燕国考虑。思及此，老臣椎心泣血，夜不成寐。与苏子相比，老臣真成了卑鄙小人，无颜立于当朝，请大王准老臣辞去相位，终身不仕。"说罢，便脱冠置地，磕头不已。

燕王职忙下座相扶，泣道："夫子如此自责，教寡人如何能当。当日之事，乃是寡人同意，夫子今日相辞官职，那寡人岂不是也要辞去王位了？"

郭隗只道："主忧臣劳，主辱臣死。万事皆是老臣之罪，实不忍见大王再内疚自损。"

两人正争议时，忽然内室"咚"的一声重物落地，便听得宫女急叫："易后，易后，您怎么了……"

燕王职大惊，抢入内室，便见孟嬴已经口吐鲜血，昏迷不醒倒在地上。

至此，孟嬴不饮不食，拒与人言，只一心待死。

直至气息微弱之时，燕王职伏于她身边痛哭："母后，母后，儿臣错了，您要儿臣做任何事，儿臣都答应你。母后若不能原谅于儿，儿臣愿与母后一起，不饮不食，向苏子以死谢罪如何？"

孟嬴这才睁开眼睛，看了燕王职一眼又闭上，说了她平生最后一句话："你是我的儿子，我能对你怎么样？我恨我自己软弱无能，坐视悲剧的发生。你不欠苏子的，但我欠他……"

燕易后孟嬴卒，遗愿仅以苏秦当年一袭黑貂裘随其下葬，燕王职默允。

孟嬴死后，其侍婢青青，带着她的遗书，悄然回秦。

芈月手抚尺素，心中隐隐作痛。孟嬴遗书，字字血泪："若吾心爱之人，与吾子不共戴天，吾当何往，吾当何能存于世间？"

她不会让自己成为第二个孟嬴，她更不会容得有任何"郭隗"，敢在她母子之中挑事。

芈月看着庸芮，冷冷地道："做儿子的长大了，自以为身为人君就想干涉母亲的事了，甚至想控制母亲，暗中下手除去他想除去的人……庸芮，你是我的心腹之臣，你当知道我为何指定要你去查虎威之事？"

庸芮心中一凛，忙伏首道："臣知道。"

芈月冷冷地道："我不是孟赢，谁也别想把我当成孟赢。"

芈月在怀疑此事背后的黑手，而黄歇亦在怀疑。

这日他约了芈戎出来，走在当日虎威出事的那条市集中，便也说起此事来。芈戎叹息道："如今咸阳的事情一片混乱，那虎威究竟去了何处，也是无人知道。"

黄歇道："依你之见，这件事，会是大王所为吗？"

芈戎摇头道："我倒认为，大王会将虎威斩首以示威，而不至于将他藏匿。倒是大王怀疑是义渠王劫走虎威，故意生事。"

黄歇却摇头道："我却认为义渠王不是这样的人。"

芈戎问黄歇："子歇，你是极聪明的人，那你认为虎威去了何处？"

黄歇却沉吟道："难道会有第三方的势力作祟？"

芈戎思忖："那会是谁呢？"

黄歇问他："现在这件事如何处理？"

芈戎道："阿姊让庸芮去查虎威的下落，说是查到人再决定如何处置义渠。"

这时候一个侍从自后面追来，向芈戎行了一礼，道："华阳君，太后有旨，召您入宫。"

芈戎问他："可有何事？"见那侍从面有难色看了黄歇一眼，顿时沉下脸来道："我叫你说，你便只管说。"

那人口吃道："这……是虎威将军的遗体被发现了……"

芈戎吃了一惊："虎威死了？在何处发现的？"

黄歇暗忖，果然不出他所料。当日他听了经过，便知道虎威必死无疑，否则又如何能够挑起秦王和义渠王之间不死不休的战役呢。想来此时这虎威尸体的出现，必也是与某个秦国重臣相关的地方吧。

果然那人又道："是在庸芮大夫旧宅之中。"

芈戎大吃一惊，不及与黄歇再说，匆匆道："子歇，我先入宫见太后，您自便。"

黄歇微一拱手，看着芈戎匆匆而去，不禁陷入了沉思。

半晌，他拉住一人问道："义渠大营在何处？"

那人指了指西边，道："自西门而去，往北而行十余里，便可见义渠大营。公子，如今那里甚是混乱，你可要小心啊。"

黄歇谢过，便骑马一路出了西门，往北而行，直至遥遥看到义渠大营，这才停住。遥见义渠大营外，秦人的禁卫军大营亦驻扎在此，与义渠大营形成对峙之态，看来这争战之势，一触即发。

黄歇看了半晌，拨转马头，沿着来路慢慢走着，一路观察。这咸阳城日渐繁华之后，人群也日益增多，城内住不下，便有许多人住到城外郭内，郭外又有郭，形成了数层城郭，这些城郭越往外围，便越是贫困下层之人所居，鱼龙混杂，便是秦人所奉行的户籍制度，在这种地方也起不到什么作用。

黄歇走进外郭，自外层开始，慢慢地走着、看着，走到第三层时，忽然停了下来。

便是这等郭外之郭，也是有些酒坊和赌场，越是生活在底层的人，越是需要这些场所来麻醉自己，忘却痛苦。

黄歇停在一间酒坊外，凝视半晌，走了进去。

里面熙熙攘攘，尽是些底层的军中役从、混迹市井的野汉等，但却也有一些落魄流浪的策士坐着，黄歇这一身贵公子打扮，倒与众人有些格格不入。

那跑堂见他气宇不凡，忙从人群中挤出来先招呼了他，点头哈腰道：

"公子，请上座。"

黄歇跟着他的引导，走到里间坐下。

便有掌柜出来问他："公子要什么酒？"

黄歇看那掌柜半晌，从头看到尾，才点头道："要一壶赵酒。"

掌柜怔了怔，左右一看，压低了声音道："公子如何知道小店有赵酒？"

黄歇却微笑道："我还要一份熏鱼，我有一位故友，向我推荐过你们这里有邯郸东郭外熏鱼和燕脂鹅脯。"

掌柜的脸已经僵住了，只机械地道："是、是！"

黄歇坐在那儿，看着那掌柜仓皇退下，不一会儿，便有一个布衣文士自内掀帘出来，走到黄歇的席上，坐下，他身后的侍从迅速送上黄歇刚才点过的东西。

文士端起酒壶，倒了两杯酒，送到黄歇面前，笑道："这家的酒不错，公子也是慕这家的赵酒而来吗？"

黄歇端起酒杯，轻尝一口，笑道："果然还是我上次尝过的味道，看来我并没有找错地方。"

文士脸上的肌肉抽搐两下："公子如何知道这里有好酒？"

黄歇摇头："我并不懂酒，只是上次在城内一家酒肆，有位朋友请我尝过那里的赵酒，还有熏鱼和鹅脯，我觉得很好吃。不过那家店不久之后就关了，没想到搬到这里来了。"

文士笑容一僵："公子又如何知道这店搬到了此处来？"

黄歇向内看了一眼，微笑："我那位朋友走到哪里，都会留下影踪，我跟着他的影踪过来，就能找到。"

文士连笑也笑不出来了，眼神不由得也顺着黄歇的眼光看向内室，立刻又转回眼神来，强笑道："您那位朋友也是赵人？"

黄歇道："是啊，他也是赵人，阁下也是吗？"

文士摇头道："不，我不是，我是中山国人，只不过我以前也曾在邯郸住过。"

黄歇道："哦，这家店你常来吗？"

文士道："是啊，所以可以给你推荐一些他们家的招牌菜。"

黄歇道："嗯，但不知这里的羊肉做得怎么样，我以前在义渠草原上吃过一味羊骨汤，味道真是不错呢。"

文士脸色大变，佯笑道："公子如何会在赵国风味的酒家，点起义渠风味的菜肴来呢。"

黄歇道："是吗，我还以为这里有呢，看来我得去城外的义渠大营去拜访一下了。"

文士拱手站了起来，失声道："公子，你、你……"

黄歇微微一笑，忽然内室帘子掀开，那掌柜走出来，向着黄歇行了一礼，道："公子，鄙主人说，他刚要杀一只好羊，炖一锅好羊骨汤，欲与公子共尝，不知公子可有兴趣入内，与鄙主人共分一只羊腿。"

黄歇看着那掌柜的，忽然一动不动，良久，才道："贵主人何以见得，我会愿意和他共分一只羊腿呢？"

那掌柜的赔笑道："鄙主人说，公子家前不久也遭了事，公子如今来这里，不是要和人分羊腿，难不成还帮助人打劫自家不成。"

黄歇忽然笑了起来："我不要这只羊腿，但是，我想跟贵主人说一声，天底下不止一个聪明人，让他好自为之吧。"他说完，便站了起来，向外走去。

那文士也站起来，与那掌柜面面相觑，眼看着黄歇头也不回，出了酒肆，便骑上马往北而去。

那文士脸色一变，疾步入内，向赵雍行礼道："主父，不好，黄歇此去，是不是会暴露我们的行踪。"

赵雍冷笑一声："他不会的。"

文士一怔："何以见得？若是如此，他来这里是什么意思？"

赵雍却皱着眉头，掐着指尖算着，半日，放下手点了点头："好个黄歇，好个黄歇，果然是聪明绝顶之人。这是所谓旁观者清吗，他竟是一开始就没往城里找，而是从虎威之事，直接从义渠大营推断出我们所在的方位来。"他瞄了那紧跟着进来的掌柜一眼，冷笑："他怀疑寡人在这里，所以试探于你。而且提醒我们，他已经怀疑到义渠人的事情与我们有关，那么别人也一样会怀疑到。"

文士道："他来对我们是好意还是恶意？"

赵雍冷笑道："如果那个女人有生命危险，他会去救她。但为了楚国，对秦国的王图霸业，他是一定会想办法破坏的。因为如果秦国出事，那么楚国就可以得以喘息。"

黄歇一路急驰，来到义渠大营之外，却不入内，只驰马一圈，却又去了附近一座小山丘上，坐下来，取出玉箫，缓缓吹奏。

过得不久，义渠大营一匹马疾驰而出，直上小丘，下马走到黄歇身后，只叉手站着，也不言语。

黄歇亦不理他，只一曲吹毕，方站起来向义渠王拱手为揖道："义渠王，好久不见了。"

义渠王有些敌意地看着黄歇："你来做什么？"

黄歇道："秦楚和议，我陪太子入秦为质。"

义渠王哼了一声："楚国的人都死光了，非要你来不可？"

黄歇道："我知道你不喜欢看到我，我也不喜欢看到你。但是，今日我却是非要见你不可了。"

义渠王道："你见我何来？"

黄歇道："你是草原上高飞的鹰，她是咸阳宫中盘踞的凤凰，你离不开草原，她也离不开咸阳。我曾经以为，你的到来至少能够让她不再孤独，可如今我发现我错了，你的到来却让她陷入了无奈和痛苦。"

义渠王大怒："你的意思是，你如今还要与我争夺于她？"

黄歇摇头："不，我与她已经不可能了。但是你再留在咸阳，却只会伤害于她。你的人乱了秦法让她的威望受到了损害；你的骄傲让她陷于你和她的儿子中间左右为难。你若真的爱她，就当放手成全于她。"

义渠王冷笑道："你别拿你的那套狗屁不通的东西来说服我。你是个懦夫，不敢承担起对她的爱，丢下她一个人逃掉了，让她一个人伤心孤独。她是我的女人，我是不会对她放手的，我们是一家人，我们有我们的孩子、我们的江山，谁也无法把我们分开。"

黄歇道："那子稷呢，你就没有为他想一想吗？"

义渠王道："他既然不想与我做一家人，那我就与他分了营帐，也不算亏欠于他。而且他的父亲有太多女人、太多孩子，我不信在她的心中，那个男人的分量会比我们父子三人更重要。"

黄歇看着眼前这个自负的男人，心中无奈叹息。眼看着一场悲剧就要发生，可是他却不能说出来。他此刻到这里来，也是为了尽最后的努力去阻止对方。可是，对方明显没有打算去成全他的努力。

他摇了摇头，道："你错了。"

义渠王冷笑道："我错了什么？"

黄歇凝视着他，缓缓道："你现在走了，还能够保全你自己和你的部族。"

义渠王哈哈大笑："胡扯，你以为，她会对我下手？"

黄歇缓缓摇头："没有人比我更了解她，她不会在秦王稷和公子苐与公子悝中做选择，她要的是全部留下。大秦的国土，她更是不容分割。"

义渠王听着黄歇的话音中，竟似有无限悲凉，他欲说什么，最终还是被这悲凉所打败，最终顿了顿足，叫道："那我就让你看看，谁说了算。"他说完，转身骑上马，朝着咸阳方向绝尘而去。

黄歇看着义渠王的身影，没入夕阳之中，只觉得这半天夕阳，已经变成血红之色。

义渠王闯入章台宫的时候，天色已晚，芈月正倚在榻上，略作休息，此时此刻，义渠王便闯了进来，用力抓住她的胳膊问道："我问你，在你的心目中，我、苐和悝加起来，和你那个秦王儿子中间，你选择谁？"

芈月骤然惊醒，努力平息被惊醒而怦怦乱跳的心，以及被吵醒后自然升起的怒火，令吓得跪地的宫女们退下后，才甩脱义渠王的手问他："你怎么会忽然问这种话？"

义渠王却执着地问她："我只问你，你选择谁？"

芈月本能地想回避，然而看到义渠王此时的眼神，她知道已经不能回避，直视着他，一字字道："我谁都不选择，三个孩子都是我的孩子，我不可能选择放弃任何一个人。"

义渠王坐在那儿，整个人似乎忽然沉淀下来，那种毛躁的气质，忽然就从他的身上消失了。他一动不动地坐了良久，抬起头，深沉地看着芈月："你是我的妻子吗？"

芈月道："当然。"

义渠王道："那么，你愿意跟我走吗？"

芈月道："不。"

义渠王站了起来，高大的身形此时看上去有些骇人，他忽然笑了："其实，你一直在骗我，对吗？"

芈月道："我骗你什么？"

义渠王道："秦国从来就没有属于过我，对吗？"

芈月看着义渠王越来越近的脸，直至距离不足一掌之时，终于说了一个字："是。"

义渠王忽然纵声大笑："果然，老巫说的是对的，你这个女人，根本不可信，你根本就是一直在利用我。"

芈月没有说话，只是看着义渠王，脸上平静无波。

义渠王哈哈大笑，笑得停不下来，半晌，才渐渐止了笑容，道："好，你既无心我也不必强求。我与你之间，各归各路吧。"

芈月问他："你想怎么样？"

义渠王抓起芈月的肩膀，逼近她，看着她眼睛眨也不眨地，忽然冷笑道："你是我的女人，我不会对你怎么样。但是，我要毁了这咸阳城，毁了你的江山。"

说罢，他将手一松，芈月跌落在席上，然后她就看着义渠王大步走了出去。

天边夕阳只余一缕光线，等到义渠王的身影消失，整个天色就此黑了下去。

章台宫的消息亦是很快传入承明殿内，嬴稷兴奋地站起来，在殿内不住来回走动，叫道："好、太好了，寡人终于等到这一天了！"

唐棣在旁侍候，此时也忙笑道："恭喜大王，贺喜大王！"

嬴稷脚步停住，扭头看向唐棣，忽然道："寡人记得，你父亲乃是墨家巨子，墨家子弟擅长机弩之术……"

唐棣的笑容顿时凝结在脸上："妾身不明白……"

嬴稷走上前两步，按住唐棣的肩头兴奋地道："你去告诉你父亲，让他想办法，帮寡人除去义渠王，寡人就封你为王后！"

唐棣瞪大了眼睛，眼中有一丝兴奋闪过，但随即又变成惊恐，她退后一步，伏下身子磕头道："大王，妾身没有这样的野心，妾身之父亦是大王的臣子，大王有事尽可当面吩咐于他。"

嬴稷看着她，缓缓收回手，冷冷地问："这么说，你不愿意！"

唐棣磕头道："大王，墨家机弩之术，用于守城，用于护民，不曾用于暗算。妾身做不到，妾身之父亦做不到，求大王明鉴！"

嬴稷话语冰冷："看来，你是不愿意为寡人献上忠诚了。"

唐棣抬头，已经是泪流满面："大王不信妾身，现在就可以让妾身去死，我父女皆可为大王去死。墨家没有这样的能力，妾身更不敢欺君，大王明鉴！"

唐棣不断磕头，嬴稷看着她的样子，不知道是失望还是灰心，一怒之下便拂袖而去。

所有的侍从都随着嬴稷而离开，一室皆静。

只剩下唐棣的贴身侍女扶桑扶起唐棣，叫道："夫人，夫人，大王已经走了。"

唐棣抬头，额头已经是一片血痕，她双目红肿瘫坐在扶桑怀中，却微微笑了。

扶桑不解地问道："夫人，您这又是何必，大王既然要您效力，还承诺封您为王后，你为何要拒绝此事，还惹得大王动怒？"

唐棣摇摇头道："你不明白的。"

扶桑无奈，只得转身去拿水盆打水为她净面重新上妆。

直至室内空无一人，唐棣才忽然低低地笑了，此时，她的自言自语，只有自己听得到："你自然是不明白的，在太后和大王之间，我们唐家只能做纯臣。我今日助大王暗杀太后的人，异日大王就会怀疑我们有暗杀他的能力了。这个烫手的后冠，我不能要。"她抚着自己的腹部，这里面，有一个小生命正在孕育中，她已经立于不败之地，在两个聪明绝顶的权力巅峰人物面前，她一步也不能妄动。

章台宫，庸芮接诏，匆匆入宫。

芈月问他："义渠之事，到底怎么样了？"此时此刻，她不能不有所行动了，不能再任由嬴稷和义渠王之间的矛盾继续下去，必要的时候，不管伤害了谁，她都要把这件事按下去。

庸芮刚刚从拷问犯人的现场接诏出来，闻言跪下磕头："臣有罪。虎威的尸体，是在臣的老宅中发现的。臣那老宅本已经多年不曾居住，只留了几个老仆日常打扫，没想到满城搜索虎威不见，却在今日发现虎威的尸体。臣已经查到那日虎威出门，到那商贩死亡，中间似有人故意做了手脚，那商贩之死，也是极有疑问的……"

芈月打断他，沉声问："你查到什么了？"

庸芮道："臣以为这次行动很可能与赵国人有关，臣一路追查，发现西郭外有一个赵人经常落脚的酒肆，谁知道等臣率兵过去的时候，那酒肆里面的人已经逃走了。臣抓获了外面那些酒客，经过拷打，有人招认说，曾经看到过容貌酷似赵主父的人进出……"

芈月拍案而起，咬牙道："赵雍，他还敢再来咸阳，立刻派人去给我搜，务必将人拿下。叫人去函谷关外，张贴画像，凡见赵雍者，都可有赏！"

庸芮伏地不动，不敢说话。赵雍此人胆大妄为，又神出鬼没，最喜白龙鱼服，潜行各处近距离窥探各国国君行事风范。此人身边似有精擅乔装改扮的门客相助，自己又极有这方面的天分，所以他这些年扮过策士、扮过军汉、扮过强盗、扮过侍从、扮过商贩，亦扮过胡人，却是扮什么像什么，人皆只在他走后，才发现是他，想要捕获他，却是难如登天。

芈月想起赵雍数番入秦的险恶用心，以及无礼之事，不由得咬牙切齿，强抑怒火才又问道："还问出了什么？"

庸芮微一犹豫，还是立刻回道："甚至还有人招认说……"

见他顿了一顿，芈月便知有异，追问道："说什么？"

庸芮只得坦言："说在这家酒肆中看到了春申君。"

芈月听了顿时失态，叫道："子歇？不，这不可能！"

庸芮没有说话，只是静静看着芈月。

芈月渐渐平静下来，细忖了忖，还是摇头道："不，黄歇不会算计于我，他可能是猜到了什么，但没有说出来罢了。"

庸芮问她："太后就这么有把握？"

芈月道："是。"

正在此时，芈戎匆匆而入，叫道："太后，不好了。"

芈月道："怎么？"

芈戎道："义渠王率兵在西门外，要大王交出蒙骜与庸芮，为虎威偿命。"

芈月道："大王呢？"

芈戎道："大王也是刚得到消息，已经带着兵马出宫了。"

芈月的心沉了下去，她这一生，从未像此刻那样绝望，这种分裂之痛，痛彻心扉。她退后一步，摇晃了一下。

芈戎扶住了她，有些紧张地看着她："太后，你没事吧？"

芈月摇头，低声道："我没事。子戎，你去告诉义渠王，三日之后，我会给他最后的答复。"

芈戎一怔："是。"

看着芈戎走了出去，芈月怔怔地发呆半晌，转头对缪辛道："你……明日去请黄歇入宫。"

章台宫，假山下。

黄歇自回廊绕过来，看到芈月一身白衣，独立树下，似要随风而去。

看到黄歇走过，芈月看着他，笑了一笑，忽然道："子歇，你还记得这里吗？"

黄歇抬起头来，看着那一座小小的假山，轻叹："原来这座假山，这么小啊！"这一处地方，便是仿了他们初见面时的那座假山而造，只是昔年天真无邪的小童，再也不能回到过去了。

芈月淡淡一笑，两人沉默着，再无话可说。

半晌，芈月忽然道："你还记得，当时我们说了什么话吗？"

黄歇低声道："记得。"每句话、每个字都记得，刻骨铭心。

芈月低声道："赠玉之礼，是吗？"

黄歇低声道："是。'小子黄歇，奉国君之命披甲持戈，迎战贵军，今日不幸，你我狭路相逢，请允我以此美玉，问候阁下。'"

芈月凄然一笑，也低声道："下臣芈月，奉国君之命披甲持戈，与勇士狭路相逢，有负国君之托，非战之罪……"她说到这里，忽然哽咽，从腰间解下一块玉来，道："受之琼玖，还以荆玉。"

这块玉，正是当年黄歇与她做赠玉之礼游戏的时候，送给她的。

黄歇没有接，他身上，也挂着芈月当年的那块玉，可是他也没有拿下来与她交换。他只是轻叹一声，上前将芈月拿着玉的手，再握在了自己的手中，低声道："你的手好小！"

芈月的一滴眼泪滴下，落入尘埃，她深吸一口气，低声道："小什么小，总有一天我的拳头会比你更厉害。"

黄歇笑中带泪："是，现在你已经很厉害了。"

芈月从黄歇的手中，缓缓地抽出手来，她的手仍然握着那块玉佩，握得极紧，忽然说："子歇，我想问问你，你是怎么做到的？"

黄歇一怔："什么？"

芈月含泪问他："你是怎么能够下了决心，可以斩断情缘，可以与我为敌？"

黄歇看着芈月的眼神，忽然无法说话了："我……"

芈月继续道："你盗令符救楚怀王的时候，是怎么想的？你抛下我去楚国的时候，是怎么想的？你成为楚国春申君的时候，是怎么想的？你写信给五国让他们与秦为敌的时候，是怎么想的？你站在赵人酒肆前，却什么也不说的时候，是怎么想的？"

黄歇听着她一字字泣泪而问，只觉得她说的每一个字，都似化为一把刀子，在将他的心一刀刀地凌迟着，他不忍再看她，扭头道："为什么要问这个？"

芈月道："我想知道。"

黄歇道："可我不想回答。"

芈月道："因为你的答案对我很重要。"

黄歇长叹一声道："为什么？"

芈月道："因为我想从你的身上，得到割断情丝的力量！"

黄歇惨然一笑："皎皎，你好狠的心肠。"

芈月道："因为这个世界上，每一个男人的心都很狠。不管是你还是先王，还是义渠王！没有一个男人，愿意为了我而退却一步！"

黄歇看着芈月，伸手想抚摸她的发鬓，手到了发边却又停下，终于转身，用力握紧拳头，硬声道："因为如果我们是为感情而退让的人，你反而未必会把我们放在心上。"

芈月怔住，忽然间笑了起来。

黄歇背对着她，紧握拳头："大秦的太后，又何时愿意为感情而退让，而停下你铁骑钢刀。"

芈月愤怒地叫着他的名字："子歇，是你不愿意留在我身边，我们本可以携手共行。可你为什么宁可选择做我的敌人，也不愿意做我的伴侣。"

黄歇猛地转回身，直视芈月的眼睛，一字字地道："因为我可以为你而死，却不能只为你而活。我是个男人，义渠王也是。"

芈月胸口起伏，怒气勃发，良久，才缓缓平息下来，忽然道："你昨天找过他，为什么？说了些什么？"

黄歇看着芈月，道："我希望他能够离开你，回到草原。不要再揪着咸阳的事情，否则只会让一切变得不可收拾。我不希望看到你再伤心，也不希望看到你和义渠王之间，最终走到无可收拾的结局。"

芈月苦笑："他若走了，保全的是我的感情，但对于秦国，将更不可收拾。"

黄歇亦是苦笑："只可惜，不管我说什么，他都不会明白，更不会接受。"他看着芈月，此刻她的身影，是如此脆弱、如此无助，然而，她却有着比任何男人都要铁硬的心肠："皎皎，你放手吧，不要把自己逼到绝处。"

芈月两行眼泪落下，这一次，是她转过身去："子歇，你走吧！"

黄歇看着她瘦弱的肩膀，想伸手，在他的指尖快要触及她肩头的时候，忽然收手，最终还是长叹一声，转身离开。

芈月独自走在长长的秦宫廊桥上，看着西边渐落的太阳。

斜阳余晖照耀着这一片宫阙，万般胜景，金碧辉煌。

她站在宫墙上，看着远方。

嬴稷走到她的身后，想要解释："母后，儿臣……"

芈月疲惫地摆了摆手："你什么都不必说了，这个时候，再说什么也没有用了。"

芈月走下宫墙，嬴稷想要跟随，芈月回头看了他一眼，那一刻她的眼神，让嬴稷站住了，再不敢往前一步。

芈月一个人孤独地走下宫墙。

樗里疾远远地走来，走到嬴稷身后。

嬴稷一动不动，樗里疾亦不动。

半晌，樗里疾叹道："大王，你现在什么也不必做，等太后自己下决断吧。"

嬴稷问："母后会有决断吗？"

樗里疾道："会。"

嬴稷道："真的？"

樗里疾道："因为义渠王已经变成目前秦国最大的祸患了，推动着他走到今天的，不仅是大王与他的恩怨，还有义渠人越来越大的野心。他停不下来，也退不回原来的位置，更不可能就这么回到草原。这一点，太后看得比谁都清楚。"

义渠王站在营帐外，看着黄昏落日，草原秋色。

老巫静静地站在一边："大王，你明天真的要去甘泉宫吗？"

义渠王点头："是，怎么了？"

老巫道："我怕，她会对您不利。"

义渠王哈哈一笑，自信地道："她？不会！"

老巫道："人心叵测，我希望你不要去。"

义渠王道："我终究要与她坐下来谈判的。秦国和义渠之间的恩怨，总是要我与她两人才能够谈定。"

老巫叹了一口气："是啊，终究要坐下来谈判的。我们义渠人是长生天的孩子，若不是部族之前一直内斗，我们早应该建立我们的国了。如今长生天保佑，您一统了草原，就应该拥百座城池，建我们自己永久的国，与大秦分个高下。是您一直心软，迟疑不决，如今虎威的死，是长生天向您的警示，我们应该下定决心了。"

义渠王道："好，明日一早，你点齐兵马作准备，我与她甘泉宫见面以后，我们就杀回草原，建城立国。"

老巫道："是。"

夜色降临，营帐点起灯光，义渠将领各自清点兵马，检查武器。

章台宫侧殿中，嬴芾和嬴悝并排躺着，睡得正是香甜。芈月坐在榻边，看着兄弟二人，轻轻地为他们掖了被子。

薛荔低声道："太后！"

芈月手指横在唇上，摇了摇手。

薛荔没有再说话，她站起来，轻轻吹掉了其他的灯烛，只留下一盏在榻边。

芈月站了起来，低声说："过了明天，他们就将真正成为嬴氏子孙，再也不会有人提起他们的身世了。"她抓住薛荔的手在抖动，薛荔惊诧地抬头，看到芈月的脸色在阴暗的烛光下已经变得扭曲。

芈月站起来，整个人向前踉跄一下，薛荔连忙扶住了她。她轻轻推开薛荔，走到榻边，伸手抚了一下嬴芾和嬴悝的小脸庞，依依不舍地亲了一下，就毅然走了出去。

芈月走出寝殿，早已经候在外面的白起上来行礼："太后。"

芈月冷冷地道："都准备好了？"

白起道："是。"

芈月道："没有我的命令，你们不准动手。"

白起道："太后的意思是……"

芈月道："我还想，再劝一劝他！"

甘泉宫。

这座宫殿，是芈月这些年来与义渠王避夏之所，两人在此，共度了不知道多少晨昏。

魏冉站在宫外，向率着兵马到来的义渠王行礼道："义渠王，里面只有太后一人。"

义渠王看了看左右，挥手道："你们就在外面等我吧。"

义渠将领大惊，叫道："大王！"

义渠王道："里面只有她一人，难道我还要带兵马入内吗？"

义渠将领只得应道："是。"

义渠王问魏冉："我要解兵器吗？"

魏冉忙道："不必。"

义渠王更不客气，大步入内。

他走过天井，殿门大开，芈月端坐殿中，她前面摆着几案，上面有酒，有肉。

义渠王走进去，坐在芈月对面，解下刀，放在一边。

芈月倒了两杯酒，举杯道："请。"自己将酒一饮而尽。

义渠王也将酒一饮而尽。

芈月低声问道："你还记不记得我们第一次见面的情景？"

义渠王道："记得，你穿着大红的衣服，一路自乱军中杀出，还射了我好几箭。我当时想，怎么会有这么凶悍的女人，连我义渠女人都没这么凶悍。"

芈月笑出了声，她抬手抹了抹眼角的眼泪："我当时就想着，我活不了，那我也不让别人好过。可我没想到，我不但活了下来，还活到了今天。"

义渠王凝视着她："当时，你说你喜欢黄歇，你不做秦王的妃子，你不嫁给我。"

芈月苦笑道："是啊，结果我和黄歇有缘无分，做了秦王的妃子，也嫁给了你。"

义渠王长叹:"长生天主宰我们的命运,有时候不由人做主。"

芈月道:"可我想自己主宰自己的命运。我想叫时光倒流,我想让你我之间,仍然像过去一样。"

义渠王心中百味交缠:"你的心里,真的还有你我之间的感情吗?"

芈月叹道:"我知道你现在心里一定认为我骗了你。阿骊,我没有骗你,但我的确误导了你。秦国和义渠的规矩不一样,草原上以力量为尊,草原部族的首领死了,你娶了他的遗孀,把他的儿子当成自己的儿子,就可以继承这个部落。可秦国,是以血统为尊,先王去世了,人们只会拥戴他的儿子为王,哪怕他是个孩子,他也是秦王。秦国从来都不属于你,它属于子稷。"

义渠王自己倒了一杯酒,一饮而尽:"既然如此,我无话可说。"

芈月按住他的手,求道:"你别这样。阿骊,如果我想留下你,我应该做些什么?"

义渠王哈了一声,看着芈月,问道:"你说真的。"

芈月道:"是。"

义渠王就问:"你这里有地图吗?"

芈月点点头,地图已经摆在几案上了,伸手取过展开给义渠王。

义渠王只看了一眼,拔刀将地图割为对半,将其中一半扔给芈月道:"咸阳以东,给你儿子,咸阳以西,由我立国,我也不占你便宜,我占大散关以西,大散关以东到咸阳,给苪和悝,如何?"

芈月接住地图,苦笑道:"我用了三年,将一个四分五裂的秦国合并在一起,才能够以此为据点,这些年里东进魏韩,南下楚国,西出巴蜀,让秦国成为诸侯中最强之国,甚至有可能取代周王室一统天下。现在你又要将秦国分裂,那么秦国又将被打回原形,甚至可能再无机会一统天下。"

义渠王摇头:"你说的这些我不懂,我也不在乎。我只知道,行事凭我的刀和马，自由自在，对得起他人，对得起自己，更要对得起部族。"

芈月定神看着他，忽然惨然一笑："好，我们再喝一杯。"

义渠王坐下，又喝了一杯酒。

芈月也倒了一杯酒，两人默默对饮。

此时，外面传来喧闹之声，喧闹声越来越响。

义渠王听了听，问道："什么声音？"

芈月平静地道："是魏冉在解决你的护卫。"

义渠王按刀跃起，看着芈月惊怒交加："你、原来你——"

芈月凝视着他，平静地道："我对不起你，你若要杀了我，我也无怨言。"

义渠王拔刀而出，刀尖直指芈月咽喉，芈月神情平静，看着他凄然一笑。

芈月的神情没有变，义渠王的手却有些颤抖。半晌，他忽然收刀，看着她摇了摇头道："我不会伤你的。"说完，便提刀转身疾走出去。

芈月张嘴，失声叫道："阿骊，不要——"

不要出去，不要走，不要离开我，不要让悲剧发生。

可是，义渠王不会因为她的呼叫，而停下他的脚步。他是草原上的雄鹰，注定不会为任何人的呼喊而改变方向，而改变脚步。

义渠王的手，触到了门环，他的脚步顿了一顿，外面的喧闹声，不知何时忽然停了下来，只余一片死寂之声。

义渠王冷笑一声，用力打开殿门，阳光射入殿中。

无数弩箭亦同时射入，义渠王站在殿门，以刀挡格飞箭，却挡不住如雨的利箭，身上顿时中了数箭。

芈月站在原地，一动不动，眼睁睁看着义渠王身中数箭，浑身鲜血如泉喷出，终于忍不住厉喝道："住手，住手……"

她冲到门口，看着义渠王中箭倒下，跌在她的怀中。

弩箭的射击顿时停下，有一两支收手不及，亦射到芈月身上，却跌落地下。

芈月抱住义渠王嘶声叫道："阿骊，阿骊——"

义渠王微微一笑："你果然穿了软甲。"

芈月眼泪落下，一滴滴滴在义渠王的脸上，哽咽道："你可以回来抓住我为人质，你为什么要硬闯？"

义渠王笑道："我怎么会抓女人做人质，更何况，还是我的女人。"

芈月嘶声道："为什么，既然你宁可死都不愿意伤我，为什么不能够为我退让？"

义渠王凝视着她："我可以为你而死，却不能只为你而活。"

他的笑容凝结在脸上，生命却已经停止。

芈月崩溃地伏在义渠王的身上痛哭："阿骊——"

围在外面的众武士俱停下了手，低下了头，不敢再发一言。

白起心中暗叹一声，悄悄地走了出去，其他诸人也跟着他如潮水般退了出去。

魏冉却站在那里不动，甘泉宫外，咸阳城外，甚至更远处，尚激战未息，此时此刻，只有义渠王的尸体才能够平息这激战，死更少的人。

而此时，原来那个应该运筹帷幄、发号施令的人已经崩溃，抱着义渠王的尸体，伏在门内痛哭。

她紧紧抱着义渠王的尸体，谁也不敢上前。

魏冉闭了闭眼，逆着众人的脚步，一步步走到芈月面前，跪下轻呼："太后！"

芈月没有说话，也没有动作。

魏冉道："阿姊，大局为重，得罪了！"

魏冉上前，掰开芈月的手，从芈月怀中抱过义渠王的尸身。

芈月表情茫然，似乎想要抓住什么，却只抓到了义渠王腰间玉佩的丝绦，玉佩落地，碎为两半。

芈月坐在血泊中，一动不动。

魏冉抱起尸体，走了出去。

众人不敢惊动，全部退了出去。

整个大殿内，只剩下芈月一个人，坐在血泊之中，手执着半块玉佩，整个人似已经完全崩溃。

所有的人都退走了，没有人敢进入这个宫殿，芈月独自坐在血泊中，一动不动。

第二十二章 人 独 行

　　庸芮正与义渠兵激斗，见魏冉率人举着义渠王的尸体出来，令义渠兵顿时溃不成军，心头一跳，立刻提剑转身，向甘泉宫跑去。

　　他跑过前殿，便见薛荔等人守在后殿仪门外，满脸惶恐，却是一动不动。

　　庸芮一惊，问道："太后呢？"

　　薛荔一脸担忧，朝他摆摆手，低声道："方才义渠王死了，太后她、她的样子十分不好，奴婢等不敢进去打扰于他。庸大夫，您看怎么办？"

　　庸芮一惊："我进去看看！"

　　薛荔大惊："庸大夫，不可……"

　　庸芮将手中剑交与薛荔，道："太后要怪罪，就怪罪于我吧！"

　　他推开薛荔的手，走了进去。

　　庸芮走过天井，推开半掩着的后殿门，见芈月仍坐在血泊之中，一动不动，她似乎没有听到推门的声音，也没感觉到室内多了一人。

　　庸芮疾步上前，扶起芈月，轻声唤道："太后，太后——"

　　芈月却似什么也没看到，什么也没听到，她坐在地下，已经坐了很久，寒意浸透了她的身子，她依旧毫无觉察。只是在她的身子偎依到一个温暖的怀抱时，才本能地一个寒颤，神情却犹自游离，似已经魂不附体，只喃喃地道："好冷——"

庸芮一怔，脱下了外袍，披在芈月的身上，紧紧抱住了她，只觉得怀中的人脆弱得如同一片叶子，毫无温度。

芈月在他的怀中轻颤着，仍喃喃地道："好冷，这里很冷——"

庸芮心头一痛，刹那间，积压了多年的情感，却似洪水决堤，再也无法压制，这一刻，在他的眼中，她不再是太后，不再是君主，不再是那个叱咤天下的女人。

她是他远远凝望、默默疼惜、心痛心牵的女人。

他一把抱起芈月，抱着她轻轻地走过那宽阔而冰冷的殿堂，走入了尽是软罗绮锦的内室，让她躺到锦褥上，取了一床被子将她裹起来，点燃了铜炉中的火炭，重新回到席上，抱紧了芈月，低声问："你现在还冷不冷？"

芈月双目仍然毫无焦点看着不知何处，只喃喃地道："冷，很冷……"

庸芮看着芈月，长叹一声，将芈月整个人抱入怀中，低声道："别怕，有我在，不会冷的……"

夕阳斜照，芈月静静地伏在庸芮的怀中，锦被盖在她的身上，内室不大，几处铜炉生火，一会儿便暖了起来。

庸芮紧紧地抱着芈月，他的后背已经冒汗，她的身子仍然是这么冰冷，他在努力用自己的体温，去温暖芈月。

慢慢地，她的身子不再冰冷，也不知道过了多久，他看着她，发现她的眼睛已经闭上，呼吸也变得平缓起来。

芈月睡着了。

庸芮仍然揽她于怀，一动不动。

天色渐渐暗了下来。

整座甘泉宫静悄悄地，没有一丝响动，没有人敢在此刻发出一点声音。

一夜过去。

天亮之前，庸芮悄悄起身，走出了甘泉宫内室。

此时，嬴稷已经坐在外殿，他已经等了一夜了。

庸芮走出来，便见到了嬴稷，他沉默着上前行礼。

嬴稷并不看他，他的眼睛也是落在遥远的前方，只轻轻问："母后怎么样了？"

庸芮拱手恭敬地道："太后已经安歇了，还请大王派宫人入内服侍，大约明早还得请太医前来诊治。"

嬴稷缓缓地转眼，看着庸芮，他刚刚起来，身上的衣服是皱巴巴的，头发也是凌乱的，看得出来，他这一夜几乎没有睡着。

然而他的眼神、他身上的气息，却是纯粹而毫无混杂的。

嬴稷嘴角终于露出了一丝笑容，缓缓点头："有劳庸大夫了。"

经过一天一夜的激战，白起和魏冉已经控制了义渠大营。

这些年来，秦人通过与义渠人一起作战，一起生活，一起通婚，早已经完成了对义渠人的渗透与收买。义渠人亦是人，谁都想过上好日子，谁能够给他们好日子，他们就会向谁效忠。义渠王虽然南征北战，平定了草原，可是草原各部族能够这么快向义渠臣服，并不只是畏于刀和马，而更是向着提供他们粮草和牛羊丝帛的大秦臣服，甚至包括义渠自己内部的将领。

在混战中，鹿女率一部分义渠兵护着赵雍突围，同时将这一部分人马并吞。而老巫亦带着部分兵马逃走，找到草原深处某部中昔年义渠王与其他妻妾所生的一个儿子，便拥他为主，在草原上与秦人展开周旋。

然则义渠大势已去，秦昭襄王三十七年，这一部分残余人马，亦被白起所平定，自此，义渠完灭。

事实上，在义渠王死后大秦就已经基本完成了对义渠的并吞，不但得到了无尽良马骑兵，而且从此东进出征再无后顾之忧。

秋风起，秋叶落，满地黄叶堆积。

芈戎陪着黄歇走进甘泉宫，沿着廊下慢慢走着。

廊下，小宫女在熬药，药气弥漫在整个宫中。

黄歇低声问："她怎么样？"

芈戎叹道："阿姊病了，这次病得很重。"

黄歇问："太医怎么说？"

芈戎道："郁结于心。唉，她不能学普通妇人那样痛哭长号，就只能折磨自己了。"

侍女石兰打起帘子，但见芈月昏昏沉沉地躺着，嬴稷坐在一边，侍奉着汤药。

看到黄歇进来，嬴稷放下药碗，看了黄歇一眼，站起一揖，神情沉重："母后病得很重，寡人束手无策，不得已请先生来，多有打扰。"

黄歇道："大王言重，外臣不敢当。"

嬴稷看了黄歇一眼，咬了咬牙，就带着芈戎走了出去。

黄歇坐到榻边，轻唤道："皎皎，皎皎——"

芈月睁开眼睛，看到了黄歇，她有些恍惚，好一会儿才慢慢反应过来："子歇，是你啊……"她的声音素来是清朗的、果断的，可是此刻她的声音中，却开始有了一丝苍老之态。

黄歇惊愕地发现，她的鬓边竟然开始有了几缕明显的白发。

黄歇心头一痛，强抑伤感，点头道："是我。"

芈月嘴角露出了一丝微笑，神情依旧有些恍惚，似乎不知道是梦是真，只喃喃道："子歇，你来了，你不会离开我的，对吗？"

黄歇犹豫了一下，还是答应着："是，我来了，我不离开你。"

芈月微微一笑，终于睡了过去。

嬴稷隔着甘泉宫内殿窗子，看着室内的情景。

但见芈月沉沉睡去，黄歇伏在芈月的榻边，温柔地看着她。

夕阳的余晖落在嬴稷的脸上，显得他的脸色更加阴晴不定。

黄歇在甘泉宫，一直住了三个月。

而芈月的病情，也在慢慢恢复。终于，她搬回了章台宫，开始上朝议政了。

而嬴稷的耐心，也到了尽头。

这一日，黄歇被请到承明殿，他温文镇定地上前见礼："参见大王。"

嬴稷满脸堆欢地亲自扶起他，道："春申君，寡人接到楚国来信，说是楚王重病，希望春申君护送太子完归国探望。虽然太子完乃是质子，不得擅自离开，但寡人体谅楚君父子之情，允准你们归楚。"

黄歇道："多谢大王。"

嬴稷看着黄歇平淡的神情，反而有些不安："子歇就不问问，楚君病势如何吗？"

黄歇道："大王要臣来，臣便来，大王要臣走，臣便走。"

嬴稷知道黄歇已经看穿自己的心思，脸色又青又红，变幻不定。不过，他毕竟身为君王，心一横索性不再矫饰，反而平静下来："寡人这么做，也是为了春申君着想。春申君与寡人有旧年情谊，寡人相信春申君也不愿意我母子因阁下而生了隔阂。"

黄歇没有说话，良久，才长叹一声："请容臣与太后辞行。"

嬴稷脸色微变，沉声道："想来春申君应该知道，当如何说话。"

黄歇道："尽如大王所愿，一切不是，都在黄歇身上。"

嬴稷看着黄歇，忽然觉得有些羞愧，他知道这个人是君子，他也知道自己可以理直气壮地排斥义渠王，面对黄歇，却有些心虚："寡人知道，子歇是君子，不是那……"他说到这里，终于没有再说下去，这种两人心知肚明的事，说了又有何意义呢。

黄歇轻叹一声："臣可以走，只是大王当知道，您不能终此一生，在这件事上与太后作对。大王与太后母子至亲，应该深知太后的脾气。望大王好自为之，不要自己伤了母子之情才好。"

嬴稷脸一红，叹息道："寡人明白春申君的意思。"

黄歇长揖一礼，站直身子道："大王，若是做了过头之事，只怕伤的是你母亲的心啊！人心不可伤，伤了，就后悔晚矣！"

嬴稷看着黄歇，郑重长揖为礼，眼看着黄歇还礼退出，心中隐隐有一种失落的感觉。

黄歇回到章台宫，芈月见他回来，便问："子稷找你何事？"

黄歇沉默良久，缓缓道："楚王病重，想见太子，我得跟太子一起回去。"

芈月一怔，眉头挑起："楚王年富力强，怎么会忽然病重了？"

以她精于权谋的脑子，自然一下子就能够想到原委，除非她不愿意去想，不愿意去面对。所以，她看着黄歇，她希望黄歇能够给她一个让她安心的回答。

黄歇面对她探询的眼神，却很平静地道："天有不测风云，人有旦夕祸福。"

芈月听出了他语中之意，忽然心底莫名一阵惶恐，她抓紧了黄歇的手，凝视黄歇："我可以让太子完回去，可是，子歇，你答应过不会再离开我的。"

黄歇叹息一声，看着芈月轻轻摇头："皎皎，不要任性，到这个时候，我留下又有什么意趣呢！"

芈月固执地道："我不管，如今我既拥有这山河乾坤，难道还不能得个遂心如意吧。有没有意趣，是我的事。"她抱住黄歇，将头轻轻埋入他的怀中："我只要你在我眼前，我就心安了。"

黄歇伸出手去，欲去轻抚她的背部，但手还是在触到她衣服之前，停了下来。他长叹一声，轻轻地扶起芈月，两人面对面坐着，才道："可我不愿意，楚国才是我的归处。"

芈月脸色十分不好，道："你是黄国后裔，楚国与你何干？"

黄歇道："人的归处不在他出生于何处，而在于这个地方是否有他的志向所系、有他的至爱亲朋所在。就如太后也并非秦国人，却最终为了秦国挥戈向楚一样。"

芈月看着黄歇，有些恼怒："我若执意要留你呢？"她自生病以后，黄歇搬来甘泉宫照顾她，她的脾气就开始变得有些任性和喜怒无常，似乎前半生的压抑统要在这时候开始找补似的。

黄歇知她的情绪变化为何原因，亦是知道她心伤义渠王之死，而将情绪转移于此刻她身边最亲近的人身上，所以一直尽量怜惜与包容于她。

只是此刻，他却不得不伤害于她，这个错，只能他来扛。她恨他，好过她和嬴稷再面临分歧和矛盾。所有的错，让他来扛吧。

黄歇看着芈月，缓缓地道："既如此，那就请太后杀了我吧。"

芈月终于忍不住，拔剑指向黄歇，喝道："你以为我不会杀你吗？"

黄歇看着芈月，咬了咬牙，忽然道："你可以杀了我，为义渠王报仇。"

芈月手一颤："你说什么？"

黄歇道："挑拨义渠王与大秦不合，虽然起于赵主父，但我知情不报，甚至还推上了一把，我对不起你，也对不起义渠王。你若要杀了我为义渠王报仇，我无怨无悔！"

芈月怒极，扬手一剑向黄歇挥去，黄歇面对剑锋，却站立不动。

芈月的剑一斜，砍去了黄歇头上的高冠。

芈月掷剑于地，扭头道："你走，我不想再见到你。"

黄歇看着芈月，那一刻剑光挥处，他的嘴角甚至有一丝不自觉的微笑。困于这种选择之中，一次又一次，牺牲忍让，有时候他甚至觉得自己已经撑不下去了。可是他背负着家国责任，背负着承诺，而无法自己解脱，那一刻他甚至想，就这样吧，就这样死在她的手中，未尝不是一种快乐呢。

可是，他知道，这是不可能的，他甚至故意激怒她，他就这样完全背弃自己平生脾气地自私一次、任性一次，可不可以？

然而，世间又岂能尽如人意，这人生最痛苦最艰巨的责任，终究还得是他来继续背着。

他看着芈月，欲言又止，最终还是长揖到底，一言不发转身离去。

看着黄歇的背影，芈月浑身颤抖，一脚踢飞了几案。

文狸闻声进来，却见芈月正瞪着她，吓得连忙跪下："太后有何吩咐。"

芈月喃喃地说："有何吩咐，有何吩咐？"

文狸自然是看到黄歇出去，忙问道："要不要奴婢去追回春申君？"

芈月愤然："不必了——"

文狸犹豫一下，心中已经后悔自己刚才不应该进来，只得又问道："那，太后要宣何人？"

芈月浑身颤抖，此时此刻，所有的人一一离她远去，她迫切需要抓住一个人，她的手不能空空如也，她坐在席上喃喃地："宣何人？宣何人？"忽然想起那寒冷彻骨的一夜，那个温暖的怀抱，那个温文隐忍的男子，她颤声道："宣——宣庸芮！"

庸芮接诏，匆匆地跟随着内侍，走过章台宫曲折的回廊，走进寝殿的时候，大部分的灯已经熄了，只剩下几支摆在榻前。

芈月只着一身白衣，坐在席上，自酌自饮。

灯光摇曳，人影朦胧，令庸芮有片刻的失神。

芈月自灯影中转过身来，冲着他笑道："庸芮，过来。"

庸芮从来不曾见过芈月这样的笑容，这笑容神秘而充满了吸引力，他竟是不能自控，走到芈月身边，还未行礼，已经被芈月拉住。

庸芮颤声道："太后——"

芈月却用手指虚按住他的唇，道："嘘，别叫我太后，叫我的名字——我记得你知道我的名字的，你以前叫过我的名字的！"

庸芮颤声，叫出来的，却竟是在魂里梦里叫了千百回的初见面时的称呼："季芈——"

芈月笑了，歪了歪头："好久没听人这么叫我了，好，这么叫也好，听着亲切。"她举了举杯，笑道："来，我们喝酒——"

庸芮喃喃道："好，我们喝酒——"

芈月又倒了一杯酒，递给庸芮道："来，你喝——"

两人沉默地喝着酒，倒了一杯又一杯。

芈月又倒一杯酒的时候，手一抖，大半的酒倒在酒爵外。

庸芮见状，心头一颤，忙按住她道："你别再喝了。"

芈月抬起醉眼看着他："你要阻挡我吗？"

庸芮僵了一下，缓缓放开手。

芈月呵呵笑着，斜看着他，神情有些娇嗔有些自得："我就知道，你是不会违拗我的。"她举杯倒入口中，却大半流下，沿着颈项流入领口。

庸芮拿起绢帕，为芈月拭着唇边颈中的酒渍。

芈月一把抓住庸芮的手，目光炯炯，问他道："庸芮，你喜欢我吗？"

看着芈月的目光，庸芮无法抵御地点点头，颤声道："喜欢，我喜欢你已经很久了！"

芈月咯咯地笑着，似乎此刻她已经醉意上头，有些无法控制了，又问道："你会离开我吗？"

庸芮凝视着她，缓缓摇头："不，我会一直守候着你，就算死也不会离开你。"

芈月的神情有些游移，又问："你会违拗我吗？"

庸芮肃然道："庸芮此生，只会忠诚于你一人。"

芈月轻笑："忠诚于我一人？我，我是谁呢？"

庸芮凝视着芈月，郑重地，如托付一生忠诚地说："你是季芈，你是皎皎，你是月公主，你是芈八子，你是太后，你是我这一生唯一喜欢过的女人。"

芈月眼睛里有泪光闪动，她缓缓地贴近庸芮，轻轻地吻上他的唇。

庸芮的表情有些挣扎，但最终还是抱住了芈月，深吻上去。

烛影摇动，过了一会儿，灭了。

春宵苦短，一缕阳光照入宫阙，映入庸芮的眼中，他忽然醒了。

庸芮睁开眼睛，看着殿中的一切，神情有些恍惚，不知道昨夜之事，是梦是真。他仿佛跋涉了很远很远，以为在走一条永远不会到达的路，忽然间发现所站之处就是目的地，反而惶恐了，恐惧了，只觉得似海市蜃楼，转眼即逝。

他似乎做了一个很久很久的梦，虽然明明知道是梦，却不愿意醒来，他从来就不够勇敢，承受不起大喜之后的崩塌和痛苦。

此时，芈月仍然在沉睡中。

庸芮看着芈月，他已经决定远离，但在她的睡颜里又似被催眠，禁不住俯下身子，在她的鬓边轻轻一吻。

芈月微微一动，庸芮一惊。

然而，芈月仍然继续睡着。

庸芮伸手想为芈月盖上被子，手伸到一半，又停住，他脸上露出痛苦的神情，挣扎万分。

最终，他还是收回了手，悄悄起身，为自己穿上衣服。

芈月睁开眼睛时，看到的是已经衣冠整齐的庸芮，她笑了一下："你起来了。"

庸芮却沉默地跪下，叩首："臣冒犯太后，还请赐罪。"

芈月猛地坐起，声音顿时变得冰冷："庸芮，你这是什么话。是我召你进宫的，你如今却要请罪，当我是什么人了？"

庸芮咬了咬牙，再一拱手："就算是太后召臣，臣也应该谨守臣节才是。"

芈月的声音更加冰冷，甚至带着隐隐怒气："庸芮，你什么意思！就算你不愿意，也犯不着如此无礼。"

庸芮抬头看着芈月，凄然一笑："如果臣说，昨夜是臣一生美梦所系，太后可信。"

芈月没有动，也没有说话，只是看着庸芮。

庸芮苦笑一声，继续道："在上庸城第一次见到太后，臣就已经动心了。因为阿姊的遭遇，庸家本来不愿意涉入咸阳的争斗，只守在边城。可是臣却无法控制自己的心，最终还是回到了咸阳，就是希望可以在近处看到太后，能够有机会帮到太后……"

芈月听着庸芮的诉说，从不置信到渐渐感动："庸芮，你……我没有想到，你竟然在这么早的时候就已经……"她说到一半，忽然止住，问他："可你为什么还……"为什么还在这样的一个夜晚以后，又将自己推开？

庸芮看着芈月，少年时的美梦如真似幻，可他如今已经人到中年了，他赌不起。他坦承："我承认，我有私心，一再试图更接近太后，在甘泉宫，在昨夜，我明知道这一步步走下来，就是沉沦，就是放纵。可总是觉得，这还是一个安全的距离，还没有越线。直到昨夜，直到昨夜，月色太好，美酒太过醉人，心底的欲望再无法控制，我，我……"

芈月伸手，握住庸芮的手，柔声道："就算越过这条线，又怎么样，你我之间这么多年来一起走过，将来仍然可以携手并行。"

庸芮的手猛地一颤，立刻缩回了手，摇头："不，不——我不敢，我害怕！"

芈月道："为什么？"

庸芮缓缓道："成为你的男宠，我不甘；成为你的男人，则无法与你共存。"

芈月惊怒莫名："你这是什么话？"

庸芮叹道："你是一个太过强势的女人，如果仅仅作为男人和你在一起，最终身为男人的尊严和男女的情爱之间，终究不能共存。过于强势的男人会与你两败俱伤，过于软弱的男人，会教你看不起。这些年来，我作为一个旁观者，看过义渠王、看过春申君与你之间的感情纠缠，感同身受，同喜同悲。如果得到过你又失去你，甚至让你痛苦伤心，我宁可就这样保持着安全的距离……"

芈月看着庸芮，冷笑一声："什么叫安全的距离？"

庸芮的声音如痛苦而挣扎，如沉迷美梦不愿醒来，却又不得不清醒面对："昨夜之美，如同一场梦幻，就当成是我保留在心底永远的美梦一场吧。我愿与你永远君臣相对，以臣子之身，离你三步，就这么永远保持距离地仰望你，倾慕你，忠诚于你，为你分忧解劳，奔走效力。这样的话，我才能够长长久久地留在你的身边，我们之间君臣身份，才是最安全的距离。"

芈月怒极，仰天而笑："哈哈哈，你想得好，想得太好，你把自己的一切都想好了，可你有没有问过我的想法，我愿意与否？"

庸芮跪伏下去："是，这只是我自己的想法。臣静候太后吩咐，只要您说，臣一定照办。"

芈月冷笑："你既然自称臣了，我还能说什么，还能够期望什么？"

庸芮抬头，看着芈月，眼神中似有千言万语，最终还是缓缓磕了三个头。

芈月道："庸芮，你出去吧。"

庸芮缓缓退出了殿中。

芈月看着庸芮退出，忽然觉得一阵凉意，她站起来吩咐："与我更衣。"

侍女们为芈月穿上外衣，一层层华服披就，芈月对镜，看到的是一个威仪而自信的君王。

芈月走出宫殿，步下台阶。

此时，秋色正浓，花园中红叶繁盛，金菊满园，桃李盈果，桂香浮动。

金秋季节，不如春日百花齐放般娇艳夺目，却更有一种丰盈而充足的灿烂。

花谢花开，皆是过客，永恒的，唯有手中握着的果实。

人生，亦是如此。

长长的走廊，芈月独自走着。

宫娥站在两边侍立，在芈月走过的时候，一一跪下行礼。

芈月上了步辇，慢慢地走到后山，摆手阻止侍从跟随，只自己一人沿着后山小径慢慢地往上走着。

芈月走到山顶，看着整座咸阳城沐浴在阳光之下。

独立最高处，却是最孤独。

怪不得历代的君王，都只能称孤道寡，原来权力的最高处，只有自己一个人，俯视众生。

可是，纵站立高处，只有一人，她还是，宁愿孤独地站在这最高处。

夜深了，芈月走过长长的走廊，提灯的宫娥们一一跪迎。

走廊的尽头，两排站着十余名美少年跪迎。

芈月走到最后，忽然转头，抬起一名美少年的下颌道："你叫什么名字？"

那美少年灿烂一笑："臣名叫魏丑夫。"

芈月诧异："丑夫？长得这么俊俏，怎么会叫丑夫呢？"

魏丑夫道："臣是丑年生人，故名丑夫。"

芈月放下手道："原来如此。"

芈月迈步进门，魏丑夫跟了进去。

大门缓缓关上。

第二十三章

霸业兴

时间如同飞轮转过，秦国平定义渠之后不久，赵国亦迎来动荡。

赵主父忽然宣布，欲将赵国一分为二，将划出来的一半为代国，赐予长子赵章为代君。

消息一出，列国皆惊。

芈月在章台后宫苑，与庸芮对弈。

芈月问："赵主父之意，你可明白？"

庸芮道："列国皆言，赵主父因早年宠爱韩王后，封其子章为太子。后来又宠爱吴娃，不惜提早传位于吴娃之子何。如今韩王后、吴娃俱死，臣听说赵主父虽然已经传位赵王何，但又对公子章起了怜爱之心，不忍其身为兄长，要终身向弟弟屈膝，于是才要将赵国分为两半，分一半给公子章，封为代君。臣以为，此事绝非这么简单。"

芈月缓缓点头："正是，世人只知其一，不知其二。赵雍此人心怀大志，又岂是个儿女情长、优柔寡断之人。"

庸芮拱手："太后可知他的目的何在呢？"

芈月道："列国都知道变法的好处，却都扛不住变法的代价。赵雍早有心变法，只是赵国上承晋制，古老顽固。赵国想要变法，比我们秦国更困难百倍。他费尽心机，让位于次子赵何，全力投入兵制变法，才弄出个胡服骑射，虽然与列国相比，自然是有所优胜。可是与我们秦国全面变法相比，却只是隔靴搔痒，不中要害。所以他想要二次变法，利用扶植赵章之际，划出赵国一半土地，真正进行全面变法。"

庸芮一惊："他若成功，那于我秦国才是真正的威胁。"

芈月冷冷道："那就让他这个计划胎死腹中。"

庸芮道："太后的意思是……"

芈月冷笑："赵雍未免想得太美。哼哼，他两入咸阳，兴风作浪，若是让他就这么得意，岂不让赵人笑话我们秦国无人。来而不往非礼也，庸芮，这件事交给你去办。"

庸芮肃然拱手："是。"

芈月的声音冰冷，似从齿缝中透出："要让那赵章不甘心失去王位，叫他以为赵雍支持他去争整个赵国。让那赵何害怕会失去王位，更要让赵国的卿大夫们知道如果赵雍继续变法下去，他们将会失去什么……"

看着庸芮领命而去的背影，芈月看着虚空，冷冷地道："赵雍，我等着你的死期。"

或许，赵雍是个太过聪明、也太过自负的君王，这样的人在列国驰骋自如，自然认为在自己君权之下，自己的儿子和臣子，更是他指间掌控之物，他却不知道，有时候一个人最轻视的地方，反而是最容易失控的。

赵王何可不管他父亲赵雍的宏图大志，对他来说，本来已经是一国之君的身份与地位，却硬生生要被夺走一半，献给曾经跪伏在自己脚下的败将，他实在是万般不甘。

一时之间，赵王何拉拢宰相肥义、王叔公子成，大将李兑；公子章收罗重臣田不礼，赵国上下，剑拔弩张。

赵雍却想不到，自己已经决定的棋子，要挣脱自己的手掌，一怒之下，决定自己采取行动。他下旨以在沙丘选看墓地为名，让公子章与赵王何与他随行。赵王何无奈，只得在重臣肥义和信期的陪同下随行。到沙丘后，赵王何居一宫，赵雍与公子章另居一宫。

而此时，秦人细作通过对田不礼的影响，煽动田不礼向公子章进言，借用赵雍令符请赵王何到主父宫议事，一举拿下赵何，造成既成事实。

赵王何早有准备，岂肯自投罗网，便由宰相肥义代他前去。肥义进了沙丘宫中，便被田不礼下令杀死，赵王何又惊又怒，以王令指挥军队围剿公子章，公子章无奈，逃入赵雍宫中。

赵王何知道自己与公子章已经不死不休，但公子章逃入沙丘宫，必受赵雍庇护，而自己擅动兵马，亦不敢去见赵雍。索性听了公子成的话，将沙丘宫全部封死，令兵马团团围住，只围不战，断水断粮。自己却远远躲开，不敢走近。公子成本就因为胡服骑射之事，与赵雍早成政敌，他对赵雍知之甚深，防之极严。

可叹赵雍英雄一世，却被围在这沙丘宫中，米粮断绝，纵有滔天本事，无所施展，只能活活饿死。

及至三个月之后，公子成料定赵雍必死，这才打开被封死的沙丘宫，此时宫中诸人尸身俱已开始腐烂，甚至露出白骨来，只能够从尸骨身上的衣饰中，辨认出赵雍之尸来。

赵王何自始至终，不敢进来，只遥遥对着沙丘宫三拜，才下令厚葬赵雍，追思其平生功业，谥其为"武灵"二字。谥法曰：克定祸乱曰武，死而志成曰灵。

后世即称赵雍为赵武灵王。

消息传到咸阳，芈月素服，来到丽山脚下义渠王陵墓前为他祭奠。

她站在墓前，默默暗祝："阿骊，今天是你的祭日，我来看你了。害你的人，我已经让他付出代价了。我把你葬在丽山脚下，如今这座山，会改名叫骊山，我想你会知道我的意思。我在山脚下开始兴修陵寝，从我开始，秦国的历代君王，都将葬在这骊山之下。百年之后，我跟你会在一起，很久，很久。"

赵武灵王死后，赵国政坛震荡，自赵武灵王手中的扩张之势，一时停歇。

次年，魏韩两国畏秦国势大，联兵伐秦。芈月起用白起为帅，在伊阙之地，大败两国联兵，掳联军统帅公孙喜，占垣城、新城等五座城池，斩首二十四万人，举世震惊。

这一战之下，韩魏顿时被打残，白起继续进攻，又占宛城、邓城。韩魏两国被迫求和，魏割河东四百里地，韩割武遂两百里地与秦国。

然而秦人并未因此停下进军的脚步，白起与司马错等继续率军攻魏，攻陷魏国大小六十一座城邑，三年后，魏国再割旧都安邑求和。秦军入城，驱尽魏人，只占城池。

次年，蒙骜之子蒙武率兵，攻陷齐国九城，以报当年齐国毁诺之仇。

却说那年秦国攻楚之时，本是楚人煽动五国攻秦，以解楚人之围，不料关键时刻，芈月派人游说齐国抛开五国，与秦国一起称帝，又有苏秦怂恿，齐王地贪图秦国之利，竟中途撤军，自己回国去了。此等背盟的行为，却是大大得罪了诸侯。

此后，秦国与齐国一齐称帝，秦称西帝，齐称东帝。

这是继五国相王之后，诸侯又进一步给自己提高规格，让周天子一次次承受屈辱，将周天子的身份再一次踩低的行为。从诸侯三三两两称王，试图与周王并起并坐以后，这一次更是以称帝的行为，一起踩低周天子。

但齐国很快发现自己上了秦国的当，秦国伐楚本已经处于诸侯的集体舆论攻击之中，他这与秦国一齐称帝，竟是把自己变成了诸侯舆论靶心，齐王地顿时醒悟，急切之下又接受了策士的劝说，忽然宣布去帝号，又转而率先跳出来指责秦国不应该称帝。

他却不知，这种自以为是首鼠两端的行为，却教他自己失尽了人心。先是接受合纵之议，与诸侯攻打秦国，自然就失了一部分连横派臣子的心，及至到了函谷关前，又毁约先行撤退，又失了合纵派与诸侯之心，且千里劳师远征耗费巨大，匆忙后退，军功上未见获利，国内已经有了怨声。后与秦国一齐称帝，秦国的利益未到，他自己先变卦撤了称帝之议，则令得国中最后连拥护他的争霸派也对他充满怨言。

他这主张变来变去，实是为君大忌。因众臣每一派政策都会有其谋划甚深的策士安排计划，都有忠心不二的臣子相辅推行，但他每变动一次，就丢掉一批谋士和忠臣，但又永远认为自己最聪明，所做的决定准确无误。到了最后，除了一批阿谀奉承的马屁精外，谁也不愿意再对他这样的人推心置腹了。

而此时，蒙武攻齐，只是秦国出击的第一步而已。

次年，燕国上将乐毅集秦、赵、韩、魏五国联兵，大举攻齐，陷齐国七十余城，将齐国打得险些全境覆灭，只余即墨、莒两个城池。

若说三晋之国，此时正被秦国打得落花流水，何以又愿意与秦联兵攻齐。一则是畏秦人之强横；二则也是因为自己城池失得太多，不免想趁火打劫，借着秦燕两国之势，从齐国捞些城池来填补亏损；三则齐王田地与他们合纵之时，多次见利毁约，早让诸国记恨在心。

齐王田地仓皇逃奔卫国，卫君避舍称臣，但田地死性不改，仍然骄狂无礼，结果遭卫国人的驱逐。后又前往邹、鲁等地，邹人和鲁人也拒绝接纳。最后只好投奔至莒地，正遇上楚王横派来救齐的大将淖齿，本以为可以获救。不想田地出言不逊，又激怒淖齿，被淖齿下令挑断脚筋，乱箭射死。一代暴君，死得极惨，死后亦被追了一个恶谥曰"愍"。谥法曰："祸乱方作曰愍。"言其为政无方，致令国乱。此即后世所称的齐愍王。

此时，列国再不能与秦国抗衡，于是，秦人终于再度攻楚，此一番挥兵直下，势如破竹，楚国三分之二的国土，就此落于秦人之手。同年，齐将田单破燕救齐，齐国再度复起，但已经国力衰弱，不能再有争霸之能。

时光荏苒，岁月驰过，不觉已经是秦王嬴稷在位四十年了。这四十年间，虽然依旧还是母后摄政，然而也收复巴蜀，并吞义渠，取楚国都城郢都为南郡，取楚地三分之二国土；败斩杀韩赵魏诸国兵员数十万，取百余城池。至秦昭襄王四十年，战国局势已经从七国争雄，转入秦国独霸的局面。

此刻，已经五十多岁的嬴稷扶着七十多岁的芈月缓缓走过章台宫走廊，看着园中景色。

人人皆以为，这位令得六国俯首的秦国君王，当如何得意。然则，他心中却是有苦自知。

他在位已经四十年，诸事由母后做主不说，甚至连亲生的儿子，也不得立为太子。此前，他刚刚得到消息，他与王后芈瑶所生的嫡长子嬴栋，因长年被芈月派往魏国为质，忧病交加，死于魏国。

而当他向芈月提出，立他与唐八子所生的次子安国君嬴柱为太子时，却被芈月拒绝。

此时，当他扶着母后游园的时候，他的脚步是沉重的。他的父亲惠文王活了四十多岁，他的祖父孝公亦是只活了四十多岁，便是宗族中寿数较长的樗里疾，亦只活了五十多岁，而他近年来，也已经深觉身体不适，深恐自己的寿数也要将尽了。

而他的母后，此刻却依旧健步如飞，精神矍铄，健康情况甚至远胜过他这个儿子。

不知道为什么，母后不但不喜欢他的长子嬴栋，甚至也不喜欢他的次子嬴柱，然而，他的两个异母弟弟泾阳君嬴芾和高陵君嬴悝却是深得他母后的喜欢，简直是宠爱非常。

近年来，宫中亦有流言，说太后出质太子，不喜安国君，乃是有意立泾阳君为储。

这是嬴稷万万不能容忍的事，在义渠王死后，他可以埋下旧怨，视嬴芾和嬴悝如亲弟弟，但是，这大秦江山，是他嬴家天下，他是万万不能让义渠血统，来玷辱大秦江山的。

所以，为了能够让嬴柱成为太子，他会不惜一切代价。

这日他特地陪着他的母后游园尽孝，亦是为此："母后，子柱已经长大成人，儿臣也已经年迈，群臣也上奏，叫儿臣早立太子。儿臣以为，可立子柱为太子。"

芈月却呵呵笑道："这事儿不急，咱们再看看，啊！"

嬴稷脸色变了变道："母后，国无储君，只怕人心不稳。"

芈月打断了他的话："有什么人心不稳的，就算天下不稳，我们这秦国，还是稳稳的。"

嬴稷没有再说话。

却在此时，听得一声清脆的欢呼声："姑祖母——"

随着这一声欢快的叫声，华阳君芈戎的孙女芈叶飞奔过来，扶住芈月的另一边胳膊，撒娇地说："姑祖母出来，怎么也不同我说一声，好让我来服侍你啊。"

芈月看着这个天真活泼的少女，眼中充满了对所有孙辈均未曾有过的慈爱，闻言笑呵呵地摸了一把她的脖子，嗔道："你这孩子，可是又去跑马了？"

芈叶笑道："是啊，姑祖母，新到的义渠马好极了，我喜欢那匹四蹄盖雪，还有那匹赤兔……"

芈月见她说个没完，挥挥手道："你喜欢，都给你了。"转头对嬴稷道："大王有事，尽可去忙，有这丫头陪我就行。"

嬴稷只得应了一声："是。"默默退后，看着芈叶围着芈月叽叽喳喳地边说边走远了。

夜晚，嬴稷倚在榻上，唐棣为他捶着腿。

嬴稷长叹一声道："寡人老了。"

唐棣吃惊地看着他，叫道："大王何出此言！"

嬴稷道："可母后的精神还很足，她如今还能够一顿吃得下三碗饭，健步如飞。寡人真担心，自己有朝一日，会走在母后前面。若是这样的话，到时候母后若立芾弟为储君，又有谁能够阻止？"

唐棣脸色都变了："大王多虑了，大王还年富力强呢，如何说出这样的话来？"

嬴稷道："如若有这一天的话，寡人就是大秦的不肖子孙，到了地下也难见列祖列宗。"

唐棣道："不会的，母后不至于会糊涂到这种地步……妾身失言，妾身有罪！"

嬴稷摇头道："你说的是实话，何罪之有。哼，若母后没有这样的心思，为什么寡人当年立栋儿为太子，她不久就将栋儿派到魏国为人质，这些年来辗转列国，却始终不让他回来，直到栋儿死在魏国……"说到这里，他不禁老泪纵横。

唐棣扑在嬴稷的膝上，嘤嘤而哭道："大王，都是妾身的不是，妾身曾经向母后请求让子柱代兄出质，可母后不允。妾身应该多多坚持去求母后，而不是被拒以后，就不敢再言语了！"

嬴稷叹道："唉，你多虑了。母后的心性刚硬，她决定的事，又岂是你去求一求就能够改变的。寡人原以为，母亲因为栋儿的外祖父之缘故，不愿意让他继位为君，是寡人擅作主张，违她之意，所以才让她一直针对栋儿。可栋儿死了，寡人欲立子柱为太子，她仍然不允，才不得不让寡人起了疑心。这些年以来，她始终对芾弟宠爱有加，她、她毕竟七十多岁了，我怕她当真是老糊涂了，只记得芾弟是她的儿子，却忘记了他终究不是我嬴家子孙！"

唐棣抬头，温婉地劝说道："大王，凡事终究以孝道为先，母后执政这么多年，我们不可以跟她硬拗。子柱毕竟是孙辈，不常与母后亲近，因此不得母后喜欢。咱们要想办法让子柱多讨母后喜欢，如果母后喜欢子柱，就不会忍心再委屈了子柱的。"

嬴稷长叹一声道："棣儿，你说得对，这些年以来，你一直如此贤惠温婉，寡人每每心累的时候，到了你身边就觉得舒心不少。"

唐棣勉强笑道："大王夸奖了。"

这一夜，唐棣辗转难眠，次日便叫来安国君嬴柱，却不说什么，只教他陪着自己逛逛花园。

嬴柱心知其意，陪着她走了一会儿，见侍从们都知机远远落后，忙问道："母亲，父王同太后商议的结果如何？"

唐棣叹息一声道："太后还是没有同意。"

嬴柱恼道："难道太后真的有意要立泾阳君为储君？"

唐棣吓了一跳，斥道："住口！这种话，是你能说的吗？"

嬴柱一脸的不服气："何止是儿臣，这些年来，大哥身为太子却常做人质，等大哥不在了，太后又迟迟不肯立我为太子，她心里是怎么想的，群臣难道不明白吗，早就有人议论纷纷了！"

唐棣道："你是太后的孙子，当以孝道为先。别人怎么说，是别人的事，你不可心怀怨念，要记得'诚于中，形于外，故君子必慎其独也'。想要言行上不行差踏错，你的心里就更应该不怨不悯。"

嬴柱泄气地道："儿臣有负母亲教导了。"

唐棣道："你待人以诚，自己做足十分，哪怕你不争，别人也会帮你争，别人不帮你争，天也会帮你争。"

嬴柱道："儿臣、儿臣还要怎么做啊。儿臣做得再好，太后眼里也没有儿臣啊！"

唐棣道："我问你，太后最倚重的人是谁，最信任的人是谁，太后最宠爱的人是谁，谁最能讨太后喜欢，谁最能讨好太后，太后最喜欢的东西是什么，太后最想要的东西又是什么？"

嬴柱道："太后最倚重的是穰侯和华阳君，太后最信任的是上大夫庸芮，太后最宠爱的是泾阳君与高陵君，最能讨太后喜欢的是华阳君的孙女芈叶，最能讨好太后的是男宠魏丑夫。太后最喜欢的是那支玉箫，太后最想要的是和氏璧。"

唐棣微笑。

嬴柱眼睛一亮道:"儿臣明白了。"

唐棣道:"明白什么?"

嬴柱道:"儿臣针对这七件事下手。"

唐棣摇头:"你只知其一,不知其二。有些人,你可以努力,有些人,你对他们再努力也是无用。穰侯魏冉和华阳君芈戎,这两人虽然都是你父王的舅舅,但两人的偏好不同。穰侯喜欢泾阳君和高陵君,所以你讨好他是没用的。华阳君你却要好好讨好,不仅要讨好他,更要讨好他的孙女儿叶儿。"

嬴柱一怔:"叶儿?"

唐棣道:"不错,太后族中孙侄虽多,可她却独独喜欢叶儿。子柱,你可知你的原配死了好几年,为何我至今未替你再聘下正妻吗?"

嬴柱兴奋地道:"母亲的意思是……"

唐棣伸手接下一片红叶,把玩着道:"我想华阳君若能够知道自己的孙女将来会成为秦国王后,他一定会站到你这边的。"

嬴柱顿时明白:"儿臣知道了!"

唐棣道:"此外,魏丑夫此人,虽然只是个男宠,你却要好生笼络着。还有,我听说和氏璧似乎落在赵国,你派人去好好打探。你若能够在这三件事上,得到太后的欢心,那么太子之位,会更近一步。"

嬴柱一揖到底道:"多谢母亲。"

唐棣道:"谢我有什么用,真正能够为你做主的,是你的父王!"

嬴柱道:"母后的意思是,儿臣将这三件事,禀告父王,得到父王的支持。"

唐棣道:"记住,这件事,我是一无所知。"

嬴柱敬佩地道:"是,母亲。"

此时，章台宫后院银杏树下，也在进行着一场对话。

芈月召来庸芮对坐，一边弈六博棋，一边问他："庸芮啊，这国相之位，你真的不接？"

庸芮道："臣说过，臣与太后要保持一定的距离，才能彼此安全。这国相之位，离太后太近，权势太大，这就不安全了。臣这一辈子，最高就做到这个上大夫足够了。"

芈月呵呵一笑，指指他，却也无奈："你啊，你啊！"

庸芮道："太后，最近有没有人在太后耳边议立太子之事啊！"

芈月道："有啊，不少人呢，今天连大王都亲自出马来游说了。"

庸芮道："那太后为何不肯答应呢？"

芈月道："天底下没有什么事，是'理所应当'要落到谁头上来的。大秦走过这么多年的风风雨雨，哪有几个人的王位，是'理所应当'落在头上的。凡是这样的君王，不是庸君，就是祸害！"

庸芮道："有人说，太后不愿意立公子柱为太子，是有心扶立泾阳君？"

芈月诧异道："芾？呵呵呵，有才之人，岂是要人扶立的。要人扶立的，国家交到他的手里，也堪忧啊！"

庸芮见她说话，忽然道："呵呵，太后，臣要牵你的鱼了！"

芈月大惊："哎，我看看……庸芮啊你真狡猾，居然引我分神，偷我的棋子！"

庸芮道："呵呵，这年头还有什么事能够让太后分神，那不是笑话嘛！老臣不信。"

芈月哼了一声："你啊，你这张嘴，最会掰扯，从来不管左右，那道理全是你的。"

三个月后，芈月看着眼前的芈叶，吃惊地问她："你说你喜欢子柱？"

芈叶扭捏地道："姑祖母——"

芈月锐利地看着芈叶："你想嫁给他？"

芈叶虽然害羞低头，但还是勇敢地点了点头。

芈月道："你嫁给他，是不是以为他将来会做秦王，你就可以成为王后？"

芈叶吃惊地抬头道："姑祖母，您怎么会这么想呢？我是真的喜欢他啊！"

芈月道："你就没有考虑过，若是他将来做不上国君呢？"

芈叶低着头，轻轻地道："就算他不做国君，他也是安国君，我与他一生富贵无忧。"

芈月道："叶儿，你抬头看着我，你如果想当王后，姑祖母可以成全你，但并不一定要嫁给子柱。"

芈叶急了道："姑祖母，我只想嫁给他，我才不管他将来如何呢！"

芈月看着芈叶清澈的眼睛，笑了起来道："你没这么想，可有人这么想。"

芈叶倔强地道："我不管谁怎么想，我只想嫁给我喜欢的男人，这又有什么错？"

芈月看着芈叶天真的面庞，她和她的弟弟的所有子辈、孙辈中，只有这个侄孙女的面容，酷似她的生母向氏。也因此她对芈叶格外宠爱，千依百顺。

她只愿她这辈子，只能在这张脸上看到笑容，看到幸福，看到欢乐，她不愿意这张脸上再有忧愁、有痛苦，甚至是有泪水。

这样的一张脸，已经让她宠了这么多年，如今，也更让她不忍心对她拒绝任何事，罢罢罢，不管那个人有什么图谋，有自己在，他只能对她好。

看着芈叶的脸，芈月心中酸楚，口中却缓缓地道："好，叶儿，姑祖母答应过你，要让你一生欢喜无忧。你记住了你自己说的话，你只想嫁给自己喜欢的男人，你求的不是王后之位、权势风光。那么，我就成全于你，但是从今开始，你也休想到我面前，开口为子柱谋求权力，你可能做到？"

芈叶想了想，还是点点头道："姑祖母，我答应你，我说到做到。"

芈月慈祥地笑了笑道："傻孩子，还叫我姑祖母吗？"

芈叶羞红了脸，扑到芈月的怀中羞涩地叫道："祖母——"

太后下旨，赐华阳君孙女芈叶为安国君夫人，旨意一下，朝中顿时有了许多异动。

魏冉闻听此事，匆匆来见："阿姊。"

芈月道："冉弟来了，坐吧。"

魏冉道："我听说阿姊想把叶儿许配给安国君。"

芈月道："是啊，你以为如何？"

魏冉坐下道："阿姊是想立安国君为太子吗？"

芈月道："你怎么会这么想？"

魏冉道："阿姊这么做，不是很明显吗？"

芈月道："有什么明显的？我只是成全一对小儿女的婚事，与储位何干？你们想多了。"

魏冉道："阿姊对叶儿的宠爱，人所共知。安国君娶了叶儿，等于得到了华阳君为援助，那么阿姊原来的考虑岂不是……"

芈月道："我原来的考虑，也不是完全把安国君排除在外，他毕竟是子稷的亲生儿子。但大位不是理所应当就要落在什么人的头上，我只是想看看，谁更适合坐这个位置罢了。"

魏冉道："但上位者的一个举动往往给臣子们以暗示，会让他们在私底下更多地暗暗选择，如果坐到某一边的臣子们太多了，他们就会左右君王的选择。"

芈月没有跟他争辩，转了话题道："你还记不记得母亲的样子？"

魏冉猝不及防，一时没回过神来道："母亲，你怎么会忽然想到她？"

芈月道："你还记得吗？"

魏冉想了想，还是摇摇头道："不记得了，我当时太小。"

芈月轻叹道："是啊，你当时还太少，戎弟也太小，你们都不记得了……"

魏冉道："阿姊是想起母亲了吗？"

芈月道："你知道我为什么格外宠爱叶儿吗？叶儿长得很像她——"

魏冉啊了一声道："我倒没有注意到，我回头再仔细看看她的样子……"

芈月道："叶儿来求我，她说她想嫁给子柱。我不想在这张脸上再看到伤心，再看到泪水，那一刻我没能够坚持住，答应了她。可这并不代表什么，叶儿很懂事，她远比我想象的更聪明更有决断，我很欣慰。就算这一个举动给了某些人某些暗示，或者影响到了什么，这点些微的代价，我也不在乎。"

魏冉沉默了。

芈月道："你去吧，叶儿的婚礼，你这个叔祖，要好好地为她祝福。"

魏冉道："是。"

鼓乐声中，前厅酒宴正酣，芈戎乐呵呵地正一个个位置敬酒，群臣个个满脸堆欢，向他道喜。

芈戎敬完酒，回到席位坐下，他的席位与魏冉的席位正挨着，却见魏冉正在大口喝酒。

芈戎道："冉弟，猛酒伤身，慢些喝，我们都上了年纪了，不要太逞强。"

魏冉微微冷笑道："兄长这一路敬下来，喝的酒也不少啊，岂不更伤身？"

芈戎一怔道："喂，你怎么了？"

魏冉道："我是为您高兴啊，您如今成为安国君的岳祖父，与大王亲上加亲，岂不是可喜可贺啊！"

芈戎不悦，左右看了看，见众人都在酣饮中，于是压低了声音道："冉弟，我作为兄长，不知道今天说句话，你还能不能听得进去？"

魏冉道："还请兄长指教。"

芈戎欲言又止，放下酒爵长叹道："虽然我功劳不及你，地位也不及你，这些年来，大秦只见你站在朝堂，指手画脚，可谓是一人之下，万万人之上。可我有一句话还是想劝劝你……"

魏冉道："劝我什么？"

芈戎道："大秦毕竟是嬴氏天下，我们毕竟是嬴家臣子，就算是大王的舅父，在大王面前也要恭敬三分，不要一味刚愎自用，狂妄自大。。"

魏冉斜眼看着芈戎，冷笑道："你只记得你是臣子，却忘记你自己到底应该是谁的臣子，你我一身富贵权势，到底是从谁的身上来？量小眼浅，舍本逐末，这才是为什么你身为兄长，却地位权势不及我的缘故。"

芈戎大怒道："哼，忠言逆耳，不知进退。"

魏冉也站起来道："哼，首鼠两端，不知所谓。"

庸芮见两兄弟似有不合，连忙端着杯子过来打圆场道："穰侯、华阳君，今天可是大喜的日子，您兄弟二位可不要为争着灌酒逞量，反而恼了，那可就是笑话了，呵呵，呵呵……"

魏冉放下酒爵，冷笑一声道："这里气息太浊，我出去透透气。"

说着，魏冉大步走了出去。

庸芮看着芈戎，故作失言地道："这——呵呵，想是我说错话了，穰侯恼了我，华阳君，抱歉，抱歉。"

芈戎勉强笑了笑道："庸大夫，与你无关，我这个弟弟向来气性大，来来来，我们再喝一杯。"

庸芮道："好好好，请请请！"

一场欢宴，重又开始，那些隐藏于潜流之下的锋芒，似乎都被掩盖了。

　　章台宫内殿，芈月躺在毛毯上，盖着锦被，微闭着眼睛。

　　芈叶坐在她的脚边，轻念着竹简："臣以为，阏与之战，乃胡阳轻敌之故也。赵奢屯兵二十八日，以痹秦军。胡阳乃认为阏与可轻取，不加防备……"

　　嬴稷走进来，听到了芈叶的朗读之声，不由得僵了一僵，表情尴尬。

　　芈叶连忙停下，站起来行了一礼："大王！"

　　嬴稷道："免礼。"

　　芈月睁开眼睛，道："子稷，坐下吧！"

　　她挥了挥手，芈叶退出。

　　嬴稷坐到芈月身边："母后昨日几时安歇，今日几时起身，膳食进得如何？"

　　芈月坐起道："我歇得好，进得好。你放心，还是跟以前一样。"

　　嬴稷扶着芈月坐起："如此儿臣就放心了。对了，唐八子前日训了一班舞乐，母后可还喜欢？"

　　芈月道："知道你们孝顺，这班舞乐挺好的，我还学了他们几个动

379

作呢。"

嬴稷笑了："甚好,等到中秋宴时,儿臣与母后一起歌之舞之!"

芈月哈哈一笑："好好好,歌之舞之!"

嬴稷道："母后,阏与之战,实是儿臣之误,特向母后请罪!"

芈月拍拍嬴稷的手："谁还能百战百胜不成?用错一个胡阳罢了,下次换个人用吧。"

嬴稷道："论及用人,儿臣还是不及母后。母后用穰侯魏冉、武安君白起,与六国征战,所向披靡,战无不胜,便是上溯数百年,也没有这样的战功。"

芈月道："穰侯老了,脾气也不好,也就我手里头用用罢了。倒是白起,还能够再立大功,我还能留给你继续用。"

嬴稷道："嗯,儿臣听说白起近年来频频向赵国派出细作,想是为伐赵作准备了。"

芈月道："赵国,是六国剩下的最后一块硬骨头了,不过,也就这么几年的事了。平定了赵国以后,一统天下,就只是日程上的事了。不过我怕我是看不到了……"

嬴稷苦笑道："百足之虫,死而不僵,就算母后把列国的硬骨头全啃光了,当真要收拾起来,只怕也要二三十年的工夫。恐怕儿臣也是看不到这一天了!"

芈月道："是啊,还得一切都顺顺当当才是。所以,秦国将来的君王,身负大任,要慎之又慎。你看这数百年前,前世的君王开创霸业,却子孙不肖,一招不慎就全盘皆输的例子,也不鲜见啊!"

嬴稷试探着道："母后——不看好子柱?"

芈月微笑而不答。

嬴稷试探着道："芾弟倒是很能干……"

芈月打断了他的试探道："你还有什么事吗?"

嬴稷滞了一下,才继续道："母后,可还记得和氏璧吗?"

芈月脸色一变："和氏璧？你怎么会提起这个？"

嬴稷道："子柱听人说，赵国的宦者令缪贤，以五百金购得一块玉璧，据说就是传说中的和氏璧。寡人想发兵赵国，夺回和氏璧以博母后一笑。"

芈月道："你觉得这会是真的吗？"

嬴稷道："真假并不重要，而是这正好是我们伐赵的理由，此乃一举两得也。"

芈月摇了摇头道："赵国的力量，不可轻估，你忘记这次阏与之败了。赵国，过去有廉颇、如今又有了个赵奢，不易取啊！"

嬴稷道："以母后之意？"

芈月伸过手去，拨弄着铜制莲台，机括收缩，藏在花心中的随侯珠缓缓升上。

芈月道："当年楚国为了得到这灵蛇珠，灭了随国。你去跟赵国说，我要这和氏璧，叫他把玉璧送到咸阳来，秦国愿以十五城交换。"

嬴稷吃了一惊道："十五城？"

芈月看着嬴稷，微笑不语。

嬴稷醒悟道："儿臣明白了，关键不在于这十五城，而在于他们交不交这和氏璧。若是交了，便是自泄了底牌，那就是他们没有和我们交战的底气。"

芈月微笑。

秦人欲以十五城交换和氏璧，赵人不敢违命，只得令蔺相如送璧入秦。

蔺相如手捧玉匣，肃然走进章台宫，向秦王呈上玉璧，旋即，这一方玉璧，便送入了后宫，送到了芈月面前。

章台宫内殿，玉匣打开，宝光莹莹。

唐棣接过玉匣，仔细检查以后，自己拿起和氏璧，又反复检查，再放到锦垫之中，双手呈上给芈月。漆黑的锦垫映着白玉璧，更是显得莹白剔透。芈月拿起和氏璧，仔细看着，神情感慨无限。

唐棣道："母后，这是真的吗？"

芈月点头道："是真的。"一时间，过去种种，闪回眼前。

芈叶好奇地伸过头来："真的吗，我可以看看吗？"

芈月看着眼前的脸庞，一时竟有些恍惚。

唐棣吓了一跳："叶儿，不要鲁莽。"

芈月回过神来："没事，你看看——说什么价值连城的国宝，其实本质上，也不过是块玉璧而已。"

芈叶笑得灿烂："多谢祖母。"

唐棣道："小心些，别摔了。"

芈月有些疲倦，挥手道："好吧，你们玩赏着，我想休息一下。"

唐棣扶着芈月躺下，才转身与芈叶正一起把玩着，忽然听到脚步声响，嬴稷身边的近侍竖漆匆匆进来，行礼道："奴才参见太后，见过唐八子、华阳夫人。"

唐棣嘘了声："轻些，太后刚歇着了。"

竖漆看了看闭目养神的芈月，表情犹豫。

唐棣低声问："怎么？"

竖漆也压低了声音："前头赵国使臣说，那玉璧上有瑕疵。"

唐棣失声："怎么会？"

芈月已经睁开了眼睛："出什么事了？"

唐棣连忙恭敬地道："母后，前头大王派人传话，说赵国使臣指出玉璧上有瑕疵……"

芈月半闭着眼，"嗯"了一声："那又如何？"

竖漆犹豫了一下，才继续道："大王想拿回玉璧，让他看看到底哪儿有瑕疵。"

芈月的眼睛忽然睁开了，盯住竖漆。

竖漆不知所措，吓得膝盖发软，扑通一声跪倒在地。

芈月忽然神秘微笑："是吗？这赵国使臣，可知来历如何？"

竖漆胆战心惊地道："奴才听说这赵国使臣叫蔺相如，原是宦者令缪贤的门客，之前寂寂无名，此番听说是自请来护送和氏璧入咸阳，这才成为使臣。"

芈月道："有趣，有趣！"

唐棣道："母后，什么事情有趣？"

芈月道："我很怀念张仪和苏秦！唐八子，你说自白起以后，这天底下可还有说客纵横的余地吗？"

唐棣不解其意，揣摩着回答道："虽有洪水一泻千里，但只要有缝隙的地方总还会有游鱼穿梭。妾身以为，只要列国尚在，说客不死。纵横的余地，方寸可行，倒不在乎大小。"

芈月纵声大笑道："说得好，说得好！其实，游鱼阻挡不了大势，但却可以为大势所用啊！缪辛，把和氏璧给竖漆吧。"

竖漆莫名其妙地接过玉氏璧，装回玉匣，一头雾水地捧着出去了。

唐棣道："太后……"

芈月挥手道："你们出去吧！"

唐棣只得领着芈叶等人退出去。

芈月道："缪辛——"

缪辛道："老奴在。"

芈月道："你派人去前面看着，过几天若大王要杀那蔺相如，你就想办法挡上一挡，速来报我。"

缪辛忙应声。

三日之后，咸阳殿上。

蔺相如昂然直立。嬴稷已经大怒站起："蔺相如，和氏璧何在?"一时气氛紧张。

蔺相如道:"大王,秦国自穆公以来二十余君,未尝有坚守约定之人也,因此臣前日已经令人持和氏璧潜归,如今已经到了赵国。大王,秦强赵弱,大王若真要以十五城换璧,那就请大王先割让十五城,赵国断不敢毁约不交宝璧。但赵国先送玉璧到秦,而秦无诚意。臣知道欺大王之罪当诛,臣自请就镬鼎。"

嬴稷大怒:"蔺相如,你敢欺寡人,当真以为寡人不会杀你吗?来人,举镬鼎!"

殿外内侍高呼道:"太后驾到——"

整个殿内顿时平静下来。

芈月拄着拐杖,在缪辛搀扶下,走进殿中。

群臣躬身相迎道:"参见太后。"

嬴稷已经走下台阶,搀扶着芈月走进来道:"今日并无大事,何以惊动母后?"

缪辛退后一步,嬴芾刚想上前,嬴柱已经迅速蹿出来抢先一步,扶住芈月另一边。

芈月拄着拐杖,一步步走到蔺相如面前,仔细打量着他。

蔺相如镇定地向芈月行礼道:"外臣蔺相如,参见秦太后。"

芈月看着蔺相如,点点头,赞叹道:"真国士也,看到你,我就像看到了当日的张仪啊!"

蔺相如按捺住激动道:"张子一怒而诸侯惧,安居而天下息,臣怎么敢与张子相比。"

芈月转头看向嬴稷道:"大王,今日纵杀了蔺相如,也不能够得回和氏璧,反而令得秦赵失欢。此人乃真国士也,人才难得,我想请你赦免于他。"

嬴稷道:"既是母后吩咐,寡人自当遵命。"

芈月转头看向蔺相如,微笑道:"我老了,今日还能够再见到年轻的国士,实是不胜欣喜。秦国求贤若渴,蔺君这样的大才,当留在秦国,才是相得益彰。"

蔺相如恭敬地行礼道:"臣一个粗陋之人,能够得太后国士之誉,实是三生有幸。只是赵王拔臣于寒微,臣不敢有负赵王。臣奉赵王之命,出使秦国,当全始全终,还请太后、大王赦我回赵国,当不胜感激。"

芈月长叹道:"可惜,可惜!大王,你要好生礼遇蔺君,务必要令天下之士,知道我秦国求才之心。"

嬴稷恭敬地道:"是,儿臣遵命。"

秋夜,章台宫内殿,芈月倚在枕上,嬴稷与嬴柱、嬴芾、嬴悝分坐两边侍奉。

嬴柱恭敬地道:"祖母,您若当真对那蔺相如有求才之心,孙儿一定会想办法为祖母留下那蔺相如来。"

芈月轻哼一声道:"不过一个说客罢了,我留他何用。"

嬴悝不解地道:"那母后今日为何对那蔺相如格外礼遇?"

芈月笑而不答,看向嬴稷。

嬴稷此时已经有些回过味来道:"母后曾经对燕人说过千金市马骨的故事,莫非,这蔺相如乃是马骨?"

芈月道:"倒有些挨近了……"

嬴稷皱起眉头,叔侄三人都陷入深思。

嬴芾想了想,向芈月赔笑道:"儿臣等不及母后智慧高深,还请母后教我。"

芈月嘴角露出一丝微笑道:"子稷,你给我发一封信函给赵王。"

嬴稷一怔道:"给赵王?写什么内容?"

芈月道:"听说马服君赵奢的儿子赵括,深通兵法,我想以千金为聘,请他入秦,为我秦人传授兵法。"

嬴稷怔了怔道:"儿臣听说那赵括在赵国虽然称兵法大家,有人赞他的兵法造诣还胜过其父赵奢,但是毕竟年纪尚轻,恐怕……"

他才说了一半，嬴苿却笑了起来。

嬴苿拊掌道："母后，高明！"

嬴稷也醒悟过来道："母后的意思是，为那蔺相如、赵括等人造势？"

芈月点了点头，看向嬴苿道："苿儿，你说。"

嬴稷看向左边，见嬴柱仍然是一脸茫然，再看右边，却见不但嬴苿表情兴奋，连嬴悝也露出微笑来，不禁黯然一叹。

嬴苿道："赵国自赵武灵王胡服骑射之后，军事上已经成为六国最强。但自赵武灵王死后，赵国一直有两种声音。一方面虽然仍然推行胡服骑射，另一方面却持反对之声。因为大量投入兵马，最耗费国力。不像我大秦自推行新法，废井田开阡陌，重农尊战，再加上我西有义渠良马，南有巴蜀粮仓，供应源源不绝。所以从长久来看，赵人在兵力上必将无法与我们匹敌。"

嬴悝接口道："而赵王何不像他父亲赵武灵王一样有那么强的尚武之心，像那廉颇是百战名将，功勋卓著，可到现在却还没得到封爵。若是那蔺相如、赵括之辈，有母后的造势而在赵国得到重用，那必将在赵国掀起一场武将不如辩士的风波。"

嬴苿又接口道："那就可以将赵武灵王当年胡服骑射的尚武精神给摧毁掉。如果赵国好任用口舌之才，则将来交战的时候，秦国必胜。"

嬴柱这才明白过来，不禁击掌道："祖母当真深谋远虑，无人能比。"

嬴稷没好气地呵斥道："到此时你才明白，当真是迟钝不堪！"

嬴柱被父亲呵斥，快快地低下头来。

芈月道："好了，他终究还年轻，要给他成长的时间。你们在他这个年纪，也未必就比他高明了。"

嬴柱抬起头，感激地看着芈月。

芈月和蔼地微笑，取过一块玉佩递给嬴柱道："这个年纪已经不错了，这块玉佩是祖母赏给你的。"

嬴柱道："多谢祖母。"

芈月道："好了，你们都下去，今天的事，好好思索，回头都写篇策论给我。大王留下。"

嬴茳等三人一起站起，行礼退下。

嬴稷看着三人退出的身影，有些出神。

芈月道："子稷，你在想什么？"

嬴稷欲言又止，换了个话题道："儿臣在想……母亲，那和氏璧是真的吗？"

芈月点点头道："嗯，是真的，怎么？"

嬴稷道："母后以前跟儿臣说过和氏璧的故事，儿臣知道，和氏璧对母后是很重要的。可是这次，母后似乎根本不在意和氏璧一样。"

芈月道："和氏璧已经是我囊中之物，只不过多放在赵国几年罢了，何必在意。"

嬴稷道："儿臣知道，母后的心里，只有江山社稷。儿臣想知道，在母后的心中，除了江山社稷之外，可还有其他的东西。"

芈月道："曾经我将这块玉璧视若性命，因为这是我曾经受到过的宠爱和保护的证明。在我孤独飘零、寂寞无助的时候，我很想握有一块和氏璧，来慰藉我的心灵……一晃就六十多年过去了，如今的我，再也不需要这块幼年时的宝物来慰藉心灵。"

嬴稷道："和氏璧曾经是冬天的炭火，可是母亲现在自己就是那太阳，又何必再需要小小的炭火呢，对吗？"

芈月微笑道："不对，和氏璧并不是没有用了，我想让和氏璧发挥更大的作用。"

嬴稷道："什么？"

芈月道："等我们打败赵国，到时候，也可以让周天子彻底不复存在了。"

嬴稷一惊道："母后的意思是！"

芈月道："将来就没有周天子，只有秦天子了。"

嬴稷肃然作揖道："儿臣当不负母后苦心。"

芈月道："这和氏璧，就用来雕刻作秦天子的玉玺吧。"

嬴稷忙应道："是。"

嬴柱与魏丑夫走在廊桥上，谁也不知道，两人是何时结交上的。

嬴柱叹息道："孤能做的都做了，唉，不知道太后到底是怎么想的，为什么始终不松口？"

魏丑夫左右看了看，神秘地道："君上有所不知，太后前些日子，宠信一个巫师。那巫师说……"

嬴柱一惊道："说什么？"

魏丑夫故作为难，看看嬴柱道："臣不敢说。"

嬴柱道："可是与我有关？"

魏丑夫点点头。

嬴柱道："丑夫，你尽管大胆地说，纵然有诅咒诬陷之言，也是那巫师之言，与你无关。我还要多谢你告诉于我。"

魏丑夫咬了咬牙，在嬴柱的耳边迅速说了一句话，向着嬴柱惶恐行礼道："君上勿怪，这等胡说八道，就当大风吹去了吧。"

嬴柱脸色铁青，牙咬得咯咯作响，从牙缝里一字字迸出话来道："多谢魏子转告，大恩不言谢，必有后报。"

承明殿中，嬴稷用力击在几案上，整个几案竟裂为两段。

嬴稷道："你说什么？"

嬴柱委屈地红了眼睛："若不是魏子暗中相告，儿臣当真是到死都是个冤死鬼。那巫师竟然对祖母说，我无人君之相，若是为君，活不过一年。"

嬴稷咬牙道："妖人无礼，竟敢诅咒我儿！"

嬴柱扑在嬴稷脚下哽咽道："必是祖母听信那巫师的话，所以才迟迟不立儿臣为太子。父王，你要为儿臣做主！"

嬴稷扶起嬴柱，铁青着脸道："我儿放心，为父必当为我儿做主。"

当夜，芈月身边宠信的罗巫便失踪了。

次日，芈月叫来了嬴稷："听说你把罗巫抓去了？"

嬴稷跪在下首，表情平静地道："儿臣向母后请罪。"

芈月冷冷地道："你有什么罪？你是大王，我身边的人，你想抓就抓，想拷问就拷问，你到底想怎么样？"

嬴稷道："儿臣这就放了罗巫。"

芈月道："你不用避重就轻，你不就是想拷问罗巫，到底是谁指使他说那样的话吗？不必问了，你直接来问我，我就是那个唯一可能支使他的人，你还想问出什么人来？嗯？"

嬴稷低头道："儿臣没有这么想，想是下面的人自作主张。"

芈月道："是啊，都是别人的错。你从小就是这样，太有心思，私底下想干什么就干什么，真惹出事来，自然都由我这个老母亲为你收拾。我老了，还能拿你怎么样呢！我怕等不到我闭眼，你就要收拾起自己的兄弟来了吧！"

嬴稷伏地道："母后多虑了。"

芈月看着嬴稷一脸的敷衍，怒从心头起，冷笑道："我是不能拿你怎么办，可我要办别人，还是容易得很。来人，拟旨，让安国君出赵国为质！"

嬴稷慌了，膝行上前抱住芈月手臂道："母后，母后息怒，都是儿臣的错，母后要罚就罚儿臣，此事与子柱并无关系，母后何必迁怒于孩子！"

芈月伤心地道："人这辈子，只知道为子女操心费力，我是这样对你，你也这样对你的儿子，这并没有错。可你为了你的儿子，就忍心伤自己的母亲，伤自己的兄弟，你也太过了。"

嬴稷道："母后，儿臣没有想过违逆母后，也没有想过伤及芾弟悝弟。只是母后，儿臣已经年老，儿臣想不通，母后为何不肯立子柱为太子，如今朝臣们都在议论纷纷……"

芈月厉声道:"议论什么,我是赏罚不公还是处事不决了?王家之事,有什么轮得到他们议论的?你的心思放正些,你是秦王,不要这么婆婆妈妈的,满脑子只有那个王座。鬼鬼祟祟去探听我官内的事,你以为一个巫师就能够左右我的心思?你以为茾儿悝儿会用这种下作手段谋求大位?我看不上你那个儿子,就是因为他眼睛里没有社稷、没有天下,只会弄这种后官的姿妇之术,满脑子的旁门左道,我如何放心把江山交给他,把一统天下的大业交给他?"

嬴稷被她一句说中心思,低头道:"母后,儿臣知错了!"

芈月斥道:"你以为我不立太子,是和你一样,怀着私心吗?我告诉你,是因为你那个儿子,我不放心。我不怕我一闭眼,子茾子悝就要跟我到地下,但怕我一生的心血会毁在你那个蠢儿子手中。这江山大位,会传给有能力把它带向辉煌的人。周武王封三千诸侯,个个都想着父传子、子传孙,可如今还剩下几个?你掰掰手指头,都数不满两只手。鲁国因何灭,齐国因何兴,田氏因何代齐?自己去好好看看史书,好好反省!滚出去!"

嬴稷羞愤交加,重重一磕头,走了出去。

承明殿,孤灯摇曳,人影幢幢。

嬴稷阴沉着脸。

王稽低声道:"小臣出使魏国的时候,见到一位张禄先生,实乃国士也。他对臣说:'秦王之国危于累卵,得臣则安。然此事不可以书传。'臣觉得他说的很在理,因此将他带回秦国,大王可召他一见,必当能为大王分忧解愁。"

嬴稷皱眉道:"听起来似乎像个说客,哼,寡人不喜欢说客。"

王稽奉上一卷竹简道:"大王,这是此人的策论,请大王看看。"

嬴稷不在意地接过,展开漫不经心地看着。

看到一半,嬴稷微笑点头道:"此人之言,倒是有些道理。好吧,容他一见。"

张禄者，实魏人范雎的化名也。

他奉诏入宫，走下马车，看着前方。

夜晚，空落落的秦宫似一只张开大口的怪兽，要把眼前的人一口吞噬下去。

范雎有些脚软，他扶了一下马车的栏杆。

王稽道："张禄先生？"

范雎定了定心，心中暗道："范雎，不为五鼎食，便为五鼎烹，到了此刻，你还怕什么，你还能有什么退路吗？"他袖中的拳头握紧，昂起头，面带笑容，迈开大步，走进宫门。

夜晚的秦宫，一片寂静，灯火幽幽，偶尔远处传来几声梆鼓。

小内侍提着灯笼，在前面引道。范雎走在长巷，只听得一步步的脚步声。

离宫甬道，两排内侍侍立，恭候嬴稷。

小内侍引着范雎侍立门边，范雎却拂袖一笑，径直走到甬道正中大摆大摇往前走。

内侍连忙拉住范雎："张禄先生，大王来了！"

范雎佯装左右张望，却大声叫道："大王？秦国有大王吗？秦国只有太后和穰侯，哪来的大王！"

嬴稷走出来时，正听到范雎的话，不禁怔住了。

竖漆上前一步，呵斥道："大胆，将这狂徒拿下。"

嬴稷摆手道："不得无礼。"向范雎拱手："先生，请进！"

范雎高傲地一笑，在嬴稷前面迈步入殿。

嬴稷长跪拱手："先生何以幸教寡人？"

范雎拱手："唯、唯！"

嬴稷略失望："先生何以幸教寡人？"

范雎道："唯、唯!"

嬴稷脸色沉了下去："先生是不愿幸教寡人吗?"

范雎此时方道："臣不是不愿,而是不敢。"

嬴稷嘴角露出一丝微笑道："先生害怕了?"

范雎道："臣羁旅之臣,交疏于王,而所言者皆是匡君之事,处人骨肉之间。臣知道今日言之于前,就可能明日伏诛于后,然大王若信臣之方,死不足患,亡不足忧。三皇五帝,皆有死期,臣何足惧。"

嬴稷听到范雎说到"处人骨肉之间"时,眼神顿时凌厉,看着范雎的神情也变得更恭敬道："那先生不敢言的,是什么?"

范雎道："伍子胥不容于楚,但能够令吴国称霸,若能令臣主张得行,纵然如伍子胥一样不得好死,亦是臣平生之幸。臣不怕死,臣怕的是臣死得没有价值,让天下人看到臣向大王尽忠而不得善终,因而贤士杜口裹足,不肯入秦。"

嬴稷一惊道："先生何出此言?"

范雎冷笑,说话更加不客气道："足下上畏太后之严,下惑奸臣之态,居深宫之中,不离左右保护,终身迷惑,不敢有所举动,却不知道长此以往,大者宗庙覆灭,下者身以孤危。"

嬴稷脸色一变道："先生危言耸听了。"

范雎逼近了嬴稷道："大王在位四十一年,而国人但知有太后与四贵,而不知有大王,难道这也是臣危言耸听吗?什么是王?能擅国专权谓之王,能兴利除害谓之王,制杀生之威谓之王。这几样,如今是掌握在太后手中,还是大王手中。上有太后,下有穰侯、华阳君、泾阳君、高陵君等四贵专权。这秦国,还有王吗?"

嬴稷手在颤抖,他握紧了拳头,咬牙道："你再说下去。"

范雎道："诗曰:'木实繁者披其枝。披其者伤其心。大其都者危其君。尊其臣者卑其主。'今秦国上至诸大夫到乡吏,下至大王左右侍从,无不是太后或四贵之人。这朝堂之上,只有大王影单形只,孤掌难鸣,臣恐大王万世以后，据有秦国者，非嬴氏子孙也！"

嬴稷一拳击在几案上，咬牙道："那当如何？"

范雎道："废太后之政，禁于后宫，逐穰侯、华阳、泾阳、高陵于关外，则秦国能安，大王能安！"

嬴稷整个人跳了起来，颤声道："你、你说什么？"

范雎上前一步，声音坚定道："废太后，逐四贵，安社稷，继秦祚！"

嬴稷指着门外，颤声道："你出去，出去！"

范雎冰冷坚毅地看着嬴稷，揖手退出，整个人如同钢铸铁浇一般肃穆而不可违拗。

室内只余嬴稷一人，孤灯对影。

嬴稷整个人捂着心口，缩成一团。

夜越发静了，嬴稷的身影缩得很小很小，长夜里只有一声如兽般呻吟的长号。

范雎整个人身形僵硬，逃也似的疾步出了宫门，走上马车。

他踏上马车的时候，竟失足踏空了好几次，才在马夫的搀扶下扑进马车内。

范雎在马车中命令道："走，快走！"

咸阳小巷，马车疾驰而过。

忽然车内传出范雎颤抖的声音道："停、停下！"

马车停下，范雎扑出马车，扶住墙边大吐起来。

好一会儿，范雎才慢慢停住呕吐。

马夫扶着他，为他抚胸平气，不解地问："张禄先生，您是吃坏了东西吗？"

范雎摇头道："不是？"

马夫道："那是为什么吐成这样？"

范雎看着漆黑的夜空，回答他道："恐惧！"

第二十五章

归去来

小雨淅淅沥沥地下着，天气阴寒。

这样的天气，容易让人生病。

芈月自十余天前，偶感风寒，缠绵不去。

此时，文狸在章台宫廊下煎着药，窗户紧闭，空气中透着一种窒息的感觉。

章台宫内殿，仍然可以听到雨声。

芈月昏睡着。

魏丑夫跪于她衾边，为她掖上被子，擦拭额头的汗珠，一面心神不定地听着外面的雨声。

雨声打在檐上。

咸阳大街上，行人变得稀少。

一队队黑甲兵士跑过，行人纷纷走避。

雨丝洒落。

一队队黑甲兵士，疾行于秦宫宫巷，控制住一个个要害口。

咸阳宫，嬴稷高踞于上，看着魏冉："穰侯年纪大了，寡人不敢再劳烦穰侯，欲以范雎为相，诸卿意下如何？"

魏冉出列道："臣效忠王事，不敢言老。"

嬴稷冰冷地道："穰侯，你的确已经老了，应该养老去了。穰侯、华阳君、泾阳君、高陵君，长居咸阳，封地无人管辖，实为不利。自今日起，各归封地，你们这就收拾行装，出关去吧。"

芈戎、嬴芾、嬴悝大惊，一齐出列质问："大王何出此言？"

一阵兵戈之声传来，一队队黑甲武士冲上殿来，占住方位。

嬴稷冰冷地目视下方群臣道："诸卿以为如何？"

范雎率先下拜道："大王万岁！"

王稽等几名心腹之臣也随之下跪道："大王万岁！"

嬴稷看着庸芮等人："庸大夫，你们还有何事要说？"

庸芮颤声问他："大王，太后何在？"

嬴稷道："太后年迈，当尊养内宫，寡人不敢再以外事相扰。"

庸芮看了看左右，看到其他臣子们都已经低下了头，看到满宫的武士们，长叹一声。

嬴稷道："寡人欲立安国君为太子，我嬴氏江山，自此储位得安，江山无忧，众卿之意如何？"

群臣交换了一下眼神，再看看众武士，皆跪下山呼道："大王万岁！"

庸芮终于也跪下道："大王万岁！"

章台宫内殿，芈月睁开眼睛，抬头看了看周围道："这是什么时候了？"

魏丑夫颤声道："太后，过了午时了。"

远处的喧闹山呼之声，隐隐传来。

芈月皱了皱眉头："这是什么声音？"

魏丑夫支吾着："应该是外面校场练兵的声音吧！"

芈月道："这时节练什么兵？练兵的声音怎么会传进这儿来？"

魏丑夫道："臣、臣也不知道！"

芈月道："扶我起来看看！"

魏丑夫道："太、太后，您病体未愈，这天下着雨呢，还是等过几日再说吧！"

芈月道："扶我起来！"

魏丑夫不敢违拗，只得扶着芈月起来，薛荔拿着外衣为芈月穿上。

薛荔和魏丑夫扶着芈月，慢慢走出内殿。

廊下的文狸连忙上前行礼，她神情有些惊惶："太后，外面、外面……"

魏丑夫惊恐地道："慎言，不可惊扰了太后！"

芈月道："外头怎么了？"

文狸低下头道："外面好像有些不对。"

魏丑夫道："太后，外面下着雨呢，您先回去歇息，待臣等去打探一二再来回禀于您。"

芈月道："不必了，只是下雨，又不是下刀子。走吧！"

芈月往前走去。

魏丑夫不敢挡，薛荔使个眼色，文狸连忙跑进侧殿，取了华盖出来，遮住芈月头顶，一齐向外行去。

章台宫大门打开，外面却是一排排黑甲兵士，长戈对准了门内。

芈月看着外面如临大敌的兵士们，笑了。

她推开搀扶着她的魏丑夫和薛荔，从薛荔手中接过拐杖，一步一顿，向外走去。

黑甲军官壮着胆子道："太后有疾，请太后回宫静养。"

芈月微笑着，一步一顿，往前走去。

持戈的兵士，不禁一步步后退着。

黑甲军官一咬牙，跪下道："大王有旨，令臣等保护太后静养，若太后离开章台宫，诛臣等所有人全族，请太后勿与臣为难，否则，臣要失礼了!"

芈月却理也不理他，拄着拐杖一步一顿，自那跪着的军官面前走过。

落在芈月身后的军官咬了咬牙，站起，将剑拔了一半出鞘，厉声道："太后，请留步。"

芈月转头，看了他一眼，眼神冰冷。

军官忽然间胆寒了，重又跪下道："太后!"

芈月一步一顿，继续向前走去。

薛荔与魏丑夫等人匆匆赶上，想要搀扶于她，却被她推开。

薛荔颤声叫道："备辇，备辇!"

内侍们抬着步辇从内宫出来，来到芈月面前。

黑甲军官眼神游移地看着步辇，慢慢上前一步。

芈月看也不看那步辇，伸出拐杖一扫，示意步辇退开，自己拄着拐杖，仍一步一顿，往前走去。

一排排的黑甲兵士挡在她的前面，却在她一步步走近的时候，在离她三尺的距离一点点退开去。

芈月一步步往前走去。

秋雨绵绵。

咸阳宫内，魏冉等人已经不在场。

范雎排在群臣第一位。

嬴柱跪在嬴稷面前，解下七旒冠，嬴稷将象征太子的九旒冠戴在嬴柱头上。

嬴柱站起，转向众臣。

范雎上前跪下道："臣等参见太子。"

群臣自左右走到中央成两列，正要跪倒行礼。

忽然外面一阵齐呼道："太后驾到!"

嬴稷怔住，群臣也都怔住了，都转头看向殿外。

芈月的拐杖声自远而近，一声声打在人们的心头。

终于，一根拐杖下端自殿外伸入，芈月出现在众人面前。

群臣不禁一起跪下道："参见太后。"

芈月走入殿中，站在正中，看着嬴稷。

嬴稷看着殿外畏缩的黑甲兵士们，长叹一声，一步步走下台阶，走到芈月面前跪下。

嬴稷道："儿臣参见母后。"

芈月举目一扫，问道："穰侯、华阳、泾阳、高陵何在？"

嬴稷道："穰侯已卸相位，与华阳君、泾阳君、高陵君出函谷关，各归封地。"

芈月道："把他们叫回来。"

嬴稷看着芈月的脸，又看看范雎和嬴柱道："恕儿臣不能遵命。"

芈月平平扫过众臣道："我没叫你，国相何在？"

范雎上前道："臣范雎见过太后。"

芈月道："你是何人？"

范雎道："国相范雎。"

芈月道："无名之辈，何堪为相。庸芮——"

庸芮上前，深施一礼道："太后——"

庸芮看着芈月的眼睛，轻轻地摇头。

芈月举目看去，众臣见了她的眼光，纷纷低下头去。

芈月冷笑一声，看向嬴柱道："子柱，去把你的舅公和叔父们追回来，若是追不回来，你也不必再回来了！"

嬴柱开始哆嗦，哆嗦着一步步退后。

嬴稷上前一步，挡住芈月道："母后，若要一意孤行，就先赐死儿臣吧！"

芈月指着嬴稷道："你——"

芈月晕了过去。

嬴稷抱住芈月，连声呼唤道："母后，母后——"

雨过天晴，整个秦宫在阳光下更显肃穆辉煌。

章台宫内殿，一缕阳光斜射在芈月脸上。

芈月睁开眼睛，视线有些模糊，慢慢的视线变得清晰，她看到的第一个人是庸芮。

芈月长叹一声道："庸芮，我没有想到，连你也会背叛我。"

庸芮道："整个秦国，自大王起，到庶民黔首，没有一个人会背叛太后。"

芈月冷笑道："那现在这种情势，又算是什么呢？"

庸芮道："太后依然还是太后，穰侯依然还是穰侯，大王依然还是大王，而安国君乃嬴氏王胤，成为储君，亦属分内之事。"

芈月隐隐威慑："我这一生，随心所欲，到老了，恐怕也不会改了这性子！"

庸芮暗含劝诫："太后这一生随心所欲，因为太后有随心所欲之后安抚局势的能力。"

芈月道："我现在失去这个能力了吗？"

庸芮苦笑道："不，太后这一生都有这随心所欲的能力，只是太后，你我再没有随心所欲之后安抚局势的寿命了。"

芈月怔了一怔，忽然笑了起来道："哈哈哈，所以你选择退让了？"

庸芮道："老子曰：'持而盈之，不如其已。揣而锐之，不可长保。'又曰：'大成若缺，其用不弊。大盈若冲，其用不穷。'此谓凡事不可太尽。如齐桓公、赵武灵王等君王，于天下诸侯之间驰骋自如，何等霸气，可却没有想到祸患起于肘腋之间。臣以为，再英明的君王，也不能将十分的力气全用于随心所欲，行事当留三分余地，方是长久之道。"

芈月笑了好一会儿，才停歇下来，拿手帕拭了拭笑出来的眼泪道：

"先王临终之时，迟疑反复，我曾因此轻视于他。如今看来，他是悟得比我深啊！"

庸芮道："太后深通老子之道，臣只是班门弄斧。"

芈月道："我只是不明白，安国君有何能耐，群臣这么快就顺从了？"

庸芮道："在太后的眼中，安国君与泾阳君、高陵君并无区别，可是秦国毕竟还是嬴氏江山！群臣选择的是顺流而安，而非逆流而乱。"

芈月道："这天下，原不应该是有才能者居之吗？"

庸芮道："泾阳君、高陵君若非太后亲生儿子，太后还会这么执着地选择他们吗？"

芈月怔了一怔，失笑道："是，我笑他人执迷，却忘记自己是另一种执迷了。"

庸芮暗暗松了一口气。

芈月闭目好一会儿，才缓缓开口道："大王在外面吗？"

庸芮道："是。"

芈月道："他不敢进来，所以叫你先进来当说客？"

庸芮道："太后若要做慈母，则要做三个儿子的慈母，如此，则三子皆安。"

芈月嗤笑道："你这个面团团糊四方的性子，一辈子也改不了，出去吧，叫他进来。"

庸芮微笑道："臣，遵旨。"

庸芮走出章台官殿外。

早已经等在那儿的嬴稷一把抓住了他道："如何？"

庸芮道："太后有请大王。"

嬴稷精神一振，转身欲入内。

庸芮叫住了他道："大王！"

嬴稷停住脚步，转头看着庸芮。

庸芮郑重一揖道："臣迈出这道门以前，劝太后做慈母，臣做到了。

迈出这道门以后，臣劝大王做孝子，大王可能允臣？"

嬴稷郑重地点头，按住庸芮的手道："卿是忠臣，寡人记得你的劝告。"

嬴稷整了整衣冠，一步步走进章台宫内殿中。

芈月在席上倚着枕头，一头白发格外刺目。

嬴稷走到芈月身边，一时百感交集，扑过去抱住芈月双腿纵声痛哭起来。

芈月看着嬴稷走进来，一时不知道如何面对这个儿子，却不防嬴稷竟抱住她大哭。听着嬴稷的哭声，芈月的神情从惊愕到渐渐无奈，终于长叹一声，轻抚着嬴稷的头发。

芈月道："子稷，子稷……"

嬴稷哽咽着道："母后，你打儿臣一顿吧！"

芈月笑了道："打掌心，还是打屁股？子稷，你是五十多岁了，不是五岁多！"

嬴稷道："儿臣对不起母后，儿臣伤了母后的心。"

芈月轻叹道："世人都是这样。说的是孝道大于天，当重父母多于儿女，可实际做起来呢，在父母和儿女中间，终究都是选择顾全了儿女。我也说不得你，我也是为了儿女，辜负了不应该辜负的人。"

嬴稷哽咽道："不是的。儿臣愿意为了母后做任何的事，儿臣是宁愿死，也不愿意违拗了母后，让母后伤心。可儿臣，不仅是母后的儿子，更是嬴氏子孙，嬴氏宗庙列祖列宗在上，大秦千万臣民在下，儿臣若不是这个秦王，儿臣可以为母后而死，可儿臣做了这大秦之王，嬴氏子孙……母后，母后，儿臣这一生，都唯母后之命是从，只有这一件事，儿臣没得选择，没得选择啊……"

芈月长叹一声道："你这孩子啊……"

嬴稷抬头，脸上涕泪纵横。芈月拿着手帕，慈爱地为他一点点擦去眼泪，嬴稷像一个孩子似的，任由母亲擦拭。

嬴稷道："儿臣这些日子，常常想起在燕国时候的情景……虽然当时艰苦无比，常常恨不得早日脱离。可如今想来，也就是在那时候，你我母子亲密无间，同甘共苦，同食同宿。这也是儿臣一生中最甜蜜的日子。"

芈月道："那时候我病着，大冷的天，你抄书抄得手上都是冻疮，我看着不知道有多心疼。"

嬴稷道："母亲给我呵着手，给我搽药的时候，眼中都有泪水……"

芈月长叹一声道："子稷啊……"

母子相偎，静谧温馨。

芈月坐在轮车上，魏丑夫推着芈月，走在章台宫廷院中，金色的银杏叶子，片片落下。

一片黄叶飘到芈月的膝前，芈月轻轻拾起叶子，忽然叹道："叶子掉光了，我也要走了！"

魏丑夫停住脚步，跪在她膝前，深情地看着她道："太后何出此言，银杏叶子落了，明年还能再长出来，臣还想陪着太后明年夏天一起去划船采莲呢！"

芈月微笑道："你当真愿意一直陪着我？"

魏丑夫道："是。"

芈月道："若我死了，下葬之时，以魏子为殉，你可愿意？"

魏丑夫脸色不变，深情地道："这是臣所盼望之事，求之不得。"

芈月微笑点头道："好，好！"

魏丑夫依旧笑着，依旧与芈月游乐，似乎刚才两人说的事情，谁也没放在心上一样。

可是，在人看不到的地方，他的笑容，蒙上了阴影。

过了数日，太子嬴柱邀了上大夫庸芮游园，闲谈中，玩笑般说了这件事。

庸芮一听便即明白，当下笑道："太子这是为魏子请托了，不知太子与魏子是何交情，竟有这份善心？"

赢柱知道他疑心，但自己得还魏丑夫这个人情，当下只得道："我与魏子并无交情，此事我也只是隐隐耳闻。之所以过问此事，为的也不过是不忍之心。"

庸芮询问似的挑起眉头："哦？"

赢柱知道庸芮是极聪明的人，只得挑明了原委："太后毕竟是我赢姓冢妇，这种事不足为外人道，因此请庸大夫帮忙，也是我等子孙一点私心罢了。"

这个理由，倒是庸芮能接受的，当下微微点头道："这倒也是。"

赢柱见状，长揖为礼："此事不敢言谢，算我欠庸大夫一个人情如何？"

庸芮抚须笑道："老臣老矣，纵有什么人情也于我无用了。但老臣若要以此人情，为他人请托，太子可允？"

赢柱哈哈一笑，亦明白他的意思："庸大夫毕竟是太后的忠臣，我明白庸大夫的意思，这份人情，我用于泾阳君、高陵君，如何？"

庸芮看着赢柱，缓缓地道："还有华阳夫人。"

赢柱闻听此言，怫然作色："孤之爱妻，还用不着别人操心，庸大夫此言，视我为何物也？"

赢柱固然知道自己娶芈叶，有着一些不足为外人道的原因，然而这一点点他有意忽视的小事，一旦被人当面揭穿，让他竟是感到极度的愤怒和难堪。看着眼前这个老奸巨猾的臣子用自以为"我看穿你了"的神情看着他，他要用很大的力量去控制自己才不会狠狠地揍这老头一拳。

他握紧双拳，为防自己失态，竟是顾不得礼仪拂袖而去。

庸芮看着他的背影，那一刻他看到了赢柱眼中竟有他不曾预料到的真挚和愤怒，他抚须微笑，心中暗道："太子，为了你这句话，老臣愿意替你还这个人情。"

他站起来，拂了拂衣袖，道："进宫。"

他在章台宫早已经熟不拘礼，任何时间都可以来去自如。

芈月此时穿着常服就见了他，笑问："庸卿今天怎么有空来找我？"

庸芮道："老臣打算告老了，所以接下来会更有空找太后聊天了。"

芈月叹息道："庸芮，你我都老了啊！"

庸芮道："大王对老臣说，太后若是愿意，可以召泾阳君与高陵君回来侍疾。"

芈月摇头道："不必了，折腾来回，平白多生事端，朝中又要不宁了。我其实并不在乎这些事。"

庸芮道："大王要的只是收回王权，并不想伤了亲情。穰侯出关的时刻，千乘马车尽是珠宝，是富可敌国啊。"

芈月斜视他一眼："你羡慕，还是嫉妒？"

庸芮呵呵一笑："以穰侯之军功，有这等财富，也是他应得的，这说明我大秦军功之厚，我这个文官，是羡慕不来的。"

芈月道："你那庸氏祖传的封地再加上我这些年所赏赐的，也不少了。"

庸芮笑了："这倒也是。"

提到魏冉，芈月便想起来："冉弟的身体一直不好，你告诉大王，在我的陵寝边，给穰侯留一块地。"

庸芮便乘机道："骊山脚下的陵寝，好像修了有十几年了吧，最近大王又新征了数万民夫在赶工？"

芈月道："嗯，那是三十年的时候就开始修了。呵呵，六十来岁那一次，我生了一场大病，以为就这么要去了，结果拖到现在，还是活得好好的。不过这一次，可能真是拖不过去了。人生七十古来稀，我也够本了。庸芮，咱们君臣一辈子，到时候我先走，我的陵寝边，给穰侯留块地，也给你留块地。"

庸芮道："呵呵，太后以为，人死了，还能有知觉吗？"

芈月道："人死如灯灭，还能有什么知觉。"

庸芮道："那太后何必计较，葬得与谁近，与谁远，将来谁会陪葬，谁会殉葬呢?"

芈月听到殉葬两字,眉头跳了一跳:"是丑夫来找你了?"

庸芮摇头:"不是,是有人听到这件事,觉得于王室不太好看,所以来找我。太后,若人死后无知,何必令魏子殉葬?若死后有知,太后带着魏子于地下,岂不令先王动怒吗?"

芈月怔了一怔道:"先王?先王?"

庸芮见芈月陷入了呆滞中,不禁叫了一声道:"太后,太后——"

芈月猛地回过神来道:"哦,怎么了?"

庸芮道:"太后刚才似乎走神了!"

芈月轻叹一声道:"是啊,我似乎忘记先王的样子了。真奇怪,现在回想起来,与先王的恩怨纠葛,竟不像是真的发生过似的,或者,像上辈子发生的事情似的。"

庸芮道:"是臣的过错,不应该提起先王。"

芈月摆了摆手道:"罢了,不怪你。"

庸芮走了,然而,他的话,终究还是扰乱了芈月的心。

这一夜,她没有睡好。

睡梦中,她仿佛进入了黑漆漆的世界,只有远处有一束光,她仿佛身轻如燕,朝着那道光,飘飘然就去了。

前面却有一个人,冲着她笑,看着她的眼神,温柔无比。芈月细看之下,竟是芈叶,不由诧异地道:"阿叶,你如何会在这儿?"

那人却笑道:"我儿,我来向你告别的。"

芈月一惊,从脑海的深处找到了记忆,这不是芈叶,而是她的母亲向氏,她惊呼道:"母亲,母亲,你在哪儿,我找了你很久了!"

向氏却轻飘飘地飞起:"我走了,孺子,我看到你生活得很好,我很欣慰。"

芈月急忙欲去拉她:"母亲你别走,你留下来,我想你,戎弟、冉弟也想你……"

但她触到向氏身体的时候，却如同触到一片虚空，但见向氏如同轻烟一般，转眼消失在空中了。

芈月急得大叫，身后却忽然听得一声在叫她，声音极为耳熟："孺子，怎么急成这样？"

芈月急忙转身，却见一个身着楚国王服的人站在她身后，看着极是眼熟，一时之间竟是有些恍惚。

那王者忽然问她："你忘记我了吗？"

芈月登时想起，失声叫道："父王，你是父王……"

楚威王却问他："孺子，楚国现在怎么样了？"

芈月怔住道："楚国，楚国现在……"

她上前一步，想要解释，眼前的人忽然一变，衣着依旧，面容却变成了楚怀王，他浑身是血，伸出手去掐她，叫着："你还我楚国，还我楚国……"

芈月一惊，用力一挥手，便将楚怀王远远地挥走了，她见了父母变得脆弱，及至见了她看不起的人，顿时又强硬了起来："咄，你个无用的懦夫，你活着的时候不能拿我怎么样，死了还能作什么怪！"

背后忽然一声轻叹，芈月转身，看到了秦惠文王嬴驷。

但见嬴驷微笑着问她："芈八子，寡人的王后在哪儿，寡人的妃子们在哪儿，寡人的儿子们在哪儿？"

随着他的话声，他的背后出现了一排血淋淋的人，有芈姝，有魏琰，有其他的妃子们和嬴华等儿子们，都伸着手向芈月飘来，争着叫道："还我命来，还我命来！"

芈月看着鬼魂们飘来，忽然笑了："你们这些死鬼，活着的时候鬼鬼祟祟，死了的时候也是这么毫无胆气。想要我的命，何必躲在大王的身后。若是人死了都可以追魂索命，那三皇五帝、夏禹商汤周武王这些人，会有多少死鬼来找他们索命呢？"

嬴驷喝道："他们生为君王，死有国祀，身怀天命，已成神明，你一介妇人，也敢与他们相比?"

芈月哈哈大笑："我横扫六国，将夺周室之天命，为何不敢与他们相比。我率百万之军，战无不胜，黄泉之下自有百万曾为我效命过的大秦兵马，不管你们是成神还是成鬼，我有此百万旧部，便是斩天灭神，亦无所谓!"

鬼魂们厉啸一声，向着芈月围过来。

芈月狂笑，就在鬼魂们缠到芈月身上的时候，忽然从芈月身后冲出无数铁甲兵马，与鬼魂们混战起来……

此时，文狸正坐在芈月榻边值夜侍候着，忽然见躺在榻上深睡的太后剧烈挣扎着，发出梦呓："大王，我不怕你，你们这些无用的鬼魂，都滚开，滚开……"

她近来常常多梦易惊，文狸见状连忙掀开她的被子，用葛巾为她拭擦额头的汗珠，叫道："太后，太后，您怎么样了，您快醒醒!"

石兰早在文狸为芈月擦汗的时候，已经把各处的灯都点亮了。

芈月睁开眼，眼前大放光明，她长长地出了一口气，睁开眼睛问道："这是哪儿?"

文狸道："这是章台官，您的寝宫。"

芈月左右看了看，才哦了一声："是吗?"

文狸道："太后，您是不是做噩梦了!"

芈月嗯了一声道："嗯，是啊，做了一个梦。"

文狸劝着道："太后，梦都是不可信的。要不然，咱们明日叫个巫师进来驱驱鬼?"

芈月摇头："不，这个梦是可信的。"

文狸道："您做了什么梦?"

芈月问："文狸，你说人死后，会有知吗?"

文狸摇头："奴婢不知道。"

芈月喃喃地道："人死后若有知，怎么活着的人都没有见过他们。人死后若无知，那为什么帝王将相的坟墓中要带着这么多生前喜欢的东西下葬。"

文狸迟疑地道："可能……有吧……也许……只是我们看不见……"

芈月道："是啊，也许只是我们看不见而已。文狸，你说人死以后，会带什么东西下去？"

文狸想了想，道："吃的、穿的、用的、玩的，还能够……带些人俑下去服侍吧。"

芈月"哦"了一声，又问道："什么样的人俑呢？"

文狸细数着道："有奴婢之俑，有歌舞之俑，还有，还有……"

芈月道："有没有兵马为俑呢？"

文狸怔了怔，有些不确定地摇摇头道："奴婢好象没有听说过？或许，有吧。"

芈月轻叹："是啊，人死了，既然要奴婢服侍，要歌舞欣赏，怎么能够没有兵马护卫呢？"

文狸不由得点头道："太后说得是，正应该有兵马护卫……"

芈月放松地倚着隐囊："是啊，正应该有兵马护卫……"

秋天，叶子一片片地凋落，章台宫侧门外，魏丑夫神情狼狈而疯狂，在侧门外走来走去，走到门前却被兵士挡住。

自从庸芮向芈月求情后，芈月便下令，赐其百金，令其出宫。

自此后，他就再也没有能够踏入章台宫一步。

他并没有想到这个结果，他以为，自己只是逃避了一场死亡，其他应该一切如常，可是，他却没有想到，死亡和权势是息息相关，不可分割。

他需要太后，也需要章台宫的生活，他在云端的时候，没有感觉到什么。可是一旦离开云端跌回地面，他发现自己已经无法忍受。

他发现自己无法再过一种被人忽视，甚至是被人无视的生活了。

此时，他在这宫外，已经等了很多天了，虽然看到过许多相熟的宫女内侍进出，他们曾经很恭敬地向他俯首，向他讨好过。可是此时，他们看着他的时候，如同看着空气一样无视。

他觉得他快疯了。

这时候，他终于等到了他要等的人，那个有权力带他重新进入章台宫的人："薛荔，薛荔——"

薛荔走出章台宫时，被魏丑夫如抓住救命稻草似的抓住了。

魏丑夫急切地叫道："薛荔，你带我进去，让我见见太后，我要见太后，我要见太后——"

薛荔看着他，神情平淡："魏子，你求仁得仁，太后已经赦你不用殉葬，你还是回去过你自己的日子吧！"

魏丑夫疯狂地抓住薛荔的手，叫道："我愿意，我愿意为太后殉葬，我求求你，你带我去见太后，我要亲口告诉太后，我离不开她，我愿意为她而死。"

薛荔摇了摇头，叹息："魏子，不需要了。大王已经烧了数万兵马俑，为太后陪葬。太后说了，活人生殉是不仁的，你还是回去吧。"

魏丑夫绝望地跪下："不，不，你让我见太后，她会改变主意的。"

薛荔摇了摇头，看着魏丑夫的神情有些怜悯："太后现在已经不记得你是谁了？"

魏丑夫震惊："你说什么？"

薛荔道："太后已经忘记了很多人、很多事，她不记得你是谁了！"

魏丑夫震惊地松手，倒退两步："怎么会，她怎么会忘记我，她怎么会不记得我是谁。这不可能，这不可能！"

薛荔走了进去。

魏丑夫跪倒，捂住脸呜咽，他以为离开她，还能有无限的未来，他早就为自己铺了路了，不是吗？他还应该能是大王或是太子的功臣，不是吗？

然则他此时才知道，离开了她，他就什么也不是，什么也不是……

薛荔说得没有错，此时太后的病，已经是越来越重了。或者是离开权力这剂强心剂以后，芈月彻底放松了自己，什么也不想，再也不需要时时刻刻想着天下局势，想着秦国后继之事，想着战争宏图。

她开始变得懒散，开始变得真正像一个高龄的老人一样，所有老人应该有的但之前被她强大的意志所压制住的状态一一浮现。

她开始变得耳聋、眼花，甚至开始渐渐忘记了许多人、许多事。

秦王嬴稷看着此刻的母亲时，才能够真正确认，她的确是比他年纪更大的老人。

此前，他忧虑着自己会走在母亲的前头。但此刻，他更忧虑母亲的状态继续恶化。

他天天来章台宫，亲自侍奉她，只要不处理朝政的时候，他就来守着她。

他们之间，相依为命已经五十多年，此刻，他最大的恐惧，是失去她。

她对他比任何人都重要。

就算她忘记了所有的人、所有的事，如果她还唯一能记得的人，一定要是他，也必须是他。

最后，他甚至将朝政都交给了太子嬴柱，只一心一意陪着芈月，只有在芈月昏睡的时候，他才会出来处理太子呈报的政务。

芈月昏睡的时候越来越长了，嬴稷一步也不敢离开她，生怕一离开，就会是永远不可追的遗恨。

这一日，芈月醒的时间比较长，她看着嬴稷笑道："子稷，看来我是快不成啦……"

嬴稷颤声道："母后，您撑住啊，儿臣已经让芾弟和悝弟赶回来了，您要见见他们啊！"

此时，芈月能够记住的人，已经不多了，不过是魏冉、芈戎、白起等几个近臣和嬴稷、嬴芾、嬴悝这三个儿子，甚至她已经完全不认得唐八子和嬴柱等嬴稷的妃嫔子嗣。

听了嬴稷的话，芈月摇摇头："不行了，等不了啦！"

嬴稷道："儿臣已经让黄歇从楚国赶过来了，母后，您要撑住，您要撑住！"

芈月半闭着眼睛，喃喃地道："子歇，要来了吗？"

嬴稷劝道："是，子歇要来了，您要撑住。"

芈月道："我怕我等不到了。"

嬴稷道："儿臣已经派人去问罪周王，叫他去掉王号，儿臣已经派人去取周天子的九鼎，九鼎今日就要进咸阳了。母后，您不想看看九鼎放到咸阳殿前的样子吗？"

芈月喃喃地道："九鼎，什么是九鼎——"

嬴稷的心都凉了，她毕生的追求，都要忘记了吗？好在过了一会儿，芈月似乎又想起了什么，眼睛睁大了："九鼎，周天子？我、带我去看看。"

嬴稷大喜："好，儿臣这就带您去看。"

九座大鼎摆在咸阳殿前，闪闪发光。

芈月倚在步辇上，眼睛似乎也被金光闪得睁不开眼睛。

嬴稷俯身在芈月耳边轻轻说道："母后，您看到了吗，这就是九鼎，周室已灭，秦将一统，您看到了吗？"此时，她已经虚弱到他甚至不敢再把她扶下步辇了。

芈月嘟哝着道："真亮啊，我什么也看不见，就看到一片金光闪闪！"

嬴稷道："是，今天的太阳很亮，看上去都是金光闪闪的。"

竖漆疾步跑来道："大王，楚国春申君黄歇到了。"

嬴稷一喜，俯下身子对芈月说："母后，母后，你听到了吗，子歇来了。"

芈月含糊着道："在哪儿呢？"

黄歇此时亦已经是白发苍苍，他自接信之后，一路马车不停，直入咸阳，此时他轻轻走到芈月面前，握住她的手，轻轻道："皎皎，我在这儿。"

芈月努力睁开眼睛，看到眼前的人却只是一个朦朦胧胧的人影，她懊恼地嘟哝："我看不清你了，子歇，我看不清你了！"

黄歇蹲在她的步辇旁，低声对她说："可我看得清你，皎皎，我来了，我来看你了！"

芈月忽然笑了，声音忽然变得娇嗔："'摽有梅，其实七分，求我庶士，迨其吉兮。'子歇，你要早来，不要等梅子落了啊！"

黄歇泣不成声道："我来迟了，对不起，对不起！"

芈月没有说话，也没有动。

嬴稷颤抖着伸出手来，在芈月鼻下一试，大惊跪下道："母后——"

嬴稷的身后，嬴芾和嬴悝也一齐跪下，大放悲声道："母后——"

群臣也皆尽跪下，大放悲声。

秦太后芈月死后，谥号为"宣"，史称宣太后。谥法曰：圣善周闻曰宣。

宣太后执政四十一年，平定季君之乱、重新稳定巴蜀，任用李冰修建都江堰，并吞义渠，任用白起、魏冉等大将，打了秦国建国以来前所未有的数个大胜仗，占据楚国大部分疆土，以及韩、赵、魏等无数城池，将秦国版图扩张数倍。

在她执政之前，秦是七雄之一，在她执政之后，秦国已经成为压倒六国的巨无霸之国，奠定了秦国一统天下的基础。

在她死后第五年，秦赵长平之战，赵国大败，自此无再战之力。

她死后第十九年，其玄孙秦王政继位，再过二十五年，秦王政灭六国一统天下。当时，离宣太后死，仅四十四年。

数千年以后，秦兵马俑被发现，初时被认定为秦始皇陪葬俑，然随着时间的推移，有许多人认为，兵马俑或许是宣太后的陪葬。

一个女人，生前拥有一个巨大帝国的兵马铁骑，在她死后，也许仍然会带着这样的铁骑下葬，护卫她千秋万世。

(全书完)

从一粒种子到参天大树

蒋胜男

或许我更是借芈月这一生，来展示先秦那个百家争鸣的年代，来展示那些曾经在历史舞台上活跃过的、令人向往的名士风流。

中国历史背景的故事，大一统的时期好写，诸侯割据时难写，春秋战国、南北朝、五代十国，从来就是被称为历史写作者的黑洞，事件多、人物多、而且人物之间亲戚关系复杂混乱，挖一个牵出十个来，再继续挖这十个，牵出一百个来。所以去触碰的结果，就是大部分作者，被黑洞吞了。

秦宣太后这个人，很早以前就在《战国策》上读到过，当时也曾经跟好多朋友说，我要写这个人物。但是，当时这个人物，也跟我许多其他故事的主角一样，只是让我放进了我故事的种子库里头去。

后来，因为写历史系列的评述文章，从夏商周逐步到春秋战国的史料一点点研读，就让这颗故事的种子，在这些史料的营养土壤里开始慢慢有了发芽的迹象。可我那时候虽然有了写这个时代小说的意愿，但还真是没决定，到底以谁为主角。

也许是冥冥之中自有天意，2008年某个晚上，我写累了去倒杯水

414

喝，经过客厅，看到妈妈在看电视纪录片，一句"于是有人大胆提出，兵马俑的主人并不是秦始皇，而可能是他的高祖母秦宣太后"（大致，具体记不得了）让我站住了脚，站在那儿看完了全集，又在网上找了上下集全视频来看。忽然间，那颗种子就这么破土而出，开始发芽生长。

然后，整个故事开始构思，开始成形。

写这个故事，首先是时代原因，先秦的人更自我，更自由，没有这么多的森严规矩，也没这么多的压抑和"不得已"，讲究的是"君行令，臣行意"，就算是君臣也一样是合则来，不合则走。他们的精神世界更张扬、更大胆、更狂放。所以芈月才能够以女儿身执政秦国四十一年，进而开疆拓土，问鼎天下，成为中国历史上第一个太后。这是《诗经》和《楚辞》的时代，这是百家争鸣的时代，这是《战国策》的时代。

但从选择这个时代，到选择这个主角，固然是纪录片的触发，也是因为这个人物本身的故事足够精彩。秦宣太后虽然本身史料极少，但那个时代的史料却是很多，多到成为黑洞，如果不被黑洞吞没，那你就拥有了足够的构建空间。

而故事怎么开始，芈月从何时入场，却是一个值得考虑的事情。

当时有三个设想：一个是从秦武王举鼎而亡开始，季君之乱，诸公子争位，六国势力插手其中，然后是芈月带着嬴稷自燕国王者归来。这是比较热闹的写法，也是比较偏意识流的写法。好处是几十万字就能够搞定故事，坏处是很可能就这么变成一个故事，在激烈的戏剧冲突中，那种我想追求的历史感和文化感，反而会被冲淡。

另一个设想，是以芈月入秦为开始，这是大多数小说都会选择的开头，从一个女主角青春初动开始，爱情、故事，都有了。但是，却容易一开始就会置身于我所不喜欢的宫斗，所以这个设想，亦被放弃了。

然后，就是现在呈现的这个故事，最艰难、却最能够展示我的表达愿望，写一个人从生到死的所有经过。我要让这个人物从人生的第一次呼吸，就是春秋战国时代的气息。

这个故事，是芈月这一生从出生到死亡，经历了无数波折，从稚嫩到成熟，到最后执掌秦国，追求天下一统的历程。或许我更是借芈月这一生，来展示先秦那个百家争鸣的年代，来展示那些曾经在历史舞台上活跃过的，令人向往的名士风流。

定了写谁之后，首先要确定的就是，她的身份是什么？她可能是楚国公主，也有可能是楚宗女。我觉得以芈月后期执政天下的气势来说，安排她为楚威王之女，则更有气韵的连接。她是名君之女、名君之妻，最后成了名君之母，成了一代执政女主。

她应该是受宠过，所以身上会有一种"舍我其谁"的自信，这种自信让她在那个年代能够站到男人的权力场上，甚至打败他们。所以我就觉得她的小时候一定有爱和自信，如果没有在爱和自信中成长起来的人，没有这么一个足够的内心的支撑。

但她又必须经历过很多的坎坷，这些坎坷中，她始终能遇到一些亲人、朋友、爱人，这些人给她以信心、支持、爱，所以一直让她怀有着信心、自信的念头走到最后。

她接触过那个时代最优秀的人，不管男人，还是女人，这是个大争之世，生死常在瞬间而不能把控，这种"朝生暮死"的可能性反而让个人更彰显自我的存在感。所以这个故事里，不会有无意义的宫斗，而更多的是政治角力。

写作尤其是写历史作品，是一种与远古的能量场在对接，这种能量场越深入越庞大，最终如果你不懂得及时退出，这种能量场会把你卷入，耗尽。但你不深入，则无法找到那种与古代对接的感觉。我经常写完一部大的作品，就会大病一场，因为柴烧过头了，透支了。但这种与历史的对话，同样是对自己的修炼和提升，你的精神能量得到庞大的支持，会让你的内心更强大，更坚韧。

写历史既痛苦又过瘾。历史小说最难写，但写过以后，就觉得写别的体裁都不如这种过瘾，都不如历史体裁能够承载更多的知识，去催动自己去看更多的书，查更多的资料。于是，就这么一部又一部地写了下去。

这部写完以后，我并没有回头去看，而是投入了新的创作。但出版以后拿到纸质书时自己慢慢看，忽然又回想起创作中的点点滴滴来。

当初写的时候，可能处于一种"忘我"的状态中，能把那种情感倾注的时候我自己不知觉。但是现在拿着纸质书看的时候，那种少年的懵懂、青春的疼痛，然后是慢慢在遇到事情的时候，一个女孩子经历过许多痛苦慢慢成长蜕变的情况。忽然间我自己小时候的许多旧事慢慢浮现上来。有段时间我看那些青春伤痛的文学，觉得好不真实，感觉自己似乎没有这种经历似的。我有少年的懵懂吗？有青春的疼痛吗？没有吧。但是现在再回去看这本书的时候，我发现是有的，我慢慢回想起以前的感觉来了。

芈月刚一出场，她所有动作语言，就是一个两岁的小胖妞，有其特有的儿童行为："九公主芈月活力充沛，如同一匹小马驹似的，踩着乱鼓的节奏冲上来……小胖妞分得很清楚……母亲是负责撒娇耍赖讨要东西用的人，阿娘是会跟在她身后默默地拾玩具追着她跑的人。"

最后一章，却是"她开始变得懒散，开始变得真正像一个高龄的老人一样，所有老人应该有的但之前被她强大的意志所压制住的状态一一浮现。她开始变得耳聋、眼花，甚至开始渐渐忘记了许多人，许多事……芈月昏睡的时候越来越长了，嬴稷一步也不敢离开她"。

重翻作品，看芈月的出场和芈月的落幕，忽然感觉，这就是一个人的一生了，从生到死。

潸然泪下。

图书在版编目（CIP）数据

芈月传. 6，北冥有鱼 / 蒋胜男著. -- 北京：作家出版社，2022.7

ISBN 978-7-5212-1846-6

Ⅰ. ①芈… Ⅱ. ①蒋… Ⅲ. ①长篇小说 – 中国 –当代 Ⅳ. ①I247.5

中国版本图书馆CIP数据核字（2022）第048064号

芈月传. 6，北冥有鱼

作　　者：蒋胜男
策划编辑：刘潇潇
责任编辑：单文怡
封面题字：李雨婷
装帧设计：书游记
插画支持：书游记
出版发行：作家出版社有限公司
社　　址：北京农展馆南里10号　　邮　　编：100125
电话传真：86-10-65067186（发行中心及邮购部）
　　　　　86-10-65004079（总编室）
E-mail:zuojia@zuojia.net.cn
http://www.zuojiachubanshe.com
印　　刷：唐山嘉德印刷有限公司
成品尺寸：152×230
字　　数：349千
印　　张：26.5
版　　次：2022年7月第1版
印　　次：2022年7月第1次印刷
ISBN　978-7-5212-1846-6
定　　价：50.00元